17の鍵

マルク・ラーベ

早朝のベルリン大聖堂に、深紅の血が降り注いでいた。丸天井の下、頭上10メートルほどの位置に、女性牧師が吊り下げられていたのだ。通報を受けて殺人現場に駆けつけたトム・バビロン刑事は、信じがたいものを目撃する。被害者の首には、カバーに「17」と刻まれた鍵がかけられていた。それはかつて、トムが少年の頃に川で見つけた死体のそばにあった物と同じだった。鍵は10歳で失踪した妹が持ちだしていたのだが、なぜ今、ここに現れたのか。謎を追ううちに、トムは恐るべき真相を暴きだす。圧倒的スピードで疾走するドイツ・ミステリ！

登場人物

トム・バビロン……………ベルリン州刑事局刑事。上級警部
ジータ・ヨハンス…………臨床心理士
ヴィオーラ（ヴィー）・バビロン……トムの妹
アンネ………………………トムの恋人。テレビ局の編集スタッフ
ヴァルター・ブルックマン……州刑事局第一部局部局長
フベルトゥス・ライナー……州刑事局第十一課課長
ベルト（ベルティ）・プファイファー
ニコレ・ヴァイアータール……州刑事局刑事
ペール・グラウヴァイン
バイアー
ベルネ……………………科学捜査研究所スタッフ
ルツ・フローロフ…………州刑事局鑑識課員
ヨーゼフ（ヨー）・モルテン……州刑事局刑事。首席警部
ブリギッテ・リス…………大聖堂付き女性牧師
ベルトルト・リス…………ブリギッテの夫

ベルンハルト・ヴィンクラー……………大聖堂付きオルガン奏者
カール・ヴィンクラー……………ベルンハルトの息子
ハンナ・ヴィンクラー……………ベルンハルトの娘
カーリン・リス……………トムの子ども時代の友人
　　　　　　　　　　　　　　　ブリギッテの娘
ベネ・シャレンベルク……………
ヨシュア（ヨシュ）・ベーム……………　トムの子ども時代の友人
ナージャ（ナディ）・エンゲルス……………
ヴァネッサ・ライヒェルト……………
クリスティアン・ドレクスラー……………　巡査
マルティン・クレーガー……………ドイツ国家民主党の地区指導者
クララ・ヴィンター……………私立ヘーベッケ精神科病院の患者
ヴィッテンベルク……………私立ヘーベッケ精神科病院院長
フリーデリケ・マイゼン……………私立ヘーベッケ精神科病院の看護研修生
メレート……………私立ヘーベッケ精神科病院看護師
ユーリ・サルコフ……………警備会社の所有者
イエス……………？

17の鍵

マルク・ラーベ
酒寄進一訳

創元推理文庫

17の鍵

地獄とは他人のことだ。

――ジャン＝ポール・サルトル

プロローグ

ベルリン大聖堂
二〇一七年九月三日（日曜日）午前六時二十八分

ヴィンクラーは扉を開けた。中は静かだ。そして暗い。

この時間、ここの雰囲気はいつもとまったく違う。まるで皮膚《ひふ》を剝《は》がれたかのような強く刺す感覚がある。静寂、広い空間、闇、その闇の中、その日最初の日の光に彼を取り巻く巨大な大聖堂が浮かびあがる。――まるで神の手のなせる業のように。

彼女との逢瀬《おうせ》もちょうどこんな感じだった。祭壇でのことだ。彼女はどこからともなくあらわれ、ヴィンクラーは不意を突かれた。あれも神の手のなせる業だったということか。いや、それをいうなら、悪魔の所業だろう。だがヴィンクラーは思う。悪魔も神によって作りだされたものだ。

あれは今日と同じ日曜の早朝だった。あの人は聴覚では捉《とら》えられない、ズンと腹に響く低音のようだった。人影が暗がりから出てくると、静かにとでもいうみたいに人差し指を口に当て、なにもいわず彼に触れ、階段のほうへ誘った……ヴィンクラーは気をしっかり持ち直し、記憶を頭の隅に追いやろうとした。だがうまくいかない。記憶は消えず、鍵穴を抜けるようにして彼の中に入ってくる。彼は、存在することも知らなかった部屋と同じだ。

ヴィンクラーはインターネットにそういうサイトがあることを知っている。映像。いかがわしい出会い系サイト。グーグルで検索すればすぐに見つかる。だがそんなものを覗くものではない。事実、彼は覗いたことがない。それなのに、よりによってあの人が彼の顔を自分に押しつけ、彼の髪を引っ張るとは。ヴィンクラーは「やめてください！」と拒《こば》むべきだった。それなのにそれを望み、懇願《こんがん》した。もっと痛みを、そしてもっと息の詰まることを。

彼女は盛んにため息をつき、ささやいた。淫《みだ》らな言葉だった。その言葉が大聖堂に反響した。ヴィンクラーはそういうものが好みではないのに、今も頭にこびりついている。「試してみろ」と呼びかける汚れたスーツでもあるかのように。あれから六週間。毎夜、妻と寝ながら、あのときのことを脳裏に思い浮かべている。この秋には銀婚式を祝うというのに、今はその銀婚式が恐ろしい。彼は自分を恥じ、あの日曜日がなかったらよかったのにと思いながら、同時にあのときのことを夢に見る。

ヴィンクラーは首を横に振って記憶を払いのけた。静かに重い木の扉を閉めて、大聖堂に足を踏み入れた。かすかに響く足音が巨大な円柱を辿《たど》って、丸天井へと昇っていく。

ああ、なんてすばらしい反響だろう！

これだからやめられない。これは毎週日曜の朝、礼拝に合わせてオルガンを弾き、来訪者の煩《わずら》わしいひそひそ声や咳払いをかき消すほどの音をだす前に必ず行う彼の密かな儀式だ。

淀《よど》んだ朝の光が窓から忍びこむ。ロウソクは一本も灯《とも》っていない。死者にたむけたロウソクまで消えている。祭壇のまわりは豪華に飾られているが、今はサンドカラーの円柱や石壁とほとんど区別がつかない。壁画も薄明かりの中では色褪《いろあ》せて見える。ヴィンクラーは改めてあの人のことを思った。あの人の吐息やささやき声が天井から聞こえるような気がしたが、耳を塞《ふさ》ぎ、そっちを見ないことにした。丸天井も、行為に及んだ祭壇も見てはいけない。なんだか六週間前と同じ印象だ。あの人の存在を感じる。

頭を下げて、ヴィンクラーはベンチのあいだの通路を抜け、丸天井の下に向かってぎこちなく歩いた。あと数メートルで縦横の通路が交差するところに達する。彼はそこで自分にとっての聖なるもの、七千二百六十九本のパイプで構成された巨大なパイプオルガンのほうを向く。彼は大聖堂付きオルガンに命を賭けていて、死ぬまで奏者でありつづけるつもりだ。

突然、足を止めて、床を見つめた。

足元に水たまりができて、キラキラ光っている。尿のつんとした臭いが鼻を打つ。脳裏に浮かんでいたことが雲散霧消《うんさんむしよう》した。なんてことだ！　酔っ払いなどのしょうもない連中が大聖堂の正面壁で頻繁《ひんぱん》に用を足すので、教会の人間はよく清掃に駆りだされる。どうやら今回は、堂内でだれかが尿意を催《もよお》したようだ。

ヴィンクラーは嫌悪感を覚えて一歩さがった。そのとき、水たまりの真ん中が黒々としていることに気づいた。尿とは違うなにかが混じっているようだ。不意にその水たまりに波紋ができた。

水滴？　どこから落ちてきたのだろう……。

ヴィンクラーは頂点の高さが七十四メートルある丸天井を仰ぎ見た。

そしてそこに見たものに息をのんだ。

頭上十メートルほどのところに人が浮かんでいる。黒装束の女性は翼を広げているように見え、まるで天に昇ろうとする天使みたいだ。頭は前に倒れ、目と口には黒くて細い布が結ばれている。布のあいだから覗く鼻は小さな白い点のようだ。そして衣装の裾《すそ》から水が滴《したた》っている。

ヴィンクラーは喘《あえ》ぎ声を上げた。急に気分が悪くなり、左手でベンチに手をつく。目をそむけたいが、できない。目がそこに釘付けだった。その女性の上に淡い光の輪ができている。

――窓からこぼれ落ちる薄明かりがオーラのように女性を包んでいる。

女性は傾いた状態で吊るされている、とヴィンクラーは思った。〝わたしはなんて酷薄な人間だ。こんなときに、そんなことを考えるなんて。それでもなにかが変だ。女性を吊るしている二本のロープの長さが違うようだ。なんだか中途半端な感じが……〟

そのとき東から日の光が大聖堂に射しこみ、暗黒の天使の首にかかっているものをキラッと輝かせた。ヴィンクラーは目はよくないが、遠くはよく見える。今、目にとまったのは鍵だ。いいや、ただの鍵ではない。それはまるで……なんてことだ。聞いていたのとそっくりじゃないか……しかし、そんな馬鹿な……だとしたら……。

突然、女性の体がガクンと動いた。体が傾いたまま揺れた。滴《しずく》が一滴落ちてきて、ヴィンクラーの頬に当たった。彼はぎょっとしてあとずさると、そのドロッとした液体を顔からぬぐって、自分の手を見つめ、また見上げた。目隠しの下からなにかが流れだし、色白の鼻の左右に筋ができている。

苦い胃液が突きあげ、今にも吐きそうだ。頭上の丸天井は、その暗黒の天使に向けて窓から細い光の触手を伸ばす灰色の球体のように見える。首には鍵。灰色のカバー。少年が懺悔《ざんげ》したときの言葉と、懺悔のあとの沈黙がヴィンクラーの脳裏に蘇《よみがえ》った。

これは偶然じゃない。戻ってきたのだ。二十年近くの時を経て。

大木ゆきの　宇宙におまかせナビゲーター

小学校教師、コピーライター、国家的指導者育成機関の広報を経て、スピリチュアルの世界で仕事を始める。「宇宙におまかせして、魂が望むままに生きよう」と決意したときから、八方ふさがりだった人生が突然逆転し、想像を超えたラッキーやミラクルが起こり、自由で豊かな生活を手に入れる。この奇跡をたくさんの人に伝えたいという魂の衝動からワークショップを全国で開催。募集開始とともに応募が殺到し、各地で満席状態に。ブログで情報発信を始めたところ、読者が急増し、アメーバブログ2部門で1位となる。月間300万PVを誇り、執筆依頼は2年待ち。数回にわたってインドの聖地で学び、恐れや執着から自由になる「認識を変える光」を流せるようになる。現在は、執筆が中心となっているが、魂の赴くまま不定期でワークショップも開催している。『大成功してる私が教えてくれた　人生が大逆転する宇宙の法則』（扶桑社）、『宇宙におまかせで願いを叶える本』『「運のいい人」は手放すのがうまい』（ともに三笠書房）など著書多数。

●ブログ『幸せって意外にカンタン♪』▷ https://ameblo.jp/lifeshift
●facebook ▷ https://www.facebook.com/yukino.ohki

繊細さんは宇宙に愛されエスパー

発行日　　2024年9月10日　初版第1刷発行

著　者　　大木ゆきの
発行者　　秋尾弘史
発行所　　株式会社扶桑社
〒105-8070　東京都港区海岸1-2-20　汐留ビルディング
03-5843-8843（編集）　03-5843-8143（メールセンター）
www.fusosha.co.jp
印刷・製本　　中央精版印刷株式会社
ブックデザイン　　小口翔平＋畑中 茜（tobufune）
イラスト　　高田真弓
DTP制作　　小田光美
校正・校閲　　小出美由規

定価はカバーに表示してあります。

造本には十分注意しておりますが、落丁・乱丁（本のページの抜け落ちや順序の間違い）の場合は、小社メールセンター宛にお送りください。送料は小社負担でお取り替えいたします（古書店で購入したものについては、お取り替えできません）。

　ISBN 978-4-594-09860-5

参考文献一覧

コートニー・マルケサーニ著『「繊細さん」の4つの才能 世界最先端のHSP研究家が教える繊細さを強みに変えるヒント』（SBクリエイティブ）

時田ひさ子著『その生きづらさ、「かくれ繊細さん」かもしれません』（フォレスト出版）

武田友紀著『「気がつきすぎて疲れる」が驚くほどなくなる「繊細さん」の本』（飛鳥新社）

イルセ・サン著『鈍感な世界に生きる敏感な人たち』（ディスカヴァー・トゥエンティワン）

第一部

第一章

ベルリン市クロイツベルク地区
二〇一七年九月三日（日曜日）午前八時四分

トムは封筒のことが気になっていた。表に描かれたスケッチ。それにその中身も。少なくともこれから数時間はそのことで頭を悩ませるだろう。運転席側のドアを開けると、シグザウエルＰ６を助手席に投げた。肩掛けホルスターがベージュの擦《す》り切れた革張りのシートに当たって音を立てた。

頭を引っこめ、前かがみになって車に乗りこむ。身長が一メートル九十六センチもあるので、たいていの車はゴーカートのように窮屈《きゅうくつ》に感じる。製造されて三十年を超えるトムのメルセデス・ベンツＳクラスは数少ない例外のひとつだ。

力任せにドアを閉める。その激しい音でも気持ちは変わらなかった。車内の静けさに包まれてもだめだった。次から次へといろいろな考えが脳裏に浮かんでは消えた。こんな些細なことで心を揺さぶられるとは。

ナイトテーブルに置いていたスマートフォンが鳴ったのは二十分ほど前だ。

「嘘っ、やだ」アンネが隣でつぶやいて寝返りを打ち、彼に背を向けた。キングサイズのマットレスが上下した。この怪物のように大きなベッドはふたりが恋に溺《おぼ》れていた時期に買ったものだ。だが、トムの寝相が悪く、帰りも遅いため、今ではアンネが不平を鳴らしている。アンネはふたつ目の枕で上を向いている耳を塞《ふさ》いだ。これでもう音は聞こえない。

トムはスマートフォンをつまみあげた。画面に表示された電話番号は、鳴った時点で想像した番号のひとつだった。あとは時間と場所を聞くだけだ。トムは通話ボタンをタップしたが、咳払いしかしなかった。

「トム・バビロン？」若い女性の声だ。

「ああ」トムは唸《うな》るようにいった。州刑事局第十一課課長フベルトゥス・ライナーの新しい秘書だ。ライナーは自分の娘と同じくらいの年齢の栗毛の女が好みだ。

秘書は早口にいった。声がうわずっているが、簡潔に伝えようと努力していた。トムは「わかった」といって電話を切ると、アンネの腕からそっと枕を取って、かがみこんだ。「ごめん。行かなきゃ。緊急事態だ」

なぜわざわざ断るのだろう。この時間にトムに電話がかかってくれば、呼び出しがかかったことくらいアンネにもわかる。悪いと思ってだろうか。それとも習慣だからか。鼻がアンネの頬に触れた。彼女の肌は枕をかぶっていたせいで、まだ温かかった。金髪はぼさぼさに乱れ、いつもと違う匂いがした。シャンプーの匂いはあまりしなかった。

「今晩のコールドプレイはどうする？」アンネがつぶやいた。

「ライブか？　わからない」トムは彼女の頰にキスをした。「状況による」

「状況によるのね？　わかったわ」アンネの声は冷たかった。同居してまだ五年だというのに、もう結婚十五年の夫婦みたいだ。

「昨日は帰りが遅かったな」トムはいった。

枕を引っ張る音がした。アンネは枕をトムとの緩衝材にしようとしているようだ。「さっさとあのオンボロ車に乗りなさいよ。好きにしたらいい」

トムは唸った。親父《おやじ》が不平を鳴らすときと同じに聞こえて、いつも鳥肌が立つ。親父が唸るようになったのは、妻を亡くしてからだ。妹のヴィオーラのかわいい笑い声も、親父が唸るのをやめさせることはできなかった。「新しい人」にもできなかった。「新しい人」というのは父親の恋人のことで、二十五年経ってもトムはそう呼んでいた。義母と呼ぶ気にはなれなかった。「母」という言葉が入っているからだ。

トムはアンネと自分を隔《へだ》てる枕を見て、あきらめた。今はなにをいってもだめだ。

上半身裸のまま冷たいスチールの階段を下り、半地下にあるオープンキッチンへ行き、コーヒーマシンにカプセルを差しこんだ。エスプレッソが出来るのを待ちながら、レンガ壁の灰色の目地を見つめた。今日も運動ができそうにない。最後に運動したのはいつだ。三週間前か。四週間前か。アンネには、贅肉《ぜいにく》がついていると小言をいわれている。まだ三十代だというのに。

トムはエスプレッソをノーシュガーで一気に飲み干し、もう一杯抽出して、それも喉に流しこんだ。

浴室に入ると、洗面台の割れた鏡に疲れた顔が映った。もう十日も髭《ひげ》を剃《そ》っていないが、髪の毛は短くカットしているので、ぼさぼさではない。金髪の巻毛と青い目。普段はまるでのっぽの天使みたいに見える。彼の職業には似合わない。

両手に冷水を受けて、顔を洗った。

早起きはトムのバイオリズムにはよくない。エスプレッソを飲んでも、いまだにトンネルの中にいるようだ。おまけに車のキーが見つからない。クローゼットでジャケットとコートのポケットを、それこそアンネの服まで片端から探った。子どもができたら、たぶん子どもの服まで探すことになりそうだ。

アンネのコートのポケットでなにか見つけて、大きな手を抜いた。小さな白い封筒が出てきて、床に舞い落ちた。トムはその封筒を見つめた。だれかが黒いボールペンで矢に射抜かれたハートを描いていた。

〝こりゃなんだ〟とトムは思った。眠気が吹き飛んだ。頭の中でドミノのピースが次々と倒れた。ピースがひとつ倒れるたびに胸がちくっとした。なにを考えていたんだ。おまえがいつも外を飛びまわっていて、アンネが耐えられるわけがないじゃないか。同僚や友だちのことばかり優先している自己中心的な自分が悪い。

手にした小さな封筒は蛾《が》と同じくらいの大きさだ。トムは指をふるわせながらひらいてみた。表に描かれたハートが多くを物語っている。おそらく愛のささやきか、電話番号。それならまだなにも起きていないかもしれない。

だが中にあったのは、白い粉の入った小さなビニール袋だった。

トムは思わず息をのんだ。口の中に残っていたエスプレッソの苦い後味を感じた。

これって、あれみたいじゃないか。

まさか、と思いたかった。

トムは足早にキッチンに戻ると、メモ用紙を一枚取って、そこに粉を少しこぼしてからメモ用紙をたたんで、ズボンのポケットにしまった。封筒のほうは、アンネのコートのポケットに戻して、逃げるように家を出た。


トムは車の中にいて、黒っぽいハンドルの中央のスリーポインテッド・スターを見つめていた。とっくに出発していなければならない。仕事だ。警官だ。だがいつまで体面を繕《つくろ》えるだろう。その疑問が頭から消えない。まさかアンネが自分を騙《だま》すなんて。だが髪の匂いもいつもと違っていた。腹が立ってきて、ハンドルを叩いた。

なんでだ?

同じ問題を他人が抱えているのを見るたび、トムは鼻で笑っていた。いつだって理由がある。ただそのことに気づこうとしないだけだ。そして今、トムも同じ問題に直面している。答えはわかっている。だがわかっていても、救いにはならない。

「好きにしたらいい」

アンネはさっきそういった。だがその言い方には失望の色があった。彼女はテレビ局の編集スタッフだ。作業が山場に差しかかり、編集機にかじりつくと、彼女も帰りが遅くなる。目は虚《うつ》ろで充血し、神経過敏になる。徹夜して帰宅したときは、トムがいい聞き役になる。アンネは、なにもかもがやっつけだと仕事の愚痴《ぐち》をいう。スポンサーがうるさくて、面倒臭いったらない。いい作品なんて二の次で、放送枠にうまく収まればいい。

しかしアンネが夜遅く帰宅しても、トムがいないこともある。そういうとき、トムにはなにをおいてもやりたいことがあるのだ、とアンネは感じる。仕事、功名心、責任感。あなたは善人だから、とアンネはいう。彼女がトムに感心し、愛を感じるのはまさにそこだった。トムは彼女にそう思わせていた。トムの頭にはヴィーのことしかないと知ったら、アンネはもっと傷つくだろう。妊娠できないことまで、ヴィーの責任にしかねない。トムの頭に妹のことしかないのがいけない、と。人は絶えず言い訳を探すものだ。人間関係でも、尋問でも、自分に対しても。無実だと感じ、他人に責任を押しつけるために。

だがトムには弁解の余地がない。ヴィーがいなくなった責任はたしかにトムにある。だから妹捜しをやめることができないのだ。こんなに長い歳月が経ったのに、いまだに自分の一部が切り取られてしまったような気がする。

〝集中しろ、ちくしょう。仕事だ〟

トムはエンジンをかけた。紺色のベンツが唸り声を上げた。アクセルを踏み、道路に意識を集中させる。ラントヴェーア運河に朝靄《あさもや》がかかっている。葉が一枚降ってきて、タイヤに踏まれた。ズボンのポケットの薄い布を通して、たたんだメモ用紙を感じる。

トムはヘックマンウーファー通りを左折して、シュレージエン通りに入った。シュプレー川の対岸、かつての東ベルリンへ行かなければならない。昔はそちら側にいたなんて嘘のようだ。ヴィーには記憶すらないだろう。ヴィーはベルリンの壁が崩壊する一年前に生まれた。ふたりがいっしょに写っている写真が一枚だけある。トムが四歳のときのだ。おふくろはヴィーを抱かせてくれた。トムはうれしくて顔を輝かせている。写真は傾いて撮られていて、ベルリンの壁の監視塔が右側から倒れてくるみたいに見える。

トムはよく妹が助手席にすわっているような感覚に襲われる。妹はそばかすだらけの色白の鼻をつんと立てている。自分はもう十歳だといいたいときに見せる、いつもの癖《くせ》だ。そして細い紐で首から吊るした銀色の鍵。妹はしきりにその鍵をいじっている。

〝それを持たせるんじゃなかったよ、ヴィー〟

ヴィーは眉間《みけん》にしわを寄せる。〝お兄ちゃんがくれたんじゃない〟

〝嘘をいうな。勝手に持ちだしたくせに〟

ヴィーは鍵を寝間着の中にしまう。行方不明になったときに着ていた寝間着だ。妹がそれを着ると、萎《しぼ》んだ老人がスーツを着ているように見えたものだ。

ベンツが橋のつなぎ目でガタンと揺れ、川を渡った。修復されたオーバーバウム橋のレンガ造りのアーチが窓を過ぎる。ベルリンの壁があったとき、ここは東西ベルリンの境界で、クロイツベルクの子どもがここで何人も溺死《できし》した。水の事故が起きても東ドイツの国境警備隊員は見て見ぬふりをし、西側の国境警備隊員は発砲されるのを恐れて、手がだせなかった。トムは壁が崩壊する五年前に東ドイツで産声を上げた。今は三十三歳。東ドイツの記憶はおぼろげにしか残っていない。昔の国境は市内を走る傷のようなものだが、トムの傷ではなかった。それでも、その存在を皮膚《ひふ》の下にひしひしと感じる。

トムはさっきの電話連絡を思い返し、ベルリン大聖堂でなにが待っているか考えた。ヴィーがきっと隣でソワソワするだろう。

〝どこへ行くの？〟

〝事件現場だ〟

〝また？〟

〝見てみたいんだろう〟

〝事件現場なんてつまんない〟

またはじまった。ヴィオーラのいつもの口癖《くちぐせ》だ。つまんないといえば、いっしょにいられると経験で知っている。いっしょに遊べないのが、妹は悔しくてならないのだ。

〝本当にいっしょに行かなくちゃだめ？〟

〝十二歳以下禁止ってわけじゃないからな、ヴィー。血は見るだろうけど〟

〝ふん。別に血を見るのははじめてじゃないわ〟

〝なんだよ、いっしょに来たがってるみたいだな〟

〝まさか。車に乗っちゃったから仕方ないと思ってるだけよ〟

妹の困ったところは、犯罪に夢中な点だ。といっても、今さらやめろといっても手遅れだ。手遅れになって十九年になる。

水面にうっすら漂う朝靄の中に博物館島があらわれた。トムは右折して、アム・ルストガルテン通りに入った。大聖堂の前で青色回転灯が点滅し、規制線が風に揺れている。日曜の早朝だというのに、かなりの人だかりだ。急遽設定された規制線の手前に駐車している二台のパトロールカーの後ろに、トムは車を止めた。そこにはさらに車が三台止まっている。救急医の車、科学捜査研究所の白いワンボックスカー、グレーのアウディ。ベルリン大聖堂は女神のように黒々と静かにそびえている。

トムはグローブボックスから錠剤をだして、そのまま口に入れた。メチルフェニデート（覚醒効果のある精神刺激薬）二十ミリグラム。少量だが、それなりに効き目がある。百錠パックはもうなくなりかけている。急いで新しい処方箋《しょほうせん》がいる。そのときズボンのポケットに入れた白い粉のことを思いだした。その粉についてアンネからなにも聞いていない。それがなにか、アンネは見てもいないのかもしれない。

トムは車から降り、ホルスターを身につけた。清々《すがすが》しい朝の空気に身ぶるいする。アドレナリンがゆっくり体に行き渡る。事件現場に足を踏み入れるときは緊張するものだ。それでも、対象に距離を置いて冷静に対処しなければならない。矛盾の極みだ。すべてをそのまま受け止めれば、自分も傷つく。かといって距離を置けば、被害者と加害者に共感することはできない。そうなると、事件の解明はおぼつかなくなり、消耗するばかりで、心が冷えこむ。トムは肩をすくめた。大聖堂で管理人が死体を発見した。それ以上の情報はない。丸屋根の上の十字架が朝の空を背景に金色に光っている。

規制線の前にはすでに報道陣がたむろしていた。ドイツ通信社、ロイター、ベルリン新聞。警察の新しいデジタル無線は傍受されにくいというが、それでも報道陣はすぐ現場にあらわれる。小銃の長さくらいある望遠レンズを構えたリポーターが、「プレス担当」と書かれたオレンジ色のベストを着た警官に下がるように指図されている。ふたりとも昔からの顔見知りだ。事件現場では、警官同士はたいてい握手をしたり、会釈したり、冗談を飛ばしたりするだけですむ。報道陣に対してもそうだ。だが、ここではそういう感じではない。みんな、浮かぬ顔をしている。大聖堂内の死体が長い影を落としているのだ。

身長がトムの鼻の高さくらいしかないふたりの警官が行手を阻《はば》んだ。トムは身分証を呈示した。「バビロン、州刑事局」ふたりがうなずいて下がった。正面玄関の前で、白いつなぎを着た科学捜査研究所のペール・グラウヴァインと出会った。髪にはとくに特徴はないが、上唇《うわくちびる》に裂け目がある。「おはよう、トム」

「おはよう、ペール。全員来てるのか？」

「俺のスタッフは十分前に到着した。病理学者ときみの同僚はまだ来ていない」ペール・グラウヴァインは立ち止まって、顎《あご》をかき、口に含んでいるフィッシャーマンズフレンドのトローチを左の頬から右の頬へ動かす。トローチをなめることで死を遠ざけているのだ。

「あれを見れば、すぐに検察や上層部の人間がここに駆けつけるな」

「死体の身元は？」

「まだわかっていない。上まで行くのが難しくてな」

「上まで行く？」

「自分の目で確かめろ。俺はやることがある」グラウヴァインはわざと軍隊式の敬礼をして、つなぎをガサガサさせながら、自分の車に道具を取りにいった。

トムは靴にカバーをつけてから改めて肩に力を入れて、大聖堂の正面玄関に向かった。そのときスマートフォンが鳴ったので、ジャケットのポケットから取りだした。対人犯罪担当である州刑事局第一部局の部局長ヴァルター・ブルックマンだ。トムの直接の上司は殺人課課長フベルトゥス・ライナーのはずなのに。ペールのいうとおりだ、早速大物のお出ましだ。

「トム？　どこにいるのです？」名前は呼び捨てにするのに、ていねいな言葉遣い。彼の他には教養のある者などいないとでもいうような変な癖だ。

「もう着いてます」トムは答えた。

「どこに？」

「大聖堂です」

ブルックマンは間《ま》を置いて深呼吸した。彼は五十代終わりで、顔に深いしわが刻まれている。それでも、まだまだエネルギッシュだ。ブルックマンの顔が目に浮かぶ。角張った禿頭《とくとう》、薄灰色の目、レイバンのサングラス、まくりあげた袖と、短いが、がっしりした前腕。

「トム、あなたはもういいです。いつもどおり出勤してください。事件はモルテンが担当します」

トムは面食《めんく》らった。殺人課第四班の班長ヨー・モルテン？　どういうことだ。呼びだしておいて、追い払うとは。ブルックマンは殺人課課長が四班ではなく、七班に指示をだしたことを知らないのだろうか。

「モルテンはまだ来ていませんが。四班の人間はだれもいません。ライナー課長は俺たち七班に出動命令をだしています。班長のベーリング首席警部が病欠なので、当面、俺が指揮を執ります。大事件のようです。もう現場にいるわけですから、ちょっと覗いて、様子を見てみます」

「トム？　待ってください。あなたが仕事熱心なのは認めます。しかし……」雑音が入って、ブルックマンの声が聞こえなくなった。トムはずっしり重い扉を開けて、前室を抜け、大聖堂の巨大な内部に足を踏み入れた。その途端、あまりの異様さに息をのんだ。ブルックマンがなにかいったが、トムはスマートフォンを持つ手を下ろして、啞然《あぜん》としながら目の前の異様な光景を見つめた。照明が設置され、まばゆい光が十メートルほどの高みで完璧なシンメトリーを見せる丸天井の下にある奇妙な人体を浮かびあがらせていた。その人物は黒い牧師の祭服を着ている。ちょうど十字架に架けられているかのように両腕を左右に伸ばしていて、そのせいで祭服が翼に見える。

吊るされた黒い天使だ。そのとき、その天使の胸元でなにかがキラッと光った。銀色のなにかだ。

「もしもし、トム？　返事はどうしました」ブルックマンの声がスマートフォンから聞こえた。

「すみません。よく聞こえませんでした。接続不良で」

「もう一度はっきりいいます」ブルックマンがきつい口調でいった。「これは、あなたの、ヤマでは、ありません」

トムはあんぐり口を開け、胸の鼓動が早鐘を打った。死体の首にかけてあるその小さな銀色の物体に目が釘付けになり、自分の目を疑った。

「バビロン、聞いているのですか？」

トムはなにもいわずに電話を切った。

トムは目がいい。視力は一・二だ。離れていても、黒い天使の首にかけてあるのが鍵だとわかった。トムはスマートフォンのレンズを死体に向け、ズームをかけて、鍵をアップにした。握りの部分に灰色のプラスチックカバーがついている特殊な鍵だ。解像度はあまりよくないが、プラスチックカバーに刻まれたものは充分に読み取れる。数字だ。

ブルックマンの声がまだトムの耳の中で響いていた。これはあなたのヤマではありません！　両手がふるえ、心臓がキュッとなった。

ブルックマンは間違っている！　部局長がなにをいおうが、関係ない。後でなにをいわれようと、これは紛《まぎ》れもなくトムのヤマだ。

一九九八年

第二章

ベルリン近郊、シュターンスドルフ
一九九八年七月十一日(土曜日)午後四時三分

トムは半透明のガラスを通して雨を見つめていた。右手には子どもっぽい下手くそな文字で書きつけたクシャクシャのメモを握りしめていた。

ごめん、ヴィー

父さんはもう帰ってきただろうか。父さんの目を見るのが恐い。なんていったらいいだろう。

雨水はトムのいる小屋の屋根から滝みたいに落ちてきて、ドアの下から小屋に流れこんでくる。まるで神さまがトムを溺《おぼ》れさせようとしているかのようだ。

昨日の午後は青く晴れわたっていた。

一日の終わりに近づき、空は鮮《あざ》やかで、雲には光の縁取《ふちど》りができていて、テルトー運河の水面が、トムたちの顔に浮かぶ汗と同じようにキラキラ光っていた。

数十年前に廃線になった鉄道の橋が運河にかかっている。水面からの高さは十四メートル二十七センチ。去年の夏、ナイロンロープに釘を吊るして測った結果だ。この鉄道橋は「崩落の危険あり。立入禁止」という立札があるにもかかわらず、というか、そういう立札があるからこそ、トムたちの縄張りになっていた。実際には「歓迎する」という立札のほうが、トムたちを遠ざけるのに効果がある。

一九五〇年代には墓地専用鉄道が通っていて、ベルリンで亡くなった人がドライリンデン経由でシュターンスドルフ林間墓地まで運ばれてきていた。だが数百メートル先にある国境のせいで、鉄道は運行できなくなった。こっちは東、あっちは西というわけだ。それ以来、橋と線路は錆《さ》びるがままにされ、ドイツが再統一したあとも、顧《かえり》みられることはなかった。

トムは十四歳になる。その日の午後は暇を持て余していた。鉄道橋からの眺めはすばらしいが、いけないことをしているというスリリングな気持ちはもうなかった。それでも、ヴィオーラはワクワクしただろう。といっても、まだ幼い。だから家に残してきた。一方、ベネはすでに十五歳になっていた。赤みがかったぼさぼさの金髪が顔にかかると息を吹きかけ、空気銃で空《あ》き缶を狙って引き金をしぼった。弾が命中して空き缶が飛ぶと、カーリンが拾ってきて、銃口を恐々《こわごわ》見ながら元の場所に置いた。目を直撃しないかぎり、空気銃では肌に小さな傷をつけるくらいが関の山だ。ヨシュはまたしてもスーパーヒーローを気取ってシャツを脱ぎ、鉄道橋から運河に飛びこんでみせると息巻いていた。ナディは、首尾よく飛びこんだら、胸を見せてもいいとヨシュを煽《あお》った。彼女はヨシュにそんな度胸はないから、約束を守る必要がないとたかを括《くく》っているのだ。トムはヨシュと交代して飛びこみたかった。褒美がキスならなおいいが、胸を見せてもらうだけで手を打ってもいいと思っていた。

だがそれはトムに約束された褒美ではない。

トムは背が高いばかりで、ひょろひょろだった。上に伸びるだけで、肩幅がない自分の体型がいやでならなかった。運動神経はそれなりにあるものの、動きが鈍《にぶ》くて、自分の体を持て余していた。父さんはそのうち筋肉がつくといっているが、そんなの当てにならない。あとでじゃだめだ。今そうなりたかった。髪がぼさぼさで、あばただらけのベネでさえ、これほど自分の体を嫌ってはいない。おそらく女の子に関心がないからだ。あるいは、欲求を隠すのがうまいのかもしれない。

トムはヨシュをちらっと見た。ヨシュはナディを盗み見ている。彼女の胸は去年の夏から明らかにふくらんできている。薄い布に小さな乳首のとんがりがはっきり見てとれる。ナージャ（ナディの本当の名前だ）が褐色の長髪を払ったので、ヨシュには胸の膨《ふく》らみがはっきり見えた。すごい。わざと見せびらかすなんて。

「わかった。約束だぞ」ヨシュはいった。声がざらついている。口の中が乾いているようだ。

ナディが眉間《みけん》にしわを寄せた。「それはドボンという音が聞こえてからよ」

「耳の穴をかっぽじってよく聞いてろよ」ヨシュは顎《あご》を突きだして、橋の欄干《らんかん》をまたいだ。

「おい、正気か？」そういうと、ベネは空気銃を下ろした。彼は頭がいいが、あんぐり口を開けた顔には知性の欠片《かけら》もなかった。「高さが何メートルあるかわかってんだろうな？」

ナディはおもねるように眉《まゆ》を上げた。「ダビドフのＣＭに登場するクリフダイバーならなんとも思わないでしょうね。頭から飛びこむわよ。腕をこんなふうにして……」ナディは自分の腕を蝶の翅《はね》のようにひらひらさせた。そのせいでシャツの裾《すそ》が上がって、一瞬、お腹が見えた。ヨシュの喉仏が上下した。

ナディが無邪気に微笑《ほほえ》んだ。ヨシュはもうやるしかなかった。カーリンがナディをじろっと見た。「いい加減にして。ベネのいうとおりよ。高すぎる」

もう一方の足も欄干を越え、ヨシュは欄干を背にして橋の外側に立ち、左右の手を後ろにやった。認めたくはないが、逆光の中、髪が風に揺れ、腰がしまって恰好がいい。明らかにトムよりもがっしりしている。たしかに少しだけスーパーヒーロー、あるいは崖から飛びこむクリフダイバーに見えた。

「欄干まで来て、見てろよ」ヨシュはかすれた声でいった。「ショータイム」

ナディはヨシュの後ろに立って、彼の肩に手を置いた。トムには、ナディがなにかささやいたように見えた。その瞬間、ヨシュはジャンプした。

キャッとひと声上げて、ナディがさがった。トム、ベネ、カーリンの三人が同時に欄干から身を乗りだした。下から短い悲鳴が聞こえたかと思うと、声が途切れた。ヨシュがキラキラ光る水面に吸いこまれ、水飛沫《みずしぶき》が高く上がった。

「うわっ」ベネが怒鳴った。「すげえ！」

トムは下を見た。ヨシュが飛びこまないほうに賭けていたら負けていた。たしかにすごい。カーリンは怒った目をしていた。仲間の中では最年少だが、目をくりくりさせて、「これだからガキは困るのよ！」というところは年上のようだ。彼女の母親は村の牧師をしているので、彼女にもお固いところがあるのだ。だがへそを曲げているのにはもっと自分勝手な理由がある、とトムは思っていた。ヨシュが彼女のためにジャンプするといっていれば、カーリンは小言をいったりしなかっただろう。

水面が盛りあがって、また沈み、ゆるやかな流れに波紋が広がった。ヨシュはどこだろう。

「あそこだ！」ベネが声を張りあげた。

ヨシュの頭が水面に見えた。

「ハハハ！」ベネはナディに向かってニヤッとした。「これで見せるしかなくなったな」

トムはナディの目を見た。彼女の顔が紅潮している。

「おっぱいだせよ、ベイビー」ベネが歓声を上げた。

「あんたには見せないわ、意気地なし」ナディがいい返した。「あっちを向いてよ」

ベネはニヤッとして、いうことを聞いた。トムは改めてナディの目を見た。虹彩が日の光を受けて緑色に光った。まばたきするくらいの一瞬のことだ。きっとすぐに背中を向けろといわれ、素直に従うだろう。ナージャはもう引っこみがつかない。

ナージャはいまだにトムを見ながら、Ｔシャツを上げた。一瞬、自分だけのためにしたのかとトムは思い、じっと見ることしかできなかった。ナージャは運河のほうを向いて、欄干から身を乗りだした。

「ヨシュ、ご褒美よ！」ナージャはそう叫んで、恥ずかしさを吹き飛ばした。その声は怒っているようですらあった。トムは彼女を今までになく美しいと思った。奈落に晒《さら》した胸は白く完璧だった。

やっとの思いで目をそらすと、トムはヨシュを見下ろした。大きな目をして、勝利の笑みを浮かべていると思いきや、顔をいまだに水につけている。「まずいぞ。どうしたんだ？」カーリンとナージャも黙って、憑《つ》かれたみたいに下を見ていた。水面が揺れている。ヨシュは手で水をかいているようだ。

「大変。なにかあったんじゃない？」カーリンがいった。

ベネも体の向きを変えて下を見た。ナージャは胸をはだけたまま固まっている。トムは彼女の胸を指差して、咳払いをした。「やだ」ナージャはTシャツを下ろしてささやいた。「頭をだして、ヨシュ。頭をだしてよ！」

トムはすかさずシャツを脱いで、ベルトをはずした。

突然、ヨシュが水面から顔を上げ、息を吸ってから、なにか叫んだ。歓声を上げているようには聞こえない。怯えている。あるいは苦痛の叫びだろうか。

「ヨーーーシュ」ナージャが叫んだ。「どうしたの？」

ヨシュは返事をせず、悲鳴を上げつづけ、ゆっくりと流されていく。

「ちくしょう」ベネがつぶやいた。「これからどうする?」

トムは下を見た。十四メートル二十七センチ。まだ高さ三メートルのジャンプ台しか経験がない。喉が引きつった。

「下でなにかあったんだわ」カーリンがいった。目に涙を浮かべている。

「水から救いあげないと」トムはいった。

「どうやって? めちゃくちゃ危険だわ」

ヨシュはいまだに悲鳴を上げている。

「なにかショックを受けているんだ。助けなくちゃ」

「だけど、俺は飛びこまないぞ。絶対にいやだ」ベネは後ろにさがった。

トムはズボンを脱ぐと、錆びついた欄干を乗り越えた。胸がドキドキして、心臓が破れそうだ。いろいろな考えが頭の中を駆けめぐった。

トムの意識は五歳に戻っていた。シトロエンDSの後部座席にヴィオーラといっしょにすわっていた。

母親はハンドルを握り、エンジンが唸《うな》りを上げていた。

木の幹が飛ぶように近づいてくる。しかも車の側面に見える!

車のルーフが引き裂かれた。ハンドルから上がすべてなくなった。だが、小さかったトムとヴィーは無事だった。

飛び散るガラスの破片。

耳をつんざく激突音。長いフロントノーズが一瞬にしてぐしゃりと短くなった。

それから母さんの埋葬。父さんのやさしい手。父さんの埋葬をして、母さんに手を握ってもらっていたほうがいいのにと思う自分に愕然《がくぜん》とした。

「ヨシュ！　しっかりして！」

カーリンの声に記憶の糸を断ち切られ、トムは流れる水面を見下ろした。

「気をつけて」ナージャがささやいた。

糞《くそ》っ、なんて高いんだ。トムは腿《もも》の付け根あたりが引きつった。あそこがめちゃくちゃ目立つパンツをはいていることを思いだした。シーサーの短い木綿パンツ。ナージャの視線を感じた。ヨシュがまた悲鳴を上げた。

そしてジャンプ。

足が空《くう》を切る。あそこの大きさが男の甲斐性だなんてとんだ勘違いだ。そのときトムのあそこはクルミの大きさくらいに縮んでいた。

トムはヨシュから数メートル離れたところに足から着水した。

足裏が焼けるように痛かった。いや、体じゅうが焼けるようだ。水が鼻から入ってきた。トムはびっくりして目を開けた。目の前は水泡でいっぱいだ。水の中なのに、ゴボゴボとすごい音がする。そのとき、水底になにかがぼんやり見えた。ヨシュだろうか。肺《はい》が苦しくなった。トムは息を吐いて、水面に上がるまで手足で水をかいた。顔に日の光を浴びた。咳をして、顔の水を払った。少し川下にヨシュがいる。顔が青ざめ、必死で水をかいている。

「ちくしょう。おまえも見たか？」ヨシュの声は裏返っていた。

トムは息を吸った。「なんのこと？」

「だから、水底にあったやつだよ！」

「落ち着けよ」

「落ち着け？　これが落ち着けるかよ」

「大丈夫？」ナージャの声が鉄道橋の上から聞こえた。

「ああ、平気、平気」トムが叫んだ。髪の毛から滴《したた》る水が目に入った。「ヨシュ、しっかりしろよ。とにかく岸まで泳ごう」

ヨシュの下唇《したくちびる》がふるえていた。手をばたつかせるばかりで、徐々に流されていく。一度口が水面下にもぐって、水を吐いた。

「ヨシュ！　落ち着くんだ。いいか？　岸まで泳ぐんだ」トムはそっと近づいた。「そっちに行く」

トムはヨシュの上腕をつかんで、岸のほうへ引っ張ろうとした。だがヨシュは激しく腕を動かし、手を振りほどいてトムを殴った。

「トム、後ろから羽交締めにするんだ」ベネが鉄道橋から叫んだ。「背泳ぎをしろ」

トムは喘《あえ》いだ。簡単にいってくれる。「聞こえたか、ヨシュ？　体を支えてやるから、背泳ぎで岸に向かうぞ。いいか？」

トムはヨシュの返事を待たなかった。片腕をヨシュの胸にまわすと、仰向けになって足で水を蹴《け》った。次の瞬間、ヨシュが重くのしかかってきたので、顔が水面下に沈んだ。トムはさっきの倍の力で水を蹴って、なんとか口と鼻を水面からだした。糞っ、いつになったら岸に着くんだ。

少なくとも、ヨシュは暴れなくなった。ぎこちないが、トムに合わせて足を動かした。頭上の鉄道橋がぐらぐら揺れて見えた。耳元で水のはねる音がして、何度も水を飲んだ。そうこうするうちに、背中に鋭い痛みが走った。パンツのゴムのあたりを岩でこすったような痛みを覚えた。足で蹴るのをやめて、水底を探る。よかった。水底に足がつく。トムはよろけながら、ヨシュを斜面に引っ張りあげた。背中の傷がズキズキした。

「もう平気だ。手を離していいよ」ヨシュがいった。「赤ん坊じゃない」

足をガクガクさせながら、ふたりは日の光でポカポカになった背の高い草むらに倒れこんだ。

トムは他の仲間が橋の上にいないことに気づいた。岸に通じる狭い小道を辿《たど》ってこっちへ来るところだろう。「いったいなにがあったんだよ？」

「あいつがつかんだんだ。本当だ。あいつがつかんだんだよ」ヨシュはささやいた。

「つかんだって、なにが？」

「見なかったのか？」

「水の中にだれかいたっていうのか？」

「なにも見なかったのか？」

「いや、なにか見えたけど。はっきりとは見えなかった。最初、おまえかと思った」

「ちがうよ。別の奴だ」

「どういうことさ。人間?」

「死人だよ」ヨシュはささやいた。

「まさか水の中に……」トムはうなじの毛が逆立つのを感じた。「……死体?」暖かい日和《ひより》なのに、急に鳥肌が立った。

ヨシュはうなずいた。「飛びこんだときに、あいつに触ったんだ。ちくしょう。気色悪いったらない」ヨシュはあわてて両手を草でぬぐった。「ひえーってなって、水面に上がろうとしたんだけど、あいつに捕まって動けなかったんだ」

「捕まった? どういうこと?」トムはおずおずとたずねた。

背後でガサガサと音がしたので、ふたりはぎょっとした。

「大丈夫か?」ベネが藪《やぶ》から出てきた。後ろにナージャとカーリンを引き連れていた。

「ああ。平気」トムは急いでいった。ナージャがヨシュを見た。それからトムに視線を移した。トムは急に自分が素っ裸な気がした。実際、パンツが脱げそうになっていて、しまりがなく、とんでもなく間抜けに見えたはずだ。そのとき、ナージャがニヤッとした。

「ヨシュが水の中に死体があるっていうんだ」トムは早口にいった。

ナージャの顔から笑みが消えた。「なんですって?」

ヨシュが改めて見たものの話をした。他の三人は不安そうに顔を見合わせた。

「で、どうするの？」ナージャがたずねた。

「警察にいわないと」カーリンがいった。

ベネが不服そうに眉間にしわを寄せた。「だめだ。先に死体を見てからだ」

「頭、大丈夫？」カーリンが眉間を指でつついた。「あたしは絶対に見にいかない。死体がヨシュをつかんだんでしょう？」

「馬鹿な」ベネはいった。「死体がつかむはずないさ」

「でも本当につかんだとしたら？」

「それは見ものだな」

「おい、本当なんだ」ヨシュが口をひらいた。「もう絶対にもぐらないぞ。警察を呼ぶほうに賛成する」

「あのなあ」ベネが腹を立てた。「せっかくの夏にこんなところでうだうだして、なにかおもしろいことはないかなって思ってたくせに。本物の水死体を見つけたのに、びびってどうすんだよ」

「よくいうよ」ヨシュがいった。「もぐってないくせに」

ベネは肩をすくめた。「トムは飛びこんだけど、おまえみたいに青くなってないぞ」

「水が汚染されてるかも」カーリンが口をはさんだ。「その死体、いつからあったのかわかったものじゃないわ」

しばらく静寂に包まれた。

「まあ、ここは沼じゃないからな」トムが自分の考えを口にした。「水はどんどん流れていく」全員がトムを見た。「ぼくの脱いだ服は持ってきてくれた？」

「ごめん。上に置いてきちゃった」ナージャがささやいた。「慌てちゃって」

「尻が丸見えでセクシーだぜ」ベネがニヤニヤした。

トムはどこかに隠れたかった。「あとで取りにいくからいいよ。で、だれがいっしょに来る？」

ベネは一瞬、押し黙ったが、Tシャツを脱いで水に入ると、ゆっくりと鉄道橋のほうへ向かった。

「馬鹿だな」トムはベネのジーンズを指差した。

「馬鹿はどっちだよ？」ベネがいい返した。トムがなにを指しているのか見るまでもないのだ。

「あたしも行く」ナージャがいったが、声はおどおどしていた。

「クーリオ」ベネは親指を立てた。三年前、ラッパーのクーリオの曲が大ヒットしたときから、ベネは「クール」という代わりにいつもそういっていた。

「ねえ、気はたしか？」カーリンがいった。ヨシュにくっついている。〝少しのあいだでもふたりっきりになれるのがうれしいみたいだ〟とトムは思った。

三人は岸のそばを流れに逆らって進んだ。トムはパンツ姿で、ベネはジーンズをはいたまま骨ばった肩をいからせて。ジーンズが水を吸って、足に張りついていた。ナージャはショートパンツを脱いでビキニになっていたが、Tシャツは着ていた。やはりトップレスはいやらしい。

橋の近くまで行くと、三人は泳ぎだした。冷たい水がトムのひりひり痛む背中に気持ちよかった。

「このあたりかな」ベネがいった。

トムはうなずいた。あまりいい気がしなかった。ベネも陸にいたときよりもおっかなびっくりのように見える。だがここまで来たら後戻りはできない。

トムは思いっきり息を吸い、水にもぐった。小さなゴミや千切れた草が水の中に浮いている。そのあたりの水深は四メートルくらいあった。トムの左右にベネとナージャがいた。三人は同時に水底に着き、同じものを目にした。ベネは一瞬、水をかくのをやめた。ナージャは口から気泡を漏らした。目を丸くしている。それから水底を蹴った。沈殿物を舞いあげ、慌てて浮上していった。

トムは水底に横たわる死体を見つめた。目の詰んだ金網でグルグル巻きにされている。蜂《はち》の巣状の金網が魚のうろこのようだ。恰好からして男らしいが、年齢はよくわからない。顔は歪《いびつ》になっていて、肉が金網からはみだしている。身につけている白いシャツも金網のあいだからはみ出ている。金網の中には石がいくつも入っていて、それが重りになっていた。腹部のあたりで金網がはずれて、上を向いている。なにか見えないものに引っかけてあるように見える。死体の髪はトムが水をかくのに合わせて、ゆっくり動いた。頭上の水面が水銀のようにキラキラしている。屈折した光線に当たって、死体の右手のそばでなにかが光った。ふくれあがった腕につかまれるのではないかとビクビクしながら、トムはすぐそばまで泳いでいき、そのキラキラ光るものをつかむなり、足を蹴って、急いで水面に浮かびあがった。死体から逃げたい一心で。

トムは水面に顔をだして息を吐いた。ナージャは青くなっている。ベネもすでに浮きあがっていた。

「あれは完全に死んでる」ベネがいった。

ナージャはなにもいわなかった。

トムは手にしたものを高く掲げた。「これがそばにあった」握りに灰色のプラスチックカバーがついた銀色の鍵が切れた紐からぶら下がっていた。カバーには数字の17が刻まれていた。

第三章

ベルリン大聖堂
二〇一七年九月三日（日曜日）午前八時三十九分

「おい、トム！」ペール・グラウヴァインが叫んだ。シルバーのトランクを提げて戻ってきたところで、トムがオルガンの下にいるのを見つけたのだ。トムは死体を吊ったロープをはずそうとしていた。つなぎの服がガサガサ音を立てた。グラウヴァインがトムのところに駆けてきた。「なにをやってるんだ？　気はたしかか？　まだ写真を撮ってないんだぞ」

トムは彼を無視した。仕方がない。待つのは苦手だ。こんなものを見せられては尚更だ。すぐに二本目のロープもほどいた。あやつり人形のように吊られた死体がガクンと揺れた。

グラウヴァインは顔を真っ赤にして、トムの両手からロープを奪い取ろうとした。

「まだ鑑識の作業をはじめていないんだ。事件現場をだいなしにする気か？」

トムは小柄なグラウヴァインを乱暴に押しのけた。

「いかれたのか？」グラウヴァインがまた文句をいった。

トムは最後のロープを握って滑《すべ》らせ、薄いラテックスの手袋をはめた。丸天井の下には、血だまりと排泄物を覆うためにビニールシートが広げてある。足がガクッと折れ曲がって、死体はビニールシートの上に沈んだ。胸がちくっとしたが、仕方がない。今すぐ確かめる必要がある。

「ちくしょう」グラウヴァインはささやいた。

一瞬、その場が静かになった。人気《ひとけ》のない大聖堂にいるのは、トムとグラウヴァインと、遠くからじっと様子を見ているふたりの助手だけだった。

トムはベンチのあいだを縫《ぬ》って、大聖堂の中心に急いだ。

女は奇妙に足を曲げ、両手を広げて横たわっている。両手を広げていたのは、牧師の祭服の左右の袖に木の棒が通してあったからだ。その木の棒の左右の先端にロープが結んであり、それで宙に吊られていた。

トムは鍵を見つめた。擦《す》り切れた灰色のプラスチックカバーに17と刻まれている。トムの胸が早鐘を打った。女性の顔、鼻、口。ヴィーだろうか。妹が今どんなふうに見えるか、何度となく頭の中で思い描いてきた。笑っているところ。笑窪《えくぼ》、目の輝き、虹彩の色。だが死体は黒い布で目隠しをされていた。

「トム、なんだっていうんだ……」グラウヴァインはトムの横で途方に暮れて、おろおろしていた。「なにをしてるんだ?」

「うるさい。黙ってろ」トムの声はかすれていた。

トムは、ヴィオーラがそこにいていっしょに亡くなった女性の上にかがみこんでいるような気がした。寝間着の裾《すそ》が華奢《きやしや》な腰に絡《から》みつき、金色の巻毛がぼさぼさだ。死体の髪は白髪交じりだが、やはり金髪だ。ヴィーはトムを見て、鍵を指差した。

〝これ、あたしのよ。どうしてこの人があたしの鍵を持ってるの？〟

〝これがおまえだからじゃないか？〟

トムはふるえる指で目隠しに触り、額《ひたい》のほうにずらそうとした。布は湿っていて、皮膚《ひふ》に貼りついている。トムはむりやり目隠しを引っ張って、青白く虚《うつ》ろなその顔、というか顔の残骸《ざんがい》を見た。トムは思わず喘《あえ》いで、死体の横に膝《ひざ》をついた。ビニールシートの下でビチャッといやな音がした。

グラウヴァインは大きく息を吐いた。フィッシャーマンズフレンドのトローチの匂いがした。メンソール、リコリス、ユーカリ油。

眼球のあったところには、ふたつの空洞がうがたれていた。黒々した涙の跡が鼻の左右を通って頰に伸びている。眼球のない顔は歪《いびつ》で、魂の抜け殻。指紋のない指と同じだ。だがヴィオーラでないのはたしかだ。死体は五十歳くらいで、鼻が細く、左右の目の間隔がかなり離れている。妹の顔には似ても似つかない。

だがほっとしたのも束の間《ま》、すぐに失望を感じた。この失望というのが困りもので、気力が萎《な》えて、捜すのをやめたくなる。トムの中には、こんなことは終わりにしようという気持ちもあった。

「嘘だろう」グラウヴァインがつぶやいた。「これは大騒ぎになるぞ」

「どうして?」トムはいまだに自分との葛藤に忙しく、捜査官としての自覚がなかった。

「見てわからないのか?」

「なにを?」

「ニュースを見ないのか? この人は大聖堂付き説教師のリスだよ」

「ブリギッテ・リス?」トムの顔から血の気が引いた。「たしかか?」トムは眼孔がぽっかり空《あ》いた顔を見た。

「おまえがクビになるぎりぎりなのと同じくらいたしかさ」グラウヴァインはまたトローチを口に放りこんだ。

妹との共通点を探すのをやめたトムは、死体がブリギッテ・リスであることに気づいた。カーリンの母親だ。この二十年近く、直接会っていない。本のカバー写真や、プロテスタント教会の監督職を辞めたときの新聞記事で見かけたことがあるだけだ。新聞記事を読んだのはいつだろう。もう三年前になるだろうか。自分の母親が恥ずかしいとカーリンがこぼしていたことを思いだした。「教会ばかり大事にしてなければ、父さんがいなくなることはなかったのに」カーリンは昔、テルトー運河の岸辺でそう漏らしたことがある。

鍵を見つけた日のカーリンがまぶたに浮かぶ。そのときの彼女の意見は、どれもこれも正論だった。それなのに、他の仲間は無視した。

「これを知られたら、ブルックマンに殺されるぞ」グラウヴァインは床に横たわる死体を指差した。

「ああ、たぶんな」トムはため息をついて、気持ちを整理しようとした。「他になにか見つけたものはあるか？」

「見つけるもなにも。照明を設置したところに、おまえが来て、死体を下ろしたんじゃないか」

「わかったよ。すまなかった」トムは苦笑いしているグラウヴァインにいった。グラウヴァインは徹頭徹尾プロだ。たまに辛辣《しんらつ》な物言いをするのは、彼が孤独で、仕事に命を賭けているせいだ。長身のトムは、同僚の仕事を邪魔したことが申し訳なくて、急に自分が小さくなったような気がした。いじりまわされた事件現場は鑑識や科学捜査研究所にとって悪夢だ。検察から早期の解決を求められるのが確実であれば尚更だ。今回の事件が州刑事局にまわってきたのは偶然ではない。大変な騒ぎになるはずだ。それでも、トムは自分がやったことを後悔していなかった。被害者がヴィーだったら、絶対に吊るされたままにしておかない。

鍵に目がとまった。祭服の上で銀色に輝いている。

トムのスマートフォンが鳴って、堂内に音が反響した。ブルックマンからの電話だ。トムは音量を下げた。怒鳴り声を聞かされるのは目に見えている。トムはまわりに視線を向けて、どんな印象も記憶するようにした。ブリギッテ・リス、天井から下がっているロープが形作るふたつのV字形、リスを吊るしあげるのに使った滑車《かっしゃ》。ロープを結びつけてあるオルガン演奏台下の黒い格子、大聖堂の空気、早朝の光、静寂。感覚を全開放した捜査官たろうとした。

ふたたびスマートフォンが鳴った。今回はアンネだ。

トムは電話に出なかった。事件が解決したら思いっきり抱きしめるつもりだ。だがそのとき、白い粉のことが脳裏をかすめた。今はアンネと話したくない理由がもうひとつあった。

第四章

ベルリン近郊、シュターンスドルフ
一九九八年七月十日(金曜日)午後四時五十三分

トムはびしょ濡れのパンツ姿で岸辺のポカポカ暖かい岩にすわり、鍵を握りしめていた。だが心は冷え切っていて、水が髪の毛から滴《したた》って背中を伝い落ちた。背中の傷がひりひりする。

みんな、焚《た》き火を囲むみたいに半円を作っていた。ベネとカーリンとナージャは顔面蒼白だ。逆にヨシュは落ち着きを取り戻したようだ。他の仲間が愕然《がくぜん》としているので、逆にいつもの自分に戻っていた。

「だれかが殺したのよね」ナージャが遠くを見ながら、いわずもがなのことをいった。

「ただ殺しただけじゃない」ベネがいった。「顔を見たか? それと金網?」

「金網？」ヨシュがたずねた。

「犯人はあいつを溺死《できし》させたんだ」

「つまり金網に巻いて……？」

「そうさ。そして大きな石といっしょに」ベネは両手で石の大きさを教えた。

ナージャは首を引っこめた。「じゃあ、生きたまま沈めたってこと？」

沈黙。

「それで、顔がどうかしたの？」カーリンが小声でたずねた。

トムは咳払いをした。いまだに喉が詰まっている。「滅多刺しにされてた」

「身元がわからないようにしたんだな」ベネがいった。

「痛い目に遭わせたかったんだろうな」トムは小声でいった。「きっと罰を与えたんだ」

カーリンが口に手を当てた。

「顔を切ったくらいじゃ死なない」トムはつづけた。「なんでわざわざ金網なんて使ったんだろう？」

「浮かんでこないようにするためじゃないかな？」ベネがいった。

「見つからないようにするなら、どこかに埋めたほうがいい。やっぱり、そいつらは罰したかったんじゃないかな」トムはみんなを見た。

「どうして、そいつらなの？　複数ってこと？」カーリンがたずねた。

「さあね。だけど死体は重いだろう。金網に石まで入れているし」

沈黙。

カーリンは神経質に首を撫《な》でた。「やっぱり……警察にいわないと」

「どのくらい前から沈んでいたのかな?」ベネがたずねた。

トムは肩をすくめた。「さあ、どうかな。一週間くらいかな? さもなかったら、見た目がぜんぜん違うと思う」

「もっとブヨブヨになってる」ベネがいった。

みんな、押し黙った。死体を沈めたのが最近だとすると、ますます恐ろしいことに思えた。トムは、ヨシュと自分が飛び降りた鉄道橋を見上げた。死体もそこから投げこまれたのだろうか。それなら、おちおちしていられない! 犯人が藪《やぶ》から出てきて、トムたちを運河に沈めるかもしれない。

「警察に行きましょう」カーリンが繰り返した。

「その鍵はどうする?」ヨシュが、トムが握っている引きちぎった紐を指差した。トムは手を広げた。鍵は彼の掌《てのひら》に載っていた。

「渡すのよ。当たり前でしょ」カーリンがいった。

ベネは目を丸くした。「これだから牧師一家の娘は困る」

「牧師なのは母さんだけよ」カーリンがむっとしていった。「父さんは宗教とはまったく関係ないもの」

「そうだった。だからいなくなっちゃったんだよな」ベネが嫌みをいった。

「おい、そんなことをいうなよ。喧嘩をしてもはじまらないだろう」トムが言葉を遮《さえぎ》った。

「あたしじゃなく、父さんにいってよ」カーリンは唇《くちびる》を尖《とが》らせた。彼女には触れてほしくないことがたくさんある。父親はその最たるものだ。

「殺された理由がその鍵だったらどうする?」ヨシュがたずねた。「価値のある鍵なのかもな。コインロッカーかなにかの鍵とか」

トムは眉間《みけん》にしわを寄せた。「じゃあ、なんでまだそばにあったんだ?」

「犯人たちはあいつが持っていることを知らなかったのかも」ヨシュがいった。

「価値があるのなら、探したんじゃないかな」

みんながトムの掌に載っているその小さな銀色の鍵を見つめた。

「カバーに刻んである数字はなにかしら?」ナージャがたずねた。

トムはその数字を人差し指でなぞった。線を太くして、読みやすくするため、何度も刻んだ跡がある。細かい刻みが幾重にも重なっている。「17」トムはささやいた。「だれかが17って刻んだ」

「だから、コインロッカーの鍵だよ」ヨシュがいった。

「それで、そのコインロッカーにはなにが入っているわけ?」カーリンがたずねた。

「お金かな」ベネがすかさずいった。他のみんながベネを見つめた。「そうに決まってる。マフィアの仕業って感じだ。金網と石。コンクリートの靴をはかせるのに似ている。イタリアではそういうふうにやるって話だ」ベネは頰を紅潮させた。「もしかしたら麻薬絡《がら》みかも。

でも、やっぱりお金だと思うな。それも大金」

みんなの青白かった顔がしだいに熱を帯びた。トムは岩の上で腰をもぞもぞさせた。急にみんなが興奮しだしたのが気に入らなかった。それでも、おぞましい発見の衝撃は和らぎ、しだいに薄れていった。トムは鍵を見つめた。もし自分が選べるなら、やはり持っていたいという誘惑に駆られる。不気味だが、冒険の匂いがする。本や映画を通して知っている類《たぐい》の冒険だ。この鍵にはなにか秘密がある。秘密をあっさり放棄したり、無視するなんて愚の骨頂だ。

「正直いうと、その鍵は持ってたほうがいい」ヨシュがいった。

「頭がおかしいんじゃない？」カーリンがいった。「血がついてる。そんなものが欲しいの？」

「なんなのよ。あなたって、母親よりも固いんだから」ナージャがため息をついた。「好奇心をそそられる。それだけのことじゃない」

「あなたまで？」カーリンは唖然《あぜん》としてナージャを見つめた。「まあ、そうよね。平気で胸を見せられる子だものね。あなたらしいわ」

「なによ」ナージャはいい返したが、顔を赤くした。

「トム、なにかいってよ」カーリンがそういうと、みんながトムを見た。「見つけたのはあなたなんだから」

「そうよ。あなたが決めて」

トムはいい気がしなかった。みんなの顔を順に見た。ヨシュはいつも大口を叩く。ベネもそうだ。ナージャはトムに期待のまなざしを向けている。急に決めろといわれても。トムは咳払いをした。「そうだな、ひと晩待つってのは、どうかな。ひと晩寝て、明日どうするか決めるんだ」

カーリンの目がすべてを物語っていた。

「それがいい」ベネもそういって、利口ぶった。

「いいね」ヨシュもうなずいた。ますます調子に乗ってきた。「賛成する。当然だ」

ナージャが黙って微笑《ほほえ》んだ。

「それで、死体は?」カーリンがいった。「そっちも明日まで待つの? どうなの? 死体のことを警察に話して、鍵のことは明日にするなんて。忘れていましたなんて言い訳、通ると思う?」

「たしかに」トムは認めた。「かなり間抜けだ……」

「じゃあ、今はなにもいわないほうがいいな」ヨシュが結論をだした。もちろんトムが考えていたものとは違う方向の結論だった。

「全部黙ってるっていうの?」ナージャがたずねた。彼女もさすがに及び腰になった。

「しばらく前から沈められていた」ベネがいった。「どうせ死んでるわけだし。大差ないよ」

トムはゴクリと唾を呑んだ。なんてことをいうんだろう。大いに違いがあると思ったが、鍵は持っていたい。だから反論できなかった。カーリンのいうとおり、警察に通報するなら鍵を渡すしかない。どっちにするか、すぐに決めなくては。でも決められるものではない。今この場では無理だ。みんながいるところでは。ひとりでないと、冷静に考えられない。

「よし」トムはかすれた声でいった。「こうしよう。みんな、家に帰るんだ。そしてなにもいわない。明日またいつもの時間に橋の上で落ちあおう。鍵を持っていることに決まったら、そうする。そうでないときは、運河に投げる。死体のあるあたりに」

一瞬、その場が静寂に包まれた。日の光が運河に反射してキラキラ光っていた。

「それでいいわ」とナージャ。

「クーリオ」ベネは親指を立てた。

「俺も構わない」とヨシュ。

「持ち帰るってことね」カーリンはそういって、唇を引きしめた。

「おまえに任せる」ベネはニヤッとした。

「だれも文句はないな?」トムは念を押した。

みんな、うなずいた。

「まあ、いいわ」カーリンもうなずいた。

みんな、立ちあがると、それぞれの服を持って、別々の方向に帰っていった。トムは服を置き去りにしてある橋に通じる、くねくねした小道を辿《たど》った。ジーンズとシャツはポカポカに暖かく、よく乾いていた。もちろん今はいているパンツはまだ濡れている。トムはシャツが傷に当たらないように、腕を通すだけにし、まわり道だが森を抜けて家に帰ることにした。

木陰で足を止めると、ジーンズのポケットに鍵を入れて、ジーンズを切り株の横に置いた。それからパンツを下げ、片足を引っかけて脱いだ。そのとき、背後でガサゴソと音がした。

「トム？　ちょっと待って」

トムはぎょっとした。ナージャだった。トムはあわててパンツをはこうとしたが、足の親指がゴムに引っかかってよろけそうになった。赤面しながら、パンツを引っ張りあげて振りかえった。ナージャはあとを追ってきたのだろうか、それとも待ち伏せしていたのだろうか。

「や、やあ」トムはどうしたらいいかわからず、ドギマギした。ナージャが近寄ってきた。ニヤニヤしてはいない。ソワソワしてもいない。この自信はどこから来るのだろう。ナージャがさっきみたいに微笑んだ。軽やかな笑み。なにを考えているのかわからない。ナージャが目の前に立った。一歳上だが、彼女の背はトムの首のあたりまでしかない。

「背中は大丈夫？」

「背中？」

「傷よ」ナージャはトムの背中の傷のそばを指で撫でた。トムはびくっとした。

「息を吹きかけてあげましょうか？」

「息を吹きかける？」トムはたずねた。なんなんだ。ナージャの言葉を繰り返すことしかできないなんて。ナージャは口を尖らせて、シャツのあいだからはだけて見えるトムの胸に息を吹きかけた。トムはまたドギマギした。「い、いいよ」

「さっきは勇敢だった」

「なにがさ？」

「ヨシュのために飛びこんだじゃない」

「ヨシュだって、飛びこんだ」

「でも、あたしにいいところを見せるためだった。違いがあるわ」

トムはうなずいて、なにもいわなかった。トムもナージャにいわれれば、恰好いいところを見せようとジャンプしただろう。

「あなたがジャンプしたのは、ヨシュを助けるためだった」

トムには、うなずくことしかできなかった。

「こんな最低のパンツ、はじめて見た」ナージャがささやいた。

トムは穴があったら入りたいくらい恥ずかしかった。ナージャの手がトムの腹部をなぞってパンツの中に滑《すべ》りこみ、股間をまさぐった。トムはわけがわからず頭から血の気が引いた。血がドクドクいっている。だがそれが心臓か、股間かわからなかった。「そこは……せ……背中じゃないんだけど」

ナージャがクスクス笑った。

ナージャの左手が脇の下から背中にまわった。「ここ？」ナージャの指が蜘蛛《くも》の足のように移動して、傷口に触れた。苦痛がトムの全身に走った。ナージャの舌が突然、トムの耳の穴に入った。湿っていて、大きな音がした。トムはゾクッとした。

「もう一度見たい？」

「えっ？」かすれた声だった。自分がとんでもない間抜けに思えた。ヨシュもこんなふうにたじたじとなるだろうか。

「触って」ナージャが耳元でささやいた。

トムは頭がくらくらして、どうしたらいいかわからなかった。腹のあたりがモヤモヤして、背中の痛みを感じなくなった。

第五章

ベルリン市プレンツラウアーベルク地区
二〇一七年九月三日（日曜日）午前八時四十八分

ジータ・ヨハンスは等身大の鏡の前に立ち、背中の傷痕を見てみた。

彼女の身のまわりは、「これだから学生はだめなのよ」と母親が口癖《くちぐせ》のようにいっていたそのままの状況だ。小さい頃から片付けが苦手だった。もちろん定位置が決まっている小物もある。電動歯ブラシ、鍵束、アールグレイの缶、コンドーム、シャンデリア、どうしても欲しくて中古で手に入れたラウンジチェア。そのラウンジチェアは四百ユーロ近くした。高価なだけあって、すわり心地は抜群だ。ただ、すわる機会が少ないのが玉に瑕《きず》だった。それ以外のものはそのときの気分で移動させたり、置いたりしている。といっても、持ち物は多くないし、アパートは古くても、百二十平方メートルの広さがあるので、多少散らかしても目立たない。母親なら、そうはいわないだろうが。母親は、ジータが表札の氏名に「博士」という称号をつけないことも理解できないといっている。働くときは「博士」という肩書きがものをいうからだ。

ジータは背中の傷痕をそっと指で撫《な》でた。そのとき背後でスマートフォンが鳴り、布団の横の床で振動した。

ジータは散らばっている服を器用に避けながら、スマートフォンのところへ行った。画面にブルックマンの名があった。

「ヨハンスです」ジータは電話に出た。だが、思ったよりもつっけんどんになってしまった。ジータ一号がまだ優勢なのだ。日曜の朝、まだ疲れていて、のんびりしていたかったことも手伝っていた。

「ジータですか？　あなたの頭脳が今すぐ必要なのです」ブルックマンはだれに対しても名前で呼ぶ。電話で自分の名を名乗らないのと同じで、そうやって力を誇示しているのだ。

「どのような用件でしょうか？」ジータはそうたずねて、気持ちをジータ二号に切り替えた。

「大聖堂の件です。聞いていますか？」

「いいえ」ジータは鏡に視線を向けた。昔の職場から電話がかかってくるとは。しかもブルックマンだ。自分はといえば、服も鬘《かつら》もつけていない。「どうして事件分析官に出動要請しないんですか？」

「あなたがいなくなってから、臨床心理士がいなくて困っていましてね。今いる分析官は仕事が山積みで、分析結果が出るまで一週間は待たされるのです。話になりません」

だからお鉢がまわってきたということか。捜査協力。州刑事局の事件分析官は、捜査が行き詰まると、助っ人として呼ばれる。事件分析課が属している部局が公式には「評価担当ユニット」と呼ばれている所以《ゆえん》だ。あまりに理屈っぽくて、現場に出ない部局なんて、退職するように仕向けられなくても、自分からやめていたはずだ。だがブルックマンの言い方には有無をいわさないものがある。やる、というほかない。ブルックマンが直々に電話をかけてきたのだから。「報酬は？」

「外部顧問の日当に必要経費。それでいいですか？」

ジータは心の中で凱歌を上げた。思った以上の収入になる。胃がむずむずした。現場に出ると思っただけで、アドレナリンが噴出した。「わかりました」ジータは気持ちを抑えて答えた。

「助かります。自宅ですね？」質問というより確認といった響きだ。「モルテンが数分で迎えにいきます。彼の指示に従ってください」

嘘っ、モルテン？　彼に見られると、いつも東ドイツで過ごした子ども時代を思いだす。共産主義の兄弟国キューバの外国人労働者の血を引く招かれざる小娘、肌の浅黒い私生児。共産主義政府からしたら、生まれるべきではなかった子。モルテンには双子の娘がいる。既婚者としての顔と首席警部としての仕事ぶりには天と地ほどの違いがある。だからジータを見るときのモルテンはいつも蔑《さげす》むような目をして、夜中に場末のアパートのゴミ捨て場に引っ張っていきたいという顔をする。

「わかりました。すぐに身支度を整えます」

「そう願います。そうだ、ジータ、もうひとつあるんです」

「なんでしょう」

「七班のトム・バビロンが現場にいます。しかし彼のヤマではないのです。そのことを彼にはっきりわからせてください。納得していないようですので」

「どうしてですか？」

「どうしてかなんて、わたしにわかるわけがないでしょう」

「いいえ、なんでわたしが納得させないといけないのかです」

「いわれたことをしてくれればいいのですよ、ジータ」

「わたしは臨床心理士で、ベビーシッターじゃありません」

「同じようなものです」ブルックマンはよく論理が飛躍する。だが、こんなに露骨なのは珍しい。「彼が横紙破りをしないように押さえてください」部局長は通話を終了した。

ジータはスマートフォンを布団に投げると、もう一度だけ鏡を見た。そこにはすぐに消えることになる別人が映っている。浅黒い肌、焦茶色の目、五厘《ごりん》刈りの頭、顎骨《あごぼね》に沿った傷痕と右胸の火傷痕《やけどあと》。

横紙破りをしないように押さえろ、とブルックマン部局長はいった。いつものことだ。横紙破りをしようと、しまいと、辛い目に遭う。胃のむずむずがひどくなった。

第六章

ベルリン大聖堂
二〇一七年九月三日（日曜日）午前九時十三分

「バレても知らないからな」そういいながら、グラウヴァインは改めてニコンのシャッターを切った。デジタルカメラはアナログカメラとそっくりのシャッター音がした。グラウヴァインは舌打ちした。彼とトムは祭壇に背を向けて赤い絨毯《じゅうたん》の上に立っていた。カメラのレンズは丸天井に向けられている。

「それでいい」トムはいった。

「あのなあ！　どうせ俺がおまえのためにやったと勘繰られるのがオチだ」グラウヴァインは女性牧師のブリギッテ・リスが吊るされていたところを指差した。「もう一度吊りあげるぞ。写真を提出しないと、大目玉を食らう」

「悪いな」トムがいった。

「バイアー、ベルネ。来てくれ」グラウヴァインがふたりを呼んだ。科学捜査研究所のスタッフふたりは自分たちの作業を中断した。つなぎの服をガサガサさせながら、ふたりがやってきた。ひとりは黒っぽい顎鬚《あごひげ》を生やし、他人を見下すような目つきをするので、ベルネ（ドイツの人気テレビ番組『ティールとベルネ　ミュンスターの事件現場』に登場する法医学者の名前）というあだ名がついていた。外見はまったく似ていないのだが。もうひとりのバイアーのほうには髭がなく、金髪で、仕事のせいで食欲がないのか、ガリガリに痩《や》せている。

「ボス」そのバイアーがそばに立っていった。

ベルネは黙っていた。下品な言葉を使うのが嫌いなのだ。

グラウヴァインは正面玄関が騒がしいことに気づいて、そちらに視線を向けた。「このご婦人が一度下ろされたことを知られるとまずい」

ベルネは眉《まゆ》を吊りあげた。「しかし訊かれたら……」

「質問には俺が答える。答えるのは俺だけだ」グラウヴァインはトムをじろりと見た。

扉が開いて、小走りに歩くモルテン首席警部の足音が大聖堂に響いた。巡査ふたりとロングヘアで浅黒い肌の痩せた女性を伴っていた。女性はモルテンとは対照的にうつむいている。死体を見たくないようだ。州刑事局の臨床心理士だとトムは記憶している。名前は失念した。

モルテンたちが入ってくると同時に、喧騒が堂内に流れこんできた。正面玄関に人が集まっているようだ。いつもなら午前十時に礼拝が行われる。観光客や信者が報道陣といっしょに規制線の前にたむろしているのだ。今から新聞の見出しが予想できる。

「なにもいうなよ」グラウヴァインがいった。

「わかってます」バイアーが答えた。ベルネは渋い顔をしている。トムはベルネがいわれたとおりにすることを祈った。

「鑑識の作業はまだ終わっていないのか？」二十メートルほど離れたところからモルテンがいった。彼の鼻にかかった声が堂内に反響した。

「まだってなんですか？」グラウヴァインがつぶやいた。

「俺は質問したんだがな、グラウヴァイン。こんなによく響くのに」ふっと微笑《ほほえ》むと、モルテンは人差し指を右耳のあたりでクルクルまわし、その短い指をピタッと止めた。まるで角を生やした悪魔のようだ。五十代半ばにしては髪がふさふさしている。白髪も少ないし、きっちり髪をわけている。「科学捜査のなんたるかを知らない上に耳も遠いのなら、無能の烙印を押すぞ」

グラウヴァインはむっとしたが、黙っていた。

バイアーとベルネは仕事に戻った。

「やあ、ヨーゼフ」そういって、トムはジャケットのポケットに両手を入れた。

モルテンはトムの前に立った。筋肉質だが、トムよりも頭ひとつ半、背が低い。トムは、彼がヨーと愛称で呼ばれるのが好みなのを知っていた。そしてモルテンはトムがそのことをわかっていると知っていた。

「だれかがへまをやらかしたらしいな」モルテンがいった。

「そうかい?」トムは挑むような目つきをした。死体を下ろしたのはまずかった。モルテンに知られたら雷が落ちるだろう。内部監査を受けることになったら、三度目になる。「だれがへまをしたっていうんだ?」

「ライナーのところの新入りのバニーガールだよ。あのピーピーいう女だ」

トムは朝の電話で聞いた神経質で甲高《かんだか》い声を思いだした。バニーガール呼ばわりとは。臨床心理士は、モルテンの言い方が気に入らなかったようだ。彼女の頬骨は張っていて、髪がかかった右耳の下あたりに傷痕がある。

「どういうへまをしたか気にならないか?」モルテンがいった。

「あんたじゃなく、俺に連絡したってことかな」

「おい、おい、バビロン。おまえは目立ってかなわん」モルテンは歯を剝《む》いてみせた。紅茶とニコチンで歯が黄ばんでいる。「少しは遠慮しろ」

「わかっているさ」

「それならいい」モルテンが答えた。背後では宙に浮いた死体が照明に照らされていた。

「あとはわたしに任せてください」臨床心理士が小声でいった。

モルテンが彼女のほうを振りかえった。「そんなことを頼んだか?」

「いいえ。でもどっちが偉いかって話なら、わたしに依頼した人に電話をかけてみてください」

モルテンはじっと彼女を見つめた。蔑《さげす》むような目つきだ。といっても、彼女の態度が悪かったからではない。彼が男で、彼女が女であるという事実から、自分が上だと思っているのだ。「勝手にしろ」

トムはニヤッとしそうになるのを堪《こら》えた。

「ドクター・ジータ・ヨハンスです」臨床心理士がトムに手を差しだした。彼女は身長が一メートル八十センチはある。目は焦茶色で、なにを考えているかうまく読み取れない。

「トム・バビロンだ」

「目立つ方《かた》なんですね」ジータは微笑んだ。

「苗字がな」トムは微笑みかえした。

モルテンは体の向きを変えて怒鳴った。「作業をつづけないか」

大聖堂のあちこちで物音がしだした。

「照明を少し消してくれ。目がつぶれそうだ。それとも、まだ撮影が終わっていないのか？」

「トムと呼んでもいいかしら？」ジータはたずねた。

「ブルックマンは臨床心理士を送りこんで、俺の対応に当たらせようってわけか」

「対応しなければならないのですか？」

「やめておけ」

「やめておけって、なにを？」

「そういうやり方だよ」

「やり方？」

「質問攻めにすることさ。自分のことは明かさず、主導権を握りつづける」

「これはこれは。鋭いですね」

「それは皮肉か？」

「少なくとも質問ではないわ」

照明がひとつ消えた。ジータ・ヨハンスの顔が暗くなり、祭壇の豪華な装飾が反映して彼女の目に小さな金色の輝きが浮かんだ。

「簡潔にすまそう」トムはいった。「ブルックマンがきみをここへ寄こしたのは、俺を排除するためだ」

ジータ・ヨハンスは涼しい顔をした。「たしかにブルックマン部局長に依頼されました。でも、捜査に参加するようにという依頼です」

「そして氷にはまった牛を引っ張りあげるような面倒ごとを押しつけられたってわけだ」

「あなたが自分を牛だと思っているなら、そうですね」

「俺をはずしたいなら、自分でいうべきだ」

「いったのではないですか？」

「個人的にな。今のところ、まだ捜査に関わっている」

背後でゴトンと音がした。ベルネがベンチにぶつかったのだ。

「おい、気をつけろ。倒すなよ」バイアーが叫んだ。

ジータ・ヨハンスは振りかえって、ちらっと死者を見た。黒い天使が揺れて、グロテスクな動きをした。バイアーとベルネが死体をゆっくり下ろしはじめた。ジータはまたトムのほうをちらっと向いた。ほんの一瞬、彼女の表向きの顔に亀裂が生じた。「どうしてこの事件の捜査をしたいんですか？　名誉心？」ジータはモルテンのほうを顎でしゃくった。「それともライバル意識？」

「ライバル意識があるのはあいつのほうだ」

「じゃあ、どうして？」

トムは黙った。この状況が気に入らなかった。取り調べではいつも自分が訊く側だ。ジータには変なところがある。距離を置いているのに、トムをつかんで離したくないようだ。

「亡くなった人を個人的に知っているからですか？」

トムは返事に少し時間をかけすぎた。「なぜそう思うんだ？」

「今度はあなたが質問する側ですね？」彼女の目がまた金色に光った。

「俺は被害者を知らない」

「どうしてそういえるんですか？　上に吊るされていて、目隠しもされているのに」

トムは口を開けたが、すぐにまた閉じた。言葉が見つからない。ジータはトムをじっと見つめた。トムの頭の中を照らす懐中電灯でも持っているかのように。

「ただの言葉の綾だ」だがすでに手遅れだった。ジータはなにかおかしいと勘づいた。具体的なことはわからないが、トムの尻尾をつかんだのだ。

「亡くなった人との接点はなんですか?」ジータはたずねた。

「忘れろ。付きあうつもりはない」

「あなたがこの事件から手を引くか、わたしがあなたの抱える問題を突き止めるかです。そうなったら、あなたの同僚も問題を抱えるでしょうね」

「なんだって?」

「だって、そうでしょう」ジータは冷ややかにいった。「なにがあったか知らないけれど、わたしたちが入ってきたときのグラウヴァインの様子を見れば、彼が同じ舟に乗っていることがわかります」

トムはちらっとグラウヴァインを見た。彼は少し離れたところで、トムたちを無視しようとしている。「本気でそんなことをする気か?」

ジータは微笑んだ。「車に乗って帰宅してください。それでうまくいきます」

「本当にモルテンの下で働くつもりか?　あいつは……」

「彼のことはわかっています。でも、ここでは……」

「ちくしょう!　どうなってるんだ?」だれかが叫んだ。

二十メートルほど離れたパイプオルガンの下で、科学捜査研究所のスタッフがトムたちを手招きした。トムはそのスタッフの名前を知らなかった。その若いスタッフは人の背丈ほどの高さがある黒い格子の前に立っていた。ロープが結びつけられた格子だ。そして格子の奥でなにか尖《とが》ったものが金色に光っている。スタッフが叫んだ。

「ここの鍵を持ってきてくれ。こっちにも死体が」

第七章

ベルリン市クラードー地区私立ヘーベッケ精神科病院
二〇一七年九月三日（日曜日）午前九時二十一分

「帰ってきた」クララがささやいた。

二二八号室の患者クララはベッドの角にすわって、まるで窓から別世界に行こうとしているかのような忘我の境地にあった。そんなときに、看護研修生のフリーデリケ・マイゼンがその薄暗い病室に足を踏み入れた。フリーデリケは戸惑って、薬を持っていた手を下げた。小さな青いケースの中で錠剤がカラカラと音を立てた。二二八号室に入るのははじめてだ。

〝帰ってきた〟という言葉を聞いて、ティムール・ヴェルメシュの小説を原作にした映画『帰ってきたヒトラー』をふと思いだした。スマートフォンで見放題サイトにアクセスして鑑賞したことがあるだけだ。

しかしこの患者が映画を見るはずがない。原作を読んだのだろうか。クララはなで肩の痩《や》せこけた女性だ。三十代にも四十代にも見える。ベッドに腰かけ、明るい色の絨毯《じゅうたん》が敷かれた床に足をきちんと揃えて乗せている。

「そう、わかってる。あの人が帰ってきた」

〝わたしに話しかけているのかしら？〟フリーデリケには、それが独り言かどうか判然としなかった。彼女はこの病院に来て間《ま》もない。看護師長に「新入り」としてスタッフに紹介されたのはわずか二週間前。十九歳になったばかりで、髪は淡いブロンド、中背で、鼻が細くて、口が小さい。父親が神経科医であることは黙っていた。おたかくとまっていると思われたくなかったからだ。実際、父親はフリーデリケのことを買っていなかった。二年前からハイデルベルク大学で医学を専攻している義理の兄フォルカーに目をかけていた。兄はまだ親のところで暮らし、日に日にむかつく奴になっていた。だからフリーデリケは自分が家を出ていくしかなかった。あとで知ったことだが、研修に応募したあと、父親は受け入れ側のドクター・ヴィッテンベルクに電話をかけて採用してくれるように頼みこんだらしい。


　フリーデリケがこの病院で働いて三週間目、はじめてベッドメイクをし、コーヒーをいれる以外の仕事を任された。「クララはおとなしいわよ」と同僚たちにいわれた。薬を持っていくだけの仕事なのに、見知らぬ人の内面に踏みこむような居心地の悪さを覚えた。

〝しっかりするのよ。この仕事につくのなら、はじめての患者でひるんでどうするの。うまく話をするのよ。やさしくするの！〟


　フリーデリケは咳払いをした。「すみません、だれが帰ってきたんですか……」薬のケースをちらっと見る。小さく印字されたラベルにはクララ・ヴィンターとあった。「……ヴィンターさん」

患者は目を上げて、灰色の模様が入った壁紙を見つめた。「あの人よ」といって、毛を抜いた眉《まゆ》を上げて、壁の一点を見た。

「なるほど」フリーデリケは困惑して、クララの視線を追った。そのときはじめて、壁紙の模様だと思ったものが違うことに気づいた。壁紙がはがされて、五行ないしは六行からなる文字列の四角いブロックが天井近くまでぎっしり描かれ、そこに鉛筆で小さな数字が書きこまれていた。数字は壁面全体、それもカーテンがしまっている窓側の壁までびっしりと埋め尽くしている。薄緑色の壁紙は部屋の隅にしか残っていなかった。

「薬を持ってきました」驚いている素振りを見せないように気を使いながら、フリーデリケはいった。「クララと呼んでもいいかしら?」

クララ・ヴィンターはうなずいた。

フリーデリケは薬を小分けにしたケースをクララに渡した。朝の分の錠剤をケースからだしてから興味を覚えて壁のそばに立った。数字が書きこまれたブロックは明らかにカレンダーだ。ブロックひとつが月をあらわしている。ブロック十二個で一年になる。フリーデリケの視線は延々とつづくブロックと数字を追った。何年分になるだろう。ちょうど目の前にあるブロックの上に小さく「十二月」と書かれている。と、そのとき、最後の数字が目にとまった。最初は見間違いかと思った。というのも、32と記されていたからだ。よく見ると、他にもおかしなところがある。

〝奇妙だ〟とフリーデリケは思った。

目の端で、クララが錠剤を床に落として、足でベッドの下に押しこむのが見えた。

「あら、そんなことをしてはだめよ！」といってから、馬鹿な子や小さな子を相手にするような言い方だと思って、自分がいやになった。古株の看護師みたいに、高飛車な態度はしないと心に誓っていたのに。相手は人間。普通の人と少し違うだけだ。フリーデリケはこの人たちに救いの手を差し伸べたいのであって、駄目人間という烙印を押したいわけではない。

「どうしてそんなことをするの？」さっきよりは人当たりよくたずねた。

「わからない」クララ・ヴィンターはそういうと、他の錠剤も床にこぼした。小さな白い錠剤が床で跳ねた。「わたしが薬をのむのをあの人が嫌うからかしら」

「ヴィンターさん」フリーデリケは興味を覚えていった。「あの人ってだれ？　今度、紹介してくれない？」

「あの人は人を選ぶの。だから、だれかれかまわず紹介することはできないわ」

「名前はあるの？」

「あるわよ」

「教えてくれない？」

クララ・ヴィンターはフリーデリケをじっと見つめた。大きな目を緊張させている。虹彩は青灰色で、無色の部屋を反映している。そして声をださずに唇《くちびる》を動かした。

「ヴィンターさん、声をだしてくれないと」

「イエス」クララは小声でいった。

「イエスって、あのイエス？」

「そうよ。恰好からしてそうだもの」

「そうなんだ」フリーデリケは笑ったりするなと自分にいい聞かせた。どんなおかしなことをいう患者でもあるがままに受け入れると決めたのだ。「ここで会ったの？」

「どうして知ってるの？」クララ・ヴィンターはだれかに見張られていると思ったのか、きょろきょろした。

「だって」フリーデリケは目配せをした。「外にはあまり出ないでしょう？」

クララ・ヴィンターは首を横に振って、ふっと笑みを浮かべた。

「イエスなら、もうずいぶん歳を取っているんでしょうね」フリーデリケはいった。

「いつも同じ年齢よ」

「そうかもしれないわね。神の子だから年齢なんて関係ないし」フリーデリケは自分の軽口がおかしくて微笑《ほほえ》み、うまくやれている気がした。

「それでイエスはなんの用なの、ヴィンターさん？」

「わたしを助けてくれるの」

フリーデリケはうなずいて、少し黙ってからいった。「錠剤のことだけど、イエスはあなたのやったことをよく思っていないはずよ」

「わたしに薬をのませたくないのよ」

「その逆よ。薬をのんでほしいと思ってるはず」

クララ・ヴィンターは納得していない顔をした。

「そうだ」フリーデリケはかがんで、薬を拾った。薬の種類の見分けがつかない。「こうしましょう。新しい薬を取ってくるわ。途中に礼拝堂があるから、ちょっと寄って、あなたに薬をのませていいか、イエスさまに訊いてみる。いいといわれたら戻ってくる。そしたら薬をのんでね」

クララ・ヴィンターは眉間《みけん》にしわを寄せただけで、なにもいわなかった。

フリーデリケは見えない一線を踏み越えてしまったようだ。「そんな顔しないで。すぐに戻るわ」

フリーデリケはドアのほうを向いて、出ていこうとしたが、壁に書かれた数字を見て、ふと立ち止まった。「ねえ、このカレンダー、間違ってるわよ。なんで17が……」

「間違いではないわ」クララ・ヴィンターが背後で叫んだ。フリーデリケは振りかえろうとしたが、突然背中を押され、鼻をキャビネットにぶつけて、絨毯敷きの床に転んだ。絨毯は思っていたほどふわふわではなかった。フリーデリケはうめいて、仰向けになった。〝立たないと。このままではいけない〟

見ると、クララ・ヴィンターが心配そうな顔をしておどおどしている。

フリーデリケはあわてて立ちあがり、鼻に手を当てた。生温かい鼻血が出ていて、ものすごく痛かった。

第八章

ベルリン大聖堂
二〇一七年九月三日（日曜日）午前九時三十七分

黒い格子戸はいまだに施錠されたままだ。時間が樹脂になったように遅々として進まない。〝静寂に良し悪しがあるとすれば、これはよくないほうの静寂だ〟とトムは思った。なにもいわず足音を立てて、第二の死体を気にしつつ。

ペール・グラウヴァインはまたトローチを口に含んだ。ヨー・モルテンは少し離れたところで行ったり来たりしていた。ズボンのポケットの布を通して、四角いタバコの箱があるのがわかる。タバコはやめたはずなのに。それにしても、いつになったら大聖堂の管理人は鍵を持ってくるのだろう。ジータ・ヨハンスに伴われて管理人が鍵を取りにいってから、かれこれ十分以上が経っている。

格子の奥で大きくて豪華な棺《ひつぎ》が輝いている。金色の棺には、煤《すす》でもついたかのように少し黒いところがある。その裏の石の床に頭が見える。グラウヴァインがＬＥＤの懐中電灯でその頭に光を当てている。薄くなった灰色の髪のあたりに黒々とした血が見える。

さっきまでジータ・ヨハンスと話していたのが嘘のようだ。二体目の死体がすべてを吹き飛ばした。トムはこれをどう考えたらいいかわからなかった。亡くなった女性牧師、ヴィー、17の鍵、そしてトムのズボンのポケットには、コカインとおぼしき粉を包んだメモ用紙。

「あのな、ペール？」

「なんだ」

「ちょっと頼みがあるんだ」

「またか？」

トムはたたんだメモ用紙を彼に渡した。「ある証人から受けとったものなんだ。中身を分析してくれないかな。そいつはしゃべろうとしないんだが……証拠を突きつければ……」グラウヴァインはトローチを片方の頬から別の頬に動かした。「狙いはだれだい？」

「シフナーだ」シフナーというのはベルリンに縄張りのあるギャングのひとりだ。複数のクラブと売春宿を持っていて、ドラッグの密売にも手をだしていると疑われている。シフナーは四ヶ月前、高級クラブ〈オデッサ〉で何者かに銃撃されていた。

「そんなに指紋がついてちゃ、証拠にならないだろう」グラウヴァインはトムが指にはさんでいるたたんだメモ用紙を見て、とがめるようにいった。

「証拠品じゃない。中身がなにか教えてくれりゃいい」

グラウヴァインはそのメモ用紙をさっとビニール袋に入れた。「急ぎか？」

「大至急」

「大至急？　これを見てもそういうとは、いい度胸してるな」グラウヴァインが事件現場を指差した。

　足音が近づいてきた。「鍵を持ってきました！」大聖堂の管理人はレンガを運んできたかのように息を切らしていた。鍵は一度も使ったことがないかのように真新しく、FWというラベルが貼られた紫色のプラスチックの札がついていた。「フリードリヒ《F》・ヴィルヘルム《W》大選帝候です」管理人はトムに鍵を渡して、ヨー・モルテンを無視した。首席警部が、いいたいことが山ほどあるという顔をしていたからだ。

「なんでこんなに時間がかかったんだ？」

　小太りの管理人は肩をすくめ、消え入りそうな素振りをした。

「わたしの鍵束がその……どうしても見つからなかったもので」

　これで、犯人がどうやって中に入ったかがわかった。トムは格子戸の鍵穴に鍵を挿した。

「それなら、今朝どうやって大聖堂に入ったんですか？」グラウヴァインがたずねた。

「正面玄関の鍵はいつも持っているんです。でも、全部の鍵を持ち歩くのはちょっと。ここにはいくつドアがあると思いますか？　百五十以上になるんです」そのとき、管理人は死体の頭部に目をとめて、押し黙った。

「わかった。そのことはあとで話そう」トムは穏やかにいうと、ジータ・ヨハンスに合図を送った。ジータは大聖堂管理人の腕を取って、近くのベンチに連れていった。

　金属がガチャッと音を立て、扉が静かにひらいた。モルテンとグラウヴァインとトムは、開け放たれた扉の前で、見えない障壁の前に立っているような気がした。鍵についている札がひらひら動いていた。ライトの向きが変えられると、豪華な棺が輝いた。分厚く黒い台座の上で金色のライオンの前脚が棺を支えている。そしてその奥の床に血だまりができていた。

「人が歩くところに入るな」モルテンが指示した。「格子のそばから離れるな」

「先にこっちの作業をさせてくれないかな」グラウヴァインは不機嫌そうにいうと、細いストラップで首から下げていたニコンをつかんだ。だれも返事をしなかった。お互いの息遣いが聞こえるだけだった。グラウヴァインは鼻柱が曲がっているせいか、いつも少し鼻にかかった発音をする。

亡くなっていたのは五十歳くらいの男だった。棺とその奥の壁のあいだに押しこまれていた。グレーのジャケットと地味なスラックスが床にたまった血を吸っていた。左指にはめた結婚指輪が指に食いこんでいる。

「これはひどい」モルテンが唸《うな》るようにいった。

グラウヴァインは決まりどおりに写真を撮り、死体をそっと仰向けにした。血だまりがビチャッと粘ついた音を立てた。トムは胃がひっくり返りそうになり、上級警部トム・バビロンの中に人間トム・バビロンがいることを自覚した。

死体のまばらな髪はぼさぼさで、毛深い眉《まゆ》の下の目がえぐられ、頸動脈があるあたりに深い傷がパックリ開いていた。トムはフラッシュに目が眩《くら》み、網膜に白い跡が残った。ラテックスの手袋をはめたグラウヴァインが、死体の顎《あご》に触れた。硬直している。だが腕はまだ動く。「死後三時間。四時間かもしれない。殺害の現場はここで間違いない。出血の量から考えて、他にも手がかりが見つかりそうだ」

トムはブリギッテ・リスがぶら下がっている丸天井を見上げた。バイアーとベルネは作業を中断していた。なにがあっても、ブリギッテ・リスの首にかかっている鍵を手に入れなくては。

モルテンはトムの視線を見て、棺の裏の死体を顎でしゃくった。「巻き添え被害か?」

巻き添え被害。トムはこの二十年で共感力まで失ってしまったかと思った。共感を覚えないこともあれば、深く共感することもあったが。

「いずれにせよ、こいつは犯人の演出の一部には思えない。むしろ、こっちは隠そうとしている」

トムはグラウヴァインと視線を交わした。ふたりはブリギッテ・リスの目がえぐられていることを考えていた。同一犯であることは間違いないようだ。

「よし」モルテンがいった。「ひとまず女性に集中しよう」

「ペール」トムはいった。「この男の顔があまりひどく見えない写真も撮っておいてくれるか?」

「これをどうやって」ペール・グラウヴァインがつぶやいた。

「モノクロで撮ってから、臨床心理士にいって写真を大聖堂管理人に見させるんだ。たぶん被害者がだれかわかるだろう」

「トム、おまえは指図できる立場じゃないんだぞ」モルテンが文句をいった。「それからバイアー、女性を下ろせ。被害者の身元を知りたい。それが先決だ。大聖堂管理人の名前はなんだったかな？」

「たしかベッヒャーです」

「ペール、ベッヒャーは救急医から鎮静剤をもらったはずだな？」

「ええ」

「じゃあ、きみのすばらしい写真を見せても大丈夫だろう」

　グラウヴァインはモルテンの背後で中指を立ててから、カメラをモノクロに設定して、最後の一枚を撮影し、大聖堂の中央に戻った。そのとき、スマートフォンが鳴って、「セックスマシーン」のイントロが大聖堂に反響した。ジータ・ヨハンスは顔をそむけて、笑いを堪《こら》えた。隣には青い顔をこわばらせたベッヒャーがすわっていた。

〝あの人、好きになれない〟ヴィーがトムの横でささやいた。

〝彼女はいわれたことをしているだけだ〟とトムはいった。

〝なら、どこか別のところですればいいのよ〟

〝悪いのはブルックマンだ。あいつが、俺をはずしたがっている〟

〝ブルックマンって、あの？〟

〝ああ、あいつだ〟

〝それで、あたしの鍵は手に入る？〟

〝あれはおまえの鍵じゃないぞ、ヴィー。だが、なんとかしてみる〟

突然あらわれたときと同じように、ヴィオーラはまた消えた。トムは、妹が唐突にあらわれることを今ではなんとも思っていなかった。というか、トムが望むから、妹があらわれるのだということを知っていた。

トムは、ブリギッテ・リスの死体が下ろされたところに行ってみた。グラウヴァインのストロボが充電される音が聞こえた。モルテンがジータ・ヨハンスとベッヒャーを手招きしたが、ふたりとも無視した。

科学捜査研究所のスタッフがそっと目隠しをはずした。「ちくしょう」モルテンが唸った。

「これは教会の監督だったブリギッテ・リスだ」グラウヴァインは今初めてそのことに気づいたとでもいうように愕然《がくぜん》としてみせた。

「ちくしょう」モルテンがもう一度いった。

トムは身をこわばらせた。祭服の胸元に肝心なものがない。「くそっ、鍵はどこだ?」トムはささやいた。

「鍵?」モルテンがたずねた。

大聖堂の中が静寂に包まれた。

「ああ、鍵だ。首から下がっていた」

モルテンがそこにいる者たちを順に見た。

「たしかか?」

グラウヴァインは目をそらした。

「グラウヴァイン？　おまえは鍵を見たか？」モルテンがたずねた。「他の者は？」

全員が黙っていた。グラウヴァインがうなずいた。

「レンズを通して。ズームしたときに」

モルテンはグラウヴァインとトムを順にじろっと見た。

「どういうことか、だれか説明してくれないか？　なんの鍵だ？　そして、なぜなくなっている？　ここは事件現場だぞ。なくなったで通るか！」

「あの、すみません」ジータ・ヨハンスが前に出た。

「なんだ？」モルテンがいった。

「棺のそばの死体ですが、ベッヒャーさんが、だれなのかわかるといっています」

「写真も見ずにか？　後ろ姿を見ただけで？」モルテンは、しょんぼりベンチにすわっている大聖堂の管理人を指差した。

「後頭部を見てわかったといっています。髪型とシャツの襟で」

「なるほど、よく知っているようだな」

「そのとおりです。亡くなったのは大聖堂付きオルガン奏者のベルンハルト・ヴィンクラーです」

ベルンハルト・ヴィンクラー。トムはドキッとした。シュターンスドルフの教会で一度会っただけだが、よく覚えている。妹の葬儀のときだ。ヴィンクラーはトムにお悔やみをいった。あんなに熱心にトムの話に耳を傾けてくれた人はいなかった。あのときを最後に、トムは教会に足を踏み入れたことがない。今回を除けば。だが当時のことは思いだしたくもない。ひどい茶番、悪夢だった。遺体のないままの葬儀だったのだから。

「大聖堂付きの牧師に、大聖堂付きのオルガン奏者。最悪だ」モルテンがいった。それから声を張りあげた。「情報規制する。全員わかったか？　情報規制だ。だれにもいうな！」

グラウヴァインは撮影をやめて、ブリギッテ・リスの祭服の側面をハサミで切りはじめた。トムは顔をそむけた。発見現場で被害者の衣服をはぐのは不遜《ふそん》なことだ。法医学者によるY字切開よりもひどいくらいだ。

グラウヴァインはハサミを脇に置くと、指先で黒い祭服を持ちあげて、一瞬、静かになったかと思うと、小声で「うわっ！」といった。

グラウヴァインが立ちあがって、二歩さがると、つなぎの服がカサカサ鳴った。トムはなにかひどいものを見ることになると覚悟して振りかえった。グラウヴァインはいろいろ見てきて、よほどでないと驚かないからだ。

ブリギッテ・リスの裸体が床に横たわっていた。下着をつけていない。眼球のない眼孔が丸天井を見上げている。だがグラウヴァインがあとずさった理由はそれではなかった。

第九章

ベルリン近郊、シュターンスドルフ
一九九八年七月十日(金曜日) 午後九時十九分

ヴィオーラは浴室にいて、もらった羽根をいじりながら、目を丸くしてトムを見ていた。トムは鏡に自分を映していた。背中の怪我がかなりひどい。

「あたし……手伝おうか?」

トムはびくっとした。

ヴィオーラはご機嫌斜めだった。トムにとって、自分は空気みたいな存在だというのだろうか。

「ありがとう。でも、大丈夫さ」

「大丈夫じゃないわ」ヴィオーラはいった。「手が届かないじゃない」

「大丈夫だって」

「パパがヨードチンキをどこに置いているか知ってる」ヴィオーラはトムの反応を待った。誉めてくれると思ったのだ。実際、悪くない考えだ。ヨードチンキは傷口の消毒にいい。ヨードチンキを塗って、絆創膏《ばんそうこう》を貼って、そっとしておく。ところがトムは落ち着きがなかった。まるで幽霊でも見たかのように顔が青い。

「取ってくる」ヴィオーラはネイティブアメリカンの祈禱師《きとうし》みたいに羽根を耳の後ろに挿して駆けだした。

流し台の左の引き出しに緑色の瓶が入っている。ベタイソドナとラベルに書かれている。その横に絆創膏もあった。浴室に戻ると、ヴィオーラは鏡に映る自分を見た。ぼさぼさの金色の巻毛。興奮して顔が赤い。大人のようにまじめくさった顔をして、医者のふりをした。

「うつ伏せになって。薬が流れ落ちちゃうから」

ヴィオーラが手に持つ緑色の瓶を見て、トムは微笑《ほほえ》んだ。といっても、いつもと違って、どこか元気がない。どんな幽霊かわからないが、よほどびっくりしたようだ。

「わかったよ、先生」トムはいった。「じゃあ、ぼくのベッドに行こうか?」

「ふん、赤ん坊じゃないんだから」

トムは手を上げた。「そんなつもりはないさ、先生」

「なによ。それじゃ、行くわよ」

トムはうなずいた。また笑みを浮かべた。ヴィオーラが好きな表情だ。これで、わかったふうな顔をしなければ、なおいいのだが。でも今回は本気らしく、トムは自分の部屋へ行くと、ベッドに寝そべってヴィオーラを見た。

「なあ、それ、なんの羽根?」

「羽根？」ヴィオーラは知らないふりをした。

「耳の後ろに挿しているやつだよ。きれいじゃないか」

「パパにもらったの」ヴィオーラは嘘をついた。

トムに質問攻めされるよりはいい。

「ふうん」トムはいった。嘘をついているって、なんでトムにはわかるんだろう。でも、兄は穿鑿《せんさく》することなく、こういった。

「じゃあ、やってくれ」

ヴィオーラはほっとして緑色の蓋《ふた》を開けた。「ちょっと沁みるよ」と真面目な声でいうと、ヨードチンキの滴《しずく》を兄の背中の傷口に垂らした。トムはピクリともしなかった。我慢できるなんてすごい。「それじゃ、絆創膏を貼るね」ヴィオーラは眉間《みけん》にしわを寄せて、手当をつづけた。

「おい、いったいいくつ絆創膏を貼るつもりだ？」トムはしばらくしてたずねた。

「できた」ヴィオーラはそういって、出来上がりを満足そうに見た。どこかパッチワークのように見えるが、傷口の大半は塞《ふさ》がった。

「ありがとな」そういうと、トムは起きあがった。そのとき、なにかがポトンと床に落ちた。

「なに？」ヴィオーラがそういって、その銀色に光っているものを拾った。これって……あれじゃない！　あの鍵だ。

「なんでもないよ。ただの鍵さ」トムはさりげなくいった。

「ハハハ、そうみたいね。でもこれ、どうしたの？」

トムは妹をじっと見た。

「背中に怪我をしたところで見つけたの？」

トムはうなずいた。

「なにがあったの？」ヴィオーラがささやいた。声をひそめるべきだと思ったのだ。きっと内緒の話だ。だれにもいわないと誓わされるだろう。さもなければ、すごい話は聞けない。

トムは無邪気な顔をした。「この鍵は岩のあいだで見つけたんだ。取ろうとして、背中を怪我した」

「嘘よ」ヴィオーラはふくれっ面《つら》をした。たいていはこれでうまくいく。

「本当さ」

「あたしはもう赤ちゃんじゃない」

トムは目を丸くした。「でもまだ小さい……」

ヴィオーラは顔をしかめた。ひどい言い草だ。

「……そして小さい子には向かない話ってのがあるんだ」最低！　かっとしてトムのすねを蹴《け》る。

「痛いな。なんだよ」

ヴィオーラは緑色の瓶を床に投げた。耳の後ろの羽根がずれた。

「いい気味！」ヴィオーラは目をうるませていた。

「ヴィオーラ、そんなにすねるなよ」

「すねてなんかいないもん！」

「ヴィオーラ。いえないんだ」

「なんで？」

「悪夢を見てほしくないからさ」

ヴィオーラが目を丸くした。「そんなにひどい話なの？」

トムはうなずいた。

「お願い。教えて！」ヴィオーラがねだった。

「無理だよ。去年、赤い本を読み聞かせしたときのことを思いだせよ。あのピッピ＝フリップフロップだよ」

忘れるわけがない。ピッピ＝フリップフロップ。ふざけた名前だったけど、あのドラキュラは怖かった。

「おまえがべそをかいたせいで、ぼくは父さんに大目玉をくらった」

「そうね。でも、あたし、もう大きくなったわ」ヴィオーラがいい返した。「先週、パパが『新しい人』とお出かけしたとき、お兄ちゃんは男の人の首が切られる映画を観たけど、あたしは平気だった」ヴィオーラは嘘をついた。

トムは疑うように妹を見た。「おまえも観てたのか？」

ヴィオーラは激しくうなずいた。「だから、話して」

『アルプスの少女ハイジ』が大好きだっていってたのは、ついこのあいだじゃないか。車椅子の女の子が歩けるようになって、おまえ、ボロボロ泣いてた。なんて名前だっけ？」

「クララよ」ヴィーがいった。「でももう『ハイジ』は卒業したわ。ずっと前にね」これも嘘だ。でも、今でもあのアニメを観ているなんていったら、トムは絶対に話してくれないと判断したのだ。「それに日曜日にお巡りさんのドラマをパパといっしょに観たこともあるんだから。ニュースのあとに」

「『ミュンスターの事件現場』のこと？」

「そうよ」ヴィオーラは足先で床を叩きながら、父さんでも敵わない甘えた顔をしてみせた。「ねえ、話して」

トムは、だれかが盗み聞きしているとでもいうように左右をうかがった。「仲間といっしょに死体を見つけたんだ。運河で」

ヴィオーラは目を丸くして、口を開けた。「本当？　ミステリみたいに？」

「ああ」

「パパにいった？」

「いうわけないだろ。そんなことをいったら、父さんはあの人にいうに決まってる。そうなったら大騒ぎになる。『ねえ、大丈夫？　子どもにはショックだったはずよ。ヴェルナー、お医者を呼ばなくては』なんていうに決まってる」トムは『新しい人』の興奮した声を真似た。

ヴィオーラはクスクス笑ったが、すぐ真剣な顔に戻った。「それでその鍵は?」

「死体のそばにあった」

「ほんと?」

トムは黙ってうなずいた。

ヴィオーラはそわそわして唇《くちびる》を舌でなめた。

「その鍵をあたしにくれない?」

「なんだって?」

ヴィオーラは数字が刻まれたその鍵をわざと大袈裟に見つめた。1、7! あの謎の数字だ。できることなら、兄に話したいと思った。でも、絶対にいわない、と約束した。今大事なのは、その鍵を自分のものにすることだ。

トムは一瞬考えてから、微笑んだ。

「だめだ」

ヴィオーラはトムをにらんだ。

「だけど、少しのあいだ貸してやるよ。ぼくが決めた隠し場所にあとで戻すんだ。いいね? 背中にヨードチンキを塗ってくれたお返しだ」

ヴィオーラは興奮してトムの首にかじりつき、「ありがとう、ありがとう」とささやいた。

「それじゃ、よく聞くんだ」

トムは妹の耳元でささやいた。

その鍵を前から手に取ってみたかった！　鍵の秘密にこんな近づいたのははじめてだ。そのことをトムに話せないのが残念。でもトムだって、秘密を教えてくれない。たいていの場合。あとで全部話そう。そうすれば、後ろめたく思わなくてすむ。胸がドキドキした。今度はヴィオーラが秘密を明かす番だ。

「おやすみ」ヴィオーラは小声でいって、駆けだした。耳のところで羽根が揺れていた。

それがヴィオーラを見た最後だった。

第二部

第一章

ベルリン市ティーアガルテン地区州刑事局第一部局
二〇一七年九月三日（日曜日）午前十時四十九分

「証拠品の隠匿《いんとく》はまずいですね、トム」ブルックマン部局長の声はいつになく小さかった。デスクチェアにふんぞり返って、腕組みをしている。

トムは黙っていた。事件現場から戻ったあと、あのことをだれもばらしていないはずだ。ブルックマンはいやなほどよく勘が働く。今は藪《やぶ》をつついているところだ。鍵の紛失にトムが関係していると思っているかぎり、勘がはずれていることになる。だがトムはまだほかにもいろいろ隠していた。部局長室の静けさがプレッシャーになった。

ベルリン州刑事局で対人犯罪を担当する第一部局はカイト通りに拠点を置いている。五階建ての庁舎の正面壁は昔ながらの歴史的建造物に見えるが、内部はじめじめしていて、床はすり減っている。ドアは一九二〇年代の遺物で、元は白かったが、一九八〇年代初頭から緑色に塗られていた。頑丈なドア枠は適当に塗り替えられていて、ところどころ以前のペンキが見えていた。

ブルックマンは岩のようにデスクチェアに鎮座していた。上級検事やベルリン市の内務省参事官や警察長官に、手を抜かず、早く解決しろとせっつかれ、そうすると返答していた。午後六時には記者会見がひらかれる。二階のホールは超満員になるだろう。その矢面に立たずにすむので、トムはうれしかった。政治と報道。トムはどちらも毛嫌いしていた。

「トム？」ブルックマンがいった。

「質問だったんですか？」

「いいや、でも返事があるものと思っていました」

ブルックマンの禿頭《とくとう》が窓から射しこむ午前中の日の光でてかてかしている。彼のデスクは脚がクロームのシンプルなデザインで、きれいに片づいている。〝見るがいい。ヴァルター・ブルックマンはなにひとつ見逃さない！〟といっているみたいだ。実際、殺風景なその部屋はボスのオフィスというよりも取調室といったほうがよさそうだった。

「トム。今晩、裸でフラッシュを浴びたくないんですよ」

「気持ちはわかります」

「あなたの担当ではないとはっきりいったはずなのに、現場をかきまわすとは……」

「すみません。ところで、どうして担当をはずされたのでしょうか？」

「わたしの決断に異議を唱えるのですか？」

「ただ理由がわからなくて」

「そうですか。あなたは変わりませんね」

トムは肩をすくめた。

「簡単なことです、トム。わたしは特別捜査班の指揮をモルテンに任せたのです。あなたとモルテンがいっしょだと、問題ばかり起きますからね」

「モルテンがそういったのですか？」

ブルックマンが両目を細めた。「だれがいったかはどうでもいいことでしょう。決めるのはわたしです。そして今回の事件では問題を起こしたくありません。これが理由です。わかりますか？」

「俺だって問題を起こしたくないです。俺としては……」

ブルックマンは手を横に振った。「泥棒を見て縄をなうのと同じです。話を戻しましょう。現場にいたからには、役に立ってもらいます。それで、鍵はどうなったのですか？」

「こっちだって知りたいです」

ブルックマンは顎《あご》を突きだして、じろっとトムを見つめた。それからため息をつき、サングラスを取って、短い指で目をこすった。

「トム。あなたは」ブルックマンは改めてため息をついた。「警察学校の次席。最年少で州刑事局警部補、警部、上級警部に昇進……そして」ブルックマンはふたたびサングラスをかけた。「だれよりも問題を起こしています。首席警部にはなかなかなれないでしょう。というか、出世の道は断たれたといえます。シュスラーのようになりたいのですか？」

トムは肩をすくめた。

「どうでもいいのですか？」

「今のところ落ち度はないはず……」

「事件現場から離れるようにというわたしの指示を無視しました。なぜですか?」

トムは言い訳を考えた。「スタンドプレイでした」と歯嚙みしながらいった。

ブルックマンは胡散臭そうにトムを見た。「やる気があるのは結構なことです。しかし、足を引っ張られたくありません」

「どうして俺が足を引っ張らないといけないんですか？　大聖堂での二件の殺人は、これまでの事件とまったく違います。犯行の手口、というか犯人は残虐《ざんぎゃく》で、良心の欠片《かけら》もない。世間へ向けたデモンストレーションに間違いないです。これ以上犯行に及ばないように止めないと。そういう奴に引導を渡すために、俺は警察に入ったんです」

「そういう奴か。おまえが警察に入ったのには別の理由があるように思えるんだがね、トム」

ブルックマンが急にていねいな言葉遣いをやめたので、トムは一瞬面食《めんく》らった。

「そんな目をするな。シュターンスドルフ林間墓地の教会堂の梁《はり》にガムを貼りつけていた頃からおまえを知っている。おまえの父親も知っている。そしておまえたちがどんなに苦しんだかもな。自動車事故で母親を亡くし、そのあと妹があんなことになって……見ていればわかる。妹はテルトー運河で溺死《できし》したのに、なにかというと、まだあの古い行方不明事件を蒸し返し、まわりを巻きこみ、古傷をひらいている。おまえが警官になるのに反対した父親の気持ちがよくわかる」

トムは喉が詰まった。急に自分がガラス細工になったような気がした。髪が濡れそぼったヴィーが彼の膝《ひざ》にすわって、首を横に振りながらいっている。〝信じちゃだめ。これは嘘よ、トム。あたしは溺《おぼ》れてなんかいない。嘘っぱちよ！〟

「トム、よく聞くんだ。これまではおまえに目をかけていたが、今日の行動について聞いたかぎり、普通じゃない。勤務中も死んだ娘のことしか頭になかったシュスラー警部のことが頭をよぎる」

最後の言葉がトムの頭の中で反響した。ヴィーはいまだにトムの膝に乗っている。だが首を横に振るのをやめて、両手の拳を握っている。

「自由時間にしていることです」トムはいった。「勤務時間外になにをしようとかまわないでしょう」

「だが身分証を使って、武器も携行していたし、公費でラボに検査を依頼した。職権濫用《らんよう》に当たる」

今朝、グラウヴァインに預けた白い粉がトムの脳裏をよぎった。ブルックマンはグラウヴァインからそのことを聞いているのだろうか。トムが死体にしたことも話したのだろうか。それとも、告げ口したのは別のだれかか？　だがもし真相を聞いているなら、とっくにそういっているはずだ。

「仮にそうだとして……」

トムがそういいかけると、すかさずブルックマンがいった。

「そうなんだよ」

「……それが今日の事件とどういう関係があるのでしょうか？」

沈黙。

「わたしの疑問もそこにある」

「これからは俺もあなたをおまえと呼ばせてもらう」

ブルックマンは勝手にしろという仕草をした。

「関係していると思うのはなぜなんだ？」トムはいった。

「たいていの人間は、けっこう行動が読めるものなんだ。おまえもそうだ。普段は普通にしているのに、なにか決まったことに絡《から》むとわけのわからない行動を取る。逆にいえば、わけのわからない行動を取ったときは、お決まりのテーマに絡んでいると予想がつく。そう思わないか？　おまえが気にしているのは妹だ。大聖堂でなにがあったんだ？　消えたという鍵とどういう関係があるんだ？」

トムは身を乗りだして、デスクに両手をついたブルックマンを見つめた。ブルックマンは自分がなにを知っているか明かさないところがある。昔ながらのトリックだ。どこまで知っているか、そして情報源がなにか決して明かさない。おそらく情報源はジータ・ヨハンスだろう。彼女は、現場でなにかがおかしいと直感していた。彼女の鋭い眼力は、グラウヴァインのおかしな行動を見逃さなかった。もしブルックマンが詰問すれば、グラウヴァインは長くは口をつぐんでいられないだろう。

「返事はどうした？」ブルックマンがいった。

ヴィーが背後霊のように彼の後ろに立っている。〝いったらだめよ。いったら、追いだされる〟

〝わかってるさ！　いえるわけがない。おまえが行方不明になったときのすったもんだを考えたらな〟

〝あたしが行方不明になったとき？　なにがあったの？〟

トムはヴィーを無視して、ブルックマンを見つめた。

〝トム、なにか隠してるでしょう？〟

「なにもいうことはない。鍵の行方はまったく知らない。知っているのは、あそこに鍵があったってことだけだ。そして大聖堂の中にいただれかがそれを持ち去った。理由はわからないが、事件と関係があるのは間違いない」

ブルックマンはトムを探るように見た。「おまえを捜査班に加えるべきだという理由を教えてもらおう」

「ひとりでも多く人手が必要なはずだ。俺は現場を見ている」

ブルックマンはしばらく黙っていた。二本の指でうなじをかいた。「ジータ・ヨハンスがおまえの肩を持った」

「彼女が？」トムはブルックマンを見つめた。

「驚いたか？」

「なんていったんだ？」

「ここで繰り返すつもりはない。おまえにはなにもいうなと彼女にいわれたしな。だから、この件について彼女と話をするな」

「というと？」

ブルックマンはため息をついた。「わたしも歳だってことさ。自分の班に戻れ。モルテンが捜査の指揮を執る。おまえは彼の部下だ。それがいやなら、そういいたまえ」

「いっただろう。俺は気にしていない」

ブルックマンはうなずいた。「いいだろう。これ以上、後ろ指を指されないようにしろ」

トムはほっとしたが、困惑もしていた。どうしてジータ・ヨハンスが肩を持ってくれたのだろう。

「そうだ、トム」

「なんだ？」

「その口の利き方だが、大っぴらにはするな」

〝非公式でもしたくない〟とトムは思った。ブルックマンのオフィスから出ると、ヴィーが横にいて、トムの袖を引っ張った。

〝なんで黙っているの、トム？　話して！〟

トムはズボンの左のポケットからだした錠剤をのんだ。だれかの部屋に入って、相談する気には到底なれない。自分の中ではなにもかもがとっくに煮詰まっていた。

四階と三階のあいだの階段で、トムのスマートフォンが鳴った。今はあまり話したくないが、きっとアンネだろうと思った。だが画面にはBという文字が浮かんでいた。よりによって。

「なんの用だ？」トムはいらつきながら電話に出た。

「なあ、リスの件を耳にしたか？」

トムは足に根が生えたように立ち止まった。「なにを耳にしただって？」

「大聖堂の事件だよ。あの人が死んだんだな。ラジオで聴いた」

なんてことだ！　情報規制はどうなってるんだ。

「ベネ、なんの用だ？」

「すげないな。カーリンのことが気になってるだけさ」

「近頃は他人を気にかけるようになったのか？」

「俺たちは仲間だった」ベネは本当に少し傷ついたようだ。「気の毒に思ってさ」

トムは階段の一番下のステップで立ち止まった。同僚のいるフロアで、こんな会話はしたくない。

「ああ」トムはため息をついた。「俺も気の毒だと思う」

鉄道橋での思い出が脳裏にぼんやり蘇《よみがえ》る。死体の首にかけてあった鍵のことをベネに話そうか迷った。この情報を共有できる者がいるなら、それはベネだけだ。だが今のベネには話したくない。

「おまえからカーリンにいうのか？」

「まだ母親の死を知らなければな」

「糞野郎《くそやろう》を捕まえたら、俺の誘いをもう一度考えてくれないか？」

「忘れろ。千年経っても首を縦には振らない」

ベネは笑った。「時間なんてあっというまに過ぎるもんだぞ。とくに収入が税込みで三千ユーロの奴の場合はな」

「それで充分だ」トムは嘘をついた。「充分じゃないというのなら、それはおまえの問題だ」

「俺は金に困っていない」

「二度と電話をしてくるな！」

「あのなあ、おまえがしたこと、というか、俺たちがしたことを忘れればすむと本気で思ってんのか？」

「俺はおまえとは違う」

ベネは笑って電話を切った。

第二章

ベルリン市ジェンダルメンマルクト広場
二〇一七年九月三日（日曜日）午後〇時八分

階段の踊り場の床はモザイク模様になっていて、壁面も胸の高さまでタイル張りだった。しかもモダンなエレベーターまである。昔の面影を残しているのは正面壁だけのようだ。フランス通りとマルクグラーフェン通りの角の「ベルリンで一番美しい場所」といわれる一等地に建つアパート。ブリギッテ・リスのような禁欲を旨《むね》とするプロテスタントにはふさわしくない。それでも彼女の住居がかつての東ベルリン側にあるというのは、旧東ドイツ人の彼女らしい。

エレベーターがあるのに、トムは階段を上った。四階にあるブリギッテ・リスの住居の玄関の横に、赤い字で「左翼のメス」と書き殴られていた。「左」という文字は「リス」と書かれた真鍮《しんちゅう》の表札にかかっていた。ガサゴソ音を立てながら、グラウヴァインが開け放ったドアから出てきた。頬を真っ赤にしている。

「相変わらず早いな」トムはいった。

「俺が先でよかったぞ」ペール・グラウヴァインがいった。「大聖堂のあの一件があるから、おまえが先に来ていたら、このカオスはおまえのせいだと思うところだ」

「カオス?」

「自分の目で見てみろ」グラウヴァインが唸《うな》った。「俺は撤収する。捜査会議の準備をしないと。午後二時半からだぞ! まったく馬鹿げている」

「モルテンの指示か?」

「違う。ブルックマンさ。背後に内務省参事官がいる。そして記者会見。なにもかも早すぎる」

「ふむ」

「おまえが来るとは思わなかった」グラウヴァインがいった。「あのヨハンス嬢もいっしょか?」

「なんでそう思うんだ?」

「彼女はおまえにあてがわれたようだからさ」

「冗談はよせ」

「ベルガー、ヴォルタース、シュライアーが中にいる」グラウヴァインは敬礼して別れの挨拶をした。

「どいつも知らない奴だ」

「気にするな。身分証はあるだろう」グラウヴァインはそばをすり抜けると、階段を下りながらいった。「中を見てどう思ったか、あとで聞かせてくれ」

あとで聞かせろ？　トムは玄関に入ると、そのまま広々としたリビングまで進んだ。天井には漆喰《しっくい》でロゼッタ装飾が施され、そこからユーゲントシュティール様式（ドイツ、オーストリアで十九世紀末から二十世紀初頭にかけて流行した美術様式）のシャンデリアが下がっている。幅のある引き戸を抜けると、そこは同じく広い書斎だった。というか、どちらかというと、ちょっとした図書室のようだった。肘掛《ひじか》け椅子が二脚とカウチ用のローテーブルがあって、そのテーブルの上に新聞や政治関連の雑誌や実用書が積んであった。それから大きなデスクがあり、白いつなぎを着たふたりのスタッフがそこで写真を撮っていた。三人目のスタッフは別の部屋にいるらしい。トムは身分をいって、部屋を見まわした。科学捜査研究所のスタッフがすでに手がかりを探したあとのように見える。棚は空っぽで、いろんなものが床に積みあげられている。その大半が本だ。本からはカラフルなポストイットが覗いている。書籍の山の一番上にはラジオ報道に関する本があった。

「ずいぶんがんばったようだな」トムはいった。

「はじめたばかりです」シュライアーがいった。頭は禿《は》げていて、鼻が細くて尖《とが》っている。

「ペールとここに来たのは二十分前です」

「待てよ。それじゃ……」

「やったのはうちらじゃないです」

「来たときはすでにこういう状態だったということか？」トムは唖然《あぜん》とした。

「そういっていいでしょう」シュライアーがうなずいた。

「なにも触っていないのか？」

「まだ撮影をしているところです」

「不法侵入か？」

「間違いないですね。こんな高級アパートで、安全対策を怠《おこた》るとは」シュライアーが首を横に振った。

トムはもう一度、別の目で部屋を見まわした。だれかは知らないが、徹底して家探ししたようだ。棚から棚へしらみつぶしに調べている。冷静に作業を進め、慌てた様子はない。犯人は、だしたものを戻す必要性を感じていなかったらしい。トムはデスクに目をとめた。元は家族用の食卓だ。長さが三メートル近くあり、いろいろな物が載っている。額入りの写真が二枚、ペンスタンドにしているグラスの横に立ててある。トムは胸が締めつけられた。十一、二歳のときのカーリンがはにかんだ笑みを浮かべている。そしてもう一枚は大人になったカーリンだ。横から撮られている。撮られていることに気づいていない。静かで、どこか緊張して、心を閉ざしている。こんなに痩《や》せていなければ、魅力的に見えるはずだ。中身が空のゴミ箱とテーブルの脚のあいだに最新のＭａｃＢｏｏｋ用ＵＳＢ‐Ｃケーブルがあった。

「コンピュータはあったか？」

「ないですね」シュライアーがいった。

「スマートフォンは？」

「そっちもまだ見つかっていません」

「他に一見してなくなっているものは？」

「難しいですね」

「争った形跡はどうだ？」

「ありませんね」

トムは自分のスマートフォンをだして司令センターに電話をかけ、聞きこみをするための要員をふたり寄こすように要請した。

キッチンも徹底的に物色してあった。ちなみにキッチンはあまり使われていないようだ。さまざまな茶葉が棚に並んでいるところを見ると、もっぱら朝食用にしていたらしい。ドアのそばの電話台に電話機が載っている。固定電話だ。留守番電話にはメッセージが七件あった。宅配業者、郵便局の小包サービス、電気工、電力会社の人間は改めてメーターの確認の予定を組みたいといっていた。残りの三件はマルガという女性からだ。おそらく家政婦だろう。通話記録からマルガの携帯の番号を見つけ、大至急、できれば、タクシーでリス邸に来てほしいと頼んだ。

マルガ・ヤルゼルスキは四十歳くらいの赤ら顔の女性だった。ポーランド人だ。目を泣きはらし、小さながっしりした手でトムと握手した。懸命に背筋を伸ばしてはいたが、ドアの陰に人殺しがいるとでもいうように恐る恐る住居に足を踏み入れた。ブリギッテ・リスになにがあったか説明する必要はなかった。事件は一斉に報道されていた。マルガは室内に目を走らせ、びっくりして両手を頰に当てた。「こんなに荒らされているなんて」

トムはリビングで彼女に席をすすめて、シュライアーにじろっとにらまれた。トムはジャケットから黄色い手帳をだした。今は見通しがきかなくなっている。見通しがきかないときは、メモを残すことにしている。それが森の中の道標と同じ働きをする。トムはつづいてスマートフォンをカウチ用テーブルの本の山の上に置いた。「話を録音していいですか?」

マルガは大きく目を見開いてうなずいた。

「リスさんのところではいつ頃から働いていますか?」

「ええと、待ってください」左上のほうを見ながら、年数を数えた。「八年。もう八年になります」

「ということは、まだ教会の監督だった頃からですね?」

「そうです。監督を辞めたときは大騒ぎになりました」マルガはため息をついた。

「ここへは週に何回来ていましたか?」

「毎日です。土曜日と日曜日を除いて。八時から二時まで」

「では家の中には詳しいですね」トムがそういうと、マルガはうなずいた。「リスさんが探しものをしているときはいつも、『マルガ、あれはどこかしら』とたずねられたものです。わたしはなんでもどこに置いてあるか知っていました」彼女は棚に視線を向けた。「本だけは別でしたけど」

「ではちょっと見まわしてみてください。なにかなくなっているものはありますか？」

「はい。コンピュータがないです。ノートパソコンです」彼女は改めてリビングを見まわした。「あっ、待ってください」マルガは立ちあがって、棚のそばへ行って、床に積みあがっているものを物色した。「宝箱がないです」

「宝箱？」

「ええ。リスさんはいつもそう呼んでいました」マルガは一番上の棚を指差した。そこにはなにも載っていなかった。「コンピュータと宝箱だけは触らないようにいわれていました。このくらいの大きさのが三つ」彼女は両手で靴の箱くらいの大きさを示した。「色は暗灰色でした」

トムはシュライアーと視線を交わしたが、シュライアーは首を横に振った。

「リスさんは、地下室も持っていたはずだ。もう見てみたか？」

「順番にやってます」シュライアーがいった。

「鍵はキッチンの電話の下の引き出しに入っています」マルガがいった。「でもリスさんは地下室を使っていません。階段の上り下りが億劫《おっくう》だとおっしゃって。『マルガ、あそこにあるものはすべて捨てておいて』とよくおっしゃっていました。家に収まらないものは捨てることになっていました」

「それでも地下室を見てくれ」トムはシュライアーに頼んだ。

「わかりました」シュライアーはキッチンへ鍵を取りにいった。

「その宝箱にはなにが入っていたのでしょうか？」トムはたずねた。

「ガラクタといっていました」

「どんなガラクタだったんでしょうか？」

マルガは肩をすくめた。「写真とか個人的なもの。そう、個人的なものだったと思います」

「あなたが働いていた八年のあいだに、リスさんはその宝箱を開けるか、棚から下ろすかしたことはありますか？」

「いいえ、わたしがいるところで開けたことはないです。ときどき箱の埃《ほこり》を払っていました。埃をかぶっていたのですから、触っていなかったでしょうね」

「リスさんはプライベートな話をしましたか？」

「以前は話しましたが、あのことがあってからは話さなくなりました」

「それは監督を辞めたことですね」

「どうして辞めたのか、わたしは何度もたずねました。辞めないでくださいといったんです。『マルガ、撤退が必要なときもあるのよ。前進するためにね』とおっしゃっていました。でも『辞任したら前に進むことにならない』とわたしがいうと、『そう見えるだけよ』とリスさんは答えていました」マルガは指をもんだ。「あれはひどかったです。男はなにをしたって許されるというのに。カトリックの司祭なんて女どころか……」マルガは一瞬、床に唾を吐きそうに見えた。「……子どもとも。男性なら、若い娘と関係を持っても、なにもいわれないじゃないですか。でも女性が若い男性とそういうことをすると、みんなから後ろ指を指されるんです」

トムは新聞の見出しを思いだした。恋する監督。不倫に走る監督。ブリギッテ・リスに男性との付きあいがあることは前から知られていたが、若い既婚男性との短い関係が発覚したときは教会で監督という要職に就いていた。リスは過《あやま》ちを犯したと謝罪して、教会での職をすべて辞した。その後、リスは前言を撤回して、道徳上の是非を問う議論を巻き起こした。人を愛するのは過ちではない。過ちなのは、それでだれかを傷つけることだ。だが事前に気づけなかった。その男性が既婚であることを知らなかったからだ。発覚した当時、即座に辞任しなければ、もっとひどい言葉を投げつけられただろう、と。リスの信念は世間に認められ、一年も経たずにラジオ番組を受け持つようになった。彼女の問題提起は世間に浸透した。そして一年ほど前、大聖堂付き説教師として復帰し、新聞によると、大聖堂の礼拝参加者が大幅に増えたといわれていた。

「灰色の箱はありませんでした」シュライアーが地下室から戻ってきていった。「オンボロの自転車とバケツとフローリングの端材があるだけでした。地下室は使ってなかったようですね」

「ありがとう」トムはいった。

〝ノートパソコン、宝箱三つ、思い出の品〟とトムは手帳に書きこんだ。森の中の最初の道標だ。

家政婦のマルガはシュライアーの白いつなぎを見て、いやそうな顔をした。事件のことを思いだしたのか、目に涙を浮かべた。「あんなひどいことをするなんて」

「リスさんはだれかと諍《いさか》いをしていましたか？」トムはたずねた。

「諍い？」マルガは手の甲《こう》で涙をぬぐった。「それはいろいろと。政治絡《がら》みで。それに難民についても」

「難民受け入れに反対だったのですか？」

「いいえ、違います。難民に救いの手を差し伸べるべきだ、と教会やデモで演説していました。ベルリンでも、ドレスデンでも。けど、ナチもたくさんいますから」

「右翼のことですね」トムはいった。

「ナチです」そういうと、マルガは顎《あご》を突きだした。

「玄関の落書きも連中の仕業ですか？」

「そうです。わたしがきれいに拭こうとしたら、そのままにしておけといわれました。『この世に頭が空っぽの人間がいることを、みんなに見てもらうんだ』とおっしゃっていました。そのせいで、アパートでもひと悶着《もんちゃく》ありました」

「あの落書きはいつからあるのですか？」

「二週間前の月曜日。窓に石を投げこまれたこともあります」

「窓に？　四階の？」

「手で投げたんじゃありません」マルガは指でパチンコを引く仕草をした。「パチンコだと、グラーザーさんがいっていました」

「警察に被害届をだしましたか?」

「ええ、もちろんです」

リスの被害届を確認、とトムはメモした。「脅迫状やいやがらせの郵便もありましたか?」

マルガは肩をすくめた。

「リスさんに最後に会ったのはいつですか?」

「金曜日の二時です。時間どおりに仕事を終えました。リスさんは在宅中でした。ここにいて、書きものをしていました」

「なにか気になることはありました? リスさんの様子はどうでしたか?」

「さあ、いつもどおりだったと思います。ただ……なんというか、なにかに没頭していました」

「なぜかわかりますか?」

マルガは首を横に振った。「よくそんな感じでした。没頭したり、しなかったり」

「宝箱ですが、金曜日にはまだあったのですね?」

「金曜日。ええ……そう思います」

「たしかですか?」

「ええ。たぶん」

トムはうなずいて、時計を見た。捜査会議の時間が近づいている。「ありがとう、ヤルゼルスキさん。とても助かりました。もう少しここにいていただけますか? 他にもなにかなくなっているものに気づくかもしれませんので。もうすぐ同僚が来ることになっています。いくつか質問するでしょう。リスさんの友人、電話番号、人と会う約束などなんでもいいので、思いだしたら教えてください。そうだ、お嬢さんのカーリン・リスさんは今どこにいるでしょうか？　連絡がつかないのです」

マルガは首を横に振った。「ここにはめったにいらっしゃいませんでした。あまり連絡を取りあっていなかったようです」

「あまり仲がよくなかったのですか？」

「お嬢さんの会社のことで諍いがありました」

「理由はご存じですか？」

「わかりません。気が合わなかったみたいで」マルガはため息をついた。

〝カーリンとの関係はよくなかった。会社が原因か？〟また手がかりが見つかった。

「最後にもうひとつ。リスさんが持っていた鍵で、プラスチックカバーに17と刻まれた鍵を見た覚えはありますか？」

マルガは少し考えてから「いいえ」と答えた。

「リスさんはヴィオーラという名を口にしたことがありますか？」

マルガはまた少し考えて、首を横に振った。

なにを期待していたのだろう。ヴィーの手がかりが見つかるとでも思ったのか。トムはがっかりした気持ちを抑えて、手帳にメモを最後まで書き、録音ファイルに「マルガ・ヤルゼルスキ」というファイル名をつけてスマートフォンに保存すると、ありがとうといって別れを告げた。

昔のスキャンダル、娘との確執、右翼のいやがらせ、消えたノートパソコンと思い出の品が入った三個の灰色の箱。手始めとしてはまずまずだ。それにしても。「ガラクタ」の中身はなんだろう。箱のどれかにヴィーとの接点があるかもしれない。

第三章

ベルリン市ティーアガルテン地区州刑事局第一部局
二〇一七年九月三日（日曜日）午後二時二十四分

ジータ・ヨハンスはブルックマン部局長のオフィスにいて、部局長がトム・バビロンの対応を変えた理由を考えないように努めていた。ミスター州刑事局にはそれなりに理由があるのだろう。穿鑿《せんさく》してはいけない。それが部下の務めだ。

「それでも」ブルックマンがいった。「彼から目を離さないでください。頼みましたよ」

〝わざわざいう必要はないでしょう〟ジータは視線に気持ちをこめて、ブルックマンの目を見返した。こういうやりとりが好きらしい。毛深くてがっしりした腕を組んでいる。典型的な会話のポーズだ。

「とすると、彼は特別捜査班にとどまるんですね」ジータはいった。

「捜査官がひとりでも多く必要なんです。内務省参事官が早く結果をだせとうるさくて」

「それはよくわかります。でも、ベビーシッターはごめんなのですけど」

「文句をいわないでください」

「文句をいっているわけではありません。しかしバビロンは自分からリードをつけさせてくれる人には思えないので」

「まあ、その点、彼とあなたは似たもの同士ですね」ブルックマンが微笑《ほほえ》んだ。「あなたならうまくやれるでしょう」彼は腕時計を見た。「捜査会議に遅れたくなければ、そろそろ行かないと」


〝似たもの同士〟

会議室へ向かうあいだも、ブルックマンの言葉がジータの頭から離れなかった。

会議室はまだ新しく、椅子が揃っていなかったので、近くの部屋からデスクチェアが運びこまれた。ジータは捜査官たちといっしょに席についた。絨毯《じゅうたん》が張られた床はかすかに接着剤のにおいがする。部屋の角に四十平方メートルのブルーシートが置いてある。急いで丸めてそこに置いたようだ。

ブルックマンは顔を見せていないが、存在を感じる。大聖堂殺人事件特別捜査班について細かいところまで彼が指示をだしていたからだ。まずスタッフの選択が恣意的《しいてき》だ。殺人課第四班と第七班、それに科学捜査研究所のグラウヴァインとベルネ、鑑識課のルツ・フローロフもその場にいて、ニヤニヤしている。それからあの不愉快この上ないヨーゼフ・モルテンが特別捜査班の班長として、わざと遅れてくる気だ。そしてジータ自身も遅れて入った。だが自分の役割はなんだろう。プロファイラー？　臨床心理士？　ベビーシッター？

ハードな捜査になることはわかっていた。残虐《ざんぎゃく》な手口の殺人が二件、そして元同僚たち。ひと目見れば充分。ジータは異物だ。明らかにそういう空気だ。〝前にここで働いていたからといって、うまくやれると思うなよ。おまえは出ていった人間だ〟とみんなの目が訴えている。そもそもここの仲間だったことなどあるだろうか。たいていの人間が臨床心理士には一定の距離を置く。〝なにを考えているか気取《けど》られないようにしないと。わたしの顔からなにを読み取られるかわかったものじゃない〟

アルコール依存症を治療するためにジータに退職を指示したのはブルックマンだ。だがその前からジータの顔を見て、なにが起きているかわかっている者がいた。今はすっかり依存症を克服した。再雇用と新規採用になんの違いがあるだろう。カウンセリングとコーチングの違いがあるだけで、部屋も、調度も、椅子も同じだ。ジータはそこにがんじがらめにされている気がした。

モルテンがガラスドアを勢いよく開けた。頰のこけた顔、引き結んだ唇《くちびる》。腹を立てているのは明らかだ。情報規制がうまくいかなかったからだろう。かすかにニコチンのにおいもしているだろうか。なにかの病気で禁煙したはずではなかったか。

モルテンはなにもいわずに上座にすわった。カイト通りの四階にあるこの鳴物入りの新しい会議室は「工事現場」という蔑称を返上したところだ。歴史的建造物に防火対策を施す必要があったため、改築には二年以上を要し、さんざん物議を醸《かも》した。しかもそれでもまだ完成には程遠い。ボタンを押すだけで遮蔽《しゃへい》されるガラス窓、プレゼンテーション用のハイテク機器、ローラーブラインド。このカイト通りの古い建物をテンペルホーフ並みにしようというのがそもそも無茶なのだ。テンペルホーフ、正確にはテンペルホーファー・ダム通り十二番地の庁舎に、州刑事局本部と科学捜査研究所とそのラボが入っている。総床面積二千五百平方メートル、音声案内つきエレベーター、滝にライトアップ。世界一金のかかっている警察庁舎というのが謳《うた》い文句だ。

テンペルホーフが拠点のペール・グラウヴァインは、ノートパソコンをケーブルにつないで、画面をスクリーンに投影した。「準備完了」グラウヴァインの言い方はどこか神経質だった。ジータは、彼とトム・バビロンがなにか示しあわせたように顔を見合わせたことを思いだした。

「もう少し待とう」モルテンがいった。テーブルの角に当てている右手の結婚指輪がカチカチ音を立てた。

ジータは彼の指を釘で打ちつけたかった。モルテンが立てる音が神経に障った。

ガラスドアがまたひらいた。トム・バビロンが入ってきた。モルテンの指の動きが止まった。髭面《ひげづら》で髪を長く伸ばしていたら、トムはヴァイキングだといっても通りそうだ。そのトムがジータに会釈して隣に腰かけた。目が澄んでいる。落ち着きを感じさせる北方系の顔立ちと対照的に、目は四六時中動いている。大聖堂で会ったときと同じだ。ジータは事件分析課に勤務中、一、二度、彼を見かけた。そのときは心を閉ざし、まわりを見ていないようだった。なにか考えている最中には、しきりに親指と中指の先端をこすりあわせていた。

そんな細かいことを気にするなんて、まったく呆れる。いつもそういう些細な点に気づいてしまう。気づこうと努力しているわけではない。細部が目に飛びこんでくるのだ。まるでそういうことを省くフィルターがないかのように。指輪をはずした指の跡とか、首をひねったり、肩に力が入ったりするのを見るだけで相手の感情がわかる。

「よし」モルテンは渋い顔をしてみんなを見た。「もう一度念を押す。もしここにいるだれかが報道関係者に情報を漏らしたと判明したら、そいつが懲戒処分されるように俺が直々に動く。あらゆる手を尽くしてな。わかったか？」

愕然《がくぜん》とした顔や、むっとした顔が並ぶ。捜査をぶち壊せば、どういう目に遭うか、みんなわかっていた。モルテンはジータに警告するような鋭い視線を送った。みんな、そのことに気づいた。最低の奴だ！

「次に」モルテンがつづけた。「事件現場から証拠物件が消えた。第一被害者の首にかけてあった鍵だ。これも懲戒処分の対象になる。事件現場にいた者、だがそれ以外の捜査官も」モルテンは今回、全員を見た。「内部調査の対象になる。白状したい者はいるか？　いるなら、今いえ！」

沈黙。

部屋の隅のブルーシートがメリメリと音を立てて広がった。

「よし。では内部調査が入る」モルテンは平手で机を叩いた。前振りは終わったので、次の話題に移るという合図だ。モルテンはグラウヴァインに向かってうなずいた。「では、現状報告を頼む」

グラウヴァインが咳払いをして、ノートパソコンを操作した。大聖堂内部の写真がスクリーンに映しだされた。露出アンダーで、コントラストが弱い。「だれか暗くしてくれないか……」

ベルネがドアの横のスイッチを押した。消灯して、モーター音が聞こえた。窓ガラスのシャッターが下り、写真がはっきり見えるようになった。大聖堂が大写しになり、写真の真ん中で死体が宙吊りになっている。写真に写っているロープは撚《よ》り糸のように細かった。

「被害者ナンバー1。ブリギッテ・リス、牧師」そういうと、グラウヴァインは赤いレーザーポインターで死体を指した。「発見場所と殺害現場が同一かどうかはまだ不明だ。犯人が単独犯か、複数犯か不明だが、大聖堂が殺害現場なら、清掃したに違いない。鑑識がルミノールで血痕を探しているが、広範囲なので時間がかかると思う」

グラウヴァインは写真をブリギッテ・リスの裸の上半身に変えた。「両腕は規格品の角材に固定されていた。角材は四センチ掛ける六センチの太さで、長さは興味深いことに被害者の身長と同じ百七十二センチだった。固定するための道具は結束バンドで、左右の手首と腕に巻いてあった。着ていた祭服は」グラウヴァインは着衣の死体に写真を変えた。「被害者には少し小さい。角材の両端には」また写真が変わった。「きれいな穴が空《あ》けてあり、太さ六ミリの灰色のポリプロピレンロープをその穴に通して、固く結んであった。そのロープは普通にホームセンターで売られている。インターネットでも注文できる。おそらく出どころの特定は無理だろう。被害者を吊りあげるのに、オートブレーキ付きの滑車《かっしゃ》が二個使われた。メーカーはシェルケン。耐荷重はそれぞれ三百キロ。ここからが興味深いのだが、この滑車はどこでも売っているわけでない。現在確認中だ。それから滑車は同じタイプのロープで丸屋根の回廊の手すりに固定されていた」

「つまり、犯人はそれほど力がなくても犯行に及べたということだな」モルテンが確認した。

「十代の少年ひとりでも、牛を吊りあげられるだろう」グラウヴァインがいった。

ジータは内心びくっとした。捜査官が自衛のために悪趣味な言動をするということを、職場を離れているあいだにすっかり忘れていた。

トムが発言した。「それだけの道具を犯人はどうやって運んだのかな？　滑車が二個、固定する道具、長さが百メートル以上になるロープ、人の身長の長さがある角材。被害者が大聖堂で殺されたのでなければ、死体も担いだはずだ。つまり、緻密《ちみつ》に計画して、たっぷり時間をかけたことになる」

「犯人に協力者がいたかもしれませんね」ジータが口をはさんだ。

「あるいは被害者に運ぶのを手伝わせた」グラウヴァインがいった。「発見現場と殺害現場が同じであることが前提だが」

「結び目はどうだ？」トムは最後の写真を指差した。「ずいぶんしっかり結んである。はじめてではなさそうだ。登山者か船乗りのようだ。少なくともヨットの操縦免許は持っているだろう」

「そのことは専門家に調べさせよう」グラウヴァインが答えた。「次に死因について。法医学者の所見はまだ届いていないが」グラウヴァインは咳払いをして、次の写真をモニターにだした。裸のブリギッテ・リスの全身写真だ。「死因はまず間違いなくこの杭《くい》だろう」グラウヴァインは死体の真ん中あたりにレーザーポインターの光を当てて、円を描いた。両足が少しひらいていて、灰色がかった恥毛が見えた。そこを見て、みんなが唸《うな》った。「パイン材の丸太。長さは約九十センチ。先端は尖《とが》っていて、直腸に打ちこまれていた」

ジータは下半身が引きつって、息をのんだ。

会議室は静寂に包まれて、聞こえるのはプロジェクターのファンのかすかな音だけだった。

「打ちこまれたのか？」モルテンがかすれた声でたずねた。

「もう一方の尖っていないほうを叩いたようだ」グラウヴァインのレーザーポインターが股間のあたりを指した。そこに黒い液体が垂れた跡があった。「打ちつけた跡が残っていた」

「なんてこと」ジータの口から言葉が漏れた。

グラウヴァインはトローチをケースからだすと、口に入れた。「使ったのはハンマーかカナテコのようだ」それから四角形のハンマーをスクリーンに映しだした。「重さは二、三キロ。これもホームセンターで売られている。しかし釘を打つ通常のカナヅチではない」グラウヴァインは被害者の写真に戻した。

衣擦《きぬず》れや関節を鳴らす音がした。ベルネが空咳《からぜき》をして、数人がすわり直した。暗い会議室でみんなが愕然としているのが手に取るようにわかった。杭で辱《はずかし》めを受けたブリギッテ・リスの写真が唯一会議室の光源だった。

ジータは机を見つめた。本領を発揮しだしたグラウヴァインはこれまた見るに耐えない写真を映しだした。「眼球は死後、えぐり取られている。推定死亡時刻は今朝の六時から七時のあいだ。正確な時刻は明日、法医学者から連絡があるだろう。被害者ナンバー2。ベルンハルト・ヴィンクラー、大聖堂付きオルガン奏者も同じ時間帯に死亡している。彼の場合は、発見場所が殺害現場だ。死因は頸動脈切断。彼の眼球も死ぬ前にえぐり取られている」レーザーポインターの光がヴィンクラーの顔を指した。

「死ぬ前に？」ベルト・プファイファーが質問した。「本当か？」

みんなからベルティと呼ばれているプファイファーは、モルテンのほうを見て、どういう反応をするかうかがった。彼はトムと同じで以前から首席警部昇格の待機組だ。ジータの州刑事局時代、彼がいいよってきたことがある。だがジータは、指にマニキュアをして、髭をきれいに剃《そ》っているこの刑事が好きになれなかった。それでも熱心な警官であるのは間違いなかった。

「死ぬ前、あるいは死ぬ途中といっておこう」グラウヴァインは表現を修正した。

「俺には、なんというか、ヴィンクラーの目がほじくりだされたように見えるんだが」ベルティがいった。「よほどの憎しみがなければできないだろう。それにヴィンクラーは抵抗したはずだ」

「ショック状態か、意識不明だったかもしれない」だれかがいった。

「明日には法医学者の所見が届く。そうすれば、もっと詳しいことがわかるはずだ」グラウヴァインがいった。

「やはり個人的な憎しみを感じるな」ベルティがいった。

「憎しみはヴィンクラー個人に向けられたものではないかもしれません」ジータが発言した。

ベルティは納得していないのか、眉《まゆ》をひそめた。〝眉の毛抜きをしているみたいだ〟とジータは思ったが、すぐにそのことを考えないようにした。

「とはいえ」ベルティが変わり果てたオルガニストの写真を指差した。「個人的な動機がありそうだ」

「ヴィンクラーが犯人の標的だったとは思えないな」トムは異論を差しはさんだ。

「わたしもそう思います」ジータが同意した。「ブリギッテ・リス殺害での演出と比べたら、ヴィンクラーのほうは事故と呼べるでしょう。おそらく運が悪かったのだと思います。犯人が大事なことをしている最中に邪魔をしたから、怒りをぶつけられたのかもしれません。準備万端整えて、アドレナリンをたくさん発散しているところを邪魔されたわけですから……」

「話を戻そう」モルテンが冷ややかにいった。「まずは事実確認。推理するのはそのあとだ」

ベルティは腕を組んで、嘲笑《あざわら》うようにトムとジータのほうを見た。

「おまえもだぞ、ベルティ」モルテンにいわれて、ベルティが慌てて笑みを消した。

「ええと」グラウヴァインはトローチを頰に押しこんだ。「大聖堂で保全した手がかりだが、両方の事件とも無惨なものだ。消えた鍵を除いても」

「それだって情けない話じゃないか」ベルネがいった。

だれも笑わなかった。グラウヴァインは大聖堂の丸天井の下に吊るされたリスの死体写真をスクリーンにだして、胸元で銀色に光っているものをズームした。写真の解像度がよく、紐も数字もはっきり見える。

「17」ジータはささやいた。

「どういう意味かな？」ベルティがたずねた。

「なんの鍵か、だれかわかるか？」モルテンがみんなを見た。「コインロッカー？　金庫？　なにか特殊な鍵か？　あの紐はなんだ？　特別なものに見える」

「わからない。調べてみる」グラウヴァインは無愛想に答えた。即答できないことが悔しいようだ。テンペルホーフの人間らしい。ベルリン州刑事局には六千人のスタッフがいる。ひとりくらい鍵の専門家がいてもおかしくない、とジータは思った。彼女は州刑事局という巨大な組織に感銘を受けつつ、そのあり方を嫌ってもいた。専門家はすばらしい存在だが、捜査の過程で依頼を受けて、報告書を書き、また調べて、その結果を報告するということしかしていない。しかもその報告書に、だれも目を通さないこともあるし、全体を把握している者は皆無ときた。

「わかった。つづけてくれ」そういうと、トムはモルテンにじろっとにらまれた。「つづけてくれ」といっていいのは、モルテンだけだからだ。

「ええと……凶器だが」グラウヴァインが話しつづけた。「見つかっていない。ハンマーも、ナイフも。ロープをはじめとする遺留品から犯人につながる指紋は検出できなかった。手袋も見つかっていない。単独犯か複数犯かも不明。この他の手がかりに関してもお手上げだ。大量の指紋と毛髪と繊維が見つかっているが、大聖堂には毎日何千人もの訪問者がいるからね。そこから犯人につながる手がかりが見つかったら、もはや奇跡だろう。時間が必要だ。それも大変な時間が」

「その時間はない」モルテンがいった。

「では……」グラウヴァインはレーザーポインターを口元に持っていって、コルトの発砲煙を吹くような仕草をした。「わたしからの報告はひとまず以上だ」

「ひとり住まいの家で殺されたって事件ならよかったんだけどな」

「どうしてだ？　神さまだってシングルじゃないか」鑑識課のルッ・フローロフがいった。

「しかし」グラウヴァインがいった。「住んでるところがだだっ広い」

だれかが声にだして笑い、数人がニヤニヤした。ここで一段落させて、少し間《ま》を置こうということだ。

フローロフはいつものように人一倍ニヤニヤしている。場違いな感じだが、だれも文句をいわなかった。頬をふくらませ、レイバンのサングラスを禿《は》げかけた額《ひたい》の生え際あたりにかけていた。

「いいかな?」フローロフはグラウヴァインのノートパソコンにUSBスティックを挿した。「手がかりがまともになく、時間も足りない。それじゃ、被害者について検討しよう」フローロフの声は抑揚があって、皮肉っぽく、最後が尻上がりだった。

ブリギッテ・リスのポートレートがスクリーンに大写しになった。顔立ちのきれいな女性で、金髪をボブカットにしている。まっすぐに伸びたシンプルな髪が刺激的だ。「被害者ナンバー1。ブリギッテ・リス、五十三歳、ライプツィヒ生まれ、離婚歴……」

「待った」ベルネがいった。「既婚なのか? どうして聖職者になれたんだ?」

「プロテスタントだよ、ベルネ」

「ああ、そうか。大聖堂が派手で、カトリックみたいだったから勘違いした」

「夫のベルトルトは」フローロフはつづけた。「東ドイツがなくなるまで人民警察の刑事、つまり高い地位にいた。再統一後、不動産仲介業に転職した。ふたりには娘がひとりいる。カーリン・リス、三十三歳、未婚、現住所はベーリッツ。ここから車で一時間ほどのところだ。連絡を取っているが、今のところ所在がわからない」

「娘にもなにかあったということか?」ベルティがたずねた。「だれか自宅を調べたのか?」

「巡査がふたり、ベーリッツへ行き、カーリン・リスの家の前で待機している。ベルを鳴らし、窓から中を覗くことしかできていない」

沈黙。

「わかった。様子を見よう。問題が起きていないように祈ることにする」モルテンはいった。

「ブリギッテ・リスは」フローロフがいった。「とんとん拍子で出世したが、なかなか波乱万丈だった。東ドイツ時代に大学で神学を専攻し、シュターンスドルフの牧師になった。壁崩壊前は積極的にデモに関わった。一九九五年に神学で博士号を取得し、その後、プロテスタント教会で頭角をあらわした。二〇〇九年から大聖堂付き説教師になり、その二年後、ベルリン＝ブランデンブルク及びシュレージッシェ・オーバーラウジッツ教区の監督。四年前にテレビのトーク番組でクラウス・ビットレーダーと知りあった。ビットレーダーはカメラマンで、リスより十六歳若かった。彼が既婚であることが判明するまで、ふたりの関係がつづいた」

「そして青少年保護法に引っかかった」ベルネが軽口を叩いた。

「そりゃ、笑える」フローロフはいった。「当時は自制心に欠けるという批判から、不倫、セックス依存症が取り沙汰され、暴露された三日後、リスは監督職から退《しりぞ》いている」

「でも、あれはもろにネガティブキャンペーンだったわ」ニコレ・ヴァイアータールが口をひらいた。彼女は一年前に刑事になったばかりで、モルテンの第四班に配属されて、特別捜査班は初体験だった。「リッターがそこにつけこんで、監督になった」

「リスはすぐに辞任したからな。それなりの理由があったんだろう」グラウヴァインがいった。

「どういう理由ですか？　年配の女性は若い男性と寝てはいけないとでも？」ニコレ・ヴァイアータールが食ってかかった。

「歳を重ねたプロテスタント教会の監督なんだから、若い上に既婚の男性には手をだすべきではなかったってことさ。あるいはホテルでいっしょにいるところを写真に撮られないことだな」グラウヴァインが愉快そうにいった。

ヴァイアータールがまた口をひらいたが、彼女が発言するのをトムが止めた。「その情報はすでにメディアに載っている。問題は、それが今回の事件に関係しているかどうかじゃないか。俺はさっきリスの住居を見てきた。投石されて窓を割られている。リスは被害届をだしている。ルツ、当時の捜査官が撮った写真をだしてくれないか」

スクリーンに住居とガラスが割れた窓の写真が映った。「ガラスの割れ方からパチンコによる犯行なのがわかる」トムは説明をつづけた。「それから住居のドアの横にこの落書きがあった」

写真は「左翼のメス」と書かれた落書きに変わった。

「犯人はまだ見つかっていないが、もっと優先しなければならないことがあったせいだろう。他にも興味深い発見がある。殺害の直前か直後、だれかがリスの住居に不法侵入している。徹底的に家探しされていて、ノートパソコンとおそらく私物をしまっていたと思われる箱が三つ消えている」

「その箱の中身がなにかわかっているのか？」モルテンがたずねた。

「今のところ不明だ」トムはマルガ・ヤルゼルスキから聞いた話をかいつまんで報告した。

「なくなったのがいつかわかっているの？」ジータがたずねた。

「金曜の午後二時から今日までのあいだのいつかってことしかわかっていない」

「妙ね。殺人の残虐性と計画的な家探しは矛盾する」ジータが指摘した。

「ともかく」モルテンがいった。「殺人の準備は綿密に行われている。衝動的ではない。右翼による落書きと割られた窓とも符合する。とくにそっち方面で相当に敵を作っていた」

「しかし、こんな殺人までするでしょうか？　右翼の暴力行為とは次元が違います」ジータは疑問を呈した。

「相手が悪かったのかもしれない」モルテンはいった。「ネオナチにも暴力的なサイコパスはいる」

「夫はどうかな？」グラウヴァインが発言した。「どこにいるんだろう？」

フローロフはグラウヴァインに痛いところを突かれたとでもいうように顔をしかめた。

「それがわかっていないんだ。少なくともドイツでは住民登録をしていない」

「他の女と駆け落ちした」トムはいった。

モルテンは眉間《みけん》にしわを寄せた。「どうして知ってるんだ？」

「ルツがいったように、ブリギッテ・リスはシュターンスドルフの牧師だった。俺は当時その村に住んでいた。夫は女と駆け落ちをしたと噂になっていた。相手は娼婦だといわれていた。国家保安省《シュタージ》（東ドイツの秘密警察や諜報組織を総括していた省庁）の高級幹部の元妻だったという話もあったが」

「いつだ？」フローロフがたずねた。

「一九九八年だと思う」

フローロフは手帳にメモをした。「では被害者ナンバー2に移ろう。ベルンハルト・ヴィンクラー、二〇〇三年から大聖堂付きオルガン奏者、五十五歳、ふたりの子どもがいる。名前はカールとハンナ、十九歳と十六歳。妻はズザンネ・ヴィンクラー、四十九歳、職業は図書館司書。ふたりは二十四年前にシュターンスドルフで結婚した」

ジータは他の者たちと同じように聞き耳を立てた。シュターンスドルフ。ふたりの被害者の最初の共通点だ。いいや、ふたつ目だ。共通点はプロテスタント教会とシュターンスドルフ。「なにかありそうですね」ジータがいった。「鍵の写真をシュターンスドルフで見せてまわってはどうでしょう？　だれか知っているかもしれません」

グラウヴァインはいらついた目でジータを見た。「鍵についてはまず調べる時間が欲しい」

「先走るな！」モルテンは警告するように結婚指輪でテーブルを引っかいた。「まず情報を集める。そのあと、なにから手をつけるか、俺もしくは担当検察官が判断する」

またしてもこれだ。ジータが警察で働いていて不快になる理由だ。頭の回転が速いジータにとって、お役所のやり方はまどろっこしくてやってられない。

「よし」モルテンがいった。「それではまず仮説を立てよう。われわれはなにをしなければならないか。宗教的動機、性的動機、個人的な復讐、右翼。それから死体の演出の理由、残虐な犯行の理由、犯行がつづく恐れがあるかどうか。ドゥディコフ上級検事は、過激派が絡《から》むかどうか知りたがっている」

「テロということか？」トムはたずねた。

モルテンはうなずいた。「あるいは政治絡みだ。もしそうなら、第五部局の国家保安部あるいは連邦刑事局が一枚嚙むことになる。クリスマスマーケットへのテロがあってから、上は神経質になっている。どこが担当するかはっきりさせないとならない」

「教会でのテロははじめてじゃない」ベルティがいった。「去年の夏、フランスのルーアン近郊の田舎町であった。イスラム過激派が礼拝中にカトリックの司祭を殺害して……」

「今回はテロとは思えないがな」フローロフがいった。

「公共の場所、高い注目度、象徴的な処刑。目をえぐったのだって、『真実を見ようとしない』不信心者を暗示しているかもしれない……そう見れば、テロと符合する」

「いいえ」ジータが反論した。「一見したところそう見えるかもしれないけれど、それは違うわ。原理主義者なら、『アッラーフ・アクバル』とか『信仰なき者に死を』とかそういう言葉を残すはずよ。テロはだれにでもわかる明らかなシグナル、一瞬にして恐怖が広まるようなシンプルなメッセージを残すものだから」

「大聖堂の丸天井の下に吊るされた牧師はかなり明白なシグナルだと思うけどな」ベルティがいい返した。

「そうかもしれない。でも、手口が異常に複雑でしょ。テロは普通、そんな手のこんだことをしない。犯人は姿を見せて、シンプルな武器や爆発物で人を殺し、できるだけ被害が大きくなるようにし、言葉を残して姿を消すか、死を選ぶ。今回の事件でははるかに面倒なやり方をしている。ロープ、杭による苦痛を伴う死、えぐられて、目隠しをされた目。そして首にかけられた鍵」

「そのとおりだと思う」トムはいった。「テロとは違う」

「もっと個人的な犯行だ」フローロフがいった。

「あるいは宗教的な背景を持った個人的犯行」ジータが付け加えた。

「性的動機はどうですか？」ニコレ・ヴァイアータールがたずねた。

「杭を肛門に刺した件か」フローロフがいった。

ニコレ・ヴァイアータールがいやな顔をした。

「そうだな。それもありうる」モルテンがいった。声が妙に柔らかく、ニコレを見る目も優しげだった。「今、射程に入っていることをチェックしよう。リス牧師が付きあっていたという若い男、それからリス牧師の発表した文章や出席した会合も調べる。だれの機嫌を損ねたか。リス牧師の住居に落書きをしたのが、右翼系のどのグループか、また単独犯なら、それはだれか突き止める。たしか難民問題では右翼に対してアジ演説をしたはずだ」

「夫の国家保安省時代の過去はどうでしょうか？」ベルネがたずねた。

「馬鹿をいうな」モルテンは鋭い口調でいった。「国家保安省の陰謀という話には飽き飽きしている。第一、夫は国家保安省ではなく、警察の人間だった。第二に、夫が今回の事件に絡んでいるなら、人間関係のもつれということになる。それが動機になるか？　夫はリス牧師を捨てたんだぞ」

「動機が政治的か性的かはともかく」ジータは自分がアウトサイダーだと自覚しながらそっといった。「消えた鍵が今回の事件に大きく関わっていると思います。鍵はブリギッテ・リスの死と共に重要なメッセージだと思うのですが」

　モルテンはジータをじっと見つめた。「当然だ。とにかく、あらゆる可能性を検討する。ただし国家保安省陰謀論だけは論外だ。最優先すべきは、被害者の個人的な背景だ。グラウヴァイン、きみは問題の鍵を調べてくれ。それから写真からわかったことはすべて報告するように。それと……」

　電話の着信音がして、モルテンは話の腰を折られた。フローロフが急いで自分のズボンのポケットに手を入れた。会議中、スマートフォンの音量を小さくするというのは暗黙の了解なのだが。

「すみません」フローロフはみんなに背を向けて電話に出ると、モルテンの恐い目を避けるように背を丸めてドアに向かった。

「よし」モルテンが話を戻した。「分担を決める。トム、ひとりで勝手に突っ走るなよ。チームで捜査していることを忘れるな。今回のヤマではジータと組んでもらう」

「あの、ボス？」

「なんだ、ルツ？」モルテンがいった。

ルツ・フローロフがドア口で自分のスマートフォンを指差した。「カーリン・リスが見つかりました。ベーリッツで」

第四章

ベルリン市クラードー地区私立ヘーベッケ精神科病院
二〇一七年九月三日（日曜日）午後三時十三分

やっとひとりになれた！

フリーデリケ・マイゼンは惨《みじ》めな気持ちで、礼拝堂に七つあるベンチの一番後ろに腰を下ろした。こぢんまりした白い礼拝堂の前には、浮きでた文字で「聖セルウァティウス礼拝堂、一四七六年建立」と記された壊れかけの案内板が立ててあった。その数歩先には黄色いレンガを積んだ高い塀があり、病院の敷地はそこで終わる。

フリーデリケは今にも倒れそうな気がしてベンチの座面に両手をついた。木製の座面はテカテカしていて、角が丸くなっている。どれだけの人がここに逃げこんだことだろう。

ひんやりとした空気と静寂が心地いい。スマートフォンを持ってこなかったことが悔やまれる。勤務中、研修生はスマートフォンの携行を禁じられている。だから、二階にある自分の部屋に置いてきてしまった。

鼻骨が折れなかったのは不幸中の幸いだ。いったいどういうことだろう。クララは無害だなんて、よくいう！　キャビネットにぶつかって鼻血が止まらず、痛くて仕方がなかった。

クララによかれと思ってしたことだったのに！

そしてナースセンターでのあの騒ぎ。

「いったいなにをしたの？　かわいそうなクララ」

「なにもしていません！」フリーデリケは訴えた。「壁に書かれた数字のことで質問をしただけです」

フリーデリケは前を見つめた。人の背丈くらいある十字架にかけられたキリスト像。黒々したマホガニー材で、白く塗られている。彼女は思った。〝あなたを信仰してはいないけど、ここに来るのは好きよ。あなたのところにいると、心が穏やかになる。わたしはなんでも話せて、あなたに聞いてもらえているような気がする〟

キリスト像の前で醜態を晒《さら》すのはよくない気がして、フリーデリケは涙を堪《こら》えた。それに四つ上の義理の兄がいれば、なにくそと思う気持ちも育つ。「泣くなよ」というのは、フォルカーの口癖《くちぐせ》のひとつだ。父さんは何かというとわたしを馬鹿だといったけど、フォルカーはそういうことを一度も口にしなかった。フリーデリケはそれについて考えるのをやめた。とにかくクララの件で責められるのは心外だ。我慢できない。父親のことを忘れるくらいに。

そのときかすかに砂利がこすれる音がした。フリーデリケは入り口のほうを振りかえった。

扉が少し開いている。今のは礼拝堂につづく砂利道を歩く音だ。えっ、嘘！　ここにいるのを見られたらまずい。

そのとき壁際にある古い告解室が目にとまった。彼女から数歩のところだ。まるで大きなタンスのように見える。扉はなく、紅色の重そうなカーテンが二枚下がっている。フリーデリケは急いでその中にもぐりこんで、小さなベンチにすわった。カーテンは告解室の上三分の二しか隠していないので、彼女は両足を上げて、中仕切りの壁に突っ張った。これで外からは見えないはずだ。

礼拝堂の扉がガタンとひらいて、裸足《はだし》でヒタヒタと石の床を歩く音がした。フリーデリケは、告解室に隠れるなんて馬鹿げていると思った。まいったわ。本当に頭がおかしくなったのかしら。ここに来るときの意気込みはどうしたの。絨毯《じゅうたん》にこぼした鼻血といっしょに落としてしまったわけ？

「こんにちは」

フリーデリケはびくっとした。

女性の声だ。儚《はかな》げで、おどおどしている。

〝わたしにいっているの？〟

フリーデリケはカーテンを少しどかして、礼拝堂の中をうかがった。女性はすでにベンチのあいだの通路を進んで祭壇まで行き、キリスト像に近づいている。身につけているのは白い寝間着だけ。がりがりに痩《や》せていて、白髪を後ろで束ねている。女性がほんの一瞬、横を向いた。フリーデリケは身をこわばらせた。うなじの毛が逆立つほど驚愕した。まるでクララ・ヴィンターに突き飛ばされたときのような恐怖感を味わった。

だが、さっき恐怖を覚えたクララ・ヴィンターとはどこか違う。見えない雲のようなものに包まれた、ふわっとした雰囲気を身にまとっている。

「いるんでしょう?」そうたずねて、クララはあたりを見まわし、十字架の前で足を止めると、イエス・キリストを仰ぎ見た。

いったいここへなにをしに来たのだろう。どうやって抜けだしてきたのだろう。鎮静剤をたっぷり投与されたはずだ。メレート看護師が彼女の病室に行って、そのあといつもの蔑《さげす》むような口調でいった。「クララ? 赤ん坊みたいに寝ているわ」

それなのに今、礼拝堂にいる。

「どこにいるの?」クララがたずねた。「来るって手紙をくれたじゃない」彼女は右手で寝間着をつかんだ。「わたし、いけないことをした? あの女のせい?」

静寂。

「あの女は、ここへ来て、薬のことであなたに質問するといった。たしかに、そういったわ」

フリーデリケの全身に鳥肌が立った。あの女というのは自分だ。今朝、イエスについて真に受けず、からかい半分で口にしたことをいっているのだ。

「あの女は来た?」

その問いが礼拝堂の中に反響した。

「だから、あなたはここに来ないの？　あの女のせい？」クララの声がいきなりカミソリのように鋭くなった。「あの女があなたになにかいったの？　わたしのことを悪くいったんでしょう」クララは怒って両手を振りまわした。「わたしは悪くない。本当よ！　本当に悪くないんだから！」

突然、自分の激しい怒りにびっくりしたかのように、クララは身をこわばらせ、背筋をピンと伸ばした。かすかに関節が鳴る音がした。脊椎《せきつい》だろうか、それとも膝《ひざ》関節だろうか。「薬はのまなかった」クララは直立不動の姿勢でささやいた。「本当よ！　それでよかったんでしょ？」

クララは兵士のようだ。あとは敬礼をすれば完璧だ。「わたしを見たい？」

見たい？　どういうことだろう？

クララは少し身をかがめた。いや、貴族の挨拶みたいに膝を折り、両手で寝間着の裾《すそ》を持ったかと思うと、胸元まで引っ張りあげた。裸になったクララを、イエスがじっと見下ろしている。クララの背中には無数の傷痕があった。最近できたものではない。古傷だ。

「なんで来てくれないの？」クララが切なそうにいった。「あなたが必要なのよ。この数年、ずっとあの悪魔が怖くてならないの！」

第五章

ポツダム市近郊、ベーリッツ
二〇一七年九月三日（日曜日）午後四時五十八分

日曜午後の高速道路一一五号線。トラックも、通勤の車列も見かけない。せいぜい遠出をして家路についた家族の車くらいしかない。太陽は秋のどんよりした靄《もや》の中に消え、雨が降りだしていた。細かい雨が埃《ほこり》と虫の死骸《しがい》に混じってフロントガラスにべとっとした膜を作っていた。

トムは目が冴えていた。メチルフェニデートのおかげで、追越車線を走りっぱなしだ。彼のメルセデス・ベンツSクラスは旧型で、燃費が悪いが、速いのが取り柄だ。

ジータ・ヨハンスは助手席に静かにすわっている。アンネなら右手で指関節のあたりが白くなるくらい強くグリップをつかんでいるだろう。封筒のことがまた脳裏をよぎった。白い粉。矢に射抜かれたハート。胸がちくりと痛くなったが、今は無視するほかない。

ふたりはカーリン・リスのところへ向かっていた。カーリンは遠出をしていたらしく、なにも知らずに帰ってきて、自宅の前で待機していた巡査たちと会った。

トムが高速道路一〇号線に道を変えたとき、ジータがラジオをオンにして、ベルリン＝ブランデンブルク放送にチューナーを合わせた。ベルが鳴って、午後五時のニュースがはじまった。アナウンサーが名乗った。風邪をひいているような声だ。

「ベルリン。ベルリン大聖堂で今朝、死体で発見されたブリギッテ・リス牧師の捜査はあらゆる可能性を踏まえて進められています。テロリストによる襲撃の可能性も排除していません。しかし今のところ犯行声明は出ていません……」

トムはアクセルを踏む足を少し引いて、ちらっとジータを見た。

「……五十三歳のリス牧師は残虐《ざんぎゃく》な方法で殺害され、大聖堂の丸天井の下に吊るされていました。インターネットで拡散されている現場写真によると、首には17という数字が刻まれた鍵がかけてありました……」

「なんでそんなことまで知っているんだ？」トムはいった。

「……ある情報筋の話では、もうひとり死体が発見されていて、被害者は大聖堂付きオルガン奏者とのことです。ベルリンの捜査当局は情報規制されている点を理由にして詳しい事実を明らかにしていません。午後六時に予定されていた州刑事局の記者会見は午後八時に延期されました。ワシントン。アメリカ合衆国大統領が……」

ジータはラジオを消した。「信じられないわ。こんなのありえない！」

トムはなにもいわなかった。ただ、唇《くちびる》を引き結んでいた。

「ベーリッツよ。ここで高速道路を降りるんでしょ」

「わかってる」トムは出口の誘導路に車線を変えて、時速を百七十キロから六十キロに落とした。グリーンのアウディがクラクションを鳴らした。「ネットで拡散されているという写真を確認してくれ」トムはジータに頼んだ。

「ずいぶん馴れ馴れしくいうのね」

「悪いか？」

「いいえ、どう距離を取ったらいいかわからなかっただけ」ジータは両方の親指でスマートフォンの画面をタップした。トムはちょうど州道を走っていた。帝政時代からあるベーリッツ・サナトリウムのそばを通った。ここは一九九〇年までソ連軍が陸軍病院として使っていた。道路からは車窓をよぎる樹木しか視界に入らず、ときおり遮断機のある道があった。そのあと、隣接する基地の前を通った。

「まずいわね」ジータがいった。

「なにが？」

ジータはなにもいわず、スマートフォンの画面をトムに見せた。ちらっと見ただけで充分だった。事件現場の写真だ。大聖堂、丸天井、二本のロープで吊るされたブリギッテ・リス。

「どこから流れたんだ？　グラウヴァインがやるはずは……」

「気をつけて、鹿よ！」ジータが叫んだ。

トムは急ブレーキを踏んだ。ベンツが急停車して、体が前に投げだされ、シートベルトが胸を圧迫して、肺《はい》の空気が一気に外に出た。ジータのスマートフォンがダッシュボードにぶつかった。車はタイヤをきしませながらセンターライン上で止まった。

突然の静寂の中、トムは心臓がばくばくした。鹿は森の中に消えていた。

ジータは深呼吸して、頭に手をやった。トムの視線に気づいて、ずれた鬘《かつら》を直した。「あとどのくらい？」

「もうすぐだ」トムはつぶやいた。恐る恐るアクセルを踏み、さっきよりも速度を落として運転した。ジータはスマートフォンを持ち直して、ネットにアクセスした。「信じられない。写真はフェイスブックやインスタグラムにもアップされている。鍵を大写しにしたカットまである。写真がどうすれば見つかるかわかる？」

「さあ」

「#17」

「なんだって？」トムはうなじに冷たい息を吹きかけられたかのようにぞくっとした。まったくとんでもない鍵だ！

「ハッシュタグというのは、言葉やフレーズにハッシュマークをつけて検索しやすく……」

「ハッシュタグくらい知っている。しかし信じられないな」

「グラウヴァインが撮った写真だと思う？」

「あいつが外に流すはずがない。あいつじゃないさ」

「じゃあ、報道関係者？　リポーターが規制線を越えてもぐりこんだのかしら」

「どうかな」

「他の可能性があるわね」

「犯人が情報を流したといいたいのか？」

「犯人は最大の効果を狙っている。わたしたちになにかを見せたいのよ」

「犯人が自分で写真をネットにアップしたのなら、ＩＰアドレスで身元を割りだせるかも。グラウヴァインにショートメールを送ってくれないか？　ＩＴ専門家の動員を思いつかないかもしれないから、念のためにな」

「あの人の電話番号を知らないんだけど」

「俺のを使え」トムは自分のスマートフォンをジータに渡した。「いいや、モルテンにメールしたほうがいいな」

　ふたりは集落の入り口を示す標識の前を通り過ぎた。ベーリッツ。人口一万一千人。といっても、ここはブランデンブルク州最大のアスパラガス産地で、湖や森が点在していて、実際の人口は千人くらいにしか思えなかった。羽目をはずすのは命に関わる危険なことだといわんばかりに口うるさくて、やたらと大人ぶって見せる十四歳のカーリンがトムの脳裏に浮かんだ。いかにも牧師の娘らしかった。だがそれですべてに説明がつくだろうか。彼女の父親は駆け落ちした。なぜカーリンじゃなかったのだろう。カーリンが家出したってよかったのに。

　ベネのように自力で道を切りひらける奴はそう多くない。

　道路には野鳥の名前がついていて、屋根にコケが生えた年季の入った民家が点在している。

そのあいだに新築の家が建っていた。ナビの案内で、トムたちは袋小路に入った。方向転換用に道が広くなったところにパトロールカーが一台止まっていた。左右のドアが開けっぱなしで、巡査の姿が見当たらない。

トムは急ブレーキをかけ、二十メートルほど手前で車を止めた。

「どうしたの？」ジータがたずねた。

トムは人差し指を唇に当てた。「なにかおかしい」

ジータが目を見開いた。

「きみはここにいろ」トムはグローブボックスに手を入れ、ホルスターから拳銃を抜いた。雨が湿ったベールのようにあたりを包んでいた。外は涼しかった。拳銃は手に馴染んでいない。最後に射撃訓練をしたのはもうだいぶ前になる。

パトロールカーは路上にポツンと止まっていて、ドアが広げた翼みたいに見える。センターコンソールのカップホルダーには、近所のベーカリーで買ったらしいコーヒーカップが二個置いてある。フットスペースには、握りつぶした紙袋が転がっていて、フロントガラスとダッシュボードのあいだに食べかけのパンが載っている。慌ててそこに置いたようだ。

トムは振りかえると、車から出ずに応援を呼ぶようにジータに合図してから、パトロールカーのボンネットをまわりこんで、カーリンの敷地に向かった。

人の背丈くらいある生垣の向こうに狭い石畳の道があり、森の縁《ふち》に建つ家へとつづいていた。一階部分の外壁はクリーム色にきれいに塗られ、その上に尖《とが》った赤い切妻屋根が載っている。無駄のない東ドイツの建築様式が家の四角や窓など随所に残っていなければ、一九六〇年代ののどかな雰囲気がすると思っただろう。

銀色の郵便受けに小さな表札が貼りつけてある。K. Riss。その下に少し離して「不動産管理人」と書かれている。

玄関のドアが少し開いている。

トムは拳銃を両手でつかむと、軽く肘《ひじ》を曲げて体の前で構え、玄関の横に身を隠した。まず足で静かにドアを開ける。

少し待つ。

それから身を乗りだすふりをして、さっと体を戻した。

トムは息を止めて、耳を澄ました。

なにも聞こえない。

一……二……三！　シグザウエルの撃鉄を起こし、すばやく玄関に飛びこむ。薄暗く、ドアがいくつもある。右の奥に階段があり、その上り口に巡査がひとり、顔を下にして横たわっていた。金髪に血がにじんでいる。トムは壁際を伝って巡査に近づき、階段を確認してから二本の指を巡査の頸動脈に当てた。弱いが、脈はある。よかった。だがそのとき、巡査の腰のホルスターの中身がないことに気づいた。

これはまずい！

すぐそばにリビングに通じるドアがあって、大きく開け放たれていた。トムは左手でジャケットのポケットからスマートフォンをだして、電話をかけた。

「モルテン」という返事があった。

「トムだ。カーリン・リスの家にいる。巡査が重傷。犯人は武装している。救急車と特別出《S》動《E》コマ《K》ンドの出動を要請する」

「わかった！　ひとりでは絶対に動くな」

トムは電話を切った。カーリンはどこだ？　そしてもうひとりの巡査は？

トムはリビングのドアに一歩近づいた。茶色の革張りのソファと脚の低いテーブルが見える。床まである白いカーテンが、開け放ったテラスの引き戸から入る風に揺れていた。

トムはドア口に立った。教わったように拳銃を左、右に向ける。ただ、訓練ではこんなに激しく脈は打たない。

リビングに人はいなかった。

次は庭だ！　テラスの引き戸を通るとき、カーテンが顔を撫《な》でた。濡れた芝生に森の縁の生垣までつづく足跡があった。雨の滴《しずく》が木の葉を叩く音がする。雨足が強くなっていた。黒黒とした空から大粒の雨が降ってくる。

「止まれ！」

トムはびくっとした。声は森から聞こえた。

「止まれ、警察よ！」若くて甲高《かんだか》い女性の声だ。

トムは森に駆けこんだ。枝が当たって、顔を引っかいたが、生垣を通り抜けて、森の縁に立った。まわりの樹木がわずかな光まで遮《さえぎ》っていた。

「止まれ！　撃つわよ」女性警官の声だ。声が裏返っている。距離にして二十メートルから三十メートル。樹木を透かしてうかがうと、なにかが光って動いた。突然、ヘッドライトが点灯した。まばゆい光が森の中に射しこむ。つづいて小さなエンジン音。雨粒が光を反射し、樹木が黒い柱のように見えた。逆光のせいでそう見えるだけだろうか。それとも……？

銃声が鳴り響いて、トムの背後でバシッと葉をはじく音がした。

トムが地面に伏せた瞬間、さらに銃声が二度聞こえた。ヘッドライトのすぐ横で火を吹く銃口が見えた。女性警官の声がした方向ではない！　女性の悲鳴が聞こえた。ヘッドライトの光が木の間《こま》を通して走る人影を照らしだした。影が異様に大きく見える。とっさにトムは銃口が火を吹いたところ目がけて発砲した。二度発砲したように聞こえたが、実際には一度しか引き金を引かなかった。

車のドアが閉まった。エンジンが唸《うな》って、ヘッドライトが後ろにさがった。トムは急いで起きあがると、遠ざかっていくヘッドライトに向かって走った。

「止まれ、警察だ！」トムは女性警官が自分に向けて発砲しないようにそう叫んだ。女性警官はどこか右のほうにいるはずだ。いずれどこかで女性警官の射線に入ってしまう。

バックで走る車のエンジン音が不規則に甲高い音を立てた。アスファルトが雨に濡れて光っていた。道路がトムの目に入った。拡幅した農道といった感じで、道路標識が一切ない。フィヒテンヴァルデに通じる州道へまっすぐ延びている。トムが道に出たとき、車はすでに二百メートルほど離れていた。トムは拳銃を下ろした。撃っても無駄だし、もはや正当防衛にならない。それにカーリンが車の中にいるかもしれない。

トムはジャケットのポケットからスマートフォンをだした。そのときどこか背後で動物の鳴き声のようなうめき声を耳にした。

「おい」

なんてことだ、息も絶え絶えに聞こえるぞ。女性警官だ！

「州刑事局のトム・バビロンだ。どこにいる？」トムは叫んだ。

木のあいだの暗がりからかすかに声がした。

「おい」トムは急いでスマートフォンの懐中電灯アプリをタップした。うっすらとした光の端に、女性警官が横たわっていた。両手で胸を押さえ、その指のあいだから血が溢れだしている。トムはあわてて駆け寄って、そばに膝《ひざ》をつくと、改めてモルテンの番号に電話をかけて叫んだ。話し終えると、その場はぞっとする静寂に包まれた。

トムは女性警官の手を握った。「名前は？」女性警官の唇が動いた。若々しくて、美しい唇だ。きっと同じ部署の警官たちのアイドルになっているに違いない。「ヴァ、ネッサ……」

彼女は目を大きく見ひらき、痛いほどの力でトムの手を握りしめた。

「よし、ヴァネッサ、俺はトムだ」トムは微笑《ほほえ》み、元気づけた。「すぐ助けが来る。がんばれ。いいな？」

ヴァネッサがまばたきした。後ろで結んだ彼女の髪は森の地面と同じような焦茶色だった。

彼女は唇を動かしたが、切れ切れのささやき声しかだせなかった。木の葉にたまった雨の滴《しずく》が彼女の制服と顔に落ちてきた。顎《あご》をふるわせている。トムは彼女の濡れて冷たくなった頰に手を当てた。

「ヴァネッサ、俺を見ろ！　頼む！　がんばれ」

唇のあいだから血が溢れ、ヴァネッサはむせて、力なく咳きこんだかと思うと、目から生気が消えた。落ちてくる雨の音以外、なにも聞こえなかった。

トムはそっと彼女の目を閉じた。彼の手の甲《こう》に赤いシミがついていた。トムは、彼女の華奢《きゃしゃ》な顔には、自分の指があまりにごつすぎると感じた。トムの右手をつかんでいたヴァネッサの手には小さなダイヤをあしらった銀の指輪がはめてあった。それを彼女に贈ったのがだれかは知らないが、こんなことになっているとは露知《つゆし》らず、今ごろどこかをパトロールしていて、シフトが終わって彼女に会えるのを楽しみにしていることだろう。

第六章

ポツダム市近郊、ベーリッツ
二〇一七年九月三日（日曜日）午後六時四十二分

ペール・グラウヴァインは亀裂の入った、雨に濡れたアスファルトに立ち、腹立たしそうに空を見上げていた。タイヤの跡は採取できなかった。「せっかくミスターBeeがあるのに、これだもんな」Beeというのは Big Electronic Eye という屋外の事件現場を分析するために最近導入したドローンのことだ。だが雨模様の上に、森の中ときては、グラウヴァインの新しいおもちゃは役に立たなかった。

「おまえのミスターBeeなんて、今はどうでもいい」トムは凍えながらいった。この一時間、銃の撃ちあいを振りかえって、だれがどこに立って、何発発砲したか、そしてヴァネッサに命中したのが自分の銃弾かどうかを考えていた。だが頭が混乱して、考えがまとまらない。

ジータ・ヨハンスが背後に立って、トムの頬に優しく触れた。「あなたが家の中で発見したドレクスラー巡査だけど、ひどい脳震盪《のうしんとう》を起こして昏睡《こんすい》状態よ。シャリテ医科大学病院に搬送《はんそう》されたわ。命を取り止めるかまだわからないそうよ」

なんてことだ。「家族はいるのか?」トムはたずねた。

「奥さんとふたりの娘がいる」モルテンがいった。

「ちくしょう」グラウヴァインがトローチにうんざりしたのか、ぴゅっと吐きだし、ブクブクにふくらんだつなぎの胸ポケットにそのまま入れた。グラウヴァインは寒がりで、真っ白なつなぎの下に暖かい服を重ね着しているため、まるでミシュランのトレードマーク「ミシュランマン」が森の中を闊歩《かっぽ》しているように見える。「それでおちびさんのほうは?」

「そのおちびさんは警官なんだけどね」トムはいらつきながら答えた。

「わかったよ」

「わかってない」

グラウヴァインは、降参だとでもいうように両手を上げた。

ジータは咳払いをした。「名前はヴァネッサ・ライヒェルト、二十五歳。同僚と婚約している。バイアー……バイアースドルフだったかしら」

「くそったれ!」グラウヴァインが唸《うな》った。

「ドレクスラーの拳銃は?」トムはたずねた。「まさか……」

「女性警官を倒した凶器かっていうのか? そのようだ。あっちの道端で薬莢《やっきょう》が見つかっている。9×19ミリパラベラム弾、アクション4、警察採用の銃弾だ。非貫通弾……わかるよな……」グラウヴァインはトムに向かってぼそっといった。

「トムにはわかっても、わたしにはさっぱりなんですけど」ジータはいった。「説明してもらえません？」

グラウヴァインとトムは視線を交わした。トムは下を向いた。

「相手を動けなくする効果のある弾丸が数年前から使われているんだ。以前のフルメタルジャケットは貫通してしまうが、アクション４は衝撃が加わると、キノコのように……」

「ありがとう。もういいわ」ジータは両手を上げて、背を向けた。

「おまえのシグザウエルの可能性もある」グラウヴァインはトムにいった。「だが射線が一致しないようだ。射入口と体の位置から見て、正面から撃たれている。つまり車が止まっていた方角だ」

トムはほっと胸を撫《な》でおろした。

「とはいえ、拳銃は預からせてもらう。旋条痕を調べる」

「さっきベルネに渡した」トムは答えた。

「当分、危険な状況に巻きこまれないようにしろよ」グラウヴァインがいった。「銃撃戦の詳細がわかって、拳銃の携行がまた許可されるまでしばらくかかるだろう」

「規則だからな」

ヨー・モルテンが規制線で区切られた狭い通路を歩いてきた。グラウヴァインは事件現場の手がかりを保全するために独自のシステムを作りあげていた。モルテンは空咳《からぜき》をした。彼の息は遠くからでもタバコのにおいがした。「ベルネが家の中をひと通り調べた」モルテンはグラウヴァインにいった。「争った形跡はない。凶器もカーリン・リスも見つからなかった」

全員が愕然《がくぜん》として、言葉がなかった。

「隣人は銃声以外なにも気づかなかったといっている」モルテンはつづけた。「不法侵入の痕跡もなかった。書斎のゴミ箱には、丸めたティッシュがたくさん入っていた。おそらくニュースで母親の死を知ったのだろう」

「書斎で？」ジータがたずねた。

「コンピュータは起動していた。履歴にどういう写真のリンクがあったか当ててみてもいいぞ」

「やめてくれ」トムはつぶやいた。

「大聖堂殺人事件の現場写真ですか？」ジータは信じられないという思いでいった。「でも、彼女がアップしたのではないのですよね？」

「そうではなさそうだ。閲覧しただけだ」

「それならいいです」ジータはいった。

「その写真の出所は？」トムはたずねた。

「ＩＴの専門家が調べている」グラウヴァインがいった。「しかし事件の展開が早すぎる。つまりてんやわんやだよ。はっきりしているのは、写真はうちのものじゃないということだ。つまり俺が撮影したものじゃない。俺たちが現場に到着する前の早朝撮られたものだ。外光の状態でわかる」

「つまり犯人が撮影したのか」トムはいった。

「その可能性はある。今調べているところだ」グラウヴァインは敬礼した。「作業に戻る」

「家の中を捜索するときは、ブリギッテ・リスの家から消えた箱があるか気をつけてくれ」

「わかった」グラウヴァインが返事をした。

「それで、なにがあったんだ？」モルテンがたずねた。「誘拐か？　復讐か？　リス家が狙われているのか？」

「よくわかりません」ジータがいった。「でも、とにかくカーリン・リスを見つけなくては。今のところ、彼女が次の被害者になりそうですので」

「臨床心理士がいてよかった」モルテンがいった。「参考意見がもらえて助かる」

「わかってきたじゃないか、モルテン」トムが茶々をいれた。

「おい、おまえがそれをいうか？　立場をわきまえろ」

またしてもにらみあいがはじまりそうだったが、モルテンがすぐため息をついて、ことなきを得た。

「トム、すまない。さしものおまえも、今回はきつかっただろう。もう帰っていいぞ」

「平気だ」

「平気？」ジータがたずねた。

「働けるってことさ。この落とし前はつける」

モルテンが不快そうにトムを見た。「気持ちはわかるが、復讐心に駆られた刑事は使えない」

「ここをよく見てみろ。全員に休みが必要だ」

「わかったよ」モルテンが背を向けた。「それはそうと、家宅捜索についてだが、家にあるものは細大漏らさず調べろ、とフローロフに指示するつもりだ」

トムはうなずいた。まだ真相をつかめていない。もっと大きな謎が絡《から》んでいそうだ。だが、それを言葉にすることができなかった。なぜならすべては運河の水死体と鍵からはじまっているからだ。あの暑い夏の日に鉄道橋から運河に飛びこまなかったらどんなによかったことか。トムたちは好奇心旺盛で、世間知らずで、冒険心に駆りたてられていた。カーリンのいうとおり、すぐ警察に通報するべきだった。罪悪感に押しつぶされそうで息が詰まる。どこかでこのことを同僚たちにいわなければならない。彼らを信じて、正直にいうほかない。それで自分が傷つくとしても。だが、鍵が事件現場から消えた時点で、打ち明ける機会を逸《いっ》してしまった。もうだれも信用できないからだ。鍵を盗んだのは同僚だ。他に盗める者がいるだろうか……ということは、そいつがこの事件に絡んでいて、何かを隠そうとしたのだ。

「トム、大丈夫?」ジータがたずねた。

「やはりひと休みするよ」トムはいった。

ヨー・モルテンのスマートフォンが鳴った。「ブルックマンだ」そういうと、モルテンは少し離れて電話に出た。電話で話しながら、自分の靴の先を見つめている。ジャケットが雨に濡れて輝いていた。

トムは規制線で作られた狭い通路を辿《たど》ってカーリンの家に向かった。そこで金属の棺《ひつぎ》を持ったふたりの男とすれ違った。ヴァネッサが棺に納められるところを見ずにすんでよかった。グラウヴァインは生垣の一部を伐採して、通り抜けられるようにしていた。家はていねいに刈った芝生の中に建っている。トムはテラスからリビングに入って、さっと見まわした。茶色の革張りのソファにはシミがいくつかついていて、棚には緑色の花瓶がふたつと、数冊の実用書と、少なくとも二百本はあるＤＶＤが並んでいた。トムはタイトルを見て驚いた。「ブレア・ウィッチ・プロジェクト」「ウォーキング・デッド」「セブン」、メル・ギブソンの映画全作。ほのぼのした映画も一本交じっているが、ほとんどが男性向けだ。しかし男が住んでいる様子はない。それにおもちゃもない。そもそも子どもがいる形跡がひとつもなかった。整理が行き届いているが、飾り気がなく、実に素っ気ない。トムはカーリンがここでどんな暮らしをしているか想像してみた。彼女は口うるさいところがあったが、昔は好きだった。子ども時代につるんでいたひとりだが、あれからずっと地元に住んでいたのかと思うと、息苦しさを覚えた。

トムはスマートフォンをだして、記憶の補助としてリビング全体と気になる部分を撮影した。

カーリンの書斎は玄関のすぐ横にあった。科学捜査研究所のバイアーがコンピュータを運びだそうとしていた。デスクは一風変わっている。シンプルなデザインが多い家の中で、それだけが異彩を放っていた。窓のそばに置いてあって、そこから前庭を見ることができた。ずっしりと重いクルミ材の古いデスクで、左右に引き出しがついていて、天板には革製のデスクマットがはめこまれていた。木部は昔、きっとピカピカに磨きあげられていたのだろうが、今はところどころ光沢が失われていた。

デスクの上には写真を入れた額がふたつ立ててあった。左側は最近の母親の写真で、右側はカーリンの父親ベルトルト・リスの二十年以上前の写真だ。髪は金色で、七三にきっちり分けるには少し長い。笑みは若々しく、歯は非の打ちどころがない。写真のベルトルト・リスはもうひとつの額に収まっている女性の息子のように見えた。ハンサムだ。女性牧師には過ぎた男だ、とトムの父親は当時いっていた。たしかにそのとおりだ。

ここでもトムは数枚写真を撮った。それから引き出しを順に開けた。封筒、紙、ペン、社印、小さな三脚のついたデジタルカメラ。といってもカメラにはデータ保存用のカードが入っていなかった。奇妙だ。左の上の引き出しに黒っぽい革紐につながれた鍵の束と、フォルクスワーゲンのキー、それからさらに三本の鍵を束ねたものがあって、門番の家というラベルがついていた。引き出しの一番奥にはフォッシル（腕時計のメーカー）の小さくてカラフルなブリキのケースがあった。時計が入っているのかなと思って振ってみた。カラカラと音がする。蓋《ふた》がうまく開かなかったが、力を入れるとパカッとひらいた。

トムはケースの中を見つめた。

心臓が早鐘を打ち、ふるえる指で中に入っていたものをつまみあげた。握りに17と刻まれた鍵だ。どうなっているんだ？　開け放ってあるドアをちらっと見た。だれかがいるのが聞こえるが、姿は見えない。

トムはその鍵をジャケットのポケットに忍ばせてから、少し迷って、門番の家の鍵もポケットに突っこんだ。

トムは麻酔にでもかかったかのようにぼうっとしながら玄関から出た。

ベルネが白いつなぎ姿の捜査官といっしょにタバコを吸っていた。話してはだめだ。そのまま車へ行き、ドアを閉め、目を閉じて考えをまとめるんだ。

「おい、バビロン！」ベルネに声をかけられた。「カーリン・リスとは知りあいだったんだろう？」

「まあな」

「昔からいかれていたのか？」

「どういうことだ？」

「いやな」ベルネはタバコを吸った。まるでフィルターごと吸いこもうとするように。「どこの管理をしているか知らないのか？」

「もったいぶるなよ。疲れているし、寒いんだ」

「お化け屋敷さ」

「サナトリウムのことか」

「まあな。このところすっかり悪魔崇拝者や心霊スポットツーリズムのメッカになっている。

しかも死亡事故まで起きて……」ベルネはわざと最後までいわず、上がりかけている雨に向かって煙の輪を吐いた。トムが問いただすと思ったようだ。だがトムもその話を知っていた。というか、ベルリンの人間ならたいていそのことを耳にしている。一九九一年に「ベーリッツの怪物」が病院の森でロシアの軍医の妻と赤ん坊を殺し、二〇〇八年にはあるカメラマンが門番の家でモデルを締め殺した。そして夜中に恐いもの見たさで壊れかけた建物に入りこみ、どこかの穴に落ちる、いかれた奴が後を絶たない。その結果、トムの記憶では、最近も死者や負傷者が出ているはずだ。

「こんなところの管理をすすんで引き受ける人間がいるかね」ベルネはつづけた。「よほど特別な思い入れがなけりゃ」

「科学捜査研究所で働くにはどんな特別な思い入れがいるんだ?」トムはたずねた。

ベルネが苦虫を嚙みつぶしたみたいな顔をし、他のふたりがニヤニヤした。

トムは向きを変え、パトロールカーなどの警察車両の先に止めてある自分のベンツのところへ向かった。報道カメラマンとテレビクルーが来ていて、腕を広げて通せんぼしている巡査に女性のリポーターがしつこく食いさがっている。トムは時計を見てから、照明の中に浮かぶ捜査官たちのほうを振りかえった。事件現場は映画のセットのようだった。みんな、忙《せわ》しなく動きまわっている。

トムはジャケットのポケットに忍ばせてある17が刻まれた鍵のことを考えた。大聖堂の事件現場で消えた鍵とそっくりだ。そして昔、ヴィーといっしょに消えた鍵とも。

〝なにがあったんだ、カーリン？　なにをしたんだ？　門番の家の鍵にはどういう意味がある？　なぜ他の鍵といっしょにしていたんだ？〟

トムはスマートフォンを手に取って、グーグルで「門番の家　ベーリッツ」と検索した。門番の家は近くにある。サナトリウムの一角だ。ただし番地は十三。十七ではない。それでも、ヴィーといっしょに消えた鍵をまた手にしている。ヴィーを近くに感じる。あとはこの鍵に合う錠を見つけるだけだ。まず門番の家を探ってみよう。部屋の鍵かもしれない。トムは改めて時間を見た。ここにいても今は意味がない。早く門番の家を訪ねてみたほうがよさそうだ。今なら邪魔されずに家探しする絶好のチャンスだ。ジータを捜したが、どこにも見当たらなかった。好都合だ。

トムは家の前でベルネといっしょにいるモルテンに暇《いとま》を告げた。ベルネはまだタバコを吸っている。モルテンは物欲しそうにベルネのタバコを見ている。だが自分のズボンのポケットに入れてあるタバコには手をださなかった。

車に戻る途中、トムは科学捜査研究所のワンボックスカーのスライドドアが開いていて、大型懐中電灯が置いてあるのを見つけた。それを借りると、ズボンのポケットから錠剤をだして口に入れた。

トムがベンツに乗りこもうとしたとき、ジータ・ヨハンスがどこからともなくあらわれた。

「わたしが運転する？」

「どうして？」

「だいぶまいっているようだから。運転は無理そうよ」

「俺は家に帰るんだ。だれか他の奴に乗せてもらったらいいだろう」

ジータはトムが手にしている懐中電灯を見た。「それを持って家に帰るというの？　モルテンがさっきなんといったか覚えてる？」

「モルテンはいろいろいっていたからな」

「ひとりで勝手に動くなといっていたわよ」

「そうだったかな？」

「忘れたの？　それでその懐中電灯は？　冷蔵庫のライトが切れてるとか？」

「自分を過信しちゃいけないな」

「あなたこそ、自分を過信しているようだけど」

トムは肩をすくめた。

「簡単なことよ」ジータはいった。「なにをするつもりか知らないけど、わたしもついていく。さもなければ、あなたが勤務中に向精神薬を服用していることをモルテンとブルックマンに報告することになる」

トムは彼女を見つめた。「なんだって？」

「今のんだ錠剤よ」

「それがどうした？」

「依存しているんじゃないの？　それを服用していて、夜眠れる？」

トムは手を横に振った。「こんなのたいしたことはない」

「メチルフェニデートがたいしたことないですって？　能率向上が目的でしょ。ただの頭痛薬だなんていわせないわよ。わたしはその薬を知っている。普通、精神科医の処方箋《しょほうせん》がいるはずよ。そして自閉スペクトラム症患者に投与される」ジータは食い入るようにトムを見つめた。「それとも、パワーが欲しくてのんでいるの？」

「アルコール依存症の女がそれを質問するかな？」

ジータは顔を赤くしたが、すぐに気を取り直した。「わたしはとっくの昔に克服したわ。でもあなたは現在進行形でしょ」

「騒ぐほどのことじゃない」

「そうかも。でも、警官には明確な規則があることを知っているでしょう。麻薬法違反はまずいわよ。もしあなたが自閉スペクトラム症なのに申告していなければ、上司への報告義務違反になる。上司はあなたが勤務可能か確認する必要がある」

トムはかっとした。「勤務不能だっていうのか？」

「違うわ。でも他の人はそう考えるでしょうね」

「ちくしょう。俺にどうしろっていうんだ？」

「いったでしょう。わたしもいっしょに行く」

沈黙。

トムは駐車している車列の向こうに見えるカーリン・リスの家に視線を送った。モルテン、グラウヴァイン、ベルネが顔を寄せあっている。霊柩車のところでは、男がふたり、金属の棺を載せようとしている。

「なぜだ?」トムはたずねた。「どうしてそこにこだわるんだ? 俺がなにをするつもりか知らないくせに。そもそもたいしたことをするつもりはないがな」

「それなら、ここで口論する必要もないでしょう」

「答えをはぐらかすな」

「あなたこそ」

トムはジータを見て、なにを考えているか腹を探ろうとした。

「いいだろう。きみは事件を解決して事件分析課に戻りたい。そういうことだろう? きみは認められたいんだな」

ジータは肩をすくめた。「それで、車に乗っていいの、いけないの?」

「わかった。乗れよ」

第七章

ベルリン市クラードー地区私立ヘーベッケ精神科病院
二〇一七年九月三日（日曜日）午後七時四十一分

フリーデリケ・マイゼンはじっとしていられなかった。こんな扱われ方をするなんてひどすぎる。

彼女はまた父親のことを思った。人生はもちろんポニー牧場じゃないというのが父親の口《くち》癖《ぐせ》だ。納得できないが、たしかにそのとおりだ。父親に「お馬鹿ちゃん」といわれるのだけはいやだ。なにかというと「お馬鹿ちゃん」といわれる。こんなに遠く離れているのに、父親の声が聞こえる。

研修中に当てがわれたこのお粗末な部屋にいると、自分が患者のような気がしてくる。洗面コーナー、洋服ダンス、花柄の寝具、湯沸かしポット。テレビがあるにはあるが、壊れている。スマートフォンのデータ通信量が早くも上限に達した。

フリーデリケは椅子を窓辺に置いた。そこから小さな礼拝堂が見える。

クララの異様な行動を盗み見たあと、フリーデリケは病院に戻った。だが、ここはなにかおかしいと感じ、黙っているのはよくないと思った。そこで一階にある院長室をノックした。

「どうぞ!」という無愛想な声がした。彼女は胸をドキドキさせながら、部屋に入った。院長はデスクに向かってすわっていたが、立っているよりもずっと大きく見えた。

「フリーデリケ」おまえにだけは邪魔されたくないと思っているのが、声の響きでよくわかった。「なにか用かね?」

「ええと。院長。あの……ちょっと気になる点がありまして」

「そうなのかね。それはなにかな?」

「患者についてです。クララ。クララ・ヴィンターのことです。挙動が不審で」

「そうでなければここにいないだろう。違うかね?」

「ええ。でも、そういうことじゃないんです。なにか変なんです」

院長が探るように彼女を見つめた。「メレート看護師には話したのかね?」

「ええ、まあ。ちゃんとは報告していませんけど」

「きみはメレートを飛び越えて、わたしのところに直接来たわけだ」

「メレートさんは信じてくれないと思いまして」

「クララ・ヴィンターを挑発したのだから、当然だ。研修生としてはあまりいい出だしではないね」

フリーデリケはごくりと唾をのみこんだ。これ以上話をしないほうがいいと思ったが、止められなかった。「今日、ヴィンターさんが礼拝堂にいるところを見たんです。だれかと会う約束をしていたみたいでした。相手は男性です。なんていうか、あの人にはよくないことのように思えまして」

「よくないというのか」院長は疑わしげにいった。「それで、きみはその待ちあわせをどうして知ったんだね？」

「男から手紙をもらったといっていました。ずっとその男の話ばかりして」

院長が咳払いをした。大きな咳払いだったので、フリーデリケはびくっとして口をつぐんだ。院長は胸元で組んでいた手、がっしりして、フリーデリケの好みではないその手を大袈裟にデスクに置いた。まるで自分の父親がそこにいるかのようだ。「ひょっとして相手はイエスという名ではないかね？」

「ええ、そうです」フリーデリケは口ごもった。「先生がなにを考えているかわかりますが」

「よく聞きなさい、フリーデリケ。ここは精神科病院なんだ。重度の障害を抱えている患者もいる。ちょっとおかしいからといって、患者を無闇に混乱させるのなら、ここから出ていってもらう。わかったかね？」

フリーデリケは改めて唾をのみこみ、うなずいた。「先生、わたしは……」

「もうなにもいわず、ナースステーションに戻りたまえ。今後、馬鹿げた妄想を抱いたらまずメレート看護師に話すように。なにかあれば、彼女がわたしに話してくれる」

〝馬鹿げた妄想〟フリーデリケは窓ガラスに息を吹きかけてから、指で曇りに穴を作った。そこから礼拝堂が見えた。聖セルウァティウス礼拝堂は木の間《こま》に隠れ、白い塔だけが闇を貫くように建っている。

〝あれは妄想じゃない。院長がなんといおうと、あれはおかしい。イエスと悪魔……クララが信心深いだけかもしれない。カトリック教徒だからだろうか。だが礼拝堂で裸になるなんて〟

それだけではなかった。そのあとクララは、十字架のところに行き、壁と十字架のあいだに指を入れて、なにか探っているようだった。告解室から見えなかったので、探しているものが見つかったかどうかはわからない。

院長がいうように、クララの頭は本当におかしいのだろうか。彼女の行動の説明としては一番わかりやすい。だがフリーデリケには、別の理由がありそうな気がしていた。クララの行動には、彼女なりの論理がある。

どういう論理かはわからないが。

クララは礼拝堂から出ていくとき、少しだけスキップをした。うれしくてならないようだ。なにか見つけたのだろうか。いったいなにを見つけたのだろう。フリーデリケはそのあと、十字架のあたりを調べたが、なにも見つからなかった。

〝これからどうしよう〟フリーデリケはため息をついて、また窓ガラスに息を吹きかけた。院長にいわれたとおり、クララとは距離を置き、なにかあったらメレート看護師に注進すべきだろうか。どうせ小言をいわれて終わりだ！

なにもしないに限る。

とはいえ、患者を気にかけるのは看護師の務めだ。なにか様子がおかしければ、そして実際おかしく思えるのだからなんとかしなくては。

フリーデリケは椅子を引いて窓を開け、新鮮な空気を部屋に入れた。そのとき礼拝堂に通じる小道に人影が見えた。足早に礼拝堂へ向かっている。外灯の光を浴びて、寝間着が白く輝いたが、すぐにまた闇に紛《まぎ》れた。クララじゃないの！　いったいどうして？

フリーデリケはとっさに患者を追いかけようと思った。

だがもっといいことを思いついて、急いでビルケンシュトックのサンダルをはいた。下ろしたてのものだったので、リノリウムの床がかすかにキュッキュッと音を立てた。下を向きながらナースステーションの前を通り過ぎると、クララの部屋がある廊下に曲がった。息をひそめて部屋に忍びこむ。

部屋の中は静かで暗かった。ラベンダーと洗剤の匂いがした。懐中電灯かスマートフォンを持ってくればよかった。しかし、だれかに見つかったら、どう思われるだろう。

フリーデリケは天井の照明をつけた。奇妙なカレンダーで埋め尽くされた壁には怪しげな存在感がある。

フリーデリケには、どこを探したらいいかわからなかった。あまりに無計画だ。なにかとんでもない失態をやらかしそうだ。

ただ、クララに助けが必要だったらどうする。

キャビネットの引き出しには下着がていねいにたたんであった。それから薄茶色のテディベア。内蔵されたオルゴールを鳴らすための赤い引き手がぶら下がっている。他にはパックされた歯ブラシが四本、包装された石鹸《せっけん》が六個、白紙が数枚。

ナイトテーブルには、よくある雑誌や三文小説やクロスワードパズルなどはなく、聖書が一冊載っているだけだった。聖書をひらくと、羽根がするっと床に滑《すべ》り落ちた。

聖書から白い羽根の先端がとびだしている。羽根をしおりにしているらしい。

そのページには「コリント人への手紙一、第七章三、四節」と書いてあった。

〝夫は妻にすべきことをし、妻も同様に夫にすべきことをすべきである。妻は自分の体を自由にできない。夫だけが……〟

オーケー、ありがとう、充分！　フリーデリケは羽根を拾って、そのページにはさんで、聖書を元に戻した。

部屋は殺風景だ。修道院のように飾り気がない。クララは礼拝堂から出るとき、うれしそうにスキップしていた。なにか見つけたのなら、きっとこの部屋にあるはずだ。自分ならどこに隠すだろう。フリーデリケは改めてキャビネットに目をとめた。早速一番上の引き出しをそっと抜いて、床に置いて、キャビネットの内側を探った。なにもない。次に上から二段目の引き出しを抜いて、同じことをした。あった！　なにかが指先に触れた。胸の鼓動が高鳴る。フリーデリケはそのなにかを引っ張りだした。

タバコの箱。マールボロだ。

それだけ？　クララはタバコを吸うのだろうか？

フリーデリケは箱を両手で持ってまわしてみた。重さがない。中身は空のようだ。蓋を開けてみた。タバコは入っていなかった。タバコのにおいも消えていた。代わりにたたんだ小さなメモ用紙が入っていた。縁《ふち》に汚れがついている。フリーデリケは興味を覚えて、そのメモ用紙を広げてみた。そこには青いインクの手書き文字でこう書かれていた。


今日八時においで。」


やっぱり、密会の約束だ！　フリーデリケは鳥肌が立った。ここで冷たい隙間風が吹いたら、ホラーとしては完璧だ。ちらっとドアのほうをうかがってから窓辺に立った。だが外にはだれもいなかった。

フリーデリケは時計を見た。八時十五分。急いでメモ用紙をたたんで、箱に入れ、引き出しをキャビネットに戻した。部屋をざっと見まわす。入ったときと同じだろうか。

フリーデリケは照明を消すと、明るい廊下に出た。

「あら、ここでなにをしているの？」

フリーデリケはびくっとした。メレート看護師が目の前に立っていた。古株の彼女は体ががっしりしていて、目つきが冷たいが、鼻だけがやたらとかわいらしくて、彼女の口調とミスマッチだった。

フリーデリケは顔を赤らめた。「あの子がどうしているか気になりまして」

メレート看護師がじろっとにらんだ。「あなた、勤務時間？」

フリーデリケは首を横に振った。

「じゃあ、なんでクララの部屋に入ったりしたの？」

「それはその……」

「あなたが今日なにをやらかしたかわかっているわよね？」

「ええ……まあ」

「しょうがないわね」メレート看護師がフリーデリケをつねった。

「痛い！」目に涙が浮かんだ。

「忠告したはずよ」

フリーデリケは急いでうなずいた。「ただ……ごめんなさいがいいたくて」

「それで？　あの子はなんていったの？」

「もう横になっていました。眠っているようです」フリーデリケは口ごもり、迂闊《うかつ》なことをいった自分を呪った。メレート看護師が外でクララを見かけていたらどうしよう。あるいは今、部屋を確かめるかもしれない。

「そう、もう寝てたの」メレート看護師の視線が下を向いた。「ポケットの中を見せて」

「まさか、わたしが……」

メレート看護師が眉《まゆ》を吊りあげた。「やっぱり、そうなのね？」

「違います！」フリーデリケはかっとしていった。「患者のものを盗んだりしません」

「あなたが最初じゃないわ」

「そんなことしません。本当です……あの子が心配だっただけです。あやまりたかったんです」

「あやまっても、クララにはわからないと思うわ。むしろ事態を悪くするだけよ。あの患者をそっとしておきなさい。もう夜なんだし！　日が暮れてから問題が起きると、ハチの巣をつついたようになるわ。夜くらい休みたいでしょ。わかった？」

「すみません」フリーデリケはうなずいた。「ではまた明日」

フリーデリケは向きを変えると、逃げるように歩いた。階段で手すりに手をついた。そこにしゃがみこんでひと休みするか、自分の部屋に戻って、上掛けにくるまりたかった。だがそういうわけにはいかない。クララがどうしているか確かめなくては。

雨はひどく冷たかった。どうして上着を持ってでなかったのだろう。礼拝堂までつづく砂利道が足の下できしんだ。クララはまだ礼拝堂にいるだろうか？　だれと会うんだろう。メモには「J」とあった。まさかイエスの頭文字（イエスのドイツ語表記はJesus）。いかれてる。

突然、キャビネットに青色のボールペンと紙があったことを思いだした。クララの自作自演だろうか。だがそれなら、どうして隠したりしたんだろう。礼拝堂は背の高い木に囲まれ、静寂に包まれている。二枚扉が少し開いている。フリーデリケはそこに近寄って、息をのんだ。隙間から小さな祭壇が見える。十字架がかかっていて、黄色く揺れる光に照らされている。ロウソクの光だ。扉を開けたらきしむだろうか。扉に指を当てて、一センチずつゆっくりと押した。必死に聞き耳を立てた。礼拝堂の屋根からフリーデリケのうなじに雨の滴《しずく》が落ちてきて、ぞくっとした。そのとき、背後で砂利がきしむ音がした。

「あなたもあの人を捜しているの？」

フリーデリケは振りかえった。雨の中にクララが立っていた。腕を下げ、不安と期待が入り混じった不思議な表情をしている。

「ヴィ……ヴィンターさん」フリーデリケは口ごもった。

「あの人が気になってきたんでしょう？」クララは足を踏み替えた。

「あの人？　なにがいいたいんですか？」

「もう行ってしまったわ」クララが怒鳴った。「あの人がここに来るのはわたしのためよ。わかる？　わたしのためなの！」

「いったいだれのことですか？」

「イエスよ」クララはささやいた。

「ヴィンターさん、イエスさまはとっくに死んでいるんですよ。知っているでしょう？」

「あの人はわたしをひとりにしない」

「ひとりにしないって、まさかここにいたんですか？」

「あなたには関係ないでしょ。わたしのことなんだから」

「ヴィンターさん、あなたがイエスさまと呼んでいる人はいったいどこから……」

「あの人はマリアの子よ。帰ってきたの」

「イエスがマリアの子なのは知ってますけど……」

「あの人になんの用なの？　わたしから奪うつもり？」クララは顎《あご》を突きだし、顔をこわばらせた。フリーデリケは不安になった。

「違います、ヴィンターさん。だれもあなたからイエスさまを奪ったりしません。あなたが心配なだけなんです」

クララの視線はフリーデリケの濡れたブラウスを蔑《さげす》むように見た。「奪おうとしても無理よ。あなたの胸は大きすぎるもの。あの人の好みじゃない。大きくてもいいのはマリアさまだけ。胸の大きなマリア。そのつけを払った」クララは唾を吐いた。フリーデリケはとっさにあとずさり、後頭部を扉にぶつけてしまった。その瞬間、クララはさっと背を向けると、雨に濡れて光を反射している細い砂利道を駆けだし、本館に戻っていった。

フリーデリケは両手がふるえていた。礼拝堂の扉にもたれかかって、頰にかかった唾をぬぐった。聖母に嫉妬するなんて、本当にいかれている。

第八章

ベルリン市ノイケルン区
二〇一七年九月三日（日曜日）午後八時四分

ジータは自分が不安なのを悟られないようにした。いったいどこへ連れていかれるのだろう。トムが腹を立てているのがひしひしと伝わる。そして、ひどいストレスを抱えている。若い女性巡査が死んだせいだ。トムはハンドルを両手でつかみ、唇《くちびる》を引き締めている。なにか考えているようだ。ジータは、こんなことでいい結果が得られるとは思えなかった。ベーリッツではやりすぎたかもしれない。

トムは移動中、ジータと一切口を利かなかった。一度、車を止めると、なにもいわずに降りて、しばらくだれかと電話で話した。そしてヘルマン通りを左折した。道路は栗石《くりいし》舗装とアスファルトのパッチワーク状態だった。ノイケルン区のそのアパートは寂れていた。四角形の窓にかかっているカーテンはどれも灰色で、一階部分は商店になっている。この時間に店を開けているのは、場外馬券売り場やキオスク、ファストフード店や一ユーロショップくらいのものだった。

トムが車を止めた。じっとすわったまま、ジータを見ないようにしている。「ひとついいかな?」

「なに?」ジータがたずねた。

「車から出るな」

「なるほど。でも、いうことは聞けないわね」

トムはため息をついた。ふたりはいっしょに車から降りた。ジータは次の街角までついていった。歩道に張られていたはずのプレートがところどころなくなっていて、踏みつぶされたガムやタバコの吸い殻があちこちに落ちていた。見ると、裏庭にハーレーダビッドソンが並んでいた。

「なにをするつもり?」ジータがたずねた。

「捜査するのさ」

「ねえ、もっとちゃんと説明して」

「なにがあっても俺についてくるんだろう? おしゃべりをするなんて聞いてないぞ」

「あなたの態度もモルテンと大差ないわね」

トムは立ち止まった。目つきがきつい。「しつこい奴にはだれだって同じ反応をする」

「わかったわ。お互いの役柄がはっきりしたから、そのとおりにしましょう。で、ここでなにをしようというの?」

トムはかっとして怒りだしそうになったが、ぐっと気持ちを抑えた。「ベルリンの極右の動きは意外と筒抜けなんだ。これから探りを入れる」

「ネオナチに詳しいの？」ジータは啞然《あぜん》としてたずねた。

「いいや。だが国家保安部に詳しい奴がいる。警察学校でいっしょだった」

「で、その国家保安部の人はなんていったわけ？」

「ベルリンのネオナチは、地方都市の奴らほど問題を起こさないが、いくつか例外がある」

「問題を起こさない？」ジータは耳を疑った。「本気でいってるの？　右翼デモに集まる人数は爆発的に増えていて、右翼を連想させるものやロゴがいたるところにある。あれが問題ないというの？」

「地方都市と比べたらさ。ベルリンでは伝統的に左翼が強い。これまで筋金入りの右翼を押さえこんできた。俺がいってるのは右寄りでデモに参加している市民じゃなくて、暴力も辞さないネオナチのことだ」

「国家保安部の知りあいに情報提供者がいるってこと？」

トムはなにもいわず、通りの角の酒場を指差した。窓をつぶして、ビールの広告で飾った灰色の店だ。白いネオンライトに〈パパ・シュルツ〉とある。

「あの酒場で情報提供者に会うわけ？」

「名前はマルティン・クレーガー。情報提供者じゃない。ドイツ国家民主党の地区指導者で、バイククラブ第九十九旅団の名誉会員だ。銃火器の不法所持で有罪になってからパチンコに鞍替《くらが》えした奴だ。パチンコは所持を禁じられていないからな。だが近距離ではとんでもない威力を発揮する。只《ただ》同然の安さだし、射程距離は五十メートル。しかも発射するのはたいてい鉄球だ」

「あるいは石なのね。たとえばブリギッテ・リスの家に打ちこまれたみたいな……」

「そういうことだ。俺もそう思ってる。証拠はない。他の武器と違って、凶器かどうかの特定も難しい」

ジータは落ち着かなそうに酒場の扉を見た。「これからその人に会おうってわけね」

「きみは来ないほうがいい。奴らは偏見があるから、きみの肌の色にどう反応するかわからない」

「平気よ」そういうと、ジータは顎《あご》を突きだした。「この世に生まれてこの方、そういうのには慣れている。そんな頭が空っぽな奴にびびったりしない」

トムは黙ってジータを見た。ジータの返事が意外だったようだ。

「言葉の応酬なら」ジータはいった。「負けない。警官ふたりに暴力はふるわないでしょう」

第九章

ベルリン市ティーアガルテン地区州刑事局第一部局
二〇一七年九月三日（日曜日）午後八時九分

ヨー・モルテンは軽く会釈してブルックマン部局長の隣にすわり、鈍《にぶ》く光るマイクスタンドを少し曲げた。細いマイクスタンドはタバコを連想させる。彼の服はまだ雨に濡れてごわごわしていた。ベーリッツから戻って十分しか経っていない。

空気が張りつめている。ホールは百五十人のジャーナリストを収容するには狭すぎで、場所の取りあいが起きている。みんな、ライブストリーミングのチェックに余念がなく、スチルカメラやテレビカメラが演台に向けられている。黒々としたレンズが飢えた目をしている。三列目にミヒャエル・ベルンザウがいる。八年前、公判のあとでいざこざを起こした奴だ。そして別のとき、目撃者がいないところで、モルテンはベルンザウの鼻骨を折った。鼻は今も曲がっている。それ以来、奴は復讐の機会を狙っている。

モルテンはテーブルの角に指輪をぶつけ、ブルックマンにじろっと見られた。タバコが吸いたかった。記者会見なんてモルテンの出る幕ではない。それでも大聖堂殺人事件特別捜査班を指揮する者として同席するように、とブルックマンにいわれた。

体調不良のフベルトゥス・ライナーから第十一課を名実共に引き継ぐには、ここでしっかりアピールしなければならない。モルテンにもそのくらいはわかっている。部下からは慕われたいが、ボスとしては嫌われることもしなければ。それに犯人の検挙率は悪くない。出世したいならなにが必要か承知している。ブルックマンはモルテンの気持ちに気づいているはずだ。さもなければ、特別捜査班の指揮を任すわけがない。だが将来課長になるつもりなら、いやでも記者会見をうまくこなす必要がある。

刑事局の報道官ヒュープナーが心地のいい、よく通る声で記者会見開始をアナウンスした。彼の前にベルリンの熊が描かれた警察の紋章が立ててある。だが彼の話をまともに聞いているのはせいぜいホールの半分ほどだ。多くの者はすでになんのための記者会見か知っている。

ヒュープナーはブルックマンにあとを任せた。まずは事件のあらまし。ベルンザウは椅子の背にもたれて、モルテンを見つめた。

「質問をどうぞ」

若い女性記者が挙手して、最初の質問を許された。別にセクシーだったからではない。ヒュープナーとしては、無難な質問がされると期待したのだ。

「発見現場と状況から宗教的な動機が考えられますね。イスラーム過激派が手口を変えたのかもしれません」

「もしこれがテロならそうでしょう」ブルックマンが落ち着いて答えた。「しかしそう結論づけられる犯行声明などがありません」

「すみませんが、火を見るより明らかでしょう。単独犯の犯行じゃありません」

「あなたには今回の事件がテロ行為に見えるのですか？」

「複数人の犯行だったのでしょう？」

「複数犯か単独犯かは今後の捜査で判明するはずです」

「死体といっしょにあった17の鍵はなにを意味するのでしょうか？」焦茶色の髭《ひげ》を生やし、短く切った髪を七三にわけた若いリポーターが質問した。

「あいにくはっきりしたことはわかっていません」ブルックマンが答えた。「専門家が調べているところです」

〝もし鍵がなくなったことが知られたら大変なことになる〟とモルテンは思った。

「首席警部」ベルンザウが発言した。モルテンの肩に力が入った。「あなたが捜査の指揮を執っているのですね？」

モルテンはマイクを自分のほうに向けた。「そうです」

「ブリギッテ・リスさんの過去を考えたら、東ドイツ時代についても調べているのでしょうね？」

「いいえ」モルテンはいった。「なぜでしょうか」

ブルックマンが眉間《みけん》にしわを寄せた。

「首席警部はそのあたりに詳しい方だから、今回指揮を執っているのだと思いました。そういう方面での捜査はあなたに打ってつけですよね」ベルンザウは何食わぬ顔でいった。

モルテンは気色ばみそうになるのを懸命に堪《こら》えた。「関係ないことです。次の方どうぞ」

モルテンはメガネを前髪の上に挿した五十代半ばくらいの痩《や》せた男を指差した。

「被害者の男関係はどうですか。痴情《ちじょう》のもつれではありませんか?」

早くもそっちに話題が向かったので、モルテンは唖然《あぜん》とした。「あなたがおっしゃりたい男女問題が犯行の動機だという明白な手がかりは今のところありません」

「それは情報不足ですね」ベルンザウが声を上げた。

「なにかご存じなら、警察にお知らせ願いたいですね」モルテンはいった。「さもないと、捜査妨害とみなされるでしょう」

「捜査といえば」ベルンザウがいった。「あなたの父親に対する捜査はいつ再開されるのでしょうか?」

モルテンは絶句した。胃がキリキリした。体がふるえていることを悟られまいと、両手を重ねた。

ベルンザウはいまだに微笑《ほほえ》んでいる。

「質問は今回の事件に関してだけにしていただきたいですな」ブルックマンが割って入ったが、すでに手遅れだった。思わせぶりな言葉は全員が耳にした。記者会見が終わったら、ここにいる記者の半数が調べはじめるだろう。なにも見つからなくても、煙はくすぶりつづける。モルテンは自分の馬鹿さ加減に腹が立った。ベルンザウのことは放っておくべきだった。

ブルックマンはこの糞《くそ》な記者会見にモルテンを引っ張りだすべきではなかった。

「ベルンハルト・ヴィンクラーさんとブリギッテ・リスさんは長年の知りあいですね」プラチナブロンドをショートカットにした小太りの女性記者が発言した。「わたしが得た情報によると、男女の関係だったようですが」

「どこから得た情報でしょうか？」モルテンはいった。

「ヴィンクラー家の関係者からの情報です」

ベルンザウは腕組みして椅子にもたれ、モルテンをじっと見ている。モルテンは唇《くちびる》を嚙んだ。見せ物にされるのはごめんだ。これだけの数の記者がよってたかって藪《やぶ》をつつけば、特別捜査班よりも情報に通じて当然だ。「記者会見のあと、あなたの情報源についてお聞かせいただけるのを楽しみにしています。しかし今はまだその信憑性《しんぴょうせい》を判断できません」

会場がざわついた。

四十人近い人の手が上がった。

「お静かに。順番にお願いします」ヒュープナーがいった。マイクに近づきすぎて声が割れた。

「ベーリッツでの件をお聞かせ願いたい」ベルンザウがいった。「ブリギッテ・リスさんの娘さんの家ですね。隣人は銃声を聞いたといっています。だれかを逮捕したのですか？ 負傷者が出たのですか？」

「また被害者が出たのですか？」

「家族の問題ということですか？」

「じゃあ、テロじゃないんですか？」

モルテンは歯軋《はぎし》りした。

「ブルックマン部局長」ベルンザウはモルテンから目を離さずにいった。「あなたの部局とそちらの指揮担当は後手《ごて》にまわっているのではないですか？」

第十章

ベルリン市ノイケルン区
二〇一七年九月三日（日曜日）午後八時二十七分

トムは酒場のドアを乱暴に押し開けた。本当は門番の家に行ってみたかった。ジャケットのポケットの中にある鍵が気になって仕方がない。だがジータには、なにか隠していると気づかれている。追い払うのは無理だ。だから策を講じる必要があった。ジータの前で、ちゃんとやれるところを見せなくては。

ベーリッツからベルリンへの移動中、トムは一度、車から降りて電話をかけた。電話に出たベネがニヤニヤしているのがわかった。ベネは待てばいいと知っている。トムはいずれ我慢できずに、アドバイスを求めてベネに連絡を取る。彼はいろいろな情報に通じている。クレーガーと第九十九旅団についての情報もそうだ。調べてみる価値はある。ヴィオーラとの接点はなさそうだが。

酒場の空気はむっとしていた。タバコの煙とビールのにおいが充満している。ポリ塩化ビニルの床、安っぽいオーク材のテーブルと椅子が壁際に並んでいる。カウンターには男が六人と女がふたり、そして店主がいた。髭面《ひげづら》、広い肩幅、ライダースパンツ、ふたりのジャケットに第九十九旅団のエンブレムが縫《ぬ》いつけてある。全員が天井に吊られたテレビに目が釘付けだ。記者会見。ブルックマンとヒュープナーのあいだにモルテンがいる。右下に「特別番組」というテロップが映っている。カウンターの右のほうでは、革ジャンを着た男がふたり、壁にかけたダーツボードめがけて交互に矢を投げていた。

だれも振りかえらなかった。

「今のところ犯行の動機に政治的背景がないか追っているところです」ブルックマンがちょうどそういっていた。テレビのスピーカーは故障していて、声が割れて聞こえる。記者会見場は荒れていて、複数の記者が口々になにかいっている。

「もっと詳しい話をお願いします」

「政治的？　それならやはりテロですか？」

「連邦憲法擁護庁（ドイツ連邦共和国内務省に置かれた反憲法活動を調査する機関）によると、ドイツにいるイスラーム過激派の人数は一万七百人と見積もられています。過激な右翼は一万二千五百人です。今回の事件では、極右が犯行に及んだという手がかりがあります」モルテンはいった。ブルックマンが隣で、口をつぐめという表情をした。

「極右？　ネオナチですか？　難民政策に関連があるのですか？」

「ブリギッテ・リスさんは誤った難民政策の犠牲者ということですか？」

「そのとおり！」バーで男が叫んだ。別の男が「同感」といって、ふたりは飲みかけのビールグラスを打ちあわせた。

トムはジータの手が自分の腕に触れるのを感じた。

「気をつけて。いいわね？」ジータがささやいた。

〝きみがいなければ、こんなところに来なかった。だから口はだすな〟とトムは思った。

「マルティン・クレーガーはいるか？」トムは大きな声でたずねた。

全員がトムとジータのほうを向いた。ストン。ダーツの矢が的に刺さった。

「そういうおまえは？」がっしりした男がたずねた。暗灰色のジャケットを着て、腕まくりしている。はいているのはジーンズとジャンプブーツだ。髪はブロンドに染めていて、目は青空の下のプールのような色だった。

「バビロン。州刑事局の者だ」トムは身分証を呈示した。

「国家保安部？」

「殺人課だ。クレーガーか？」

「早いな」男はテレビを指差し、ニヤリとした。「ああ、マルティン・クレーガーだ。だけど」またテレビを指差して。「俺は無関係だぜ」

「まだ訊いていないんだが」

「どうせ質問はいつもいっしょだ」

「だから答えもいっしょだというのか？」

店内が静まり返った。店主がテレビの音量を下げ、神経質に口髭をひねった。

「そっちはだれだい？」クレーガーは蔑《さげす》むような目つきでジータのほうを見た。

「同じく州刑事局の者だ。臨床心理士だ。特別な訓練を受けていて」トムはいった。「嘘を見分ける」

クレーガーは苦虫を嚙みつぶしたかのように顔をしかめた。「黒人女はとっとと出ていけ。空気が汚れる」

「わたしはキューバ人よ」ジータはいった。「半分だけね。残り半分はドイツ人」

「いつからブリギッテ・リスを知っている？」トムはたずねた。

クレーガーは敵意をむきだしにしてジータをにらんだ。「ドイツの警察はいつからそんな奴の助けを借りてるんだ？」

「おまえらのような連中がいるからさ」トムはいい返した。クレーガーはなにかいおうとしたが、トムが先にいった。「とにかく、俺は同僚を気に入ってる」

「お似合いだ」クレーガーは下卑た笑みを浮かべた。

「ブリギッテ・リスとはいつから知りあいか訊いてるんだがな」

「なんでそんなことを訊く？　俺はあんな奴とは関係ない」

「だがおまえらのだれかが関わっている。住宅の壁に落書きをし、パチンコで窓を割った奴がいる。おまえらの手口だ」

「証拠はあるのか？」

「パチンコで打ちこんだ小石から親指の指紋が検出された」トムは嘘をついた。

「平気だ。俺じゃないからな」

「そうだろうな。だれかにやらせたに決まってる。だがちょっと顔をだして、おまえらをびびらすのも悪くないと思ってな。これだけの事件が起きたんだ。すべて徹底的に調べることになる。特別捜査班が立ちあがった。検察庁と内務省参事官も全面的に支援し、捜査官の大量動員がかかっている。小石から検出した指紋がデータベースになければ、そいつを見つけだすまでだ」

「せいぜいがんばりな」そういうと、クレーガーは腕組みした。

「嘘をついてもだめだ。殺人なんてしないというなら、俺個人は信じてもいい。だがどういう騒ぎになってるか、今見ただろう」音もなく、画面がちらつくテレビをトムは指差した。

「おまえらを洗うことになれば、ただじゃすまさないぞ。片端からしょっぴく。落書きやパチンコはまだいたずらですむ。やったのがだれか教えれば、こっちはそこに捜査を集中させて、おまえらは放っておくだろう」

「仮に俺たちだとしても、ちくる奴はいないな」クレーガーは肩をすくめた。だが目は平静を装うことができなくなっていた。

「それはどうかな？」トムはいった。「仮にやった奴に捜査の手が伸びたとする。あくまで理論的にだが、そいつはそれが捜査の結果だとは思わないだろう。おまえが密告したと思うんじゃないかな」

クレーガーは黙ってトムを見つめた。顔を紅潮させ、腕組みをした。「うせろ、バビロン。俺にかまうな。さもないと、十歳の娘のスナッフフィルム（人が実際に殺されたり拷問されたりする場面を収録した映像）が届くことになるかもしれないぞ。それも、顔がわからないようにうまく編集してな。おまえは一生悩むことになる」クレーガーはヒナギクの花びらをむしるふりをする。「あの子かな……あの子じゃないかな……あの子かな……あの子じゃないかな……」

トムはクレーガーを見つめた。まさかトムがヴィーを捜していることを、クレーガーが知っていたとは。すかさず殴りかかった。トムのパンチはクレーガーの顎《あご》に当たった。クレーガーはよろめいて、背中をカウンターにぶつけた。

「気はたしか？」ジータがトムのジャケットをつかんで後ろに引っ張った。他の連中がすぐにかかってきて、乱闘になった。トムはアッパーカットを受け、下顎が上顎に激しくぶつかり、首が飛んだかと思った。見ると、ひとりが椅子をつかんでいる。

「動かないで」ジータがジャケットに右手を入れて叫んだ。肩掛けホルスターから拳銃を抜いたように見えた。ビールのグラスが飛んできて、トムのそばをかすめた。いきなり静かになった。グラスは壁に当たって粉々に割れ、ビールの泡が壁にこびりついた。ジータはトムを出口に引っ張った。トムはもう一度クレーガーをにらみつけた。そのとき、目の端になにかが飛んでくるのが見えた。次の瞬間、爪のような短くて固いもので引っかかれたような衝撃を受けた。なにかが顔に刺さった。目のすぐそばだ。こめかみと目のあいだの骨をえぐった。

全員がトムを見た。現実とは思えないグロテスクな静寂だった。トムはぐらっとよろめき、なにが当たったのか手探りした。矢だ。ダーツの矢が刺さっている。トムはその矢を抜いた。矢がトムの手から滑《すべ》り落ちた。真鍮《しんちゅう》の針と青いプラスチックの羽根。

トムはジータに引っ張られるようにして酒場から出た。血が目に入った。なにも見えず、足がもつれる。そのときやっと痛みを感じた。

第十一章

ベルリン市ノイケルン区

二〇一七年九月四日(月曜日)午前十一時二十九分

すべてが綿に包まれたみたいに意識が朦朧《もうろう》としている。

トムは十四歳だ。ベッドに横たわり、枕を背中に当てている。ヴィオーラがクスクス笑いながら、ベッドに上ってきた。トムのギプスがピョンと跳ねた。「痛いっ。待てよ、そんなに激しく動くなよ!」

「お兄ちゃん、退屈してると思ったのに」ヴィーはいたずらっぽく笑った。

「おい、足を折ったんだぞ。おまえとトランポリンはできないよ」

「やめてもいいけど、あたしも橋に連れていってくれなくちゃいや」

「ヴィオーラ。そんなことしたら、父さんに大目玉を食らうよ」

「あたしは平気よ」

「大目玉を食らうのはおまえじゃないさ。父さんはおまえに甘いからな。だけど、こっちはただじゃすまない」

「お兄ちゃんたち、銃も撃つの？」

トムはぎょっとして人差し指を唇《くちびる》に当てた。

「黙ってるんだ、ヴィー。それに、あれは空気銃さ。本物じゃない」

ヴィオーラはベッドから下りて、落ち着きをなくした。「危なくないなら連れていってくれたって……」

トムは目を丸くした。「そういう意味じゃない。危ないのは当然さ」

「お兄ちゃんはパパにそっくり」ヴィオーラは顔をしかめた。「だめだ、危ないって、そればっかり」

トムはため息をついてヴィーを見た。ヴィーはじつにしつこいが、怒る気になれない。

「わかったよ。じゃあ、こうしよう。キオスクでお菓子とコーラを買ってきてくれないか。そうしたら『ドラキュラ』を読んでやるよ。それでいいだろう？」

ヴィオーラが目を丸くした。「ベッドに入ってもいいの？」

トムはニヤッとした。「いいさ。でも父さんには内緒だぞ。いいな？」

ヴィオーラは指を二本立てて誓った。頰が火照《ほて》っていた。「約束する」しばらくして袋と本を持ってトムのベッドにもぐりこみ、期待に胸をふくらませながらハリボーグミのサワーゴールドベアをなめた。トムが本をひらくと、ヴィオーラはトムの左手をつかんだ。おかしい。なんでこんなに手が大きいのだろう。トムは目を開けた。

そばにすわっていたのはアンネだった。アンネの手が自分の手の中にあった。彼女の青い目が不安の色をたたえていた。「やっと気づいた？」

「やあ」トムはつぶやいて、あたりを見た。病室だ。緑色のカーテン、明るい色の壁。明るすぎる。トムは上体を起こした。

「具合はどう？」

「ここでなにをしてるんだ？」顎《あご》の感覚がない。

「なにをって、あなたの同僚から電話があったのよ」

トムは眉《まゆ》のあたりに手をやった。絆創膏《ばんそうこう》が貼ってある。触ると痛い。記憶の断片が蘇《よみがえ》った。

「運がよかったわね」アンネがいった。「二センチ下だったら、失明していたそうよ」

「大袈裟な」トムは唸《うな》った。昨晩のことがスナップ写真となって脳裏に浮かんだ。ハンドルを握るジータ。助手席にすわるトム。救急医療センターで部分麻酔を受ける。二針縫《ぬ》われる。医者はロシア語訛《なまり》のドイツ語でいった。「脳震盪《のうしんとう》の恐れがあるのでひと晩入院してもらいます」睡眠薬を投与されたのだろうか。それとも鎮痛剤？　トムはアンネを見た。「ずっとここにいたのか？」

アンネはただ微笑《ほほえ》んだ。

「悪いな」トムは彼女の手を握った。「来る必要はなかったのに」

「馬鹿ね」そういうと、アンネはトムにキスをした。

トムは封筒のことを思った。白い粉の入った小さな封筒。だがアンネは麻薬を常習しているようには見えない。今だけじゃない。前からそうだ。なんで問い質《ただ》さないんだ。封筒にはハートまで描いてあった。

「昨日のコールドプレイはどうだった？」

「あなたといっしょじゃなきゃつまらないわ。女友達と夕食をとって、パートナーの愚痴《ぐち》を聞いてもらった」

「そうか」トムは窓の外を見た。カーテンを通して日の光が射している。「今、何時かな？」

「十一時四十分」

「なんてことだ」朝の捜査会議がある。カイト通りに行かなくては。トムはきょろきょろした。

「そこの引き出しよ」アンネはため息をついた。

「ありがとう」トムはベッドの横の台からスマートフォンを取って、モルテンに電話をかけた。そしてアンネに「すまない」といった。

アンネは呆れたという顔をして、窓の外を見た。スマートフォンをそこから投げ捨てたいと思っているようだ。

電話に出たモルテンはご機嫌斜めだった。それもいつも以上に。ジータが報告したに違いない。どういう説明をしたかが問題だ。

「クレーガーとの件だが……」

「それはこっちでやる」モルテンはトムに最後までいわせなかった。

「あの件は俺が自分で……」

「おまえにははずれてもらう。ところで今朝、新しいことがわかった。クレーガーがブリギッテ・リスに対して何度も声明をだし、リスも対抗して声明をだしていた。直接の接点があるかどうかはまだわかっていない。ところでクレーガーには十六歳の息子がいて、去年から車椅子の生活をしている。首から下が麻痺《まひ》しているんだ。息子は難民収容施設前の乱闘に参加していて、棒で殴られた。それも自分で持参した棒でな。その件で入国時にシリア人を騙《かた》った二十一歳のアフガニスタン人タウフィク・アヤンが起訴された。警官がふたり、逮捕時に不当に押さえつけたせいで、ニュースにもなっている。アヤンは無罪放免になった。正当防衛ということでな。ここからが興味深いんだが、弁護人はブリギッテ・リスの知人だった」

「それは動機になるな。だが鍵はどう絡《から》むんだ。消えたノートパソコンと三つの宝箱は？」

「まだ捜査は序盤だ。しかし有望な手がかりだ」

それなら昨日の記者会見に一番よく符合する。モルテン、ブルックマン、そしておそらく内務省参事官が結託している。「それでも」トムはいった。「俺としては……」

「『俺としては』はない。こっちは大変なことになってるんだ。捜査官が被疑者と殴りあったわけだからな……」

「たしかにあれはまずかった。だけど、俺は大丈夫だ」

「撃ちあい、おまえの腕の中で亡くなった女性警官、それから酒場で喧嘩をして失明しそうになった……それでも働けるというのか？　忘れろ。退院したら、テンペルホーフで産業医の診断を受けろ。産業医が勤務可能と診断するならいいだろう。だがクレーガーには近づくな」

「ヨー、聞いてくれ……」

「つべこべいうな」モルテンは電話を切った。アンネと同じで、トムもスマートフォンを窓から投げたくなった。

「モルテンのいうとおりよ」アンネがいった。

「モルテンは融通の利かない、女嫌いの、ろくでなしだ。俺をクビにしたいんだ」

「でも、モルテンが正しい」

「あいつがなにをいったか聞こえなかったはずだぞ」

「でも、あなたのいったことは聞こえたわ」

トムは反論しようとしたが、そのときノックの音がして、ジータ・ヨハンスが部屋に入ってきた。ジータはすぐに間《ま》が悪いことを察した。「昨日、電話で話したわね」

ジータはハイヒールのブーツを履いていて、ただでも背が高いのに、さらに長身に見えた。着ているのは緑色のレザージャケットと、体のラインを強調したジーンズ。アンネはジータをじろじろ見た。

「よくなった？」ジータがたずねた。

トムは上掛けを払って、Tシャツに下着という姿のままベッドから出た。トムは一瞬、ベッドのフットボードに手をついた。「いいとはいえないな」椅子からジーンズを取ると、すわってゆっくり足を通した。顎とこめかみに鈍痛《どんつう》がしたが、無視した。ズボンのポケットの中に薬を見つけると、隠そうともせず堂々とのんだ。「すまない、アンネ。大至急行かないと」

アンネは唖然《あぜん》としてトムを見た。

「ジータ、俺の車はどこだ？」

「病院の駐車場に止めてあるわ。遮断機のそば。だけど、無理は禁物よ」ジータはアンネと視線を交わした。「安静にしてないと」

「必要ない」

アンネが呆れて両手を上げた。その声には含みがあった。「わたしは用なしってことね」

それからジータに会釈した。「電話をくれてありがとう」

「来てくれてありがとうな」トムはアンネの手を取ったが、アンネはすぐ手を引っこめた。

「このあとどうするんだ?」冷たく聞こえるのは重々わかっていた。今さらやさしい声をかけても手遅れだが、それでも悪いと思っていることは伝えたかった。

「友だちと食事をする」アンネは皮肉混じりにいった。「愚痴はいわないつもり」

病室のドアがバタンと閉まった。

ジータは平静を装おうとした。

「なにもいうな」トムはつぶやいた。

「いってないでしょ」

「そうか?」

「ええ」

トムはジャケットを着た。ジャケットの右ポケットに車のキーがあった。左ポケットに別の鍵をふたつ入れたままにしていたことを思いだして焦った。心臓が早鐘を打った。「車のキーをポケットに入れてくれたのはきみか?」

「そうよ」ジータがいった。「どうして?」

トムはジータの顔を見て、彼女がもう一方のポケットを探ったかどうか確かめようとした。もしそうなら、モルテンとブルックマンにばらしているだろう。最低でも懲戒処分になる。それですめばいいが。

「まあいい」トムはいった。「担当医に退院することを伝えて、州刑事局の産業医を訪ねる。モルテンにそういわれた」

「わかった。わたしも付きあう」ジータはいった。

「時間がかかるぞ。モルテンは助けが必要だ」

「モルテンがわたしを必要としてるなら、ブルックマンがそういうでしょう」

「そういうことになっているのか？　ブルックマンの手先ってことか？」

「でもブルックマンには、わたしよりもあなたのほうが重要みたいね。あなたのことを根っからの刑事だっていってた。あなたにはいうなと念を押されたけど。もう一度チャンスが欲しいなら、あなたと組むことだともいわれた」ジータは少し迷ってからさらにいった。「たぶん理由は異なるけど、あの人はわたしたちをあまり信用していないようね……でも、組ませれば、なんとかなると思っている節《ふし》がある。モルテンには長く任せられないと思っているのは確かじゃないかしら」

　トムはジータを探るように見つめた。「だから、きみはどっちつかずなのか？」

　ジータは肩をすくめた。真面目な表情をしているが、焦茶色の目からはなにも読み取れなかった。

「昨日のことをモルテンにすべて話したのか？」

「すべてではないわ」

「というと？」

「あなたがあいつに殴りかかった理由。クレーガーが挑発した、としかモルテンにはいわなかったわ」

トムは改めてジータを見た。どうしてモルテンに黙っていたのだろう。

「少しは信用してくれてもいいんじゃない？」トムの考えがわかるのか、ジータがいった。手を組もうという提案だろうか。

「クレーガーがいった映像と少女の話はなんだったの？」

「昔の話さ」

「クレーガーとあなたには、なにか因縁があるの？」

「俺はクレーガーなんか知らない」

「でもあっちは知っていたみたいよ」

「当てずっぽうにいったことが大当たりだったのさ。俺はあいつを挑発した。あいつも俺を挑発した。それだけだ」

「あらそう」

「俺がどうやってクレーガーに辿《たど》り着いたかモルテンに話したのか？」

「国家保安部に知りあいがいるってこと？　わたしが信じると思ったの？」

「どういう意味だ」

「トム、あのね。右翼が怪しいって話は昨日の記者会見で出ていた。それなら公式に国家保安部のほうにも話がいっているはず。そんな時に、非公式にアドバイスをもらったりするかしら。それも個人的な便宜を図ってもらうなんて。情報源が国家保安部のはずないわね……仮に国家保安部の情報だったとしても、あなたがそのことを口にするわけがないし、情報源がどこかなんて、わたしにはどうでもいいことよ。それより気になるのは、あなたが昨日、本当はなにをするつもりだったかね」

「本当は？」トムはたずねた。

「懐中電灯は酒場を照らすためじゃなかったはずよ」

トムは内心、ジータの勘のよさに舌を巻いた。正直に話そうかとも思ったが、もしジータが口を滑《すべ》らせたら、トムは捜査からはずされることになる。そんな危険は冒せない。やっとヴィーの手がかりがつかめそうなのに、それはだめだ。

「まあ、とにかく」ジータはきつい目をした。「昨日いったことは有効よ。あなたがなにをするつもりだろうと、わたしはついていく。さもないと薬のことをばらす」

第十二章

ベルリン市テンペルホーフ地区州刑事局本部
二〇一七年九月四日（月曜日）午後三時三十九分

トムはジータに手錠をかけられ、その鍵を捨てられたような気分だった。退院したあと、ジータと別行動を取ろうとしたがうまくいかなかった。ジータはいっしょに産業医を訪ねるつもりのようだ。

ふたりはいっしょに州刑事局本部に入った。待合室のプラスチックの椅子はオレンジ色で、すわるとみしっと音がした。ジータはスマートフォンでメールをひらいた。トムはメチルフェニデートと頭痛に効くパラセタモールをのんだ。テンションは上がらないが、元気であると装わなくてはならない。

ちょうど二十分後、診察室のドアが開いた。白衣の男がドア口に立った。グレーハウンドのような細面《ほそおもて》で、焦茶色の目は死んでいて、下顎《あご》が短かった。「バビロンさん？」

トムはうなずいて腰を上げた。こめかみに刺すような痛みを感じたが、無視した。

「どうぞ」医者はトムを手招きしながら、ジータに気づいて身を硬くした。「あなたでしたか？　なんの用ですか？」

ジータも身をこわばらせた。「付き添いで来ただけです」

「また捜査に関わっているのですか？」医者が険しい目つきをした。

「俺たちは大聖堂殺人事件特別捜査班にいる」トムはそういって、診察室に入るときに、医師の胸元にある名札を見た。名前はドクター・リープシュテックル。「なにか問題でも？」

医者はジータをじろっとにらんで、トムにいった。「裏でなにをされるかわかりませんから、気をつけたほうがいいですよ。酔うと、作り話をしたくなる人は多いですから」

ジータは顔を紅潮させた。腹を立てているのか、困っているのか、トムにはよくわからなかった。しかしジータがなにかいい返す前に、医師はドアを閉めた。医師はトムのこめかみに貼ってある大きな絆創膏《ばんそうこう》を指差した。「働けるというお墨付きが欲しいのですか？」


十五分後、トムはジータとベンツに乗った。車のドアを閉めたとき、頭にハンマーで殴られたような痛みが走ったので、頭痛薬をもう一錠服用した。

「大丈夫？」ジータがたずねた。

「ああ、きみは敵を作るのがうまいようだ」

「あなたに敵意を持たれるようなことをした？」

トムはしばらくジータを見てから、なにもいわずにスマートフォンをだし、モルテンにショートメールを送った。〝現場復帰〟ショートメールはシュッという音を立てて送信された。

「これからどうするの？」ジータがたずねた。

「いい質問だ」時間がもったいない。ジータを連れて門番の家へ行ったものかどうか迷った。さっきリープシュテックル医師にいわれたことを考えたら、黙っているにかぎる。それでもその考えを払い捨てた。遅まきながら、一日療養という診断を医師からもらったほうがよかったかもしれないと思い直した。だが捜査を人任せにしたくない。それに、これ以上こっちのことをモルテンに知られたくない。病気の捜査官と緊急の事件の折りあいをつけるのは難しい。ジータと意見交換したほうがよさそうだ。

音がして、ショートメールの返事が来た。文面を見て、トムはむっとした。結局、門番の家を訪ねるのはおあずけだ。

「モルテンからだ。ヴィンクラー家に行って、遺族に聞きこみをしろとさ」

「オルガン奏者の夫人ズザンネ・ヴィンクラー？　たしかベルティとニコレが昨日、訪ねたはずだけど」

トムはメールをひらいた。同僚の短い報告書が送信されていたので、さっと目を通した。

「昨日は事情聴取ができる状態ではなかったらしい。夫が亡くなったと知って、ズザンネ・ヴィンクラーは完全にまいっていた」

「無理もないわ」ジータはつぶやいた。「住所は知っているの？」

「メールに書いてある」

道路は渋滞していた。午後六時になる頃、トムとジータはやっとシャルロッテンブルクにあるヴィンクラー家に到着した。アパートの六階。外壁が空色に塗られた、飾り気のない建物だった。一九六〇年代の建築だ。左右が戦前のアパートなので、空襲で空《あ》き地になっていたところに新築されたようだ。

トムは身構えた。昨日、恐ろしい知らせを伝える役にならなくてよかった。ベルンハルト・ヴィンクラーをシュターンスドルフ時代から知っていたからだ。当時、自分の罪悪感から解放されたくないと思って教会通いをやめたが、トムの人生で一生消えないものがあるとすれば、それは罪悪感だ。

若い男性がドアを開けた。顔面蒼白だ。歯を嚙みしめているかのように頰骨が張っている。

「母は寝ています」若者はトムの身分証を見ていった。「鎮静剤をのんで」

「それでも、お邪魔していいでしょうか？」ジータがたずねた。

若者は渋々うなずいて、「カール・ヴィンクラーです」と名乗った。握手したときの手は少し汗ばんでいた。

カール・ヴィンクラーはトムたちをリビングに案内した。調度品は一九七〇年代のものだ。トムは妙だなと思った。ヴィンクラー一家はブリギッテ・リスと同じで、旧東ドイツ出身だ。報告によれば、ここに移り住んだのは一九九〇年代だという。天井から下がっている照明の下にダイニングテーブルがあった。円形で、暗色系の木製だ。そこにシンプルな椅子と食器戸棚がある。絨毯《じゅうたん》の模様はオレンジ色と茶色が基調だ。

「すわってください」カールはいった。報告によると、カールは大学で神学を専攻しているらしい。家族の期待に応えたというところだろう。

　若い娘がキッチンからやってきた。ショートカットの髪を紫色に染め、耳にイヤホンをつけている。おそらく娘のハンナ・ヴィンクラーだ。報告によれば十六歳。こめかみの毛を剃《そ》って、きかん気な顔をしていることは報告になかった。握手は短く、力強かった。あまり関わりたくないようだ。「母は……」

「もう話したよ」カールがいった。

「犯人を捕まえたの？」ハンナがたずねた。

　トムはあいにくだというように微笑《ほほえ》んだ。「もう少し時間がかかります」

「でも、ナチの連中を取り調べているのよね？」

「ハンナ」カールが止めた。

「だって、そうじゃない。糞《くそ》どもはそう多くないはずでしょ。そんなに時間はかからないと思うんだけど」

　紫色の髪とイヤホン、そしてその物言いといい、ハンナが左翼系であることは間違いない。上の子は両親の期待に応え、下の子は反発する。こういうパターンに遭遇するのははじめてではない。よくあることだ。トムはヴィーと自分のことを考えた。トムは当時、期待に応えたいと思ったが、それは叶わなかった。ヴィーのことを気にかけなくてはいけなかったからだ。そして父親の反対を押し切って警官になり、父親をがっかりさせた。ヴィーはどうだろう？　十代で家を飛びだしただろうか。元気が有り余っていて、お転婆だった。トムは妹が髪を紫色に染めたところを想像してみた。

「偏見でものをいうのはやめろよな」カールが小声で妹をたしなめた。

「本当のことでしょ」ハンナは大きな声で答えた。

「わたしたちは事情聴取をするためにうかがいました」トムは咳払いをした。「一日経ちましたから、なにか思いだされたかなと思いまして。最近、気になることはありましたか。お父さんがいつもと違う行動を取ったとか。なにかいっていませんでしたか？」

「いいえ」カールはいった。「なにも思いつきません。父をこんなひどい目に遭わす者がいるなんて、想像もしていませんでした。父には音楽しかありませんでした。それが殺される理由になるとは思えません」

ハンナは黙っていた。

「ハンナさん、あなたは？」ジータがたずねた。

ハンナは肩をすくめた。

「ブリギッテ・リスさんとの関係はどうでしたか？」

「ふたりは昔からの知りあいでした」ハンナはいった。

「教会の仕事を通して」カールが付け加えた。「それ以上でも、以下でもありません」

「そう？」ハンナが首をひねった。「兄さんは父さんを尊敬してたから」

「父は母を大事にしていました」カールがいった。「ブリギッテ・リスは父にとってすばらしい説教師でしかありませんでした」

「お父さんがなんであんな朝早く教会にいたのかご存じですか？」

カールは知らないというように首を横に振った。

「だれもいない日曜日の早朝の大聖堂が好きだったのよ」ハンナがいった。「連れていってくれたことがある。数年前のことだけど。まだ外が暗いうちに家を出た」ハンナは両手で巨大な丸天井を作ってみせた。「静寂。光。圧倒的だった」

「よく行ったんですか？」ジータがたずねた。

「ほぼ毎週日曜日に」

「なんで知ってるのですか？　あなたはそんなに早起きなんですか？」

ハンナが頰を赤らめた。カールが妹に鋭い視線を送った。「妹はよく夜中に家を抜けだして、朝方に帰ってくるんです」

「帰ったとき、父の靴とジャケットがあった」ハンナがいった。「日曜日の早朝に出かけなくなっていたのよ。まるでしばらく間《ま》を置くみたいに。でもその後また出かけるようになった」

「早朝出かけなくなったのはどのくらいの期間でしたか？」トムはたずねた。

「六、七週間くらい前から。でもこの四週間は日曜日の早朝出かけていた」

「なんでそんな行動を取ったのでしょうか。理由はわかりますか？」

兄と妹はそっと目を見交わしてから、肩をすくめた。

「教会でだれかと会っていたのでしょうかね？」

「どういう意味ですか？」カールが目を吊りあげた。「母にはそういう質問をしないでいただきたい」

「会っていたかと訊いたのであって、浮気だとはいっていませんが」トムはいった。

「でもそういうことでしょう？」

「そう思うなら」

ハンナはトムと兄を交互に見た。「リスの男関係を気にしているわけ？　まさか。ふたりはそんな関係じゃなかった。リスが父さんに朝食をご馳走していたんじゃないかな」

「ハンナ！」カールが鋭い口調でいった。

「なによ。父さんは女たらしじゃなかった。どっちかというと奥手で、女を征服するタイプじゃなかった。そういってもいいでしょ？　いけないことなんてしてない」

第十三章

ポツダム市近郊、ベーリッツ
二〇一七年九月四日（月曜日）午後八時三十六分

ヘッドライトが森を照らしている。その森の中に廃墟と化したサナトリウムがある。雨滴《うてき》がフロントガラスに当たってはじけ、ワイパーが筋を残す。ジータはベンツの助手席で寒そうに縮こまっていた。ここではすべてが寒々としている。魔法瓶に入れた熱々のミントティーと、なんでも話してくれる同僚が欲しいと思った。たとえば、なんで後部座席に懐中電灯があるのかとか。

「もう一度ベーリッツに行く」トムはヴィンクラー家で事情聴取をすますと、そういった。道は間違いなかった。カーリンの家に向かっているはずだが、なにか違う気がしてならない。トムと真っ暗な森の中をドライブしていることがだんだん不安になった。馬鹿げているとは思うが、今にも幽霊があらわれそうだ。

ジータは深呼吸をして、フロントガラスの先を見た。ボンネットが中央分離帯をはみ出しているように見える。トムはハンドルをしっかり握っている。ドクター・リープシュテックルのことでトムがなにもたずねないのがうれしかった。それにしても、リープシュテックルが州刑事局の産業医になっているとは。事件分析課を辞めたあと、だれよりも世話になったのがマイバッハ・クリニックの元医長リープシュテックルだった。

アルコール依存症から脱けだした後、ジータは捜査の最前線に出たいと思っていた。頭しか使わない事件分析のデスクワークはこりごりだ。実践あるのみ、捜査に同行したいと思っていた。この二年、そんな思いを捨てきれずにいた。それが急に実現した。だが願望が悪夢と化すとは。若い女性警官が殉職し、もうひとりが重傷、オルガン奏者が殺され、女性牧師が惨殺されて人前に晒《さら》され、その娘が行方不明。

昨日、ブルックマンから電話があったときは熱くなった。アドレナリンが発散されて、火がついたようで、生きている実感があった！　だが今は、自分の決断に自信が持てない。

ウィンカーをだした音で、ジータは我に返った。トムは減速して、左折すると、街灯のない道を辿《たど》って森に入っていった。

「どういうこと？」ジータがたずねた。

「まあ、待て」

百メートルほど進むと、ひっそりとした駐車場に着いた。ヘッドライトの光の中にひび割れたアスファルトが浮かんだ。そして車一台と屋根が湾曲した帝政時代のこぢんまりとした建物。エンジンを止めて、トムはヘッドライトを消した。

静かで暗い。街灯がひとつもない。トムはなぜなにもいわないのだろう。人里離れた闇の中。襲われたときと同じだ。十六歳のときに乱暴された。記憶はなんとか制御できるが、感情はそうはいかない。手に汗をかき、下半身が痙攣《けいれん》する。

「ここはどこ？」ジータがたずねた。「カーリンの家じゃないわね」

「カーリンの家へ行くっていったか？」

「ベーリッツへ行くって……」ジータは勘違いに気づいて口をつぐんだ。

一瞬、沈黙に包まれた。ヘッドライトをつけてほしいが、自分が不安がっているのを気取《けど》られたくない。闇の中にひとりでいるのが耐えられない。普段から小さな明かりを夜通しつけている。

「取り決めをしようじゃないか」トムはいった。

「取り決め？　なんの？」

「秘密があるのはお互いさま。だからお互い黙っている」

ジータは息をのんだ。闇が車を包む。「リープシュテックルがなにか話したの？」

「聞きたいか？」

「わたし……」ジータは口をつぐんだ。「いいえ」ジータは室内灯のスイッチを押した。黄色い明かりが灯《とも》った。これでほっとできる！　ジータはトムを見た。「秘密があるのはお互いさま」

「感謝する」トムはいった。

トムは車から降りると、助手席側にまわりこんで、少しためらってからジータのほうにかがみこんだ。「車に残るか？」

「どうして？」ジータはたずねた。おどおどした声になってしまった。自分が憎くて仕方がない。自分自身、そして昔、自分にひどいことをした連中が。

「ジータ？」トムはドアを開けたままジータを見た。

ジータは目を閉じて、パニックになるまいと呼吸を整えた。トムがまた運転席にすわるのを感じた。大きく温かい手が握りあわせた自分の両手に重なった。

〝お願い、なにも質問しないで！〟

「大丈夫だ。深呼吸するんだ。いいな？　吸って吐いて、吸って吐く……」

ジータは呼吸して、目を開けた。

「大丈夫か？」

ジータはうなずいた。

「暗いせいか？」

「もう平気」ジータはトムの手の下から自分の手を抜いた。

「家に送っていこう」

「冗談じゃないわ。ここはどこなの？」

「門番の家だ。カーリン・リスはベーリッツ・サナトリウムを管理している。少なくとも、その廃墟を。全部で六十棟以上の建物がある。彼女は門番の家を使っているらしい」

「オフィスということ？　自宅に書斎があるし、ベーリッツの中心にオフィスを構えているわよ。今日、同僚が従業員に事情聴取した」

「よくわからないが、彼女の自宅のデスクでこれを見つけた」トムは小さな鍵の束をジャケットのポケットから出した。その鍵の束には「門番の家」と書かれたラベルがぶら下がっていた。

「黙って持ちだしたの?」ジータは唖然《あぜん》とした。「わかっているわよね。それって……」

「秘密があるのはお互いさま」そういうと、トムは指を口に当てた。

ジータはうなずいた。「わかったわ」

ふたりは車から降りた。トムは後部座席から懐中電灯を取り、点灯させた。駐車場の濡れた砂利が光った。無数のくぼみに雨水がたまっている。トムが並んで止めた、先に来ていた車は比較的新しい型のフォルクスワーゲン・パサートだ。門番の家はしんと静まり返っている。トムの懐中電灯の光が歩調に合わせて揺れ、家は不気味な雰囲気を醸《かも》しだしていた。赤い屋根瓦、赤レンガ色に塗られたドア。上階の白い化粧壁には緑色に塗られた木組みが見えていた。

「それって」そういうと、ジータは番地を表示する小さなプレートに書かれた13という数字を指差した。

「まさかと思うよな」

ドアには真鍮《しんちゅう》の看板が貼ってある。不動産管理人B・リス。

「ベルトルト・リス」トムはつぶやいた。「カーリンの父親のオフィスだ」トムはラテックスの手袋をはめ、もうひと組をジータに投げた。ジータはその手袋をはめながら、痕跡を残さないようにするためだろうかと思った。

ジータが目を上げると、トムはすでにドアを開けていた。懐中電灯の光が小さな玄関を照らしだしていた。クローゼットと椅子三脚がある。右側には二階に通じる階段があり、正面にあるドアは開いていて、デスクが見えた。ジータはスイッチを押してみた。蛍光灯が明滅しながら灯った。ジータは一瞬、目を細めた。

「ちょっと待っててくれ」トムがつぶやいた。「上にだれかいるか見てくる」

ジータがなにかいうよりも早く、トムは階段を駆けあがった。上にだれかいる。たしかにフォルクスワーゲン・パサートが外に止まっていた。トムがドアノブを押すのが聞こえた。フローリングがきしむ音がした。

トムは階段を下りてきて、首を横に振った。「空っぽの部屋がいくつかあるだけだ。一階を見てみよう」

デスクにはうっすら埃《ほこり》が載っていた。数ヶ月は使っていないようだ。だがもう一台のデスクにはほとんど埃がない。固定電話は十年は前のモデルだ。接続ケーブルが壁に貼ってある。

「ベルトルト・リスが駆け落ちしたのはいつ？」ジータがたずねた。

「一九九八年。カーリンがオフィスを引き継いで、しばらくここで働いていたようだな」

「今は？」

「もう少し見てまわろう」トムはスマートフォンで写真を撮った。まず全体、それから細部。

「いつもこういうことをするの？」

「役に立つ。ひとりでやるのが一番だがな」

「スマートフォンをなくしたらどうするの？」

「データはすべてクラウドに保存される」そういって、トムは写真を撮りつづけた。

それからトムは引き出しを次々開けた。中は空っぽだった。書類棚も似たようなものだった。だが下部の右側の扉は施錠されていた。

「ちょっと待った」トムはそこにしゃがんで、持ってきた鍵のひとつを試した。うまく開いたが、トムの広い背中が邪魔して、ジータには中身が見えなかった。

「嘘だろう」そういうと、トムは脇にどいた。「見てみろ」

ジータは書類棚に近づいてみた。一番下の棚に暗灰色の箱が三つ置いてある。かなり古いが、とても頑丈そうだ。トムはその箱を順番に取りだした。ふたつは中身が空だったが、三つ目にアップルのノートパソコンが入っていた。トムはノートパソコンをひらいたが、画面は黒いままだった。「ブリギッテ・リスの住居にあったケーブルと一致する」トムはいった。

「最新型だ。まだそんなに普及していないはずだ……」

ジータが息を吐いた。「ブリギッテ・リスのノートパソコン？」

「この箱もそうだ。たぶん」

「元から中身は空だったと思う？」

「それはないな。問題は、カーリンがこれを母親の住居から持ちだしたのが、殺害の前か後かだ」

「母親から渡された可能性もあるわよ」

「ノートパソコンを人に渡したりするか？　データは消えているだろう。データを人に渡すなら、USBスティックにコピーするはずだ。問題は……」トムはノートパソコンを裏返して、底面を見た。小さなネジにわずかな傷痕がある。

そのときかすかな光が戸棚をかすめ、砂利道を走るタイヤの音がした。トムはあわてて箱を書類棚に戻して、扉を閉めた。

トムとジータはさっと顔を見合わせた。照明を消すには手遅れだ。

「上に行きましょう」ジータはいった。「上なら姿を見られない」

階段は木製だったので、踏むたびにきしんだ。二階は暗くて、ドアはすべて鍵がかかっていた。ベルが鳴った。その音にジータはびくっとした。ふたりは壁のくぼみに隠れて、聞き耳を立てた。

〝ベルを鳴らしたってことは、鍵を持っていないわね〟ジータは思った。〝こっちが開けなければ、そのうちに立ち去る〟

ふたたびベルの音が静けさを破った。

ドンドンと、拳で分厚いドアを叩く音がした。

「カーリン？」男の声だ。「俺だ。開けてくれ！」

静寂。

 ジータは二階の暗がりを見つめた。突然ドアが開いて、カーリンと面と向かいあうところを想像した。〝そんな馬鹿な。なにを考えてるの。トムがだれもいないと確かめたじゃない〟

「カーリン、開けてくれよ。遅れたことはあやまる。だけど、締めだすことはないだろう。車が止まっているんだから、いるのはわかってる」

トムが壁から離れて、騒ぐなとでもいうようにそっとジータの腕に触れ、階段を下りた。

「どうするの？」ジータはささやいた。

「だれなのか確かめる」

ジータがなにかいう前に、トムはドアを開けた。

一瞬その場が静寂に包まれ、冷気が階段を上ってきた。

第十四章

ポツダム市近郊、ベーリッツ
二〇一七年九月四日（月曜日）午後八時四十九分

ドアの前にいた男の髪は焦茶色で、ぼさぼさだった。しわくちゃのジャケットの肩の部分には、雨で黒いシミができていた。男はトムを見て、暗がりに二歩さがった。三十代半ばのようだ、とトムは思った。肩に重荷を背負っているかのように少し猫背だ。ジャケットの下には型の崩れたTシャツを着ている。

「カーリン・リスを捜しているのか?」トムは用心して、すぐには警官だと明かさないことにした。

返事の代わりに、男は首を伸ばして、じっと見つめた。「トム? きみか?」

「俺を知ってるというのか?」

「おい……びっくりだな」男は腕を広げた。「俺だよ。ヨシュ。ヨシュ。ヨシュア・ベーム」

ヨシュ。二十年ほど前の光景がフラッシュバックした。夏の青空、運河の岸の草の匂い、鉄道橋。空気銃の弾が当たって、へこんだ空《あ》き缶。ヨシュは欄干《らんかん》に手を置いて乗り越えた。飛びこみの姿勢と額《ひたい》の汗。物欲しそうにナージャを見るヨシュの目。あのときのスーパーマンは、すっかり髪が薄くなって、腹が出ていた。

「信じられない」トムはそういって、手袋を脱いだ。ふたりは握手をした。といっても、抱きあうほどではなかった。連絡を取らなくなってだいぶ時が経つ。トムが知っているのは、成績のふるわなかったヨシュが学校を中退して、しばらくフィットネススタジオで働いていたということだけだ。「ここでなにをしているんだ? カーリンになんの用だ?」

「こっちこそ訊きたいよ」ヨシュは額の汗をぬぐって、トムを見つめた。目の下には隈《くま》ができていた。

〝これがあのヨシュなの?〟ヴィーがいった。〝昔はあんなに……〟

〃なんだというんだ?〃
〃あんなに……クールだったのに〃
〃ヴィー、おまえは十歳だったんだぞ! まさかヨシュに惚れてたわけじゃないよな?〃
〃私立探偵マグナム(一九八〇年代のアメリカのテレビドラマ)みたいだったのに。髭《ひげ》はなかったけど〃
〃まさか。それより、あのドラマをいつ見たんだ?〃
トムは今さらだが妹が心配で、ヨシュを見つめた。ヨシュはトムが刑事なのを知っているのだろうか。
「もしかして……」ヨシュはトムの目つきに困惑している様子だった。「きみのところにも届いたのか?」
「なんのことだ?」
遠くで雨に濡れた道路を走る車の音が聞こえた。木の間《こま》にヘッドライトもチラチラ見えた。駐車場でだれかが聞き耳を立てているとでもいうように、ヨシュは振りかえった。「鍵だよ」
「おまえのところに鍵が届いたのか? なんの鍵だ?」
「違う。俺じゃない、カーリンだよ! だから彼女は俺に電話をかけてきたんだ」ヨシュは左肩を神経質にかいた。「俺たち、ときどき会っていたんだ」
〃ヨシュとカーリンが?〃ヴィーが驚いていった。
ときどきってどういうことだ。トムは、カーリンがこの家をなんのために使っているか直感した。

「昔見つけたあの鍵とそっくりなんだよ、トム。数字も……」

「待った。ゆっくり話してくれ」トムは急いでいった。ジータが階段の上から二人の会話を聞いている。ヨシュはすでに話しすぎだ。トムは背後でジータの足音を聞いた。

「カーリンか？」そうたずねると、ヨシュはトムの肩越しに家の中を覗いた。

「ジータ・ヨハンスよ」ジータがトムの脇をすり抜けて、ヨシュに手を差しだした。「鍵ってなに？」

ヨシュはトムとジータを交互に見た。ふたりがどういう関係か気になっているようだ。

「ジータ、頼む。これは俺たち二人だけの問題だ」

「きみの同僚か？　警官なのか？」ヨシュの目がジータの容姿を見た。

「いいや」トムはいった。

「そうよ」ジータが平然といった。

ヨシュは困惑した。「これはどういうことなのか説明してくれないか？」

「わたしもぜひ知りたいわ」ジータは物問いたげにトムを見た。

「秘密があるのはお互いさま」トムはいった。

「例の数字の鍵まで含むとは知らなかった」ジータは答えた。

「なんでそこにこだわる？」

「話の内容によりけりよ……」

「雨が降っている」トムはぶすっとしてそういうと、両手をジャケットのポケットに突っこんだ。指先が17の数字が刻まれた鍵に触れた。ジータはさっきの話を聞いてしまったようだ。黙っているわけにはいかないだろう。さっき二階に上がったとき、ドアはすべて鍵がかかっていなかったが、17の鍵を片端から試してみた。どのドアにも合わなかった。どうかしている。あの鍵の謎がそんな簡単に解けると思うなんて。

「中に入れよ、ヨシュ」トムはいった。「話をしよう」

ヨシュは汚れた靴跡を廊下に残した。高級な革靴。服装とミスマッチだ。書斎に行くあいだ、ヨシュの目はジータの腰に釘付けだった。相変わらずだ。だがスポーツマンタイプの体型はもはや昔の話だ。病気か、酒の飲みすぎだろう。

三人はデスクを囲んですわった。どの回転椅子も古ぼけていた。トムがすわった椅子のガスシリンダーは壊れていて、他のより座面が低く、足を抱える感じになった。だが長身だったおかげで、目の高さはふたりと変わらなかった。

「これは尋問か？」ヨシュが落ち着かなげにたずねた。

「違う」トムはいった。

「いいえ、尋問よ」ジータはいった。

トムは歯嚙みした。「すまない、ジータ。ヨシュと俺は昔からの知りあいなんだ。十代の頃、多くの時間をいっしょに過ごした」

「カーリンとも？」

「そうだ。他にもまだ数人いる」

「遊び仲間ってわけね」

「そんな感じだ。べネ、ヨシュ、カーリン、ナージャ、そして俺」

「それで、尋問なのか、尋問じゃないのか、どっちなんだ？」ヨシュが改めてたずねた。

「きみたちは警官なんだろう。少なくともきみはね」ヨシュはトムを指差した。「カーリンがいってた」

「ときどき会っていたって話だが」

「気になるのか？」

「ああ、気になるね」

「人目を忍んで会っていたように聞こえたか」

トムはヨシュの左手の薬指に結婚指輪がはめてあるのを見た。「付きあってたのか？」

「バカをいうなよ」ヨシュは腕を組んだ。

「カーリンから電話があったのはいつだ？」トムは話題を変えた。

ヨシュは眉間《みけん》にしわを寄せ、スマートフォンをだした。「正確には、昨日の午後三時三十八分。彼女は気が動転していた。はじめはお母さんの件かと思った。ラジオのニュースで聞いていたからね」ヨシュはそこで口をつぐんで、ごくりと唾をのみこんだ。

「カーリンさんはすでに母親が亡くなったことを知っていたの？」ジータがたずねた。

「ああ。ちょうど知ったところだった。そしてお母さんの首に例の鍵がかかっていたと知って、完全にまいっていた……メディアはどこもかしこもそのことで大騒ぎだったからな。ほんとにとんでもないことだ……」ヨシュは淀《よど》みなくしゃべりだした。「それで、カーリンがいったんだ。彼女のところにも鍵が届いたって。きみも知っている17の鍵だ。だれかが封筒に入れて、ドアの隙間から差しこんだっていうんだ。それで俺に電話をかけてきたのさ」

「だが、彼女の家を訪ねた警官には話していないな」トムはいった。「なぜだと思う？」

「わからない。いうつもりだったと思う。でも、その前に俺のところにも届いているか確かめたかったんだ。電話で話をするうちに、わけがわからず、不安になった」

「いいかしら」ジータがヨシュを遮《さえぎ》った。「昔見つけた鍵といったわね。トムとあなたで見つけたのね。そう理解していいの？」

ヨシュはトムの目を見た。部屋は居心地の悪い静寂に包まれた。

「そうだ」トムはいった。「当時の仲間みんなで」

ジータは眉《まゆ》を吊りあげた。

トムはため息をついて、ジャケットのポケットに手を入れた。デスクに鍵を置くと、カチャッと明るい音がした。鈍《にぶ》い銀色で、握りの灰色のカバーに17と刻まれている。17と刻んだ溝に汚れがついていた。

ヨシュの顔から血の気が引いた。

ジータははじめに鍵、それからトムを見た。「嘘でしょ？」

トムはなにもいわなかった。

「事件現場にあった鍵？」ジータが鋭くたずねた。

「わからない」トムは正直にいった。「カーリンの家で見つけた。デスクの引き出しに入っていたブリキのケースの中にあった」

「いっただろう」ヨシュがいった。「カーリンのところに届いた鍵に違いない」

「あなた、それを黙って持ちだしたの？」

トムは肩をすくめた。

「自分がしていることがわかっているの？」

「ああ」

「クビになるかもしれないわよ。なんでそんなことを？　昔見つけた鍵ってなんなの？」

トムとヨシュは黙って顔を見合わせた。一瞬、うだるような暑さの中、みんなで警察分署のベンチにすわっているような気がした。「死体のそばで見つけたんだ」

ジータはあんぐり口を開けて、また閉じた。「なんてこと。それって……」ジータは鍵を見つめた。「いつの話？　なんでそのことをいわなかったの？」

「一九九八年の夏、七月十日」そういって、トムは死体を見つけたときの様子をかいつまんで話した。

「そして鍵を家に持って帰って、警察にいわなかったというわけ？」

「そんなことはないさ」ヨシュがいった。「警察に通報した」

「じゃあ、なんでViCLAS《ヴィクラス》で検索して出てこなかったの？」ジータがトムにたずねた。

「ViCLAS？」ヨシュがたずねた。

「暴力犯罪連携分析システム（Violent Crime Linkage Analysis System）」トムがとっさに答えた。「暴力犯罪のデータベースだ。ブリギッテ・リスの殺害事件のようなケースでは、データベースを片端から検索して、関連する事件や犯人について調べる。ViCLASはそういうデータベースのひとつさ」

「今回は『鍵』あるいは『鍵　17』と検索するだけで充分だった」ジータはいった。

「だがViCLASが導入されたのは二〇〇〇年だ。ヒットしなかったのはたぶんそのせいだ」これで話は終わると期待して、トムはいった。

「ViCLASがいつ導入されたか知ってるなら、その後の事件データが蓄積されるだけでなく、過去に遡《さかのぼ》って順次データが入力されていることも知っているはずよね。九八年の殺人事件なら、とっくにデータ化されていると思うんだけど」

ヨシュは咳払いをした。「死体が見つからなかったせいで記録が残っていないんだと思う」

「なんですって？」

「警察に通報したのは翌日なんだ」トムはいった。「警察は大掛かりな捜査をした。ダイバー、科学捜査研究所。でも死体は運河になかった。犯罪の痕跡はなにひとつなかったんだ」

「死体は流されたということ？」ジータはいった。

トムは首を横に振った。「死体は金網でグルグル巻きにされて、石を重りにしていた。ひとりでに流れることはなかった」

「つまりだれかが動かしたってこと？」

「他に説明がつかない」

ジータは呆然として椅子の背にもたれた。「あなたたちは当時見つけた鍵をどうしたの？」

「それがな」ヨシュがおずおずとトムを見た。「なくなったんだ」

「つまり警察で消えたってこと？」

ヨシュは困った様子で黙りこんだ。

「俺の妹が持ちだしたんだ」トムはいった。

「持ちだしたって、どういうこと？」

トムはヴィオーラとの最後のやりとりと、鍵の隠し場所にあったメモのことを話した。

「それっきり、妹は行方不明になった。鍵といっしょに」

「まあ、正確には死んじゃったんだけどな」ヨシュが小声でいった。

トムはヨシュをじろっとにらみつけた。「警察が死亡したと判断しただけだ。死んだとは限らない」

「トム、テルトー運河で死体が見つかったじゃないか」

「三ヶ月経ってからな。だが見つかったのは、同じくらいの年齢の子で、同じ髪の色ってだけだ」

「トム、DNA型鑑定もしてるぞ」

「じゃ、手抜きをしたんだ。よくある話だ」トムは黒い窓を見た。そこに三人の姿が映っていた。トムは気持ちを抑えようとした。

「なんてこと」ジータはつぶやいた。「気の毒に」

「警察はその後、何度も俺たちを尋問した」ヨシュが肩を落としていった。「あいつら、ヴィオーラが死んだのは俺たちの責任だって考えたんだ。俺たちがあの子を橋に連れていって、ほったらかしにしたからだってね。それから死体を見つけたって作り話をして、ごまかそうとしたって」

「だがそのうち捜査は中止された」トムはいった。「だからViCLASだろうがなんだろうが、データベースには入力されていない」

「鍵は？」ジータがたずねた。

ヨシュは自分の靴先を見つめた。「子どもが馬鹿をやったってだけさ。それだけ」

「鍵はなくなった。死体と同じように」トムはいった。「俺たちにはなんの証拠もなかった。写真も撮らなかったからな」

「なんですぐ警察に通報しなかったの？」

「冒険をしている気分だったんだ」トムは歯噛みしながら答えた。「お宝や金が詰まっているトランクの鍵だと思った。あのくらいの年齢のガキが考えそうなことさ……」

「とんでもない話だわ」ジータはため息をついた。「今回の事件に関係しているのは間違いないわよ。すぐ特捜班で報告しないと」

「それはだめだ」トムはいった。

「なんですって？」

「俺は十九年間、妹を捜してきた。この鍵ははじめての手がかりなんだ。今回の事件の犯人が極右か、サイコパスか、ブリギッテ・リスに敵意を抱いていた奴か知らないが……こんなことで特別捜査班からはずされたくない」

ジータはしばらく考えながら、トムを見つめた。だがなにもいわなかった。今のところは。

トムはヨシュのほうを向いた。「おまえはそろそろ消えたほうがいい。このことはだれにもいうなよ。いいな？」

「えっ……それってどういうこと？　尋問されたら、どう答えろっていうのさ？」

「だれに尋問されるっていうんだ？」

「そりゃ、警察だよ」

「警察は今のところおまえのことを知らない」

「トム」ジータはいった。「どういうこと？　なんで……」

ヨシュは信じられないという顔をしてトムを見た。一瞬その場が静寂に包まれた。

「同僚が信じられないからさ」

「それって」ジータがたずねた。「大聖堂の鍵のこと？」

トムはうなずいた。ジータの勘が鋭くてよかった。大聖堂で鍵が消えたことをここで話すわけにはいかない。

「大聖堂の鍵？」ヨシュがたずねた。

「おまえには関係ない。だれにも話さなければ、それでいい」

「警察は、カーリンと俺の関係に気づくぞ」ヨシュがいった。

「カーリンとはどういう付きあいだったんだ？」

「友だちさ」ヨシュはジータとトムを交互に見た。

「本当にそれだけか？」

昔は骨張っていたヨシュの頰に赤みが差した。ただの友だちだけではないのは明白だ。カーリンのヨシュを見る目つきを、トムは今でもよく覚えている。だが当時のヨシュはナージャに夢中だったから気づかなかったのだ。どうやらカーリンはあきらめなかったようだ。

「じゃあ、事情聴取されたら、そのことを話せ。おまえたちは昔からの知りあいで、仲がよかった。それだけのことだ。鍵についてはいわない。俺についてもな」

「だけど……それだけじゃすまないだろう」ヨシュがいい返した。「カーリンは危険に晒《さら》されている。鍵のせいで。そうなんだろう？」ヨシュが滑稽《こっけい》なほど顎《あご》を突きだした。「カーリンがあらわれるまで、俺もここにいる」

一瞬、部屋の中が静かになった。ジータのデスクチェアがきしんだ。窓の外には鎖が垂れていて、それを伝って雨樋《あまどい》の水が流れ落ちている。その沈黙がなにを意味するか気づいて、ヨシュの表情が変わった。「彼女は……来ないのか？」

トムはうなずいた。「捜索しているところだ」

「捜索しているところ？　どういう意味だよ？　行方不明なのか？」

「ああ。拉致《らち》されたか、みずから潜伏したのかわからない。あらゆる方向で捜査している」

「どうして彼女が潜伏しないといけないのさ?」ヨシュがたずねた。

「カーリンと母親の関係はどうだったんだ?」トムはヨシュの質問には答えずたずねた。

「よくはなかったな。だけど……」

「よくなかった理由は?」トムが重ねて質問した。

ヨシュは目を丸くした。「カーリンの親父さんの不動産会社のせいさ。親父さんはすべてを投げだしていなくなったんだ。カーリンのおふくろさんは関わろうとしなかったけど、カーリンは成長すると、親父さんの仕事に興味を持った。それで会社を再開した。おふくろさんはそれが気に入らなくて、ふたりは年じゅう、喧嘩をしていた」

「おふくろさんはどうして気に入らなかったんだ?」

「親父さんを憎んでいたからさ。あんな仕打ちをされたものな」ヨシュがいった。

「捨てられた妻と娘」ジータがいった。「妻が夫を憎み、娘は父親に恋焦がれる。娘は父親がいないことを悲しみ、母親を責める。ふたりして憎しみを抱かないかぎりうまくはいかないわ」

「ああ、そうだよ」そういうと、ヨシュはジータを指差した。「そのとおりだ。あんた、心理学者に鞍替《くらが》えしたほうがいい」

「よくある話。それだけよ」ジータはそっけなく答えた。

「ああ、だけどぴったり当てはまる」

トムはヨシュを見ながら考えこんだ。「カーリンに危害を加えたがっている奴を知らないか？　彼女に対して怒っている奴とか」

「さあ、知らないな。おふくろさんのほうならわかるけど。年じゅう、人が怒るようなことをいっていたから。だけどカーリンは」ヨシュは首を横に振った。

「そうだな」

「行方不明っていったよな？」ヨシュがたずねた。「いつからだ？」

「昨日の午後遅く」

「そんなはずはない。今日、ショートメールが届いた。会いたいって書いてあった」

「今日？」トムは雷にでも打たれたかのように驚いた。

「そしてこの家の前に彼女の車が止まっていた」

トムとジータは顔を見合わせた。「そのショートメールを見せてくれるか？」トムはたずねた。

ヨシュは口を滑《すべ》らせたことを後悔しているようだ。かなり迷ってから、ため息をついて、スマートフォンをだした。

〝会いたい。午後八時、ＰＨ、ＫＭ〟

着信時間は今日の午後四時二十二分。送信者名は名前ではなく、電話番号だった。「なんでカーリンの電話番号を住所録に保存していないんだ？」トムはたずねた。

「説明しないといけないか？」ヨシュがいった。

「だけど、これはカーリンの電話番号なんだよな」

「違う」

「違う？　じゃあ、だれからのメッセージかわからないじゃないか」

ヨシュは首を横に振った。「PH、KM。カーリンしかありえない」

「なるほど。PHは門番の家《プフェルトナーハウス》」トムはいった。「だけどKMはなんだ？　カーリン・リスなんだから、イニシャルはKRじゃないのか？　それとも結婚して、姓が変わったのか？」

「違うよ」ヨシュはうなじをかいた。「俺たちのあいだの遊びさ。彼女がメッセージを送るときはKMと書く決まりなんだ。どんな電話番号からでもね」

「なるほど」ジータがつぶやいた。

「どういうことだ？」トムはたずねた。

「わからない」ヨシュが答えた。「でも会いたいというメッセージを送ってきたってことは、なにか困ったことになっているってことだろう？」

〝それはいえてる〟とトムは思った。ジャケットの内ポケットから折れた名刺をだすと、ヨシュに渡した。「もう帰ったほうがいい。なにかあったら電話をくれ。俺以外に電話をするな。いいな？」

ヨシュは黙ってうなずいた。

「おまえの電話番号ももらえるか？」

ヨシュはジャケットから薄くて黒い財布をだし、トムに名刺を渡した。スイスの大手銀行のロゴが入った名刺で、「ヨシュア・パウル・ベーム、融資担当」と印刷されていた。

第十五章

ベルリン市クラードー地区私立ヘーベッケ精神科病院
二〇一七年九月四日（月曜日）午後九時四分

　フリーデリケにあてがわれた部屋のサニタリーユニットは狭くて窓がなかった。ベージュ一色の樹脂製で、住居棟の各部屋に組みこまれていた。便器と洗面台とシャワーコーナーは壁面と同じありきたりの素材でできていて、どこにも尖《とが》った角がない。以前ユーチューブで見た一九七〇年代のＳＦ映画の中にいるような感覚がする。古臭い未来感覚。しばらく顔にシャワーを浴びた。熱い湯を体に浴びて、少しだけ頭痛が解消した。

　頰を赤くし、体から湯気を上げながら、今はベッドの中にいる。濡れた髪にはバスタオルをターバンのように巻いている。

　スマートフォンを手にしていると心が落ち着く。

　シャワーから出たとき、心は決まっていた。データ増量オプションの追加購入は高くつくが、この際どうでもいい。今は気分転換がしたい！　どのみち料金は結構高い。金欠なのは、短期研修を受けているからだ。それにフリーデリケにだすべき生活費を、父親が義理の息子フォルカーにまわしたせいでもある。「そのほうが役に立つ」とまで父親にいわれた。

ツイッター、インスタグラム、フェイスブック、各種ニュースポータルを次々ネットサーフィンした。どこもおぞましい殺人事件の話題で沸騰《ふっとう》していた。去年はクリスマスマーケットでテロが起きた。そして今度はベルリン大聖堂でいわくありげな処刑。フォーカス誌のオンライン版によると、警察はまだはっきりしたことはいっていないようだが、ツイッターではもっと突っこんだ話になっている。ユーザー名 TeasyBini の最新のツイートにはこう書いてあった。〝記者会見で警察はあらゆる方向で捜査をしているといった。宗教的な動機についても〟

Sunbeamer98 はこう書いている。〝やっぱりテロだ！　だれも認めようとしないけど。もうイスラーム過激派はなんでもありだな。笑っちゃう！〟フリーデリケは熱いシャワーを浴びたばかりなのに、背筋が寒くなった。そして写真を見た。友だちのキータがリツイートした、#17がついておりアクセス数がすごいことになっている写真だ。本当にぞっとする。クララのことなどどうでもよくなるくらいに。

フリーデリケはさらにタップした。フェイスブックを覗いてから、ベルリン新聞のオンライン版に比較的長い記事が載っていた。その記事には、鍵は死体の首にかけてあったと書かれていた。どういうことだろう。ちょっと待って……17？　フリーデリケははっとした。それって、クララのカレンダーに欠けていた数字じゃないの。

なんという偶然だろう。クララのことを忘れたと思ったら、もう思いだして、想像をたくましくしている。〝馬鹿げてる！〟フリーデリケは腹が立って、ニルヴァーナのオフィシャルサイトへ行った。ジャスティン・ビーバーは無視した。最近なんとなく好きになれなかった。それからフェリックス・ジェーンのオフィシャルサイトを覗いた。「ボンファイアー」のプロモーションビデオを観る。フィーチャーしている女性歌手は名前すら知らない。でもどうでもいい。フェリックス・ジェーンが映っていれば、それでいい。炎がいかしてる。女性歌手とフェリックス・ジェーンがフードをかぶる。黒が基調。まるで大聖堂の黒い天使みたいだ……17の鍵が脳裏にちらつく。〝なんなの？〟17とクララをなんですぐ思いだすわけ。ハサミムシよりも質《たち》が悪い。

フリーデリケにはどうしようもなかった。すぐにそのことを考えてしまう。

〝もし偶然でなかったらどうする。礼拝堂。大聖堂。イエス。壁のカレンダー。17の鍵。まさか。あんたまで頭がおかしくなってどうするの？〟

上掛けを払うと、両脚を床につけ、ソックスを履いて、扇風機のところに行ってコンセントを挿した。

暑い空気が髪に当たる。耳が火照《ほて》った。窓とそこから見えるあのろくでもない礼拝堂に背を向ける。頭痛薬をもう一錠のもう。明日になれば、世界は違って見えるだろう。父親の言葉が急に脳内で響いた。「おまえのちっぽけな脳に収まらないからって、それが存在しないと思うのは間違いだ」

あの糞親父《くそおやじ》が正しかったらどうする。もしもさっきの思いつきが荒唐無稽《こうとうむけい》でなかったら。

第十六章

ポツダム市近郊、ベーリッツ
二〇一七年九月四日（月曜日）午後九時十九分

トムはジータといっしょに門番の家の玄関でヨシュを見送った。ヨシュはヒョンデのシルバーのSUVに乗りこんだ。右の後輪のホイールキャップがなくなっている。ヨシュは急いで車の向きを変えた。トムは念のためスマートフォンで照明のついたナンバープレートを撮影した。走り去るヨシュの車のヘッドライトが森をかすめた。ジータがはっとしてトムの腕をつかむと、「ねえ、気づいた？」とささやいた。

「どうした？」

「だれかがいた。道の右側」

トムは暗がりを見つめたが、ヨシュの車のテールランプ以外見えなかった。「確かか？」

「ちらっとだけど、顔が見えた」

「顔？」

「白いシミのようだったけど、間違いないと思う」

「男か女かわかったか？」

ジータは首を横に振った。「カーリンかしら？」

「じゃあ、なんで隠れているんだ？」トムは家に入って懐中電灯を取ってくると、森に向かって叫んだ。「カーリン？」樹木のあいだの茂みを照らしながら、数歩進んで改めて叫んだ。

「おい、カーリン？」

銀色の雨の筋が懐中電灯の明かりで光った。藪《やぶ》、木の葉、樹木。地面の近くでカサカサと音がした。トムのすぐ目の前だ。それから背後でもした。野ネズミだろうか。キツネかもしれない。とにかく人間の立てる物音ではない。どこかで枝の折れる音がした。

〝カーリンじゃないかも〟ヴィーがささやいた。

トムは家のほうを見た。ジータが立っている。四角い光をバックに細い影が浮かんでいる。

〝トム、ここにはいたくない〟ヴィーが小声でいった。

トムは拳銃を握ろうとしたが、手元になかった。検査のために今はグラウヴァインのところだ。

トムは門番の家に戻った。カーリンのパサートがトムのベンツの横に止まっている。雨粒がノッチバックを伝って落ちていく。トランクもドアも施錠されていた。トムは車の中を懐中電灯で照らした。後部座席にレザージャケットがたたんで置いてある。センターコンソールには爪切りと爪やすりと小銭があった。助手席に何箇所かシミがついている。

「血痕？」反対側から車を覗きこんだジータがいった。

「ただの汚れかもしれない」トムはつぶやいた。フットスペースにパンパンにふくれたビニール袋がある。

「なんか変ね」ジータが小声でいった。

ジータの背後でポキッと音がした。トムはすかさず音がしたあたりの森に懐中電灯の光を向けた。濡れた木の葉がキラキラ光った。他にはなにも見えない。

〝お願い！〟ヴィーがささやいた。

「あの袋、なにが入っているのかしら？」ジータがたずねた。

「さあな」トムは書類棚で見つけた中身が空っぽの箱のことを思った。家政婦の証言だと、そこにはブリギッテ・リスの「過去の遺物」が入っていたはずだ。トムは懐中電灯を逆に持ち直して、ウィンドウガラスを割った。

ジータは黙って見ていた。

「なにもいわないんだな」トムは割れたところから手を入れ、袋をつかんだ。

「いったら、やめた？」ジータがたずねた。

袋の中身は柔らかかった。中から出てきたのは汚れたタオルだった。それ以外なにも入っていなかった。トムはがっかりしてタオルを袋に戻した。

「トム？」

「どうした？」

「見て」ジータは州道のほうを指差した。木の間《こま》を通して、かなり遠くで青色回転灯が光っているのが見える。

「ちくしょう。呼んだのはだれだ？」トムはいった。「ヨシュかな？」

「さっき走り去ったばかりじゃない。そんなに早く来られるはずがないわ。警備員でもいて、警察に通報したのかも。あるいは廃墟マニアか肝試《きもだめ》しに来た若者」

青色回転灯はどんどん近づいてくる。面倒なことになった。職務質問されるか、内部監査の対象になるかもしれない。おまけにジータはどう出るかわからない。トムは袋をパサートのフットスペースに戻した。

「すぐに姿をくらましたほうがいい」

ジータは動こうとしなかった。

「俺についてくるといったじゃないか。もう後戻りはできないぞ」

「巡回中のパトロールカーかも。ここで捜査をしているといえばいいでしょ」

「遅かれ早かれモルテンの耳に入る。あいつは俺の落ち度を探している。きみのことだって、おもしろく思っていないようだが」

少し迷ってから、ジータはうなずいた。

トムは家に駆けていって、照明を消すと、玄関のドアを閉めた。車に乗って、エンジンをかけ、バックミラーを見る。パトロールカーは門番の家に通じる小道に曲がった。トムはヘッドライトをつけなかった。トムの車は同僚みんなが知っている。こんな古い車に乗っているのはトムくらいのものだ。

トムは駐車場を離れ、暗がりに向かって車を走らせた。フロントガラスに水滴がついていて見づらい。ワイパーがフロントガラスに筋を残した。トムは懐中電灯で森を照らしたとき、前方に森の中へとつづく小道があることに気づいていた。だがライトがなければ、なにも見えない。

　トムはブレーキを踏み、ドアウィンドウを下げて、窓から首をだした。パトロールカーは駐車場で止まった。青色回転灯が森を通して点滅している。どうせ遠くまでは見えないだろう。トムはそっとアクセルを踏んだ。車はのろのろ進んだ。森は黒一色で、なにも見分けられない。突然、背後の光が消えた。トムはエンジンを止めた。ブレーキランプが赤く光った。ルームミラーで赤い光がよく見えた。トムは唇《くちびる》を噛みしめた。警官たちが別のことに気を取られて、見落としてくれればいいのだが。トムたちから門番の家までの距離は五十メートルほどだ。すぐには気づかれないだろうが、確実ではない。

　門番の家のほうから、車のドアが閉まる音がした。

　暗くてジータの表情はわからない。白目だけが光っていた。「あなたが押して、わたしがハンドルを握るってのはどう？」

　トムは少しためらった。

「どうするの？　エンジンをかけるわけにはいかないわよ。この車のエンジン音はベーリッツじゅうに聞こえるわ」

「わかった。こっちに乗れ」トムは車から降りると、ジータがセンターコンソールをまたいだ。トムは静かにドアを閉めた。開けてあるウィンドウから、ジータの罵《ののし》る声が聞こえた。

「大丈夫か？」

「いいから、押して」

「キーを一回まわすんだ。ステアリングロックがはずれる」

「教えてくれてありがとう。運転免許証は持ってるわ」

トムはドアウィンドウのフレームに両手をついて車を押しはじめた。タイヤがかすかにきしみながら動きだした。

「ブレーキを踏むな！」トムが小声でいった。

「どうして？」

「エンジンがかかっていなくても、ブレーキランプが灯《とも》る」

「ブレーキランプがちょっとつくのと、車が藪の中に入ってしまうのと、どっちがいい？」

「わかった。ブレーキを踏んでくれ」

雨足が弱まり、道も狭くなった。道の左右には草が生い茂っている。雲が切れて、月明かりが森に射したが、あやうく二度も道をはずれるところだった。トムは汗だくになり、腕と足が重くなった。こめかみの傷がどくどくいった。木の根がアスファルトに亀裂を走らせていた。道に開いた穴に足を取られて、トムはよろめき、後輪に足を踏まれそうになって、慌ててドアをつかんだ。後ろから押したほうがいいが、それではなにも見えなくなる。窓が曇ってしまい、ジータも前がよく見えない。トムは歯を食いしばるほかなかった。

およそ五分後、車は森の道から小さな十字路に出た。その先に黒々した横長の建物がある。建物の奥の部分が闇に紛《まぎ》れて見えないほど大きい。トムは押すのをやめた。車は音もなく止まった。

「ここはどこ？」ジータがたずねた。

トムは肩で息をしながらあたりを見まわした。「よくわからないが、もうエンジンをかけてライトをつけても平気だろう。グーグルマップで現在地を確認してくれ」

すぐにスマートフォンの冷たい光で、車内が明るくなった。トムはジータのほうに身を乗りだし、窓から覗きこむなり硬直した。

運転席にいたのは、知っているジータではなかった。

第十七章

ベルリン市高速道路一〇号線

二〇一七年九月四日（月曜日）午後九時三十三分

ヨー・モルテンはベーリッツからベルリンへ戻るところだった。頭がパンクしそうだ。大聖堂の二件の殺人事件。検察と内務省参事官からのしつこい問いあわせ。おまけにブルックマン部局長が感情を害している。今回の事件は、これまでの警官人生で経験したどんなものよりも難題だ。しかもカーリン・リスまで行方不明になり、若い女性警官が殉職し、同僚のドレクスラー巡査も生死の境を彷徨《さまよ》っている。モルテンは家族デーで奥さんを連れてきたドレクスラー巡査に会っている。彼の長女はモルテンの娘たちと同じクロイツベルクのライプニッツ・ギムナジウムに通っている。

モルテンはもう一度、カーリン・リスの家を訪ねた。ひとりだけで。そのほうが面倒がない。ドアの前で警備している巡査たちには、パトロールカーの中で待機するようにいった。その日の午後、カーリン・リスに雇われているスタッフに事情聴取をし、女性牧師の娘の第一印象はできていた。口うるさいボス。なんでも自分で決めて、傷つきやすい。男っ気はなく、自宅にはパートナーや昔の恋人の写真も手紙も見つからなかった。カーリンのコンピュータのデータはまだ完全には分析できていない。だがクレジットカードの決済は確認できた。奇妙なのは、インターネットのアダルトサイトを定期購読していることだ。コンピュータにはダウンロードした映像などはなかったし、ブラウザーにリンクも張られていなかった。おそらくストリーミングを利用していたのだろう。人目を忍んでいたということだろうか。ひとり暮らしなのに、だれを気にしているのだろう。自分自身だろうか。

そんなときに、ベーリッツ・サナトリウムの警備員から門番の家に明かりがついているという通報があったと司令センターから連絡を受けた。今回の事件に関係しているか、ただの不法侵入か判断がつかなかったので、カーリン・リスの自宅を警備していた巡査たちを現地に向かわせた。心の電池が切れそうだ。充電するにはふたつのものがいる。タバコ、そしてまたタバコだ。自制心が働かない自分に嫌気がさす。だがしかたない。

モルテンの筋張った指がふるえている。結婚指輪をはめたところがかゆい。今すぐタバコが吸いたかったが、車の中で吸うと、何日もにおいが残る。もっとまずいのは、服においがつくことだ。喉頭癌《がん》が再発する、とリュディアに説教されるだろう。それはごめんだ。リュディアはじつに鼻が利く。そして十一歳になる双子の娘ヴェレーナとマーヤも嗅覚の鋭さを受け継いでいる。感度のいい煙センサーも顔負けなくらいだ。モルテンの髪に少しでもタバコのにおいを感じたら、ふたりはすぐ大騒ぎする。「ママ、パパがまたタバコを吸った！」東ドイツ時代だったら差し詰めI・Mだ。国家保安省《シュタージ》関連の隠語で、非公式協力者《インフォルメラー・ミットアルバイター》という意味だ。

だからといって、娘を愛していないわけではない。むしろその逆だ。たまに距離を取る必要があるだけだ。若い頃は、親なんて自分に務まるわけがないと思っていた。子どもを持つことをあきらめかけていた十二年前、リュディアと知りあった。

いきなり双子の誕生。そして二年前、こともあろうに喉頭癌の診断を受けた。「タバコを吸いますか？」それが医者の最初の質問だった。モルテンは肯定した。「なんて愚かな」それが医者の唯一の返答だった。モルテンはチェーンスモーカーで、身体じゅうにタバコのにおいが染みついていた。

モルテンは運がよかった。早期発見で、癌は摘出された。同じ癌にかかった多くの患者に比べたら、幸運だったといえる。正直いうと、死を覚悟していた。それなのに今、車に乗っている。いまだに生きていて、タバコが欲しくて仕方がない。

五分後、高速道路のパーキングエリアで車を止めた。車の脇の草地にすわると、雨でにおいが洗い流されることを期待しながらタバコに火をつけた。

やっとタバコの煙が肺《はい》に流れこんだ。いい気分だ。これでまた事件について考えられる。それにしてもひどいことになった。たった一日で死者が三人に重傷者がひとり。さらにひとり拉致《らち》された。情報規制は無きに等しく、証拠品の紛失まで起きた。ブルックマンの指名だったとはいえ、応援してはくれないだろう。結果が伴わないときは人身御供《ひとみごくう》が必要になる。その名はヨーゼフ・モルテン。

しかし本当に我慢ならないのは、殺人課第七班まで特別捜査班に動員されたことだ。なかでもトム・バビロン。ブルックマンはなぜかあいつを依怙贔屓《えこひいき》する。さもなければ、あいつはとっくの昔に懲戒処分されているはずだ。バビロンは前から問題ばかり起こしている。あの親父《おやじ》にして、この息子ありだ。親父は文化活動の担当だったが、東ドイツの役人だった。だがそのことを問題にする者はひとりもいない。モルテンは吸い殻を雨の中に投げ、もう一本火をつけて、雨宿りできるところに移動した。

それからあの頭でっかちのジータ・ヨハンス。ブルックマンが直々に招聘《しょうへい》した。見た目のいい女はいやじゃない。だがヨハンスは反抗的すぎる。腹に一物あるのだが、なかなかそれを見せようとしない。

電話が鳴った。仕事用ではないほうだ。

「もしもし？」モルテンは無愛想にいった。

「わたしだ」

「どうしました？」

「今度会議をひらくんだが、みんながきみも招待するようにといっている。小さな集まりだ」

「ありがとうございます。しかし今はやることがありまして」モルテンはタバコを深々と吸った。火がフィルターに近づいた。

「まさにその件なんだ」

「しかし、お断りします」

「これはお願いではない。捜査状況について質問に答えてもらいたいんだ」

「いい加減にしてくれませんか。なにかというと電話をかけてくる。召使じゃないんですが」

「わたしたちがいなかったら、きみの父親は路頭に迷うか、刑務所暮らしをしているだろう。年金だって、びた一文もらえなかったはずだ」

「それなら父に電話をしたらいいでしょう。父なら必ず会議に出席するはずです」

「そういう取り決めではなかった」

「わたしは取り決め以上の貢献をしていますが」

「年金は取り消されることもある。なにか新しい事実がわかればな」

〝ハゲタカどもめ〟モルテンは、記者会見場で父親の再捜査を仄《ほの》めかしたベルンザウのことを思った。考えただけで吐き気がする。そうなれば、いずれ俺も巻きこまれる。今さらだが、どうして父親のファイルを隠蔽《いんぺい》したりしたのだろう。しかもあの連中の助けを借りて。放っておけばよかったんだ。おかげで泥沼にはまった。ベルンザウは奴らとつながっているのだろうか。いいや、それはない。ベルンザウは糞《くそ》野郎だが、堕落してはいない。それとも。ちくしょう。なにも変わらない。一度関われば、逃れる術《すべ》はない。放射線治療の効かない癌細胞と同じだ。この腐った国を昔から蝕《むしば》んでいるみたいだ。関わるべきじゃなかった。だがそうしなければ、父親の面倒を見なければならなかっただろう。老人ホームや介護者の費用まで持つのなんて無理だ。おまけに父親に対する捜査は、自分ひとりでは止めようがなかった。

「いいですか。わたしになにかしてほしいのなら、うるさくしないでください。HSGEの関係者だとわかって出世できると思いますか？」

電話の向こうの男が押し黙った。モルテンが組織の名を口にしたことが気に入らないようだ。HSGEというのは「元東ドイツ公務員のための社会正義互助会（Hilfsgemeinschaft soziale Gerechtigkeit für ehemalige Angehörige der DDR-Staatsorgane e.V.)」のことだ。父親の件で連絡を取ったときは、まさか足抜けできなくなるとは思ってもみなかった。持ちつ持たれつ。簡単そうに見える。だが今では、組織内の小さなグループに目をつけられたと感じられてならない。

「親父さんの面倒を見ることになったら、奥さんはなんというだろうね？　それに再捜査されたら、なにが出てくるかわからない。過去の捜査にきみが影響を与えたことがばれるかもしれない」

「ちくしょう。なにをしろというんです？」

「今いったとおり、ささやかな会議をひらく。明日の昼。なんなら会合場所はきみが決めても構わない」

「明日？　そんなすぐに？」

「数字の件を話しあう」

モルテンは意表を突かれた。「わかりました。連絡します」といって、急いで通話を終了させた。〝信じられない。まずクレーガー、そして今度はこれだ。どうなっているんだ。どうしてあの組織が大聖堂殺人事件に関心を持つのだろう〟

モルテンは吸い殻を捨てた。

次のタバコに火をつける。

そしてまた次のタバコにも。

指のふるえが止まった。あんなとんでもない電話を受けたのに！　だが服と髪についたタバコの臭いが気になるレベルになった。雨に降られ、新鮮な空気に触れても、こんなに吸ったのでは役に立たないだろう。これはもう服を着替えるほかない。一着はクリーニング店に預けっぱなしだ。もう一着はヴェルーカのところで干してもらっている。家に帰るのはやめて、彼女のところに行くしかない。

モルテンはプリペイドの携帯電話をだして、彼女の番号を選んだ。「もしもし？」

「俺だ」そういってから、組織の奴と同じ言い方をしていることに気づいた。これでは同類だ。

「ひさしぶり……」彼女の柔らかく包むような声がした。東欧の少し硬い訛《なまり》がある。モルテンが好きなところだ。「これから?」

「ぜひ」

「一時間後なら空《あ》いてるわ」

「じゃあ、よろしく」

モルテンは通話を終えると、また一本タバコを振りだした。タバコはもうなくなりかけている。精巣腫瘍《せいそうしゅよう》になったらまずいなと思った。タバコがチリチリと赤く燃えた。ヴェルーカのところには三十分もあれば着く。だがドアの前で順番を待つのは論外だ。夏にはじめて買ったあと、彼女の名前をグーグルで検索した。ヴェルーカはルーマニア系の名前で「信者」という意味だ。いまだにそれが本名かわかっていない。わざと不遜《ふそん》な名前を名乗っているのかもしれない。しかしシャワーを浴びて、洗い立てのスーツに着替えるために女を予約する奴は俺くらいのものだろう。それもタバコのせいで。

第十八章

ポツダム市近郊、ベーリッツ
二〇一七年九月四日（月曜日）午後九時三十三分

風が出た。ジータは木の葉がカサカサ鳴るのを聞いた。梢から落ちてくる雨の滴《しずく》が開け放ったサイドウィンドウから吹きこみ、手にしたスマートフォンが眩《まぶ》しいくらいに光っている。ジータは目を細くして、グーグルマップをひらこうとした。目の端にトムが見えた。ジャケットの下の拳銃に手を伸ばす仕草。ふたりはぎょっとして見つめあった。

「なにをしてるの？」ジータがたずねた。

「ジータなのか？」トムは信じられないという表情で手を下げた。

「他にだれがいるというの？」

トムは助手席に視線を向けた。暗褐色のなにかがそこにあった。ジータはトムがなにに驚いているか気づいた。ハンドルを握っている女性は、さっきまでのジータとは似ても似つかない。鏡で見て知っている。五厘《ごりん》刈りの頭、むきだしになった彫りの深い顔立ち、顎骨《あごぼね》に沿って走る傷痕。

「そんなにじろじろ見ないで」そういうと、ジータは鬘《かつら》を後部座席に置いた。「運転席に移ったとき、鬘がルームミラーに引っかかっちゃったのよ。直す暇がなくて」

トムはじっと立っていた。「なんで鬘なんてつけてるんだ?」

「ボトックス注射で美容整形するタイプじゃないの。鬘でさっと変身したほうがいいから」

ジータは冗談まじりにいった。

「嘘だな」

〝そりゃそうよね〟とジータは思った。警官と臨床心理士、どちらもそういうことは痛いほどわかる。「秘密があるのはお互いさま。もう忘れた?」

トムはしばらく黙っていたが、それから肩をすくめた。「そうだったな」トムの顔に笑みが浮かばなかっただろうか。

「それで?」トムはジータのスマートフォンを指差した。「グーグルマップはどうだ?」

「ちょっと待ってね」ジータはブラウザーをひらいて、検索窓に「ベーリッツ　門番の家」と入力した。地図に家から森に通じる小道があった。その先に小さな十字路と大きな建物がある。「昔の外科病棟みたい」ジータは航空写真に切り替えた。「ここを右に行くと、門番の家から五十メートルくらい離れたところを通って州道に出られるようね」

「じゃあ、そこを行こう。ここから早く離れたほうがいい」

「わたしたちのスマートフォンの位置情報を確認すれば、ここにいるってばれるんだけど。わかってる?」

「そんなことをするわけないだろう。俺たちがここにいるって怪しまなければ、そんなことしないさ」

「あなた、わたしを巻きこんだのよ」

「いっしょに来るって強情を張ったのはきみだぞ」

「本当のことが知りたかっただけよ。こんなひどい状態になるなんて思わなかった」

「そういわれてもな。それはセットだ」トムがジータの顔の傷を見た。

「真実にはリスクが伴うってこと?」ジータはトムをじろじろ見た。「警察の人間がいいそうなことね」ジータはセンターコンソールをまたいで、助手席に移った。「行きましょう」

エンジン音は焦ってしまうほど大きく、ヘッドライトは明るすぎた。だがこれでなんとか道が見える。州道に出たところで、他の車のヘッドライトに照らされたが、幸いパトロールカーではなかった。高速道路一一五号線は空《す》いていた。トムが濡れた服を乾かすために暖房をつけたので、ガラスが曇った。

「ねえ、さっき森の中にいたのはだれだったと思う?」ジータがたずねた。

「ヨシュを誘《おび》きだすためにメッセージを送った奴だろうな」

「カーリンということ? それなら、なぜ隠れたりしたのかしら?」

「別人かもしれない。カーリンを拉致《らち》した奴だ」そういうと、トムは一瞬、口をつぐんだ。ポツダム＝バーベルスベルクの出口を通り過ぎた。「どっちにしても、気に入らない」

「カーリンの車はずっとあそこにあったと思う? つまり昨日から」

「そんなことはないだろう。カーリンは自宅にいた。門番の家のそばに止めておく理由がない」

「じゃあ、今日だれかがあそこに乗り捨てたということね」

ジータは、トムがカーリンの家で見つけた鍵のことを思った。いかれた話だが、大聖堂での殺人事件、警官がひとり殉職し、もうひとりは意識不明、そのすべてがこの数時間で色褪《いろあ》せてしまった。今は鍵が気になって仕方がない。トムが仲間といっしょに見つけた鍵。妹が行方不明になり、死体で見つかったことにも関係しているとは。

「妹さんが生きていると信じてるのよね？」

「ああ」

「警察が当時、遺体を発見したのに？」

「埋葬もした」トムはフロントガラスを通して、右のほうに視線を向けた。「墓はこの近くだ。シュターンスドルフ林間墓地にある」

「DNA型鑑定を信じないのね」

「あそこに眠っているのは本人じゃない」

トムは必要以上に強くハンドルを握りしめた。

妹のことが頭から離れないのだ。同じような状況の人間を、ジータは何度も見てきたが、これほどのこだわりははじめてだ。「どうして今も生きてると思うの？」

「生きてるからさ。それで充分だ。今日面談した医者だが、なにか因縁があるのか？」

「関係ないでしょ」

「簡単なことだ。そっちが質問した。だから今度はこっちの番だ」

ジータは大きくため息をついた。

「きみに訴えられて、病院をクビになったそうじゃないか」トムはいった。「なにがあったんだ？」

「いやらしいことをされたって」

「嘘だったんだよな。あの医者はそういっていたぞ。そうなのか？」

「事情があったのよ」

「やはりな」

「じゃあ、あなたは嘘をついたことはない？　死んだ妹にこだわるほうが上等だというわけ？」

トムの顔がこわばり、ハンドルを握る手に力が入った。ふたりはしばらく口を利かなかった。

「ごめんなさい。いうべきじゃなかった……」

トムは咳払いをした。「いいさ」

「あの医者は……別の女性に手をだしたの。でもその人が訴えようとしなかったから」

「そうだったのか」

ふたりは改めて押し黙った。

「ねえ」ジータが話を戻した。「ご両親もショックだったでしょうね？」

「おふくろはもう生きていなかった。親父は……ちょっと特別だった」

「特別？　どういうこと？」

「東ベルリンのフリードリヒシュタット・パラスト（旧東ドイツ時代の一九八四年に建てられたヨーロッパ有数のレビュー劇場）の文化担当官だった。ドイツ社会主義統一党（旧東ドイツの共産主義政党）の党員。目をつけられないためにはなんでもしていた……外面《そとづら》がよくて……本音は見せない……よくあるパターンさ。きみも東ドイツで育ったんだよな？」

「ええ、そうだけど」ジータはつぶやいた。「お父さんには全部話したの？」

「ああ、もちろん」

「鍵のことも？」

「ああ」

「それで？」

「引っぱたかれた。六、七回」

隣の車線を走る牽引車付きトラックがはねかした路上の水がフロントガラスに当たった。一瞬、なにも見えなくなったが、トラックを追い越すと、また視界がひらけた。

「よく殴られたの？」

トムは首を横に振った。「ヴィオーラは可愛がられていた」

「じゃあ、お父さんに責められたのね」

「こんな話をしても、なんにもならない。今の話をしようじゃないか」

「いいけど、どこで？」ジータはそういって、暖房を弱めた。車内が暑くなっていた。「州刑事局ではまずいわよね？」

「住んでいるのはどこだ？」

「うちはだめ」ジータは言下に断った。トムには鬘のない自分を知られてしまった。この上、自宅を見られるなんて死んでもいやだ。「あなたのところは？」たぶんこれも無理な相談だろう、とジータは直感した。だが、おかしく聞こえるかもしれないが、トムの家に行くことになんの問題も感じなかった。

　トムはため息をついた。「アンネがいるからな」

「嫉妬する？」

　トムは鼻で笑った。「ああ、それもものすごく。俺の仕事にな。それを家に持ちこんだ日には……」そういうことか、とジータは思った。トムの人生は地雷原だらけのようだ。

「わかった」ジータはため息をついた。「じゃあ、シェアオフィスに小さなセラピー室を構えているから、そこへ行きましょう。プレンツラウアーベルクのベルフォルト通り」

「わかった。途中で何か食い物を手に入れよう。腹ぺこだ」

「いいわよ」そうはいったものの、ジータは食べものが喉を通る自信がなかった。「ねえ、鍵に刻まれていた17という数字だけど、なにを意味していると思う？」

「何年も頭を悩ませていることさ。番地、部屋番号、もしかしたらコインロッカーかもしれない。ただし、たいていのコインロッカーの番号は三桁だけどな。その場合、０１７じゃないとおかしい。それに数字は鍵そのものに彫られたわけではなく、カバーに刻まれていた。きっとなにか特別な意味があるはずだ」

「私的ななにか、あるいは象徴的ななにか」ジータはスマートフォンを手に取って、ブラウザーをひらいた。

「その必要はない。17という数字に関して、俺はスペシャリストだ」

「不吉な数字だったりする？」

「イタリアではそうだ。こっちの13と同じさ。イタリアのホテルには十七号室がない。高層ビルには十七階がないし、飛行機の座席にも十七番目の列がない」

「どうしてなの？　なにか文化史的な背景があるのかしら？」

「ああ。たしかにある。17をローマ数字にすると、ＸＶＩＩになる。並びを変えると、ＶＩＸＩ。イタリア語はできるか？」

「外国語は得意じゃないわ」

「ＶＩＸＩはvivereの一人称完了形なんだ。直訳すると、『わたしは生きていた』。言い換えると……」

「……わたしは死んだ」ジータはささやいた。「なんてこと」背筋が寒くなった。「知ってて、捜査会議ではなにもいわなかったの？」

「本部のだれかがとっくに突き止めているはずさ。だがそこからはなにも出てこない」

「わたしは死んだ」ジータはふとつぶやいた。

「この先にタイ料理の店がある」トムが急にブレーキを踏んだので、ジータの胸がシートベルトに締めつけられた。道路脇に車を寄せると、トムはハザードランプを点灯した。「いっしょに来るか？」

「なにも食べたくない」

「そりゃないだろう」トムが微笑《ほほえ》んだ。ごく自然な笑みだった。たしかになにか口にしたほうがいい。

「わかったわ」

車から降りると、頭皮に冷たい空気を感じた。ふたたび鬘をかぶってもよかったが、トムのいるところでは気が引けた。鬘がない顔を見られてしまった以上、こっちのほうがこの場にふさわしい気もする。ジータ一号とトムは、ジータ二号とトムよりもチームとしてずっとしっくりする。

タイ料理の店は穴倉のような小さなテイクアウト専門店で、派手な看板で飾られていた。店に入ったところで、トムのスマートフォンが鳴った。

「特捜班？」ジータがたずねた。

トムは首を横に振って、電話に出た。「バビロン」

沈黙。

「信じられない。どうしてこの番号を知ってるんだ？」トムはこの電話を喜んでいいものか迷っているようだ。

カレーとショウガとレモングラスの匂いが鼻を打ち、ジータも食欲をそそられた。カウンターには、料理ができるのを待つ数人の客がいた。その奥で立ち働いている小柄な店員は、タイ人というよりはルーマニア人に見える。店員はカウンターで料理を包みながら、黒い瞳でちらっとジータを見た。五厘刈り、顔の傷痕、容姿をなめるように。ジータがその目をにらみ返し、眉《まゆ》を上げると、店員はさっと目を伏せた。

「それは本当か？」トムは声をひそめてたずねた。「いつだ？」

ルーマニア人が奥の厨房に声をかけた。ジータは頭上に掲げられた奇妙な文字が並ぶメニューを見た。

「どこにいるんだ？　ホドヴィエツキー通り？　番地は？　わかった。今、近くにいる」トムがジータを見てから、メニューに視線を向け、声にださずに唇《くちびる》を動かして「待ってくれ！」といった。

「家から出るな」トムはスマートフォンに向かっていった。「ドアの鍵を閉めろ。数分で行く」

「どうしたの？」ジータが心配してたずねた。「だれだったの？」

トムはスマートフォンをしまった。真剣な顔だ。いや、深刻といったほうがいい。

「急ぐぞ」

「どうして？　なにがあったの？」

「車の中で説明する。来てくれ」

シートベルトを装着せず、ハザードランプもつけたまま、トムは車を発進させた。雨がまた降りだしていた。

「それで、なにがあったわけ？」ジータがたずねた。「いい加減に説明してくれない？」

「すまない、すぐに話す。少しのあいだ我慢してくれ」

トムは赤信号で止まった。それから電話帳をタップした。スマートフォンにメッセージを入力して、送信。シュッという送信音がした。それから電話帳をタップした。「アンネか？　ああ、忙しくてすまない。じつは急いで……」トムが黙った。ジータは、スマートフォンから漏れてくる興奮した女性の声を耳にした。

「ちがう。ああ、そのとおりだ。わかってる。すまない。だけど……」

信号が青に変わった。トムはアクセルを踏んだ。ベンツの重い車体がすぐに走りだした。

「そこにだれかいるのか？」

ジータは目を丸くした。どうなっているのだろう。

口論の証人になるのは構わないが、今はそういう場合ではないはずだ！

「ああ、わかった。よく聞くんだ。あとで説明する。だがひとつだけ知りたい。今日、郵便受けを見たか？　じゃあ、すぐに見てくれ……そうじゃない。あとで説明するよ」

トムは少し黙って待った。

「なにも入っていなかった？　よし。今日、なにか受けとったか？　あるいはなにか変わったものを見つけたか？　封筒とか、そういったもの……」

目の前の信号が黄色になった。トムは速度を上げ、赤信号で十字路を走り抜けた。

「よし」トムはいった。明らかにほっとしている。「いや、それは無理だ。今夜は帰れそうにない。ああ、もちろん。大聖堂の事件だ。先に寝てくれ……おやすみ」トムは難しい仕事を片づけたあとのように息をつき、センターコンソールにスマートフォンを置いた。

「アンネ？」ジータがたずねた。

「ああ」

「その前は？」

「ナージャ。ヴィーが行方不明になった頃の仲間のひとりだ」

「今でも連絡を取りあっているの？」

「いいや。少なくとも俺は取りあってない。それよりも、問題はナージャの郵便受けに入っていた封筒だ」

「封筒？」

「ああ、鍵が入っていた」

第十九章

ベルリン市プレンツラウアーベルク地区
二〇一七年九月四日（月曜日）午後十時十七分

　トムは右折してホドヴィエツキー通りに入った。栗石《くりいし》舗装が黒光りしている。ぎっしり並ぶ駐車中の車と、軒《のき》を連ねる、修繕が必要な五階建ての古アパート。東ドイツ末期の雰囲気を残す街灯と街路樹が交互につづいている。

　ナージャが住むアパートには足場が組まれていた。トムはいったん車を降りて、工事用の板塀をどかして、車を砂の山の前に止めた。

　五階、とナージャはいっていた。だがドアを施錠しただけでは身を守れない。足場を伝えば、ナージャの住居の窓まで上っていける。そして窓ガラスを割れば、侵入できる。

　表玄関のドアはオーク製だった。二枚の窓ガラスを通して、中が覗ける。トムは「エンゲルス」と書かれたベルを鳴らした。ナージャの昔の姓ではない。むろん結婚してても不思議はない。数秒経っても応答がなかった。ジータとトムは顔を見合わせた。トムは心配になってもう一度ベルを鳴らした。

「もしもし？」インターホンから声がした。

「ナージャ？　俺だ、トムだ。大丈夫か？」

「ええ、大丈夫。来てくれてよかったわ」

トムもほっとして、ため息をついた。表玄関のドアが開錠した音がして、トムとジータは階段を上り、ナージャの住居の前に立った。ナージャはドアをほんの少しだけ開けた。ドアチェーンの鎖がピンと張った。ドアの隙間から外の様子をうかがってから、ドアを大きく開けた。トムは一瞬、鉄道橋にいるような気がした。遠い昔の夏の日。なのに、あの日がすぐそこにあるような感じを覚えた。ナージャの匂い、声、日の光で輝く肌、腕の産毛、キラリと光る汗。

「ひさしぶり」ナージャは落ち着かなげに微笑《ほほえ》んだ。

「やあ」トムはいった。ナージャの腹部に目がとまる。妊娠している。ふくらんだ腹部にトムは衝撃を受けた。薄緑色の服を着ていて、髪は肩にかかる長さだ。お転婆だった昔の面影はない。ほとんどわからないくらいの薄化粧だが、目の下の隈《くま》が見える。寝不足らしい。

「俺の相棒ジータ・ヨハンス……ナージャ・エンゲルスだ」トムはふたりを紹介した。

「こんばんは」ナージャはジータに手を差しだした。ナージャの女性らしさは、顔に傷痕があり、女囚のような五厘《ごりん》刈りの、傷つきやすそうでいて、他者を寄せつけない雰囲気のジータと好対照だった。

「おめでとう」トムはナージャの腹部を指差した。

「六ヶ月になるところ」無理して笑みを浮かべたが、誇らしそうでもあった。トムはアンネのことを思った。アンネが妊娠したら、どんなふうに見えるだろう。

「入って」ナージャは引越し用の段ボール箱が置いてある廊下を通って、ふたりをリビングに案内した。テレビがついていた。バラエティショーだ。

「引っ越すのか？」トムはたずねた。

「逆よ。六ヶ月前にミュンヘンから引っ越してきたところ。両親の近くにいたくて」ナージャは腹部を撫《な》でた。家財道具は真新しい。全体に田舎風だが、ベルリンの都会スタイルも交じっている。小物はほとんどない。あっても、その場に馴染んでいなかった。「来てくれてありがとう」ナージャはため息をついた。「夫はこっちにいないの……」ナージャはカウチ用のテーブルを指差した。そこに鍵があった。握りに灰色のカバーがついていて、17と刻まれている。その横に封を切った封筒があった。差出人の住所と氏名はなく、なんの変哲もなかった。ナージャはソファにすわって、寒いのか毛布を肩にかけた。

「大丈夫ですか？」ジータがたずねた。ジータとトムはナージャに向かいあう形で、ふたつの肘《ひじ》掛《か》け椅子に腰かけた。

ナージャはテレビを消した。「最悪」ナージャは微笑もうとしたが、できなかった。

「電話で話したあと、なにかあったか？」トムはたずねた。

「いいえ、なにもなかった」

「カーリンの母親が殺害されたことは知ってるか？」

ナージャはうなずいた。「ニュースはどこもそれ一色だもの。極右の犯行だっていうのは本当？」

「旦那に電話をして、こっちに来てもらったほうがいいな」

「フランシスは外国なの。出張中」少し含みのある言い方だった。「来るのは無理ね」

「そうか」トムはいった。「俺の電話番号はヨシュに教えてもらったのか？」

「あなたが州刑事局の刑事で、今回の事件を捜査しているって聞いたわ」

「よくヨシュの電話番号を知っていたな？」

「たまに電話で話すの。誕生日やクリスマスに。今回は鍵が届いたから、電話をしたの……」

ナージャは不安そうにジータを見た。

「彼女は鍵のことを知っている」トムがいった。

「わかった。かまわない」

「門番の家で会ったってヨシュから聞いたのか？」

「ちょっとだけね。それからカーリンも鍵をもらったっていってた……行方不明になったって、本当？」

「ああ、残念だが」

ナージャは唇《くちびる》を嚙んで鍵を見て、それからトムに視線を向けた。

トムは手帳をだし、スマートフォンを脚の低いテーブルに置いた。「話を録音したい。いいかな？」

「いいけど」ナージャはいった。

本当に話を録音すべきか確信が持てなかったが、トムはスタートボタンをタップした。同僚に聞かせられない内容が多い。「順番に話してくれ。どういう経緯《けいい》で鍵を見つけたんだ?」

「話すことなんてたいしてないわ。午後八時四十分頃、キオスクで買いものをしたの」ナージャはソファの上の透明のビニール袋を指差した。中にはホワイトチョコが二枚入っていた。

「帰りに郵便受けの前を通ったので、わたしのを開けたら……」

「すみません」ジータがいった。「そんな遅い時間に?」

ナージャは肩をすくめた。「郵便受けは夜に開けることが多いの。テレビを見ながら、手紙を開けたり、請求書のお金を送金するものだから。そしたら、この封筒が郵便受けに入っていたのよ」

「正確には何時だった?」トムはたずねた。

「九時頃」

「その前に郵便受けを開けたのは?」

「土曜の八時半頃」ナージャは迷わずいった。

「テレビのニュースを見てからキオスクに行った」ナージャは腹部をさすった。「リコリス菓子が無性に食べたくなって」

「つまりその封筒は土曜の午後八時半から月曜の午後九時のあいだに投げこまれたということか。四十八時間になるな。ちょっと間《ま》が空《あ》きすぎだ。表玄関のドアはちゃんと閉まるのか？」

「ええ、それはもう」

〝アパートの住人に聞きこみ。土曜の午後八時半から月曜の午後九時のあいだ〟トムは手帳に書いた。

「よし、それで封筒はどこで開けたんだ？」

「ここよ」ナージャはテーブルを指差した。「今すわっているここ」

「家に戻ってすぐに？」

「ええ。ショックだった。ニュースを見た一時間後だもの。この鍵が届くなんて」

「鍵に触ったか？」

「指紋がついてるかってこと？」ナージャは顔をしかめた。「あいにくついてるわ」

「まあいい。たぶん他に指紋は検出されないだろう。ヨシュに電話したのはいつ頃だ？」

「九時二十分頃だと思う。スマートフォンに出た。車の中だった」

つまりヨシュが車で去った頃だ。

〝ヨシュの通話記録をチェック、九時二十分〟

「鍵を寄こした者に心当たりはあるか？」

「心当たりなんて……まったく思いつかないわ」

「最近だれかに運河の死体かあの鍵のことを話したか？」

「いいえ」ナージャは首を横に振った。「その話はヨシュとしかしたことはない。それも何年も前になる。もちろん今日も話したけど。でも他のだれにも話してない」

「カーリンとも？」

「この数年で会ったのは二回だけよ。あのことを話題にしようとしたら、あの話は二度とするなとすごい剣幕でいわれたわ！」

「それはいつの話ですか？」ジータがたずねた。

「十年前。彼女の誕生パーティに招待されたの。ヨシュも来てた」

「なんでそんな反応を？」

「カーリンは昔からちょっと……」ナージャは言葉に窮《きゅう》して、トムを見た。「怒りっぽかった。自分勝手なところがあって。たぶん父親に捨てられたことが忘れられなかったんだと思う」

「カーリンだけが」トムはいった。「すぐ警察にいおうといった。他のみんなが考えを変えさせたから、長いあいだ腹を立てていた。すぐに通報すれば、こんなことにはならなかったとずっといわれつづけた」

「そうそう、警察が捜査しても見つからなかったときは、ひねくれて。自分は死体を見ていないし、鍵のことも知らないっていったものだから、わたしたちは足をすくわれたのよね」

「足をすくわれるどころか」トムはいった。「警察に信じてもらえなかった。死体も鍵もなかった。カーリンはそう嘘をついたんだ。三歳児みたいな駄々のこね方だったたな」

「でも数日後、前言を撤回したじゃない」

「ヴィオーラがいなくなったから、俺が頼んだ。鍵のことを警察に信じてほしくてな」

「鍵はヴィオーラの行方不明と関係があると今でも思っているの？」

トムは肩をすくめた。もちろんだ。だが、どういう反応が返ってくるかは先刻承知だった。

「あの子は溺《おぼ》れたのよ、トム」

〝そんなことない〟ヴィーがいい返した。

〝もちろんさ〟

部屋が重い空気に包まれた。今も変わらず、昔と同じ沈黙。

ジータは咳払いをした。「カーリンとヨシュはどういう関係だったの？」

「カーリンとヨシュ？」ナージャはびっくりした。「わたしが知るかぎり、なにもなかったはずだけど。昔はカーリンのほうがヨシュに気があった。でもとっくに終わったことじゃない。わたしもそうだけど、カーリンもヨシュとめったに会わなかったはずよ」

〝カーリン——ヨシュ！〟とトムはメモした。鉛筆の音で、自分が捜査官であると自覚した。

「ご主人はどうですか？」ジータがたずねた。「運河で死体を見つけたことを話しましたか？」

「フランシスに？」ナージャはすまないというようにトムを見た。「ええ、まあ。普通のことでしょ？　話すとしたら、彼しかいないわ」

「知りあってどのくらいだ？」トムはたずねた。

「三年になる。医学会で知りあったの。わたしは薬品会社の研究報告者として出席して、彼は神経科医」

「死体の話をしたのはいつだ？」

「三ヶ月くらい前。でもなんでそんなことを訊くの？　まさかフランシスが事件に関わっているというわけ？　ありえないわ」

〝フランシス・エンゲルスを調べる〟トムは手帳にメモした。

〝そんなのありえないってわかってるわよね？〟とヴィー。

だが、なにか取っかかりが欲しいし、これが警察の仕事だ。

「だれかと犬猿の仲だったりするか？」トムは質問をつづけた。「きみや旦那に危害を加えたがっている者とかいないか？」

ナージャは首を横に振って、鍵を見つめた。目がうるんでいる。「トム、どういうことなの？　もう昔の話じゃない。カーリンのお母さんはなぜ殺されたの？　この鍵のせい？」

「まだはっきりしていない」

「じゃあ、なんで犯人はカーリンのお母さんの首に鍵をかけたりしたわけ？　これってメッセージでしょ？　犯人はわたしたちになにかいいたいのよ」

「俺もそう思っている」

「でもそのメッセージってなに？」ナージャはささやいた。「次はわたしということ？」

ピンポンという音が廊下で聞こえた。だれかが表玄関のベルを鳴らしたのだ。

ナージャは身をこわばらせて、トムを見た。

「だれか来ることになっていますか？」ジータがたずねた。

ナージャは首を横に振った。顔面蒼白だ。

トムは立って、録音を中断した。「俺が出る。おまえたちは、そっちの部屋に入って、ドアに鍵をかけるんだ。なにかあったら足場を伝って逃げろ」トムは返事を待たずに廊下に出た。インターホンの受信機は住まいのドアの横にあった。もう一度ベルが鳴った。背後で部屋のドアに鍵がかかる音を確認してから通話ボタンを押した。「だれだ？」

「やあ、エンゲルスさんはいますか？」ロシア語訛《なまり》の低い声だ。

「ええ。どなた？」

「ヴィクトルといいます。小包を届けにきました」

「わかった、上がってくれ」トムは表玄関のドアを解錠するボタンを押した。インターホンを通して男が表玄関のホールに入るのが聞こえた。トムはもう一度住居を確認して、ドアを開けた。体の引き締まった男が階段を上ってきた。黒々と光るレザージャケットの袖の上腕のあたりがパンパンにふくらんでいる。空色の目がさっとトムを値踏みした。顔立ちはスラブ系で、見下しながらも警戒を怠《おこた》っていない。

ヴィクトルと名乗った男は、上着に手を入れると、クッション付きの大きな封筒をだして、トムに渡した。「妹を捜してる刑事だよな？」

トムはうなずいた。ヴィオーラ捜しは私人としてやっているのだから、この呼び名は適切ではない。だが実際、そう呼ばれつづけている。人はやっていることであだ名をつけられるものだ。

トムは黙って封筒を受けとった。

「じゃあな《ダスヴィダーニャ》」ヴィクトルがいった。トムより頭ひとつ背が低いが、取っ組みあいになったら、あっというまに組み敷かれそうだ。しなやかな身のこなしと、すばやい目の動き。ヴィクトルはただの喧嘩屋ではない。

「ありがとう《スパシーボ》」そういって、トムはドアを閉めた。ドアの向こうで軽やかに階段を下りていく足音が聞こえた。

封筒はずっしりと重かった。封を切ってみる。星形のマークが刻まれたグリップが手に収まった。マカロフ。シグザウエルほど手に馴染んでいなかった。軽くて、銃身が短い。トムの大きな手には小さすぎた。安全装置とマガジンを確かめた。銃弾が八発。封筒には、さらに銃弾がひと箱入っていて、そこに小さな青いポストイットが貼ってあった。

いいものを用意した:-)　じゃあな　ベネ

トムはメモをクシャクシャに丸めて、ズボンのポケットに入れると、銃弾の箱はジャケットの左ポケットにしまい、拳銃は背中側のベルトに挿した。トムはふと死んだ女性警官ヴァネッサのことを思いだした。彼女とトムに向かって発砲した奴はドレクスラー巡査から奪ったP6をいまだに所持しているはずだ。ベネが「いいもの」と書いた銃が本当に役立つかいずれわかる。肝心なのは、いざというときにトムがナージャとジータを守れることだ。さすがはベネだ。頼んでもいないのに拳銃を届けてくれるとは。

トムが顔を上げると、ジータがドアのところからトムを見ていた。

「いったいなにをしてるの？」

「どう見える？」

「それ拳銃よね」ジータは険しい表情を見せた。「だれが来るかわかっていたのなら、どうしてそういってくれなかったの？　妊娠中のあなたの友だちはふるえあがったし、わたしも死ぬほどびっくりしたわ」

「だれかが来るなんて、俺も知らなかった。別の奴があらわれても不思議はなかった」

「そうかもしれないけど、実際は違った。わたしに見せたくなくて、部屋に隠れろっていったわけね」

「馬鹿な。考えてもいなかった」

「信頼できなくてはなにもできないわ。秘密がありすぎ。わたしを巻きこんでいるってわからない？　次から次へと勝手なことをして、わたしが尻拭《しりぬぐ》いしている。こんなことがバレれば、わたしも懲戒対象になるわ」

「ついてきてくれって頼んだ覚えはないぞ。門番の家についてくるのは自分で決めたことじゃないか」

「だからって、なにをしてもいいってもんじゃないわ」

トムはため息をついた。「どういうことだ？　武器がないほうがいいっていうのか？」

「そういう問題じゃないでしょ。それでなにをするつもりなのよ？　なんでブルックマンに電話をかけて、話さないの？　警察内部に犯人の仲間がいるっていう疑惑も含めてね。ブルックマンならナージャを保護することなんて朝飯前でしょう。生き死にがかかっているのよ。ナージャの命だけじゃない。カーリンの命だって。他にも被害者が出るかもしれないし」

トムはうなじに手をやった。「ジータ、知っていることをすべて打ち明けることはできない。だれが信用できて、だれが信用できないかわかるまではな。カーリンのところには警官がいた。それでもあんなことになった」

「いったいなにがあったの？」ナージャが隣の部屋から出てきて、ふたりを交互に見た。

「いっただろう。カーリンは消えた」トムはいった。

「でも、ただ消えたわけじゃないのね？」

トムとジータは顔を見合わせた。

「あのねえ」ナージャは手を腰に当てた。「なにがあったか教えてちょうだい。わたしも鍵を受けとった。なにが起きているのか知る権利はあるでしょ」

トムは深呼吸した。「わかった。いいたくないがな。他言無用だ。捜査中の案件だからな」

「わかったわ」ナージャはいった。

「カーリンの家にパトロールカーを向かわせた。カーリンは不在で、帰宅するまで警官ふたりが現地で待機した。そして俺は、というか俺たちは」トムはジータを指差した。「カーリンのところへ向かった。だが警官ふたりは襲われ、そこに俺が着いて、撃ちあいになった。

それ以来、カーリンの行方がわからない」

「つまり拉致《らち》されたということ？」

「そうらしい」

「ふたりの警官は？」

「ひとり死んで、もうひとりは生死の境を彷徨《さまよ》っている」

「う……嘘。ということは、警察内部のだれかが犯人とグルだということ？」

「グルとまではいわないが、関係しているようだ。いろいろおかしなところがあるんだ」

「最低」ナージャはささやいた。

一瞬、静寂に包まれた。

「きみは姿をくらましたほうがいい、ナージャ」トムはいった。「ここは安全じゃない」

「どうしようというの？」ジータがいった。「あなたがついていれば安全だというの？」

「古い友だちのところに連れていく。そこなら大丈夫だ」

「古い友だち？」ナージャはジータと顔を見合わせた。ジータが首を横に振るなり、うなずくなりなにか反応すると思ったようだ。だがジータの表情は硬くこわばったままだった。

「わかったわ」ナージャは肩をすくめていった。ナージャは完全には納得していなかったが、トムにはひとまずそれで充分だった。

「その古い友だちって、ひょっとしてその拳銃を寄こした人？」ジータがたずねた。

「これ以上は知らないほうがいい」トムはいった。

ジータは絶句してからいった。「わたしを信用しないわけ。あなた……」

「知らなければ、だれかに質問されたときに、嘘をつかなくてすむ」

「トム、あのねえ、あなた、どうかしてる。嘘といえば、明日の朝の捜査会議ではすべて話さないとだめよ。どれだけ大がかりな捜査になってるかわかっているでしょう。部署の垣根を取っ払って、七十人から八十人が関わっている。そして全員が間違った捜査をしている。あなたが重要な情報を黙っているせいで、だれかが犠牲になったらどうするの？　責任が取れる？」

トムは反論したかったが、返す言葉が見つからなかった。すべてを明かすのだと考えただけで、喉を締めつけられるようだった。

ヴィオーラに袖を引っ張られた気がした。しかし、なんといったらいいかわからなかった。

「昔は黙っていて大変なことになった」ジータはいった。「それを今でも引きずっている」

トムはヴィオーラの手を振りほどいた。

「その通りだ」トムは小声でいった。

ジータはまだ疑いの目で見ていた。

「それじゃ」トムはいった。「こうしよう」

第二十章

ベルリン市ミッテ区
二〇一七年九月四日（月曜日）午後十一時三十一分

トムのベンツが西へ向かい、シュプレー川を渡った。ジータはタクシーを呼んで、家に帰った。トムの隣にはナージャがすわっている。ナージャはお腹を抱えながら、巨大な丸天井をいただき、四つの塔がそびえるベルリン大聖堂を黙って見ていた。

「あなた、プロテスタントじゃなかったわよね？」ナージャはたずねた。

「俺はキリスト教徒じゃない」トムはいった。だがそれは本当ではない。母親はカトリックだった。通常より遅かったが、洗礼も受けている。スーツに身を包んだチビ、聖水、聖霊などなど。だが今は教会から抜けている。神を信仰できる者がうらやましくはあったが、信じることができない。なんといっても、殺人課の刑事だ。だがそれだけではない。神がいるなら妹を行方不明にするはずがないからだ。

トムはルームミラー越しに後ろを見た。ヘッドライトがぎらついて、つけられているかどうかわからない。ふたたび肩掛けホルスターを装着していた。小ぶりのマカロフがそこに収まっているのが変な感じだった。

大聖堂の正面玄関の前には臨時にポールが立てられ、立入禁止のテープが張られていた。黄色い安全ベストをつけた警官が数人固まって、野次馬を追い払っている。

「あなたも見たの？」ナージャが小声でたずねた。「カーリンのお母さんをあの中で？」

「ああ」ブリギッテ・リスの亡くなった姿がトムの脳裏に蘇《よみがえ》った。トムは車線を変更して、ベルリンナイトツアー中の二階建て観光バスを追い越した。バスの中からスマートフォンで撮影したときのフラッシュが光った。緩やかに右に曲がって城の橋を渡り、かつて東ドイツの目抜き通りだったウンター・デン・リンデン通りをブランデンブルク門に向かって走る。ジータの言葉がトムの頭から離れなかった。〝生き死にがかかっているのよ。ナージャの命だけじゃない。カーリンの命だって。他にも被害者が出るかもしれないし〟

ヨシュにはもう三度も電話をかけているが、相変わらず留守番電話だ。

「もしもし、ヨシュ、俺だ、トムだ。電話がつながらないし、かけなおしてもくれないから、メッセージを残す。事件が解決するか、事件の背景がわかるまで、数日姿を消してくれ。わかったか？　おまえが無事であることを知りたい。俺のメッセージを聞いたら、連絡をくれ」

通話を終えると、トムは改めてアンネの携帯に電話をかけた。

「今度はなに？」アンネが電話に出るなりいった。

「まだ家にいるのか？」

「あなたの帰りを待ってる。医者の勧めに従っていれば、帰っているはずよね」

「アンネ、今はちょっと」

「言い訳はいい。聞きたくないわ。ひとりなの？」

「いいや」

「緑色のレザージャケットを着た、脚の長い人といっしょ？」

「同僚のことか」

「今まで、あなたを奪いあっているのは、犯罪者だとばかり思ってた」

トムは、アンネの呂律《ろれつ》がまわらないことに気づいた。酔っているようだ。ひとりで酒を飲むことはないのに。

「電話をしてまずかったかな？」

「そんなことはないわ。あなたが電話をかけてきただけでも奇跡よね。しかも夜中に二度も」

「怒る気持ちはわかる」トムはため息をついた。

「で、なんの用なの？」

「郵便受けになにか入っていないかもう一度見てくれ」

「また？　だれがこんな夜更けに……」

「とにかく見てくれ。知らなくてはならないんだ。電話を切らずにいる」

アンネはため息をついた。「どうしてそこまで郵便受けにこだわるの？」

アンネがふらつきながら歩く音がした。やはり酔っているようだ。それとも、なにか別のものを摂取したのだろうか。住居のドアを開けて、廊下に出た。足音が反響している。そのとき、いつも聞き慣れている音が聞こえなかったと気づいた。ドアのロックを二回はずす音がしなかった。夜にはいつも二回まわして施錠することにしている。だれかが訪ねてきているとき以外は。

郵便受けの蓋《ふた》の開く音がした。

「あら」アンネがいった。

「どうした?」

「待って」ガサガサと小さな音がした。「封筒が入ってる」

まさか。嘘だろう！　トムの胸が早鐘を打った。「中身を見てくれ」

「ええ、今見てる」封を切る音がして、ガサガサと鳴った。「これって……あら、やだ……」

「アンネ?　どうした?」

「ガーデンパーティですって!」アンネがため息まじりにいった。「あなたの義理のお母さんがガーデンパーティに招待してくれた」

トムはほっとして、頭がくらくらした。ゲルトルートからの郵便をこんなにうれしく感じるのははじめてだ。

「だけど、いつ郵便受けに入れたのかしら?　今晩、ここに来たんだわ……会わなくてよかった」一瞬、静かになった。「ねえ」アンネがのんびりした様子でたずねた。「こんなことのために夜の十一時四十五分に電話をかけてきたわけ?」

「まさか」トムはため息をついた。「いいか、よく聞くんだ。これから数日、仕事はあるのか？」

「トム、話したでしょ。映像編集の依頼はキャンセルされたわ。インタビューの撮影が延期されて材料がないのよ」

「そうだった！　それでいい。いいか、数日旅行してくれ。ベルリンから離れるんだ」

「えっ？　どういうこと？」急に期待のこもった声になった。「いっしょに？」

トムは唇《くちびる》を嚙んだ。「いいや。申し訳ないが、ひとり旅をしてもらう。大事なのは、ベルリンから離れることだ」

沈黙。

ルームミラーに四、五回つづけて、眩《まぶ》しいヘッドライトの光が映った。

「トム？　どういうことなの？」

「念のためさ。今、捜査中の事件におまえが巻きこまれないように」

アンネはしばらく黙った。彼女の足音が聞こえ、それから住居のドアが閉まった。内側から鍵をかける音がしなかった。やはりひとりではないようだ。

「アンネ？」

「本当にそこまで必要なの？」

「ああ」

「いつ？」

「すぐにだ」

アンネは息をのんだ。「あなたの身に危険が及ぶわけ?」

「違う。心配はいらない。あくまで念のためだ」

「トム、いかれてるわ……」

「いったとおりにするんだ。頼む」

アンネはため息をついた。「あなたと暮らすのは本当に……」アンネは今、おそらくリビングにいる。アンネがだれか男といるところを想像して、電話を切ったあと、彼女がどうするかトムは考えた。その男にどこかへ連れていってくれと頼むだろうか。トムは、アンネがひとりでいるかどうか訊きたくなったが、答えを知りたくなかった。否定も肯定も。なぜなら、ひとりだと答えても、信じられないからだ。

どっちがいいか、トムは自問した。アンネが家にとどまって危険に晒《さら》されるか、あるいは心を弾ませて、だれか男といなくなり、安全でいられるか。やはり安全なほうがいい。あの紙に描かれた矢がトムの心に突き刺さるような気がした。

「トム?」

「理由もなく、こんなことを頼まない」

「わかってる。仕方ないわね。あとでメールする。気をつけてね」

「ああ、そうする」トムはいった。アンネはトムを愛しているが、それでも嘘をついている気がする。喉が締めつけられ、胃が痙攣《けいれん》した。無理もない。トム自身がアンネを追い詰めたのだ。寸暇《すんか》を惜《お》しんで妹を捜す刑事。

「おやすみ」アンネはいった。別れの言葉みたいに聞こえる。「運転に気をつけてね」

「おやすみ」トムは通話を終えた。

重い心を抱えつつ、トムはスマートフォンの電源を切った。あとで現在地を知られないようにするためだ。画面が消えると、最後の糸が切れたような感覚を味わった。

わざと外を見ているふりをしていたナージャがたずねた。「奥さん？」

「恋人だ。いっしょに暮らしている」

「その人に鍵が届くんじゃないかと心配なのね」

「いや、届くとしたら俺のところだろう。俺のせいでアンネが危険な目に遭ってほしくない」

「当時の仲間全員に鍵が届くというの？」

「たぶんな。だがそれだと、カーリンの母親が狙われた理由がわからない。彼女がとくに重要な存在に思えるんだが」

「今のところ鍵をもらったのは女だけ？」

「ああ」トムはいった。ジータの鋭い勘が今は欲しいところだ。考えてみたら、この数時間、ジータはまともに警察の仕事をしていない。仮説と推測に終始していた。ルームミラー越しに後ろを見る。一見したかぎりでは怪しい気配はない。

ふたりはポツダム広場のソニーセンターに近づいた。ガラスと鋼鉄のビルにはいつも冷たい風が吹き抜けている。トムは横道に車を止め、ふたりは徒歩でマレーネ＝ディートリヒ広場に向かった。元劇場の地下にあるナイトクラブがそこにある。〈オデッサ〉という大きな赤いネオンライトの文字がガラス張りの壁に浮かんでいる。外にいても、低音の鈍《にぶ》い音が聞こえる。

「あそこに入るの？」ナージャがたずねた。

トムはなにもいわず、ガラス扉の前でナージャを止めた。ナージャは笑みを浮かべた。

「相変わらずエスコートがうまいわね。アンネさんだっけ、彼女は幸せでしょうね」

レッドカーペットが敷かれた階段が地下に通じている。ふたりは長い行列の左側を歩いて、好奇の目やとがめるような目に晒された。ここでは、妊婦はサハラ砂漠にいる魚くらいにエキゾチックなのだ。頭上には巨大なネットが張ってあり、その奥に天井高が三十メートル以上はある薄暗いロビーと劇場ホールへ通じる階段が見える。

クラブの入り口からは紫色の光が漏れている。月並みなスーツを着たドアマンがふたり、通路の左右に立ち、三人目が無精髭《ぶしょうひげ》の男の入店を拒《こば》んでもめていた。ドアマンのひとりがトムとナージャに目をとめ、行く手を塞《ふさ》いだ。

音がうるさかったので、トムは怒鳴らなければならなかった。「チェヒと約束している」

ドアマンが眉間《みけん》にしわを寄せ、トランシーバーに向かってなにかいった。すぐにヴィクトルがあらわれた。トムにマカロフを届けた男だ。

ヴィクトルはただうなずき、一瞬、目の動きを止め、ナージャをじろじろ見てから、トムの上着の下の肩掛けホルスターを指し、黙って拳銃をだすように合図した。

トムは首を横に振った。

ドアマンたちの顔が曇った。ヴィクトルは目を丸くして少し電話で話をし、それからついてくるようにトムに合図した。すぐに音楽の轟音《ごうおん》に包まれ、低音が腹に響いた。ナージャがとっさに腹部に手を当てた。トムは彼女の空《あ》いているほうの手をつかんで引っ張った。

ナイトクラブは広くて、超満員だった。古めかしく見える壁面に、グッゲンハイム風のシンプルな白い手すり。十メートル近く上にある天井には漆喰《しっくい》彫刻が施されている。天井に描かれた天使と白い雲。そしてミラーボールがホールに無数の紫色の光点を反射させている。巨大なモニターの下のブースにはDJがいた。指先からコバルトブルーのレーザー光を発するレーザーグローブをつけている。

トムたちはバックステージに足を踏み入れた。階段と通路とドアで迷路のようだった。息苦しく、ライトのガラスカバーは薄汚れていた。その奥にまた狭い階段があり、覗き穴のある鋼鉄のドアが行手を遮《さえぎ》っていた。ヴィクトルがノックをする。ドアが開くと、入るようにナージャとトムに手招きした。

そこは社長室とショールームを無理やり合体させたような部屋だった。四方の壁にはバロック風の赤茶色の壁紙が貼られ、ユーゲントシュティール様式のシャンデリアがふたつ、天井から吊るされている。片方の壁面のランプのあいだには趣味がいいとは思えない油絵がかけてあり、反対側には豪華なデスクと赤いビロード張りの安楽椅子があった。

ベネ・シャレンベルクは今、ベネディクト・チェヒと名乗っている。チェヒは彼の祖母の旧姓だ。デスクに向かって椅子の背に寄りかかっている彼は髭面《ひげづら》で、赤みがかった金髪を後ろで結び、足を組んでいる。シルクのようにてかった緑茶色のスーツに黒いTシャツを着ている。首にタトゥーがあった。ベネは腕を広げた。「クーリオ！　ずいぶん時間がかかったな」

「おまえがしつこくリクルートしなければ、とっくに立ち寄っていただろうな」トムは答えた。

ベネはデスクに手をついた。細い鎖でつないだふたつの十字架が胸元にぶら下がっていた。握手したときの彼の手はがっしりしていて、乾いていた。「いつもノーといわれたら、さすがの俺もへそを曲げるかもな」

「カトリック教徒なのにか？　赦《ゆる》すことも信仰の一部じゃないか」

ベネは肩をすくめた。「神さまなんてどうでもいい。面倒なのは告解だ」ベネはニヤリとした。「司祭が相手だからな」それからナージャに視線を向けた。「ひさしぶりだな！　相変わらず色気がムンムンしてる。だが……こりゃ、なんてことだ」彼女の丸い腹部にベネの目がとまった。

「昔は別のところを見てたわね」ナージャは昔と同じように眉《まゆ》を吊りあげた。三人は一瞬、十代に戻ったような気になった。「ひさしぶりね、ベネ」

「妊婦とはな。そう思わないか、トム？」ベネはトムの肩を小突いた。「どうだい、俺のクラブは？」

「あなたの店なの?」ナージャがたずねた。

「そうさ。他に三軒持ってる。この界隈《かいわい》じゃないけどな。トムから聞いてないのか?」

「他の用事があったんでな」トムは淡々といった。

ベネはうなずいて、唇をなめた。髭がなくなるあたりに何本も小さな傷痕がある。若い頃のあばたの名残だ。「ヴィクトル、俺たちだけにしてくれ」

「わかりました」

ドアが閉まると、ベネが顔を曇らせた。「まあ、すわってくれ。ふたりとも心配はいらない。ここなら安全だ。しかし、どうなってるんだ? 例の死体と関係があるのか? あの水死体のことだ。そしてあの鍵」

「今日、郵便受けを見たか?」

「なんで?」

「念のためだ」

ベネはトムをじっと見てから、デスクに載っていたトランシーバーをつかんだ。「ヴィクトル? 郵便受けになにか入っていないか確かめてくれ」

返事を待つあいだ、ベネはデスクチェアにもたれて、トムを見つめた。「よし、それじゃ、説明してもらおうか?」

「他言無用だ。ここだけの話にしてくれ」

ベネは首を傾げた。「長くなりそうだな」

「17の鍵がブリギッテ・リスの首にかけてあった。だがそれにとどまらなかった。カーリンのところにもあった。そしてカーリンは行方不明になっている」

「カーリンもあの鍵を持っていたのか？　同じやつを……」

「ああ、同じやつだ」

「ちくしょう。あの鍵は複数あったのか」

「そのようだ」

ベネが考えこむ顔をした。「そして犯人はカーリンのことを拉致《らち》したっていうのか」

「行方不明といったはずだ」

「同じことだろう。カーリンが自分で消えたのでなければ、やったのは殺人犯だ。しかし女がこんな形で自作自演をしないだろう。カーリンなら尚更だ」

トムはうなずいた。カーリンについてはこれ以上話す必要がなさそうだと思った。ベネはベネなりに考えたようだ。だがカーリンが鍵を持っていたというのは初耳だったらしい。それにしても情報統制は効いていないのだろうか。それともなにかルートがあって、警察からベネに情報が漏れているのだろうか。

「それで、なんでナージャを連れてきたんだ？」ベネがたずねた。

「ナージャの郵便受けにも鍵が入っていた」

ベネのポーカーフェイスの目が心なしかひらいた。これも初耳だったようだ。

「ファック」ベネが唸《うな》った。「ファック、ファック、ファック！」それからナージャとトムを交互に見た。「おまえとヨシュは？」

「今のところまだ届いていない」

トランシーバーの着信音がして、ヴィクトルの声がした。「郵便受けにはなにも入っていません、ボス。どういうことでしょうか？」

「だれかにすべての郵便受けを確かめさせろ。家にいる嫁にも訊け。他のクラブの郵便受けもだ。いいな、全部だぞ。なにか見つけたら連絡してくれ」ベネはトランシーバーをどんとデスクに叩きつけた。「まあ、俺に仕掛けてきはしないだろう。17の裏にだれが隠れているか知らないが、そんな度胸はないはずだ。それからおまえにも」ベネはそこでナージャに人差し指を向けた。「近づかせない。俺が保証する。ここなら安全だ。ベルリンでここより安全なところはない」

「感謝する。そうしてくれると思っていた」トムはいった。

ベネは微笑《ほほえ》むと、探るような目つきをした。「警察に預けないで、俺のところに来たってことは、なにかわけがあるんだろう？」

トムは笑みを返した。白状するほかない。「切羽詰まったときに頼れる奴は限られる」

「ふむ」ベネはニヤリとした。

ふたりは同じことを考えていた。そこから導きだされる答えは違うが、頭の中で描いたイメージは同じだった。

「その糞《くそ》野郎をしょっぴくのに、なにか手伝えるか？」

トムは首を横に振った。「これだけしてくれれば御《おん》の字だ。あとは俺たちがここに来たことを漏らさないでくれればいい」

「おまえが職務質問したクレーガーはどうなんだ。容疑者になったか?」

「袋小路だ。今起きていることを考えると、右翼の連中は射程外だ」そういってから、トムは少したためらって話をつづけた。「しかしクレーガーはヴィーのことを知っていた。どうして知っていたのか、おまえにはわかるか?」

ベネは呆れたという顔をした。「ヴィーの話は大勢が知ってるんだ、トム。おまえはあちこちで、妹のことを訊きまわっているじゃないか」

「だけど、だれもヴィーの居場所を知らない」

「クレーガーと殴りあったのか?」

「どうして?」

ベネは自分のこめかみと顎を指で触れた。「最近の傷のようだからな」

「違う。なんでおまえがそのことを知りたがるのかが気になったんだ」

ベネは肩をすくめた。

「おまえは手をだすなよ。これは俺のヤマだ」

「いいとも」

「そうそう、もうひとつ。プリペイドの携帯電話をひとつ持っていないか?」

「ひとつ?」ベネはニヤッとしてデスクの引き出しを引いた。「俺を馬鹿にしてんのか?」

第二十一章

ベルリン市グロピウスシュタット地区
二〇一七年九月五日（火曜日）午前一時九分

ジータ・ヨハンスは凍えて、上着を体にきつく巻きつけた。この二日、緊張のしどおしで疲れて体が鉛《なまり》のようだ。寡黙なイラク人が運転する暖房の効いたタクシーを降りたばかりだが、もうそのタクシーに戻りたくなっていた。

ノイケルン区に建つ高さが百メートルはある高層アパート。そのまわりを冷たい風が吹いている。一九六〇年代に団地が計画されたときは五階建の予定だったが、当時の西ベルリンには住宅用地が限られていた。一九七〇年代にはベルリンの壁に対抗して空にそびえることになった、薄汚れた白いブロックのような建築物。各戸のベルが並ぶ銀色に光るプレートは表玄関のドアよりも大きいくらいだった。

ヨシュア・ベームのベルを見つけるまでしばらくかかった。彼は二十二階に住んでいた。ジータはすぐに用事がすむと思っていた。ベルを鳴らして、眠っているベームを起こし、危険を伝える。そして郵便受けを見て、場合によっては数日旅行をするようにすすめる。

ところがベルを鳴らしても、だれも出ない。まずい兆候だろうか。それともただ留守なだけだろうか。

ジータはトムが受けとった名刺のことを考えた。銀行勤務。銀行は朝が早いはずだ。平日に深夜まで外を動きまわっているだろうか。

ジータはスマートフォンの画面の光でベームの郵便受けの中を照らしてみた。角度が悪く、なにも見えない。ベームは電話に出ないし、銀行のアカウントにメールを送っても返事がなかった。

トムとも連絡がつかない。

それに大至急トイレに行きたい。茂みで用を足すのは論外だ。こういうときは男がうらやましい。

ジータは数歩下がって、高層アパートを落ち着きなく見上げた。ナージャ・エンゲルスの住居にいたときもそうだったが、今度もブルックマンに電話をかけたくなった。くどくどいわずに支援してくれるのは彼くらいのものだろう。トムと違って、警察ならベームを保護すると思っていた。だがブルックマンに情報を流せば、トムとの約束を破ることになる。明日の朝、もとい今日の朝までは黙っていると約束した。

ジータは時計を見た。あとどのくらい待てば、無責任の誹《そし》りを受けずにすむだろう。ベルが並ぶプレートを見るうちに、一階に管理人K・ヴァイアーと記されたベルを見つけた。意を決して、そのベルを鳴らす。長めに数回。三分後、玄関の照明が灯《とも》り、ガラスドアの向こうにガウンを着た赤ら顔の男があらわれた。「気は確かか?」男はドア越しに叫んだ。「何時だと思ってるんだ!」

「ごめんなさい。ヴァイアーさんですか?」ジータは州刑事局の仮身分証をガラスに押し当てた。「緊急の用事なんです」

管理人が近寄ると、目を細くして身分証を見た。唇《くちびる》と髭《ひげ》のあいだに覗く歯が黄ばんでいた。「緊急?」

「二十二階に住んでいるヨシュア・ベームさんに連絡を入れたいんです。なにかまずいことになっているはずなんです」

「それなら、俺じゃなく、そのベームさんちのベルを鳴らせばいいだろう」

「反応がないんです。マスターキーをお持ちですか?」

「口ではなんとでもいえる。捜査令状はあるのかい?」

「これは家宅捜索ではありません。ベームさんは容疑者ではないので。無事かどうか確認したいだけなんです」

ヴァイアーは眉間《みけん》にしわを寄せた。「そりゃどういうことだい?」

「お願いです。住居を見させてください」

「面倒に巻きこまれたくないんだがなあ」

「ベームさんが生きていなければ、そっちのほうが面倒なことになりますよ」

ヴァイアーは不機嫌そうに表玄関のドアを開けた。「わかったよ。鍵を取ってくる」

二十二階までエレベーターで上がる。人感センサー付きライトが点灯する。ライトのひとつが明滅していた。

「ベームさんは十五号室だ」そういって、ヴァイアーは先に立って歩いた。履きつぶしたビーチサンダルを履いていて、足の指がそのサンダルからはみだしていた。「いったいなにがあったんだい？」

「それはいえません」

「なんだよ、つまんないな」ヴァイアーは15という数字の貼られた安っぽい化粧板張りのドアの前で立ち止まった。「ここだよ」

「開けていただけますか？」

「それで？　ベームさんが元気だったら、こっちの首が飛ぶ」

ジータはニッコリ微笑《ほほえ》みかけた。「ドアがちゃんと閉まっていなかったといいます。あなたが開けたことはだれにもわかりません」

「あんた、そんなに信用があるのかい？」ヴァイアーは苦虫を嚙みつぶしたような顔をした。

「もう一回、身分証を見せてくれ」

ジータは改めて期限付きの身分証を呈示した。

「本物なんだろうな？」

ジータは眉《まゆ》を吊りあげた。

「念のためだ。なにも触らず、持ちださないよな？」

「誓います」

ヴァイアーは鍵穴に鍵を挿そうとして、また目をこらした。きっとメガネをベッドサイドに置いてきてしまったのだろう。ガチャッと錠が開く音がして、ドアが少し開いた。ヴァイアーは静かに鍵を抜いて、ジータにうなずき、足早にエレベーターのほうに戻っていった。

ジータはジャケットからラテックスの手袋をだしてはめた。ゆっくりドアを開ける。室内は真っ暗だった。遠くでエレベーターが到着した音がした。エレベーターの扉が開いて、また閉まった。その場にいるのはジータだけになった。廊下の明かりが住居に少しだけ射しこんでいる。玄関は狭く、その奥は闇に包まれていた。「ベームさん？」

静かだ。

胸がドキドキした。

「ベームさん？　いますか？」

ジータは恐る恐る住居に足を一歩踏み入れ、自分の心にいい聞かせた。〝現場に出たかったんでしょ。理論ではなく、実践がしたい〟そのときカチッと音がして、外廊下の照明が消えた。その途端あたりは闇に包まれた。頭から黒い袋をかぶせられたような感覚に襲われ、脈が速くなった。昔、そのせいで息が詰まったとき以上に息苦しい。袋。パニック。指をふるわせながらスマートフォンをだす。ほんのわずかだが、画面の光が心の救いだ。懐中電灯のアプリをクリックする。淡く冷たい光の輪が床を照らした。右側の壁にスイッチがあった。

だが、照明をつけるのは控えた。

「ベームさん?」

〝まったくなにをやっているんだろう。ベームの帰宅が遅れているだけだったらどうするんだ〟

だれかが通りかかるかもしれないので、玄関のドアを静かに閉め、それからあたりを見まわした。右側にドアが見える。そのドアを開けると、光の輪にシャワー用カーテンがかかったバスタブが浮かんだ。他に洗面台と便器がある。

次のドアはキッチンだ。正方形の空間で、バスルームよりは広いが、窓はない。右上に油汚れのついた換気扇。棚にビール瓶とウォッカの空《あ》き瓶と、中身が少し残っているカシャッサの瓶が載っていた。

廊下の一番奥は寝室兼書斎だ。窓があるのはその部屋だけだが、窓にはシャッターが降りていた。ベッドに人の姿はなく、無造作にベッドメーキングがしてあった。住居は全体に殺風景だ。テレビはあるが、絵が一枚もなく、生活臭がない。それよりなにより、ヨシュア・ベームがいない。大手のスイス銀行に勤務しているのに、どうしてこんな小さな住居に住んでいるのだろう。離婚して高い慰謝料を請求されでもしているのだろうか。それとも資金難。なんでこんな夜遅くまで外をうろついているのだろう。

デスクには安価なノートパソコンが置いてあった。その横には新聞があって、コーヒーのシミがついていた。ジータはデスクの一番上の引き出しを開けてみた。ペンが入っていた。

その下の引き出しを開けてみる。穴あけパンチ、クリップ、そして拳銃。ジータはびっくりしてその拳銃を見つめた。シグザウエルＰ６。拳銃に詳しくないが、このタイプなら知っている。警察が正式採用しているものだ。負傷したドレクスラーが持っていたのもこの拳銃だ。ジータはその拳銃を持ち帰りたくなったが、科学捜査研究所は絶対に問題視するはずだ。捜査令状を発付してもらって、だれかといっしょに出直したほうがいいだろう。

ジータは引き出しに入っている拳銃を写真に撮り、つづけて数枚、部屋の中を撮影した。それから引き出しを閉め、玄関に戻ろうとしたとき、スマートフォンの光が消えた。

電池切れだ。

〝嘘でしょ！〟

ジータは立ち止まった。闇の中で深呼吸し、廊下とスイッチの位置を頭の中で思い描いた。たしかドアのそばにあったはずだ。スイッチは廊下のはずれか、ドアのそばにあるものだ。そっと三歩足を進める。廊下に出るところで、スイッチを見つけた。天井のライトは異様なほど眩《まぶ》しかった。ジータはほっと息をつく。改めて尿意を覚えた。トイレを使おうと思ったが、考えただけでいやだった。もうここから出たほうがいい。急いで玄関に向かい、元どおりに見えるように、浴室のドアを閉めようとしたその瞬間、外の廊下で足音と鍵の束がジャラジャラ鳴る音がした。

ベームだ。

ドア脇のスイッチ三つをすかさず押した。寝室の照明は消えたが、廊下と浴室の明かりが逆に灯ってしまった。慌ててスイッチを押し直す。照明が灯ったり消えたりした。そしてやっと全部消えた。ドアの向こうで鍵を挿す音がした。

ジータは浴室に逃げこみ、玄関のドアが開いた瞬間、浴室のドアを閉めた。心臓が早鐘を打った。暗い。真っ暗闇だ。廊下を歩く足音がする。咳払い。鍵をまわして、玄関のドアを内側から施錠する音がした。

〝まずい！　鍵を挿したままにしてくれるといいのだけど！〟

照明のスイッチを押す音がした。浴室のドアの下の隙間から細く光が射しこんだ。ベームがトイレを使おうとしたらどうしよう。ジータはドアを背にしてたたずんでいた。見えるのはシルエットだけだ。右に便器、その横に洗面台、その反対側にシャワー用のカーテンがかかっているバスタブ。ジータはそこに隠れようかと思った。だが金属棒に通したカーテンのリングを動かせば音が出るだろう。こういう作りのアパートは音が漏れやすいから、気配に気づかれる恐れがある。

隣のキッチンでガラスがぶつかる音がした。冷蔵庫からビール瓶をだしたのかもしれない。蛇口から水の流れる音がした。ベームは咳払いし、唾を吐いて、水といっしょに流したようだ。

足音。デスクチェアがミシッと音を立てた。長いため息がした。ビールを片手に、すわっているところが目に浮かぶ。拳銃は引き出しの中にあり、すぐ手が届く。

ジータは八方塞《ふさ》がりになった。

スマートフォンは電池切れ。今にも尿が漏れそうだ。おまけに闇への恐怖心が高まっている。

〝深呼吸するのよ、ジータ。深呼吸するの〟

〝不安、闇、袋にあいた穴から見えるのは赤く焼けた焼金〟

肌にその焼金を押しつけられたときの臭いが今でも鼻に残っている。

第二十二章

ベルリン市クラブ〈オデッサ〉
二〇一七年九月五日（火曜日）午前一時十八分

トムとナージャはヴィクトルに従った。クラブで鳴り響く音楽が通路にも鈍《にぶ》く聞こえた。壁には「倉庫」「バックステージ」「舞台」と書かれた赤い矢印が貼られている。ここは紛《まぎ》れもない迷宮だ。ベネと話したことが、トムの頭から離れなかった。ベネが警察に別の情報源を持っているような気がしてならない。それでも、トムとナージャの居場所を他人に漏らすはずはない。いっしょにあれだけの体験をした仲なのだから。

ヴィクトルは貨物用エレベーターの扉を開けた。三人は一階下に降りた。廊下のドアの前にスーツ姿の男がいた。ジャケットの下に肩掛けホルスターがあるのがわかる。

「廊下の突き当たりの部屋だ」ヴィクトルがいった。「用があるときは部屋の電話を使うといい。五十番にかけて、俺を呼んでくれ」ヴィクトルはトムの部屋の鍵を渡した。その鍵には紫色のビリヤードの玉のミニチュアがついていて、そこに22と書かれていた。

ドアの奥の通路はまっすぐつづいていて、何枚もドアがあった。まるで養鶏場のケージのようだ。どの部屋からも物音が漏れている。奥のドアが開いて、女がひとり出てきた。スリップ姿で、ガウンを着ていたが、前をはだけていた。顔立ちは東欧系だ。褐色のスーツをハンガーにかけて手に持っている。トムを見ると、女は腰の振りを大きくして歩いた。すれ違ったとき、ニコチンのにおいがした。トムは女を振りかえって、褐色のスーツに目をとめた。なんとなく見覚えがある。女が出てきた部屋の前を通るとき、歩みを遅くして、半開きのドアから中を覗いた。部屋の中がほんの一瞬見えた。ベッドとむきだしの足と腰が見えた。頭も見えたが、タオルで顔はほとんど見えなかった。男はタオルで髪をゴシゴシやっていたが、はっと手を止め、ドアのほうを向いた。

次の瞬間、トムとナージャはその部屋の前を通り過ぎていた。男がだれか知らないが、トムを知っているような仕草をした。しかもここにいることを知られたくないというふうに。だがまあ、こういう状況ではだれでもそういう反応をするだろう。

「ここみたいね」ナージャがいった。あまりいい気がしないだろうに、そういう素振りを見せなかった。部屋の照明を灯《とも》すと、ナージャはゲラゲラ笑った。壁には緋色の漆喰《しっくい》塗料スタッコ・ベネチアーノが塗られ、部屋の真ん中に豪華な背もたれがついた円形のベッドがあったからだ。トムはこんな大きなベッドを生まれてはじめて見た。天井にはベッドと同じ円形の鏡が貼ってあった。しかもベッドの周囲には白いカーテンが吊るしてあって、ぐるっと閉められるようになっている。

「むちゃくちゃ」ナージャは笑いながら首を横に振った。「ふたりでこの部屋に泊まるの？本気？」

「これで手錠があれば、文句ないな」トムは淡々と答えた。

「わたしに手錠をかけるわけ。妊婦が恐いから？」ナージャは爪を立てて、小声で唸《うな》ってみせた。

「おっと、昔のナディが帰ってきた」トムは微笑《ほほえ》んだ。

ナージャはベッドの端にすわって、ため息をついた。「妊娠と鍵の事件のあいだのどこかにね」ナージャは靴を脱いで、足をマッサージした。彼女がすわっているところでゴボゴボと音がして、彼女の体が前後に揺れた。「すごい、これ、ウォーターベッドよ」

トムはこの馬鹿げているとしか思えないささやかな瞬間に緊張の糸がほどけた。非常事態の中のひと欠片《かけら》の日常。急に疲労を覚え、柔らかそうなベッドに寝てみたくなった。

「いいかな？」トムはマットレスを指差した。

ナージャは眉間《みけん》にしわを寄せた。「だれにいってるの？」

〝昔のナージャに〟とトムは思った。「すまない。忘れてくれ」

「別にいいわよ。気にしない」

十五分後、ベッドに並んですわって、サンドイッチを食べ、ヴィクトルが持ってきた一本の缶ビールを分けあった。ふたりはふわふわ揺れるベッドの上で離れて横になった。トムは拳銃と新しい電話番号とSIMカードの携帯電話を手の届くところに置いた。浴室に通じるドアを開けておいたので、真っ暗な部屋はそこだけほんのり明るかった。

トムは仰向けに寝て、天井の鏡を見つめた。換気扇の作動音がする。暖房が効いている。夜間のひかえめ機能はないようだ。まあ、その必要はないが。ナージャは背を向け、下着姿になって眠っている。服を着たままでは暑すぎたからだ。トムは薬が効いて眠れなかった。この二日はバッドトリップをしているようなものだった。

トムは時計を見た。あと六時間。

朝の八時に爆弾が破裂する。そうなればもう後戻りはできない。だがどうせ後戻りなどできない状況だ。あまりに多くのミスをし、無茶をやりすぎた。

ナージャの毛布が少しずれて、腹部が覗いた。トムはそこに目が釘付けになった。アンネはずいぶん前から子どもを欲しがっている。悪いのはトムだ。仕事人間のせいで、その暇がないのだ。消えた少女を捜す刑事。トムはナージャの腹部に手を当ててみたくなった。それ以上に素敵で正しいものはないとでもいうように。運河で水死体を見つけなかったら、どうなっていただろう。ナージャとあのまま付きあって、お腹の子がトムの子だったら、どうだろう。

ナージャが深いため息をついて、仰向けになった。

「眠れないの？」

「おまえもか？」

「あなたが動くとふわふわするものだから」

「アンネにもよくいわれる」

一瞬、静かになった。

「トム？」

「なんだ」

「ありがとう」

ふたりは天井の鏡に映る相手の目を見た。「インターネットで拡散されたあのおぞましい大聖堂の画像が頭から消えないの」

「俺もだ」

「ものすごく恐い」

ナージャがトムのほうに体を寄せた。ベッド全体が揺れた。ナージャはトムの毛布にもぐりこんだ。トムは彼女に腕をまわした。

「なにもしないから安心しろ」トムは小声でいった。

「そうね、なにもしない」ナージャもいった。

ナージャの手がトムのTシャツの中に入ってきて、指がトムの胸を撫《な》でた。鳥肌が立ち、一日の疲れが消えた。ナージャの唇《くちびる》がトムの首に押しつけられた。彼女の息は缶ビールとサンドイッチの匂いがした。ナージャのまつ毛がトムの頰をくすぐった。これは間違っている。すぐに警察にいわなかったのと同じように間違っている。ヴィーに鍵を与えたのも同じだ。間違った判断の連続に、また間違いをひとつ増やすことになる。

トムはナージャの手の動きを止めた。「きみには旦那が……」

「いわないで」

聞きたかったのはそれだろうか。そういわれたからって正しいことになりはしない。ただ最後の抑えが効かなくなるだけだ。

トムはナージャと森の中にいた。木漏れ日がキラキラしていた。ナージャの手がパンツの中に入ってくる。ふたりの足元に鍵があった。当時ナージャがささやいた言葉が蘇《よみがえ》る。触って。触ったときの感触、そして熱く火照《ほて》ったことを今でもよく覚えている。

ナージャは肉づきがよくなっていた。キスは濃厚で、魅力も倍増していた。身籠《みごも》っていて、生き生きしている。トムが日頃関わっている死体とは好対照だ。それになぜ、アンネにはこういう感じを覚えないのだろう。

よくないことだ。それでも、今は気持ちを抑えられない。

明日は明日の風が吹く、とトムはいいたかった。だが、こういった。

「眠ろう、ナージャ」

第二十三章

ベルリン市グローピウスシュタット地区
二〇一七年九月五日（火曜日）午前三時三十分

ヨシュア・ベームの耳にビッグ・ベンの鐘が鳴り響いた。目をしばたたく。泥酔していた。ナイトテーブルの上のスマートフォンを手探りする。部屋の中は真っ暗だ。シャッターが完全に降りていた。地上はるかに高いところに住んでいたが、それでもだれにも見られていないという確信が必要だった。

ようやくスマートフォンをつかみ、目覚ましアプリをタップする。ビッグ・ベンの鐘の音が消えた。三時三十分？　嘘だろう。どうなってるんだ？　スマートフォンをナイトテーブルに戻し、目をこすった。頭が割れそうに痛い。口の中でウォッカとビールの味がする。暑い。ヨシュアはTシャツを脱いで、椅子に投げた。

目覚ましアプリは九時半に設定したはずだ。

〝なんなんだ。ストレスがたまりすぎて休暇を取ったのに。目覚ましアプリの設定もできないほどひどいのか？〟

頭を枕に沈め、目を閉じる。カーリンのことを考え、胸が焼けるように痛くなった。次にトムのことが脳裏に浮かび、すぐ追い払おうとした。あいつは仲間外れにするのがうまい。ジータ・ヨハンスが目に浮かんだ。彼女はいい。ずっといい。ジータ。そそる体つき、物怖じしないまなざし。痩《や》せていて、傷つきやすそうだ。ヨシュアは股間に手を伸ばした。あの女性警官のことを考えただけで興奮するなんて。トムらしい。あいつはいつも最高の女をはべらせていた。それも、なんの努力もしないで。そこが憎たらしい。しかも運河で溺《おぼ》れそうになったとき、助けてくれたのもトムだ。こともあろうに、ナージャの目の前で。

そして刑事になるとは。

ヴィオーラがあんなことになったのだから、自然な成り行きだ。

とにかくミスター敏腕デカに気づかれなくてよかった。あいつに私生活を嗅ぎまわられるのだけはごめんだ。「だれにも話すな」と自分にいい聞かせる。

もちろん話したりするものか。相手がトムなら尚更だ。引き出しになにを隠しているか知られたら、大騒ぎになる。

引き出し。

忘れろ。

忘れろ。

忘れるんだ。

ヨシュアはあくびをした。三時半。いったいどうなってるんだ。自分で自分を制御できないのか？　酒のせいか？　いざとなれば、酔っていたって運転できるのに、時計の数字を見間違えたのだろうか？

ヨシュアは唸《うな》って、体を横にして、改めてスマートフォンを手に取った。画面が光っている。三時半を少しまわっている。見間違いじゃない。

だれかにいたずらされたか。まさかな。昨日のことも、これからのことも考えるな。今はどっちつかずの時間だ、どっちつかずというのはいい。できることならこの世からいなくなりたい。だが目が覚めてしまった……なにか考えなくては……ジータ・ヨハンスのことを考えよう。彼女をどうしたものか。

マットレスの下に手を入れる。

舌先にクリップをはさむ。左右の乳首にも。身悶《みもだ》えするほどの激痛。刑罰と報酬の一石二鳥。

ヨシュアはひりひりする痛みに耐えながら起きあがり、クリップをぶらぶらさせて浴室に向かった。明かりはつけない。視覚への刺激が少なければ、痛みの感覚が増す。日中は妻のいる自分に戻るつもりだ。だが今、会わずにすむのはうれしい。妻が憎い。腹が立って仕方がない。

ヨシュアは浴室のドアを閉めた。

正面にバスタブがある。緑色の模様が入ったシャワー用のカーテンがかかっている。そのカーテンはいつも足に絡《から》みつく。だが今は隙間風に吹かれて、音を立てている。

隙間風。気にするほどのことではない。
ヨシュアは爪先立ちになる。
とんでもない事態に直面するとも知らずに。

第二十四章

ベルリン市ティーアガルテン地区州刑事局第一部局
二〇一七年九月五日（火曜日）午前七時五十三分

ジータ・ヨハンスは七時半には工事現場同然の会議室で椅子にすわり、他の捜査官が来るのを待っていた。ちなみにトムのことも待っていた。大きなガラス窓に映っている半透明の自分を見る。褐色のロングヘア。傷痕は見えない。臨床心理士の自分に戻った。昨夜の自分はもういない。

十六歳のときに起きたこととはもう無縁のはずだと思っていた。被害者になるのはもうごめんだ。だがベームが帰宅して玄関のドアを内側から施錠したときは、昔の自分に戻っていた。一瞬にして二十年ほどの時を超えた。どうやって浴室で夜を過ごし、アパートから逃げおおせたか思いだしたくもなかった。

浴室でじっとしている時間が永遠に思え、浴室にだれかいるような感覚に苛《さいな》まれた。闇の中でだれかが様子をうかがっている。頭の中の亡霊に決まっているのだが。

一時間ほどそうしていると、べームのいびきが聞こえてきた。浴室のドアを開け、玄関のドアを手探りする。内側の錠に挿さった鍵に手が触れた。〝よかった〟

はっきりと思いだせるのは、エレベーターに乗ってカウントダウンする階数を数えたことだけだ。一階に着くと、ほっと安堵し、やっとのことでアパートの外に出た。冷たい雨が降っていた。未明の雨を顔に浴びて、夜を洗い流す。タクシーを呼びそうになって思いとどまった。こんな時間にグローピウスシュタットで、女がひとり路上にいるなんて絶対変に思われる。路上でふたりの人とすれ違った。恐怖のオーラを感じたのか、ふたりはジータを避けて歩いた。

今は州刑事局第一部局のお膝元《ひざもと》で、大聖堂殺人事件特別捜査班の捜査官が三々五々集まってくるのを待っている。会議室のブルーシートは撤去されていたが、工事のにおいはまだ漂っている。そしてジータの疎外感もそのままだった。捜査官たちは一応挨拶してくるが、横にすわろうとしなかった。

ペール・グラウヴァイン、ベルネ、バイアー、鑑識課のルツ・フローロフ、殺人捜査課四班のベルティ・プファイファー。みんな、プレッシャーを受けている。日曜の記者会見はいたるところで記事になり、複数のテレビ局で特別番組が組まれた。事件に右翼が関係しているかもしれないというモルテンの指摘が波紋を広げた。今晩、大聖堂の前で反右翼ロウソク集会の呼びかけがなされ、五千人が集まると予想されている。右翼政党や右翼テロの専門家がテレビで引っ張りだこになっている。それに加えて、鍵に刻まれていたという数字についてもさまざまな憶測を呼んでいた。17がイタリアで不幸の数字であるということ、さらにはブリギッテ・リスが難民受け入れに賛成していたことから地中海を渡ってくる難民問題に結びつける者まであらわれた。大衆紙は「恋する監督」という見出しをまた掲げた。大聖堂で亡くなったブリギッテ・リスの写真がインターネットのあらゆるプラットフォームで飛び交い、削除が追いつかないほどだった。

ショイフェル内務省参事官は昨日、「犯人逮捕に向けて全力で捜査に当たっている」とちゃっかりカメラの前で発言した。ドゥディコフ上級検事とブルックマン部局長が質問攻めに遭ったので、内務省参事官は短いコメントをだすだけですんだ。

ジータはドアを見た。もうすぐ捜査会議がはじまる。その前にトムと口裏を合わせたいと思っていたが、トムはいまだに姿を見せず、電話も通じなかった。

不思議なことに、トムはいっしょにいるだけで信頼感を呼び覚ますタイプの人間だ。言葉はいらない。だからこれまで彼の秘密主義にも手綱《たづな》を取ろうとはしなかった。だが夜中にひとりきりになると、彼の提案どおりに振る舞っていいものか不安になった。彼がひと言でも口を滑《すべ》らせれば、ジータはにっちもさっちも行かなくなる。今ではトムに腹を立てるべきか、自分に怒りをぶつけるべきかわからなくなっていた。

「おはよう。元気?」

ジータは顔を上げた。ニコレ・ヴァイアータールがそばに来た。頬が火照《ほて》っている。おそらく自転車で出勤したのだろう。昨日もニコレが自転車にまたがっているのを見かけた。ニコレはジャケットを脱いで微笑《ほほえ》んだ。といっても、全身から不安を発散させていた。無理もない。モルテンとどうしても馬が合わないのだ。「ここ空《あ》いてる?」

ジータはうなずいた。「おはよう。わたしは元気よ」返事に窮《きゅう》して、今朝最初の嘘をついてしまった。

ニコレはジータの横の、モルテンの席から一番遠いところについた。彼女の焦茶色の目に黒い影がかかっている。昨日はベルティといっしょにブリギッテ・リスの隣人に聞きこみをし、ついでブリギッテ・リスと不倫に走った男の妻に会っているはずだ。

いつもの褐色のスーツを着こんだヨーゼフ・モルテンとトム・バビロンがいっしょに会議室に入ってきた。ふたりは事前になにか話しあったのだろうか。トムはジータと目を合わせなかったが、隣の空いている席についた。眉間《みけん》の絆創膏《ばんそうこう》ははずしてある。かさぶたができていて、大きな血腫が見える。彼の目の隈《くま》はニコレやジータの目の隈よりも濃い。あんな夜を過ごしたのだから無理もない。それでも神経を研ぎすましているように見える。おそらくいつも服用している薬のおかげだろう。

「はじめよう」そういうと、モルテンは指関節で机を叩いた。

「じつはバビロンが」モルテンは虫が好かないとでもいうようにトムを見た。「個人的な事情で特別捜査班から抜けることになった」

会議室がざわついた。

グラウヴァインが驚いてトムを見た。ほとんど愕然《がくぜん》としているようにすら見える。ジータも面食《めんく》らってモルテンを見つめた。そのうちトムは特別捜査班から追いだされると思っていたが、まさか逆のことが起こるとは。

「トム、なにかいうことはあるか？」

トムは咳払いをして、みんなを見た。「正直いって苦渋の選択だ。みんなを見捨てるような気がするし、個人的には今回の事件に関心がある。それでも特別捜査班からはずれるのには理由がある。客観的でいられないからだ。俺が最初の被害者ブリギッテ・リスと面識があることを知っている者もいるだろう。だがもっと問題なのは、行方不明になっているカーリン・リスと長年、友人だったことだ。遊び仲間で、あと三人がつるんでいた。ナージャ・エンゲルス、ヨシュア・ベーム、ベネディクト・シャレンベルク」

会議室がしんと静まり返った。

「俺たちは十代だった。一九九八年の夏、七月十日、テルトー運河の底で偶然、水死体を見つけた。その水死体が17の鍵を持っていた。ブリギッテ・リスの首にかかっていたのと同じものだ。そして七月十日から十一日にかけての夜、俺の妹ヴィオーラがその鍵を持って行方不明になった。数ヶ月後、妹の死体がテルトー運河で見つかった。鍵は持っていなかった。妹は溺死《できし》とされた……十歳だった」トムはそこで言葉を途切れさせ、机に重ねて置いていた両手で体を支えた。

ペール・グラウヴァインがフィッシャーマンズフレンドの袋を破りながら口を開いた。

「なんで黙っていたんだ？」

「特別捜査班から抜けたくなかったからだ。今回の事件を通して、妹になにがあったか突き止められるかと思ったんだ」

「そりゃ、都合よすぎだ」ベルティがつぶやいた。フローロフが彼の脇を肘《ひじ》でつついた。他に発言する者はいなかったが、みんな、同じことを考えているようだった。

「そのとおりだ」トムは歯噛みしながらいった。

「それで、おまえたちが見つけたっていう死体はどうなったんだ？」フローロフがたずねた。

「事件は解決したのか？」

「警察は死体を見つけられなかった」

「そりゃ、流されるよな。だけど、下流も捜索したんだろう？」

「ああ。死体は金網に巻かれて、石の重しがついていた。流される可能性はなかった。むしろしばらく前から水の中にあったようだった。だれかが死体を運び去ったんだ」

「その発見のことを知っているのは？」グラウヴァインがたずねた。

「俺たち五人だけだ」トムはいった。「それと妹のヴィオーラ」

「水死体を見つけたことを妹に話したのか？」ベルネが唖然《あぜん》とした。

「妹には理解できないと思ったんだ」トムは小声でいった。

「じゃあ、警察に通報する前に、五人のうちのだれかが人に話したんだろう」フローロフがいった。

「だれも話していない」トムはいった。

モルテンは眉《まゆ》を上げたが、なにもいわなかった。

「信じてくれ。全員にたしかめたんだ。みんな、口をつぐんでいた。もしかしたらだれかが俺たちのことを見ていたのかもしれない。あるいは妹のヴィオーラがだれかに話したか」

「それで、捜査の結果は？」フローロフがたずねた。

モルテンが咳払いをした。「捜査されなかった。子どものいたずらとされたんだ。ヴィオーラ・バビロンが行方不明になったから良心の呵責《かしやく》に耐えかねて嘘をついたと。子どもたちが遊び場にしていた橋は立入り禁止だった。しかもそこでこっそり空気銃を撃っていた。ヴィオーラは橋から落ちて、溺死したとされた」モルテンはそこで両手を上げた。「まずはそこまででいいだろう。当時の事件簿は残っているので、スキャンさせて、みんなに送る。昼には届けられるだろう」

「これは強烈だな」ベルネがいった。

「だが話はまだある」モルテンは小さなビニール袋を机に置いて、指ではじいて机の中央に滑らせた。ジータはその袋の中にある鍵を見てぎょっとした。

「大聖堂で消えた鍵か？」グラウヴァインがたずねた。

「違う」モルテンはいった。「カーリン・リスの家で俺たちが見つけた」

ベルネは眉を吊りあげた。

「俺たちってだれだ?」フローロフがたずねた。

「俺たちだ」モルテンが平然といった。「ひとまずそういうことにする」モルテンはもうひと袋をだして、同じように机を滑らせた。「そしてこの鍵はトムの遊び仲間だったナージャ・エンゲルスに届いたものだ。この鍵は封筒に入れられて、郵便受けに投げこまれていた。ナージャ・エンゲルスも現在、行方不明だ」

しんと静まり返った。

ヨー・モルテンがトムを擁護するとは、ジータは驚いた。いったいどういう風の吹きまわしだろう。

「連続殺人か」ベルティが小声でいった。

「ああ、おそらく」モルテンがいった。「行方不明のふたりはまだ死亡が確認されていないがな。とくにナージャ・エンゲルスのほうは鍵を受けとって不安になり、姿をくらましたのかもしれない」

「それはありえますね」ニコレがいった。

突然、みんなが思い思いにしゃべりだした。モルテンが指関節で机を叩いた。「ただちに新しい仮説を設定する。一九九八年にテルトー運河で発見された死体と関連する連続殺人の可能性だ。今後、トムのかつての仲間が被害者になる恐れがある」

「じゃあ、なんでブリギッテ・リスが襲われたんだ?」ベルティがたずねた。

「いい質問だ」そういったが、モルテンは深入りしなかった。「ルツ、きみのチームで全員の氏名、現住所、および背景について調べてくれ。リストはトムからもらえ。だれがどこにいるか判明したら事情聴取する。警護するかどうか、警護する場合はどのようにするかはそれから決める」

「わかった」フローロフはうなずいて、トムを見た。

「リストは今送った」トムはいった。フローロフはスマートフォンをタップしはじめた。

「トム」モルテンはいった。「今からはずれてもらう。おまえは目撃者扱いになる。外で待っていてくれ。あとで質問がある」

トムはまだなにかいいたいようだったが、考え直してうなずいた。

「あのう、はずれるというのは特別捜査班から、それとも捜査そのものから？」フローロフがたずねた。

「懲戒処分はない。休暇を申請した」トムはいった。「死んだ女性警官ヴァネッサの件で」

〝休暇？　そんな馬鹿な〟とジータは思った。トムははじめたことを途中で投げだしたりしない。きっと必要な捜査をするために自由になりたいのだろう。それにしても、トムがモルテンとどういう交渉をしたのか気になる。

「もうひとりの巡査の容体は？」トムがたずねた。

「変化なしだ」モルテンがいった。「ドレクスラーは相変わらず昏睡《こんすい》状態だ」

〝相変わらずなのは当然でしょう。負傷してからまだ一日半しか経っていないのだから〟とジータは思った。それよりもモルテンのとげとげしい言い方のほうが気になった。昏倒しているドレクスラーを見つけ、女性警官の死を看取《みと》ったのはトムなのだから。

「トムのことも警護すべきじゃないのか？」グラウヴァインが発言した。

「俺のことは心配いらない」

「銃がないのに？」

〝これは痛いところを突かれた〟とジータは思った。

「それもこれから考える」そういうと、モルテンはドアを指差した。「トム？　退室してくれ」

トムが会議室から出て、ドアを閉めると、全員がほっと息を漏らしたかのように一瞬静かになり、それから本来の会議がはじまった。

ジータは咳払いをした。「報告したいことがあるんですが」

全員がジータに視線を向けた。

「ある確かな情報源から、ヨシュア・ベームがデスクに拳銃をしまっていることがわかりました。しかもシグザウエルP6です」

会議室にはジータしかいないかのように静まり返った。

モルテンがじろっと見た。「確かな情報源ってなんだ？　だれの情報だ？」

「それはいえません」

「なんだと？　おまえは報道関係者か、それとも告解師にでもなったのか？」

「似たようなものです。臨床心理士ですので。医師と同様に守秘義務があります」ジータはその言い分で切り抜けられると期待していた。

「おまえは特別捜査班のメンバーなんだぞ」

「ですから、確定した事実を報告しているのです。ただ、だれの情報かお話しできません」

モルテンはジータをにらみつけてからフローロフのほうを向いた。「ベームが銃器所持証を持っているか調べてくれ。持っている場合は、Ｐ６を登録しているかも確認しろ。それから機動隊の人間をふたり現場に派遣しろ。ただし、なにもするな！　並行して特別《S》出動コマ《E》ンド《K》の出動要請をする」モルテンは改めてジータを見た。「おまえの確かな情報源が空振りにならないといいな」

　ジータはモルテンのきつい言い方に怒りを覚えたが、ぐっとのみこんでいった。「空振りにはなりません」

「まあ、あとでのお楽しみだ。よし、それじゃ、ペール、はじめてくれ」

　ペール・グラウヴァインがうなずいて、プロジェクターのスイッチを入れた。「ええと、まずブリギッテ・リス殺害の犯行を再現したいと思う。少し進展があった。当面、ブリギッテ・リスに集中したほうが意味があると考えている。ベルンハルト・ヴィンクラーについてもあとで触れますが、そちらは今のところそれほど犯人の手がかりにはならないようなので。彼はただ間《ま》が悪かっただけだと思われる」赤いレーザーポインターが画像の中心で輪を描いた。大聖堂の内部が上方から撮影されていた。「この上にブリギッテ・リスは吊るされていた。排泄物と血痕が認められる。といっても、殺されたのが死体発見現場である可能性は極めて低い。殺害方法から見ても、それはないだろう。杭《くい》を肛門に……」グラウヴァインは咳払いをしてから、ポケットを探り、くしゃくしゃになったトローチの袋をだした。「すまない。杭を体内に突き刺すには仰向けの場合でも、うつ伏せの場合でも足を広げて固定する必要がある。それをするのに適当なのは祭壇だろう。しかしそこにはなんの痕跡もなかった。死体からは青いビニールの切れ端が見つかった。おそらくブルーシート。床にもブルーシートを引きずった跡があった。犯人はブリギッテ・リスを」グラウヴァインは次の画像に変えた。大聖堂の平面図で、灰色の線が付け加えてあった。「ブルーシートに乗せたか、巻いた状態でここを引きずっている」

「まだ生きていたのか？」モルテンがたずねた。

「たぶん」グラウヴァインが答えた「法医学者によると、死亡時刻は六時十分とのこと。誤差は十分前後。引きずった跡はここまで辿《たど》れる」

「ホーエンツォレルン家の墓所？」ジータは当惑してたずねた。

「こりゃ、たまげた。平面図が読めるとは」グラウヴァインがいった。「大聖堂の下の巨大な地下墓所には、百基ほどの石棺が安置されている。犯人は墓所の入り口に一番近い石棺を選んでいる。図面でいうと三番。重さが数トンはある石棺で、長方形で、平らな蓋《ふた》がしてある。ブランデンブルク選帝侯ヨハン・ゲオルク、十六世紀のものだ。被害者の腹部と胸部から石の破片が見つかっていて、種類と含有物がこの石棺と一致した。石棺からも被害者の血痕が検出されている。あいにく犯人の手がかりはなかった」

「なんで地下なんかに被害者を運んだんだ？」ベルティがたずねた。「面倒なだけじゃないか。あとで一階に上げないといけないのだから」

「運んだわけではない」グラウヴァインが説明した。「一階に上げるときは足をつかんでいた。おそらくブルーシートに包んで。被害者の背中にある内出血からそう推測できる。ところで法医学者の所見によると、被害者はこの時点でもまだ生きていた」

会議室は重苦しい沈黙に包まれた。みんな、その光景を想像してしまったのだ。そしてその光景がこれからしばらく脳裏にこびりつくだろう。

「もう一度訊きたいんだけど」ベルティがいった。「なんで彼は地下に下りたんだ？」

「入り口に一番近い石棺を選んでいることから、石棺自体に意味はないでしょうね」ジータが発言した。「目的にかなっていたからでしょう。彼は邪魔が入るのを嫌ったんです。被害者とふたりだけになりたかった。まるで……」

「さっきから彼といっているけど」フローロフが口をはさんだ。「それも仮説なのか？」

「そうだ」モルテンがいった。

「そうそう」ベルティがいった。「ヨシュア・ベームがドレクスラーの拳銃を持っていれば、仮説どおりになる」

「そんなに先走るな」モルテンが注意した。「ヨシュア・ベームがトムの子ども時代の仲間で、拳銃を持っていたからといって、それで即犯人とはいえない。本当に銃器所持証を持っているかもしれないし、Ｐ６だって買うことができる」

「しかし、都合よすぎる」フローロフがいった。

「事実確認をしてからだ」モルテンがいった。

「なぜ地下墓所に入ったかという問題ですが」ジータはつづけた。「犯人にとって大聖堂は広すぎたからではないでしょうか」

グラウヴァインは眉間にしわを寄せた。「広すぎた？　しかしだからこそ大聖堂を選んでいるはずだ。殺人を演出したがる奴は、大がかりにしたいはずだ。目立つことが大事だから」

「それはそうです」ジータはいった。「しかし犯行の手口、杭、眼球は、もっと個人的な関係をにおわせます。そのためにふたりきりになりたかったのでしょう。犯人が把握できる範囲。安心感が必要だったのです」

「つまり」ニコレがたずねた。「その地下墓所のほうが好ましかったということですか？」

「好ましい？　そうですね……どちらかというと安心感でしょうか」

「どうやったら地下墓所で安心感なんて得られるんだ？」モルテンは懐疑的だった。

「杭はどうなるんだ？」ベルティがたずねた。「あれは性的な動機を暗示していないか？」

「そうとは限りません。暴力への異常な妄執とか性的衝動は二の次かもしれません。わたしには過剰な復讐のように思えます。杭を使った動機もそこから説明できます」

「性的虐待ということですか？」ニコレが小声でいった。

「そこで教会と結びつくか」ベルティがいった。

「そうかもしれない」モルテンがいった。「だが鍵とトムの仲間の件とはどうつながるんだ？」

「そこが問題ですね」ジータがいった。「それにこの手の虐待は多くの場合、男性によって行われます。今のところ鍵が届いているのは女性ばかりです」

「ところで鍵だが」モルテンがいった。「なにかわかったか、ペール？」

「ええ」ペール・グラウヴァインがいった。「多くはないが、他の手がかりよりはわかったことがある。ロープとハンマーと滑車《かっしゃ》についてはなんの手がかりもないが、鍵については写真から旧東ドイツの製品であることが判明した。ゲーラ市にある鍵製作人民公社で作られた。興味深いのは、この鍵は壁崩壊後作られていないということだ」

「東ドイツで起きたなにかが発端だということか？」

グラウヴァインは肩をすくめた。「どう解釈するかは任せる。俺は事実を伝えているだけだ」

「それで、17の意味は？」フローロフがたずねた。

「テレビを観ていないのか？」ベルティが訊いた。

「ああ」フローロフはニヤッとした。「働いているからな」

「ネットにもいろんな解釈が上がっているし、テレビでも盛んにそのことが話題になっています」ニコレがいった。「17はイタリアでは不幸の数字です。ローマ数字にするとＸＶＩＩになり、ラテン語では『生きていた』という意味になります」

「言い換えれば、『わたしは死んだ』」グラウヴァインが付け加えた。

フロロフが歯のあいだから息を吐いた。「それはなかなかだな」

「といっても」モルテンがいった。「今回の事件はイタリアと結びつかない。犯人は死の象徴として使っただけかもしれない」

「ネットでもそういう意見がある」ベルティがいった。「今朝七時半に確認したところ、17という数字に関する通報は五百四十六件あった」

「なにかヒントになる通報はあったか？」モルテンがたずねた。

「ほとんどが妄想の類《たぐい》。目立ちたいだけで通報してくる者ばかりだ。一番おもしろかったのは精神科病院に勤めているという女性の通報。女性患者が壁にカレンダーを書いていて、毎月十七日が欠けているとか」

ベルネは目を丸くした。モルテンは指先で机をトントン叩いた。

「その通報はいつあったんですか？」ジータがたずねた。

「精神科病院の？　たしか今朝だったと思う。通報の受付係に訊いてみないと。どうしてだ？」

「他にもそういう具体的な報告はありました？」

ベルティが困惑してジータを見つめた。「いいや、ないけど。どうして？」

「ちょっと気になりまして。五百件を超える通報があって、受付係がその件だけ具体的に話したということは、なにかあるのだと思います。その女性が不機嫌だったとか、他の通報者と較べて固執していたとか、泣いていたとか、なにか気になることがあったのではないでしょうか？」

「さあなあ。受付係は奇妙だったとしかいわなかった。その女性がいっていた女性患者は四六時中、『あの人が帰ってきた』とつぶやいていて、礼拝堂でイエスの磔刑《たっけい》像の前で服を脱いだらしい。かなりいかれてる」

「もういいだろう」モルテンがいらついて話に割って入った。「役に立たない」

「正直いうと」ジータがいった。「ぜひ受付係に話を……」

「まずいぞ」フローロフがスマートフォンを見つめて、いきなりそういうと、顔を上げた。「警官がヨシュア・ベームの住居に入った。グローピウスシュタットだ」

「もう？」ニコレがたずねた。

「ちくしょう。なにもするなといったはずだぞ！　そんなことも守れないのか？」モルテンが机を叩いた。

「機動隊のふたりが近くで待機していました。メールによると、玄関が開いていたそうです」フローロフはそういいながら、電話をかけた。ジータは背筋が寒くなった。

「もしもし？　フローロフだ。どういうことだ？」

みんなが彼の口元を見つめた。

「そうか。ちょっと待ってくれ」フローロフはスマートフォンを口元から少し離した。「浴室で争った跡があるそうだ。シャワーカーテンが引きちぎられ、歯ブラシや石鹸《せっけん》などが床に散らばっている。それから照明がつかない。デスクにシグザウエルＰ６があったが、ヨシュア・ベームの姿はない。あっ、ちなみに銃器所持証は持っていない」

ジータは麻酔をかけられたかのように椅子にすわったまま、気持ちを落ち着かせようとした。わけがわからない。昨夜、ベームの浴室で自分の影を見たような気がしたが、あれは自分の影ではなかったのだろうか。

第三部

第一章

シュターンスドルフ
一九九八年十月十六日午前十一時四十五分

トムは心臓が破れそうなほどドキドキしていた。ベネのほうを見た。ベネはパンツ以外の服を脱いで、運河の水にそっと足を入れた。

「ちくしょう、ひゃっこいな」

「十月だからな」トムはすでに両足とも水につけ、クールに振る舞っていた。ここで死体を見つけ、ヴィーが行方不明になってから三ヶ月が過ぎていた。トムの人生でもっとも長く、辛い三ヶ月だった。鉄道橋を見上げ、それから左右に視線を走らせた。どこにも人影はない。それでいい。

「もっと早くやるべきだったな」ベネが不機嫌そうにいった。「こんなに寒くなる前にさ」

「本気か？　八月にここにもぐる気になったか？」

「だって、もぐったのは七月だった」

「そりゃそうだ。だけど、ここがどんな様子かわからなかったじゃないか」

ベネは肩をすくめ、もう一方の足も水に入れた。「こんなことをしてどうなるっていうんだよ。潜水士がこのあたり一帯を探したんだろう。それで、死体はどこにもなかった」

「悔しくないのか？」

ベネがそばかすだらけの顔をしかめた。「そりゃ、悔しいさ。さあ、早く片づけよう。こんなところでしゃべっていたって、なんにもならない」

トムはニヤリとした。ベネのこういうところが好きだ。いざというときは絶対にやる奴だ。臆病風に吹かれたクリフダイバーことヨシュとは、そこが違う。

トムは潜水メガネをつけた。シュノーケルが口元でぶらぶらしている。「カメラをくれる？」

ベネは半歩ほどトムのほうに水をかきわけ、ペンタックスを渡して、足につけたフィンを動かした。トムはレンズに取りつけた安いフィルターに巻いた絶縁テープをもう一度指でしっかり押さえた。父親の古い一眼レフカメラ自体は頑丈な冷凍保存用のビニール袋に入れて、写真がボケないようにレンズの前玉だけ外にだしていた。バスタブで何度か試したが、これで水は入らない。大事なことだ。父親のカメラに水が入ったら、雷を落とされる。

「いいか？」ベネがたずねた。メガネを額《ひたい》に上げて、お気に入りのラッパー、クーリオみたいな顔つきをした、だがベネは赤毛なので、どちらかというとザムス（ドイツの児童文学作家パウル・マールの代表作に登場する赤毛でいたずら好きの主人公。名前はドイツ語の土曜日が由来。日本語版の書名は『いつも土よう日ドヨンの日』で、主人公の名はドヨンと改名されている）が水にもぐろうとしているように見える。

トムはうなずいて、シャッターのロックをはずし、シュノーケルを口にくわえた。ふたりは腕や胸に冷たい水をかけて泳ぎだした。運河の真ん中あたりまで来た。鉄道橋から吊るした石がぶらぶらしている。それはベネのアイデアだった。こうすれば、トムが飛びこんだところの当たりがつけられる。

トムにはいつ腐乱した手につかまれて、引きずりこまれるかわからないという不安があった。トムは左側を泳いでいるベネのほうを振りかえって、親指を立て、カメラを指差した。

ふたりはシュノーケルを使って深呼吸すると、シュノーケルの口を舌で塞《ふさ》いでもぐった。日の光が水中に射しこんでいる。ゴミや草の切れ端が目の前で揺れている。フィンのおかげで、すぐに運河の底に着いた。石やガラス瓶や錆《さ》びた自転車があったが、死体はなかった。トムは広角レンズをつけたカメラを持って、何度かシャッターを切った。フィルム巻き上げレバーを動かすたびに、ビニール袋が破けそうな気がして冷や冷やした。

三十六回シャッターを切って、フィルムを撮り切った。トムが岸に上がろうとベネに合図した。ふたりはフィンで水をかいて、我先に浮かびあがった。だが水から出ると、ふたりともブルブルふるえた。

タオルを体に巻いて、秋の日射しを浴びた。日射しはまだ強かったので、体が少し温まった。この日、この時間に決行しようと決めたのはそのためだった。カメラをビニール袋からだすとき、ガサガサと音がした。

「どうだ？」ベネが気にしてたずねた。

「どこも濡れていない」トムはほっとした。

「でも、なにもなかったな。警察の潜水士のいうとおりだった。無駄骨だった」

「まだわからないさ。フィルムを現像してもらう。なにか写ってるかもしれない」

「なにか写ってると思うか？　水の中はかなり暗かった」

「父さんは冷蔵庫に高感度フィルムをたくさんしまってるんだ。写真館の人の話だと問題ないらしい。オートで撮影しておけば、フィルムで調整できるんだってさ」

「調整？　どういうふうに？」ベネがたずねた。

「写真館でフィルムを現像するときに補正するらしい」

「クーリオ。なんでそんなことを知ってるんだよ？」

トムのまなざしが答えだった。ベネは黙った。妹がいなくなり、いっしょに鍵が消えたことへの痛みと罪悪感があればなんだってできるのは当然だ。ヴィーには母親の面影があったし、体の匂いといい、しゃべり方といい母親にそっくりだったから、トムは母親を二度失ったようなものだった。それに父親からはすっかり見放されていた。不安と怒りから殴られても文句がいえない状況なのに、トムがただひとりの子どもになったからか、ほとんど殴ろうとしなかったが。それに、ヴィーがいなくなってからは継母からも憎まれていた。

「三日」トムは小声でいった。「それでフィルムは現像できる。ルーペで隅々まで見るぞ。警察の馬鹿どもをギャフンといわせてやる」

第二章

ベルリン市ミッテ区シャリテ医科大学病院
二〇一七年九月五日（火曜日）午前九時三十三分

トムはモルテンにいわれて会議室から出た。これでほっとできると思っていたが、実際はその逆だった。ひとりぼっちになり、途方に暮れた。ちょうどヴィオーラが行方不明になったときのように。

カイト通りの州刑事局分署で待機すべきところだが、スマートフォンの電話番号はみんな知っている。借りたスマートフォンに古いＳＩＭカードを挿したから、基本的に連絡はつくはずだ。

とてもではないが、ただじっとしていることなどできなかった。そこでトムは負傷した巡査ドレクスラーが入院しているシャリテ医科大学病院に向かった。モルテンがドレクスラーの容体について詳しく話してくれなかったことが、どうも腑《ふ》に落ちなかった。捜査会議前に彼のオフィスで話をしたときも、気になる点があった。モルテンの褐色のスーツだ。前の夜、〈オデッサ〉で見かけたスーツと同じだった。あの男はモルテンだったのだ。モルテンはトムに気づかれたとわかっていた。暗黙の了解だった。お互いなにもいう必要はなかった。そしてお互いに黙っているということが、ふたりに手を組ませた。

だから、ドレクスラーの容体についてたずねたときのモルテンのつっけんどんな反応に余計に引っかかりを覚えた。モルテンは普段からそっけない男だが、重傷の同僚について口が重いのは彼らしくなかった。なにか理由があるはずだ。

ドレクスラーは脳神経外科病棟の集中治療室にいた。ドアの前には灰色の髭《ひげ》を生やした、丸顔の巡査がすわっていた。トムは身分証を見せて、ドレクスラーを発見した刑事だといった。金髪の若い女性医師が駆けてきて、ヤコービ医師だと名乗った。サイズが少し大きすぎるメガネをかけ、疲れ切っているようだった。「なんの用でしょうか?」

「クリスティアン・ドレクスラー巡査を見舞いにきたんです」

「早すぎます」ヤコービ医師は不満そうだった。「午後四時に来るようにいったはずですけど」

「午後四時?」

「事情聴取の時間です」

「事情聴取? 昏睡《こんすい》状態のはずですが、意識が戻ったということですか?」

女性医師は呆れた様子でトムを見た。

「さもなければ、事情聴取などできないではありませんか。もっとも、まともな証言が得られるか、はなはだ心もとないですが」

トムはドアの横のガラス窓から病室を覗いてみた。ドレクスラーは目を閉じている。「今は睡眠中ということですね」

「睡眠中というのは正確な表現ではありません。人工昏睡のための投薬を減らしたところです」ヤコービ医師の視線が穏やかになった。「捜査課で情報共有されていないのですか?」

〝明らかに共有されていない〟とトムは思った。「容体は?」

「よくないですね。しかし思ったよりもいいです。石頭のようで。モーレン首席警部にもそういいました」

「モルテンです」トムはつぶやいた。

「ああ、そうでした。とにかく患者の安静には留意するようお願いします。午後四時が理想的です。それ以前の事情聴取はだめです。どうせまともな返事はもらえないでしょう。投薬を減らし、覚醒《かくせい》段階にあります。そういう段階の脳はよく幻覚を見ますので」

「ご心配なく。事情聴取に来たわけではないので。とにかくほっとしました。負傷している彼を見つけたのはわたしです。撃ちあいがあって、彼の相棒である女性警官が撃たれ、わたしの腕の中で亡くなりました」

「あなたが?」

「ご存じでしたか」

「ここはベルリンで、アレッポじゃありません。銃創で死ぬ人はそうそういません。救急隊員から聞きました。そういうのはすぐ噂になります」女性医師はメガネをはずして、鼻の付け根をマッサージした。「女性警官のほうはお気の毒でした」

トムはうなずいて、ドレクスラーが無事なのは不幸中の幸いだと思った。だが同時に良心の呵責《かしやく》を覚えた。ヴァネッサ・ライヒェルトはこの世から去ったのだ。一万六千人いるベルリンの警官のひとり。彼女について知っているのはあのときのことだけだ。

「どうぞ入ってください。五分だけならいいでしょう。でも起こしたりしないでください。それから手指の消毒を忘れずに」

窓には黄色いカーテンがかかっていた。他はよくある病室だ。角が丸い、水拭きができる家具。ドレクスラーのベッドには側面にも柵が設けられている。医師は予測不能な動きを警戒しているようだ。ドレクスラーは青白い顔で、白い寝具に包まれて静かにしている。ところがトムが近づくと、まぶたの下で眼球が動いた。

モルテンはなぜ昏睡状態だなどといったのだろう。ひとりで事情聴取するつもりらしい。どういうことだろう。まるでドレクスラーに危険が及ぶと思っているかのようだ。トムは大聖堂から消えた鍵のことを思った。モルテンは全員を疑っているのかもしれない。しかしドレクスラーの口封じをしようとする者がいるとは考えづらい。

トムはドレクスラーの生命維持装置のモニターを見た。心電図は安定している。心拍数は六十九、血圧も正常のようだ。トムはさっと後ろを見た。窓ガラスに警備に当たっている巡査の後頭部が見える。彼が気を配っているのは病室ではなく、廊下だ。ヤコービ医師の姿もない。そもそも医療関係者はひとりも見当たらない。

トムはベッドと窓のあいだに立って、ドレクスラーの頭部が廊下から見えないようにした。

「ドレクスラー?」トムはささやいた。「目が覚めているのか?」

患者の胸部が上下し、まぶたの下で眼球が動いた。

「ドレクスラー?」

反応はない。

トムはドレクスラーの腕の内側をつねってみた。「聞こえるか?」

ドレクスラーの腕がびくっと動いた。トムは改めて後ろをうかがった。面会時間は五分といわれた。もう一度つねって、ドレクスラーの腕に手を置いた。「なあ、目は覚めてるか?」

ドレクスラーのまぶたがふるえた。

「ドレクスラー? あんたを発見して、病院に搬送《はんそう》させた者だ。聞こえるか?」

ドレクスラーのまぶたがひらきかけて、また閉じた。心拍数が八十三に上がった。看護師に気づかれるだろうか。

「聞こえるか?」

ドレクスラーはまばたきした。

「聞こえるんだな?」トムはたずねた。

またまぶたが動いた。ドレクスラーの唇《くちびる》が「そうだ」という形を作った。心電図の波動が小刻みになり、心拍数が八十八に上がった。

「あんたの協力がいる。なにか見たか?」

まばたき。ドレクスラーの口が動いて、二度ひらいて、閉じた。単語は二文字ということか？

「なにを見たんだ？」

心拍数九十一。ドレクスラーの右手がふるえた。いや、ふるえではない、拍子をとっている。「……ず」

心拍数九十六。

「なんだって……」トムは身をかがめた。

ドレクスラーは唇を必死で動かした。「き……ず」

「傷？」トムはたずねた。「犯人に傷があったのか？」

ドレクスラーは改めてまばたきした。上掛けの下で、右脚が小刻みに動いた。痛みを覚えているかのようだ。

「大丈夫か？　医者を呼ぶか？」

「傷。足」

「足に？　おまえを殴った奴の足に傷があったのか？」

ドレクスラーはまばたきした。

どうやって見たんだろう、とトムは不思議に思った。ドレクスラーは背後から殴られた。頭の怪我でそれは確かだ。ヤコービ医師がいったように妄想を抱いているのだろうか。トムはカーリンの家の廊下に倒れていたドレクスラーを思いだそうとした。うつ伏せで、頭を右に向けていた。犯人は拳銃を奪ったとき右にいたに違いない。それともドレクスラーは拳銃を手にしていたのだろうか。その場合も、犯人は右側にいたはずだ。犯人がかがんだとき、ズボンの裾《すそ》が上がったのだろう……そして靴下が短くて……。

「傷があった場所は?」トムはたずねた。「足に触るから、その場所だったらまばたきしてくれ。いいか?」トムは上掛けをはいで、左足の内側のくるぶしの少し上を押してみた。

反応なし。

左足の外側。

やはり反応なし。

右足の外側。

ドレクスラーのまぶたがふるえた。

「他に覚えていることは? ズボンとか靴とか。靴は大きかったか? 相手は男だったか?」

「あ、え、あ」ドレクスラーがやっとの思いでささやいた。

モニター上の数字が三桁になった。心拍数百八。

「すまない。よくわからない……」トムはいった。

「ヴァヘッサ」

なんということだ。ヴァネッサ。いっしょにいた女性警官のことを心配しているのだ。

心拍数がさらに上昇した。トムは上掛けをドレクスラーの足にかけなおし、彼の腕にそっと自分の手を置いた。「心配いらない。元気だ」

心拍数百二十八。これはまずい。トムは赤いナースコールボタンをつかんだ。だがボタンを押す前に、ドアがばっと開いて、ヤコービ医師が飛びこんできた。「なにをしてるんですか？　安静が大事だといったでしょう。まったく」

トムはベッドから離れた。女性看護師も駆けつけて、モニターを見ているヤコービ医師の横に立った。「出ていきなさい」医師はトムに一瞥《いちべつ》もくれずにいった。

「すみません」トムはつぶやいた。

「わたしではなく、ドレクスラーさんにあやまりなさい」

「そんなつもりでは……」

「しおらしくしても遅すぎです。これはテレビドラマじゃないんですよ。出ていってください。上司にいいますよ」

トムはうなずいた。ドアを閉めたとき、看護師からもじろっとにらまれた。

トムは早足で集中治療室を後にした。

右足外側のくるぶしの上に傷痕。人を特定する手がかりになるが、おいそれとは見ることができない。

車に乗ると、トムは頭をヘッドレストに預けた。ベンツのルーフを見ても、視点が定まらず、目がまわる。こめかみの傷がうずく。ゆっくり頭を整理することができる場所へ行く必要がある。

〝どこがいいかわかってるくせに〟ヴィーが小声でいった。ヴィーは助手席からトムをうかがっている。

トムはため息をついた。〝ああ、わかってる。だけどあそこには行きたくない〟

〝ガレージのなにが悪いの？　アンネに気兼ねしてるわけ？〟

〝まあな。それにおまえにも〟

〝あたしと縁《えん》を切りたいの？〟

〝これだけしてるのに、そういうことをいうかな？　縁を切りたいわけがないだろう〟

〝じゃあ、あそこへ行って〟

〝写真はすべて頭に入っている〟

〝実際に見るのとは違うと思うけど〟

〝ヴィー、もう人生がボロボロだ。あのガレージで過ごした時間のほうが、アンネとの時間よりも長いんだ〟

〝今頃気づいたの？　十九年ぶりに手がかりが見つかったというのに〟

トムは押し黙った。なにをいってもだめだ。ヴィーが正しい。

〝じゃあ、どこへ行くの？〟

トムはため息をついた。どこへ行けばいい。ジータに電話をかけて、会議でなにが議論されたか聞きたかった。それがふたりのあいだの取り決めだ。すべてを打ち明ける代わりに、捜査の現状を教えてもらう。だが今は逆に情報が欲しくない。頭がパンクしそうだ。

〝どうなの？　決めた？〟

トムはエンジンをかけて、車を発進させた。それからラジオをつけた。十時二分。大聖堂殺人事件の続報を聞き逃したようだ。アナウンサーは別の話題に移っていた。それほど重要ではないローカルニュースだった。

〝ノイケルン。今朝、ドイツ国家民主党の地区代表マルティン・クレーガーが自宅の前で襲われ、負傷しました。右翼のバイカー集団、第九十九旅団のクレーガーがノイケルン区の縄張り争いで対抗しているギャングに襲われました。最新情報では、クレーガーはブリギッテ・リス殺害事件の容疑者のひとりになっています……〟

トムは車を右の車線に移して、ベネに電話をかけた。

「どうした?」ベネは寝ぼけながら答えた。「心配するな。なにも起きていない」

「ちくしょう。やったのはおまえだな?」トムは腹を立てていた。

「おい、待て。なに興奮してるんだ? 落ち着け。なんの話だ?」

「クレーガーだよ。手をだすなといったはずだぞ」

「おい、おい。ちょっとしたいざこざまで……」

「ごまかすな。こっちは先刻承知だ。クレーガーと旅団は目の上のたんこぶだった。そうだろう? そして俺の捜査にうまく絡《から》めた。渡りに船だったからだ。だから俺の耳に奴の名前をささやいた」

「魚心あれば水心というだろう」ベネは落ち着いていった。

「このことがばれたらどうなるかわかってるのか? ただでも問題を抱えているんだ。こういうことは自分で片づけろ。それからナージャを頼むぞ。そのくらいの借りはあるはずだ。わかったか？」

ベネの返事を待たずに電話を切ると、トムはスマートフォンを助手席に投げ、痛くなるまで拳骨でハンドルを叩いた。

第三章

ベルリン市クラードー地区私立ヘーベッケ精神科病院
二〇一七年九月五日（火曜日）午前十一時三十一分

ジータ・ヨハンスはヨシュア・ベームのことを考えないようにして、元修道院の黄色いレンガ壁に沿って車を走らせた。正門には看板が一切なく、ベルがあるだけだった。黄金色のおんぼろのサーブのウィンドウから腕を伸ばしてベルを押した。門が音を立ててひらいた。レンガ敷きのスペースは思ったより広かった。左手には敷地を囲む塀の近くに白い礼拝堂が建っている。尖《とが》った塔が、すっと伸びた立木のあいだでキラキラ輝いている。本館はベーリッツ・サナトリウムから移築されたように見える。三階建てで、屋根が赤く、左右の翼が少し前に迫りだし、玄関には木組みの切り妻をあしらった庇《ひさし》がついていた。窓枠はどれも赤レンガで作られ、二階の窓には鉄格子がはめられている。そして屋根に色褪《いろあ》せた緑色の小さな塔がそそり立っていた。

ジータは本館の前で車を止めた。白い標識で外来者用と医者用の駐車スペースが区別されていた。玄関に一番近い標識には「ヴィッテンベルク博士」と書かれていた。ピカピカのBMW7シリーズが止まっていて、助手席にピンクの毛布と犬が嚙んだ跡が残る骨が載っていた。ベージュのレザーシートには黒いシミがあった。玄関の横に小さな黒い文字で「私立ヘーベッケ精神科病院」と書かれている。フリーデリケ・マイゼンの職場は知る人ぞ知るところらしい。

捜査会議のあと、ジータは精神科病院を訪ねたいとモルテンにいった。モルテンは渋々承諾した。彼の優先事項はヨシュア・ベームで、ジータがどうしても情報源を明かさないので機嫌が悪かった。

ジータはグローピウスシュタットに戻らずにすんでほっとしていた。拳銃について調べるところにいたくなかった。管理人と鉢合わせしたら面倒なことになる。

もちろん管理人のヴァイアーは、女性警官が昨夜ベームの住居に入ったと話すだろう。だが彼が会ったのは髪が五厘《ごりん》刈りで、顔に傷のある女だ。ジータは同僚のあいだではロングヘアで知られている。それに身分証を彼に見せはしたが、ヴァイアーは名前まで覚えているはずがない。だから今のところ気にすることはないだろう。

モルテンからなんとか許可をもらって、ジータは電話の受付係クリス・ブバックに会った。彼は若い女性からあった電話をしっかり覚えていた。ひとつにはその内容が荒唐無稽《こうとうむけい》だったからだ。そしてふたつ目に、女の声が印象的だったからだ。女は興奮気味で、おどおどしていたが、好感の持てる声だったという。

ジータはフリーデリケ・マイゼンに電話をかけてみた。彼女は電話口であわてていた。きっとひとりではなかったのだろう。背後で怒ったような言葉の応酬が聞こえた。少ししてフリーデリケ・マイゼンと話せたが、その話はとても気になるものだった。

ジータは病院のロビーに足を踏み入れた。玄関扉はお洒落《しゃれ》な造りで、窓や鉄格子も上品なデザインになっていた。ロビーの奥にもう一枚ガラス扉があり、その先に高級感溢れる階段が見える。受付カウンターで州刑事局の仮身分証を呈示した。実直そうな受付係がうなずいて電話をかけた。十五分ほど待つと、白衣を着た長身の男がゆっくり階段を下りてきた。

「院長のヴィッテンベルクです。こんにちは、ヨハンスさん」院長が大きなごつごつした手を差しだした。「臨床心理士ですか?」

ジータは微笑《ほほえ》んだ。「一応」

院長は眉間《みけん》にしわを寄せた。その深さを見るに、よくしわを寄せるようだ。年齢は五十代半ばだろう。肌が乾燥気味で、瞳は氷河を思わせる。

「フリーデリケ・マイゼンさんに会いたいのですが」

「ええ、そう聞きました。あいにく病気になりまして。わたしでよければ、お話を聞きます」

「病気？」ジータは驚いてたずねた。「さっき電話で話したときは元気そうでしたが」

「彼女はその……」院長は咳払いをした。「神経質で、かなりまいってしまったので、同僚が医者のところへ連れていっているところです」

「なにがあったのでしょうか？」

「最近の研修生は打たれ弱いといいますか」院長はため息をついた。「最近も男性研修生にお引き取り願ったばかりです。しかしこればかりは仕方ありません」院長は浮かぬ顔をした。「臨床心理士ならご存じでしょう？　働き手が少なくて、来る者拒《こば》まずです」院長はこの業界全部を背負っているかのように微笑んだ。「それで、どのようなご用件でしょうか？」

ジータは一瞬ためらった。ヴィッテンベルク院長がフリーデリケ・マイゼンに会わせないのは腹立たしいし、なにか変だ。しかし問題の患者に会うには、担当医を通すほかない。

「院長ということは最高責任者ですね？」

「私立病院ですから」院長はいった。

「現在進めている捜査との関連でこちらの患者さんに興味があるのです。名前はクララ・ヴィンター」

「ほう」院長は眉《まゆ》を吊りあげた。

「なぜ、ほうなのでしょうか？　ヴィンターさんもなにか問題があったりするのですか？」

院長はなんとか笑みを保った。「彼女はいろいろな病気を併発していましてね。今はなんとか安定しているのでほっとしています」

「それなら話せますか？」

「今日は都合が悪いですね。落ち着かせておきたいので」

ジータは深呼吸して、院長の目をじっと見た。「あのですね。こちらは殺人事件の捜査中なんですが……」

「……そういわれましても、うちの患者に質問をして精神を不安定にする権利はないでしょう。シルリング検察官をよく知っています。電話をすれば、そういう判断を認めてくれると思います」

「その必要はありません。捜査はすでに上級検察官の扱いになっています」

「ほう」院長は冷笑した。「それでもお断りします。それともヴィンターさんが容疑者なのですか？」

「院長が患者を大事に思うことはすばらしいと思います。しかし質問を二、三したいだけなんですが。ヴィンターさんにちょっと会ったら帰ります」

院長はため息をついた。「仕方ないですね。しかし、少し敷地を散歩しませんか。あなたの質問にはわたしが答えましょう」

ジータはガラス扉の奥の広い階段を見た。患者の部屋は二階にあるようだ。この様子だと、病室は絶対に見せてもらえそうにない。なぜなのか、ますます気になった。

「わかりました」ジータは承諾した。

院長はジータを丁重に外へと案内した。一階の開け放った窓から犬の鳴き声が聞こえた。ジータは院長の車の中にあった毛布とシートのシミを思いだした。「いい立地ですね。資金はどうしていらっしゃるのですか？」

「病院名からわかるとおり、ここは私立です。患者は民間保険に入っている方や医療費助成対象者や自己負担者。患者の一部は財産家だったりします。ですから、患者やその親族から多額の寄付金をいただいています」

〝なるほど〟とジータは思った。問題を抱えた親族をここに放りこめてほっとしている人もいるのだろう。

「クララ・ヴィンターも裕福な家庭の方なんですか？」

「あいにくよく知らないのです」そういうと、院長は礼拝堂へ足を向けた。「ヴィンターさん、クララはちょっと変わったケースです。精神に異常を来《きた》して、路上で保護されたのです。氏名も住所も不明のままで、年齢もはっきりしません。本人からもなにひとつ聞けていません。彼女の状況はほぼ完全な記憶喪失に近いといえます」

「いつ、だれが保護したかご存じですか？」

「警察が一九九八年の夏に彼女を連れてきました」

「正確にはいつですか？」

院長は微笑んだ。「記憶力はいいほうですが、さすがにそこまでは」

「カルテを見ていただけますか？」

「そうしましょう。そのうちに」

「当時は何歳くらいでしたか?」

「若かったです」

「どのくらい?」

「若かったとしかいえません」院長がなにか隠しているのは間違いない。クララは未成年だったのかもしれない。だとすれば、ここに入院するのはおかしい。

「彼女をここに連れてきたのはだれですか?」

「身元不明者を扱う部署でした」そういうと、院長はため息をついた。「氏名を知りたいのでしょうね。それもあとでカルテを確認します」

「あなたは黙って引き受けたのですか? 社会事務所から出るお金では足りないと思いますが」

「まあ、そうですね」院長は認めた。「しかし珍しいケースでしたので」

「寄付金の一部を当てたということですか。先ほどのお話からすると、親族はいないでしょうから」

「わたしが自分で負担しています」院長は答えた。

なるほど。自分のキャリアに役立つと思ったのだろう。記憶喪失のレアケースとして発表できるとでも踏んだのか。「記憶喪失は少し治ったのですか? 少なくとも名前を思いだしたのですね」

院長は咳払いした。「そうでもありません。じつは共有スペースにテレビがありまして、午後はよくDVDをかけるんです。もちろん昔はビデオでした。刺激の少ない映画やテレビドラマなどです。ここに来て二、三ヶ月ほどした頃、彼女は数人の患者と『アルプスの少女ハイジ』を観ました」

「『ハイジ』？」

「アニメをご存じでしょう。クララはそのアニメに出てくるフランクフルトに住む少女が気に入ったんです」

「クララ」ジータは小声でそういった。そうだ！　ハイジの友だちは車椅子の少女クララ。

「彼女はしきりにその名を口にしました。そこで看護師たちがクララと呼ぶようになり、公式にそういう名前になりました」

「ではなぜヴィンターなのですか？」

「彼女は冬《ヴィンター》になると暖房の温度をいつもいっぱいに上げるんです」

ジータは前方に視線を向けた。礼拝堂のすぐそばまで来ていた。入り口の横に案内板がある。聖セルヴァティウス。「クララ・ヴィンターになにがあったかわかっているのですか？たしか怪我をしているんですよね？」

院長は下を向いて、首を横に振った。「怪我？　ありませんでしたね。どうしてああいう状況だったのか、いまだにわかっていません」

「クララが壁に書いているというカレンダーはどうですか？　どの月も十七日がないという

話ですが。理由はご存じですか？」

院長は肩をすくめた。「気にはなるのですが」

「それからよくイエスの話をするそうですね。昔からそうなのですか？」

「病室に聖書があって、よく読んでいます。しかしイエスについてよく話すようになったのがいつかは、あいにくわかっていません」

ふたりは礼拝堂に着いた。院長は立ち止まった。

「質問はこれで終わりですか？」院長は本館のほうを振りかえった。「そろそろ仕事に戻りませんと」

ジータはうなずいた。「わかりました。ありがとうございます。ひとまず結構です」

本館に戻る途中、ふたりは四方山《よもやま》話をした。院長が別れの握手をしようとすると、ジータはいった。「あの、すみません。お手洗いをお借りできますか？」

院長は一瞬ためらって、白衣を撫《な》でつけた。「ええ、どうぞ。案内しましょう」院長は受付の前を通って、ジータを階段に通じるドアのところへ案内した。「左の三つ目のドアです」

「ありがとうございます」ジータはニコッとすると、足早に三つ目のドアを通り過ぎて、事前に数えておいた五つ目のドアを開けた。

「ちょっと待ってください」後ろから院長の声がした。ジータはそれを無視して、その部屋に入った。高級なデスクとUSMハラーのユニットでまとめられた広いオフィスだ。デスクの脚部にピンクのリードが絡《から》めてあり、小さな白毛のテリアが首を傾げてジータを見るなり、ワンワン吠えはじめた。噛まれませんように、と祈りながらデスクに近づいた。犬は吠えながらあとずさりした。ジータはデスクの端を上げた。リードが脚部からはずれると、犬が自由になって、ドアから飛びだした。「あら、やだ。待って！」ジータは叫んだ。

廊下で悲鳴が上がった。「ロッコ！」

ジータは部屋から出て、犬が院長を避けて、出口へ走っていくのが見えた。ピンクのリードが犬の後ろでピョンピョン跳ねていた。

「ロッコ、戻れ！」院長が怒鳴った。「戻るんだ！」

だが犬はすでに扉をくぐったあとだった。

「あらやだ」ジータは口ごもった。「すみません、こんなつもりでは」

「目はついてるんですか？　左の三つ目のドアといったでしょう！　ＷＣと表示されている」

「本当に申し訳ありません。見落としたようです。じつは今朝、コンタクトレンズが……目が痛くなりまして」

院長は顔を紅潮させてジータをにらんだ。

「先生の犬ですよね」ジータがたずねた。

「家内の犬です」

「あらやだ」ジータは申し訳なさそうな表情をつくって微笑んだ。「捕まりますよね？　小さかったですけど、まさか門の格子を通りぬけたりしませんよね」

院長は口をぱくぱくさせた。一瞬、襲われるのではないかとジータは怖くなった。だが院長はさっと向きを変えて、テリアを追いかけた。「ロッコ！　戻れ！　シェーベン、なにぼうっとしている。犬を捕まえる手伝いをしたまえ。早く！」

ジータは廊下にとどまって、足音と呼び声が遠ざかるのを聞いていた。

院長は本当に不必要な質問からクラ・ヴィンターを守ろうとしたのかもしれない。だがそのやり方がおかしい。フリーデリケ・マイゼンから聞いた話も妙だった。そしてクララ・ヴィンターの怪我の件で院長は嘘をついた。背中に無数の傷痕がある、とフリーデリケはいっていた。だから院長がなぜ隠しごとをするのか、理由を突き止めようとジータは決心したのだ。

第四章

シュターンスドルフ
一九九八年十月十九日午後二時十分

トムはポツダマー・アレー通りにある古い写真館の店主が前から好きではなかった。グラッサーという名で、髪の毛がいつも脂《あぶら》ぎっていて、目が空色で、肌が白い。どこか病的だ。朝から晩まで暗室にこもって、客の写真の紙焼きをしているのだから無理もない。それでも好きにはなれなかった。

といっても、今はグラッサーの助けがいる。シュターンスドルフでフィルムを現像できるのは彼だけだ。

トムとベネは写真館でグラッサーが奥から出てくるのを待った。ベネはギャングスター・ラップのミュージシャンとアル・カポネを掛けあわせたような恰好でカウンターにもたれかかった。トムは陳列棚に並んでいる売り物のカメラを見ていた。

「なあ、あいつ、なんで出てこないんだ？」ベネがたずねた。「絵でも描いているのか？」

トムは首を伸ばして、ドアの隙間から中をうかがってみようとした。だがカーテンで視界が遮《さえぎ》られている。「さっきから電話してるみたいだな」

「旧東ドイツ市民《オッシー》はこれだからな。お客様は神さまって聞いたことがないのか？」ベネが不平を鳴らした。

「旧東ドイツ市民とどういう関係があるのさ？　おまえだってそうじゃないか」

「なんだよ、あいつの肩を持つのか？」

「違うよ。なにかというと旧東ドイツ市民はっていうのが気に食わないんだ」

トムは陳列棚に並んでいる高価なカメラを見た。父親のペンタックスは首からかけたままだった。写真には以前から興味があったが、ヴィオーラが行方不明になってからは彼女を思いださせるものや場所を片端から撮影するようになった。そういうトムを馬鹿にしてもいいのに、ベネはそうしなかった。トムの気持ちを察して口をつぐんでいた。親友というのはそういうものだ、とトムは思っていた。

さらに十分が経った。グラッサーは一向に出てこない。

すると背後で店のドアが開いて、だれかが入ってきた。見たことのない男だ。敏捷《びんしょう》そうで肩幅があり、顎《あご》ががっしりしていた。脇の下に汗ジミがあり、上のふたつのボタンをはずしていて、もじゃもじゃの胸毛が見えた。男の目は硬くて黒いビー玉のようだった。

「よう」男が平然といった。

「こんちは」ベネが答えた。

トムはなにもいわなかった。男は振りかえって、ドアにかけてある「営業中」の札をさっとひっくり返して、「営業終了」にした。同時に奥の部屋のドアがカチッと閉まった。

トムは途端にやばいと思って、ベネを肘《ひじ》でつついた。「おい」トムの警戒する目を見て、ベネもすぐに直感し、ズボンのポケットに手を入れた。だが男のほうが速かった。あっと思ったときにはもう、カウンターのところに来ていた。ベネは胸を突かれて、息を詰まらせた。男はベネの腕をつかむと、ベネがつかんでいたポケットナイフを奪い、ニヤニヤしながらベネのズボンのポケットにしまった。それからベネの頬をピタピタ叩き、次の瞬間、ベネをカウンターに腹ばいにして、腕を背中にまわして、両手首を結束バンドで縛った。それがすむと、男はベネをカウンターから起こし、奥の部屋へと追い立てた。

「おい！」男はトムにいった。「友だちの腕を折られたくなかったらついてこい、へたれ野郎」

トムは腰を抜かしそうだったが、くじけている場合ではない。逃げるのも無理だ。だから、うなずいた。

男はドアを開け、カーテンを払った。部屋は真っ暗だった。「入れ」

ベネは歯を食いしばりながらうめいていた。背中にまわされた両腕が不自然な曲がり方をしている。

「明かりをつけろ、へたれ野郎」

「そんな呼び方するな」トムがいい返した。

「へたれ野郎は、俺にてめえの腕を折ってほしいとよ」男はベネにそういって、ニヤッとした。

トムは息をのみ、スイッチを見つけて押した。赤いセーフライトが灯《とも》った。

「ちゃんとした明かりをつけろ、馬鹿」

「でもスイッチはこれだけなんだ」トムは口答えした。

「そうか。じゃあ、いい」男はトムとベネを暗室に押しこんで、ドアを閉めた。

トムはきょろきょろした。グラッサーがいると思ったが、目にとまったのはさまざまな器具ともう一枚のドアだけだった。そのドアは裏口のようだ。グラッサーは卑怯な奴だ。逃げだしたのだ。いや、そうじゃなく……トムはそのときグラッサーが電話をしていたことを思いだした。

「おい！　へたれ野郎。そこのキャニスターを持ってきて、その中身でプラスチックバットをいっぱいにしろ」男は壁際にある作業台に載っているバットのひとつを指差した。赤い光の中、男は悪魔のようだった。

「ぼくたちを、ど……どうするつもり？」

「うるせえぞ。さっさと中身をいっぱいにするんだ」男はベネの腕をさらにねじあげた。ベネがうめいた。

「わかったよ」トムはキャニスターのキャップをはずして、中身を全部、四角くて赤いバットに流しこみ、空になったキャニスターを置いた。

「この液体がなにか知ってるか？」男がたずねた。トムは首を横に振った。

「現像液。化学薬品だ」赤く光る歯を見せ、男は赤い顔をにやつかせた。「取扱注意の薬品だ。目に入ると大変なことになる」男はベネをバットのところに連れていって腕をまたねじあげた。ベネは悲鳴を上げ、たまらず上半身を折って顔をバットに近づけた。「飲みこむのもまずいんだ。すぐに死ななくても、そのうち癌《がん》になる。ああ、そうだ。子どももできなくなるんだっけか」男はさらにベネの腕をねじあげた。ベネはまた悲鳴を上げて、目をつむった。鼻先が薬品に触れた。

「やめてよ」トムは叫んだ。「ぼくらをどうするつもりだよ？」

「いろいろ嗅ぎまわったり、写真を撮ったりするのをやめるんだ」

「わかった。やめるよ。約束する」

「それからあのチビが鍵をどこへやったか知りたい」

「えっ？」トムは口ごもった。

「おれの言い方が悪かったかな。鍵を持ってた娘だよ。どこにいるんだ？」

「ヴィオーラのこと？　し、知らないよ」

「嘘をつくな」男は、赤い照明で燃えているように見えるベネの髪を鷲《わし》づかみにして、顔を現像液に漬けた。現像液が飛び散った。ベネは顔が現像液から出ると、悲鳴を上げ、のけぞろうとした。

「本当だよ」トムはいった。「妹がどこにいるか知らない。ぼくだって捜してるんだ」

「あの娘がうろついてるのをこの目で見た。どこかにいるはずだ。嘘をつくな！」

「えっ……妹を見たの？」トムは唖然《あぜん》としてたずねた。「どこで？」

「いいか、へたれ野郎。ふざけんじゃねえぞ。次はこいつの顔を一分間浸けてやる……」

「やめてくれ」ベネが怒鳴った。

「本当に知らないんだ」トムは絶叫した。

ベネは目をつむった。髪の毛と鼻から現像液が滴《したた》っている。液体を飲みこんでいないことを祈るばかりだ。そのときベネがいきなり体を下げて、顔を現像液に漬けると、体を横に動かし、バットごと作業台の上を滑《すべ》った。一瞬、男がバランスを崩した。トムはペンタックスを首から抜くなり、レンズを男の顔にぶつけた。男は悲鳴を上げ、痛そうにかがみこんだ。

トムはベネを引っ張りあげ、「目をつむってろ」と怒鳴った。

男は体を起こしたが、右目を押さえてふらついた。トムはすかさず男を蹴飛《けと》ばした。男は後ろによろめき、引き伸ばし機が載っている机にぶつかった。トムは急いで現像室のドアを開け、ベネを引っ張りながら写真館から逃げだした。ポツダマー・アレー通りで振りかえったが、なぜか男は追ってこなかった。数人の通行人がトムたちを見ている。だが、だれひとり、助けてくれようとはしなかった。

「目を閉じてろ。開けるんじゃない！」トムはいった。

ベネは喘《あえ》ぎながら、目を閉じて、よろよろと走った。トムは最初の横道に入ると、ベネをゴミコンテナーの裏に隠して、追っ手がいないか確かめた。

「おい、これをはずしてくれ。腕が！」

「しっ！」トムはいった。

「ズボンの左のポケットにポケットナイフが入ってる」ベネがささやいた。

トムはナイフをだして、結束バンドを切った。ベネはため息をついて手首をこすった。

「ちくしょう。失明するのはいやだ」

「大丈夫さ」トムはゴミコンテナーから顔をだし、ベネの腕をつかんだ。「よし、行くぞ」

ふたりは隠れていたところから出た。トムはすぐそばの家にベネを引っ張っていって、必死になってベルを鳴らした。

だれも出なかった。別の家に行こうとしたとき、ようやくドアが開いた。年配の女性が恐る恐るふたりを見て、異変に気づいて、すぐドアを閉めようとした。トムはギリギリのところで足を差し入れた。

「緊急事態なんです。毒を浴びたんです。水をください。お願いです！　浴室はどこですか？」

女性は一瞬迷った。トムが女性を押しのけようと思ったとき、同情心が芽生えたのか、女性はふたりを家に入れた。トムはベネをバスタブへ連れていき、シャワーの蛇口《じゃぐち》をいっぱいに開いて、ベネの顔に水をかけた。「目を開けていいぞ。液体を飲んだか？」

ベネは首を横に振ったが、まだ目をぎゅっとつむったままだった。

「目を開けてみろってば！」

「無理をいうなよ」

「開けられるさ。早く。開けてみるんだ！」

ベネはふるえる指でまぶたを上げると、目に入った現像液を水できれいに洗い流した。

第五章

ベルリン市テンペルホーフ地区
二〇一七年九月五日（火曜日）午前十一時三十一分

ヨー・モルテンは寝不足だった。ヴェルーカにすっかり生気を吸われてしまった。

こういう夜を過ごして帰宅したときは、テンペルホーフにある自宅が平和の巣に思える。フリードリヒ＝ヴィルヘルム通りのアパートの四階左。給料の額を考えたら、こんな立派な外見のアパートは背伸びのしすぎだが、そのアパートは清潔で、住居も充分に広い。道路は栗石《くりいし》舗装で、街路樹があり、近くに聖心教会があるところが気に入っている。それになにより静かだ。みんなが家にいても、神経に障ることがない。

朝の三時を少し過ぎたところだ。モルテンは靴をクローゼットの下に置くと、娘の部屋を覗く。タバコをしきりに吸った唇《くちびる》で人差し指と中指にキスをし、ヴェレーナとマーヤの額《ひたい》にそっと触れた。ふたりを起こしたくなかったが、それでもふたりが目を覚まし、「パパ」といって微笑《ほほえ》んでくれたらいいのにと思った。

モルテンはスーツを寝室のワードローブにていねいにかけ、妻が寝ているベッドで、ようやく二、三時間休んだ。

カイト通りで朝の捜査会議をひらくと、モルテンは部下に仕事を割り振り、一時間ほど休憩を取った。

ヨシュア・ベーム。クレーガーに次ぐ被疑者。女性警官殺害に関してだけだが、物的証拠がある。とはいえ、モルテンは引っかかりを覚えていた。カーリン・リス襲撃とその母の殺害は本当に同一犯の犯行だろうか。手口が違いすぎる。ベームは凶器を持っていたが、彼自身が襲われている。どういうことだろう。自分から目をそらせるための偽装工作だろうか。まったくとんでもない事件だ。

モルテンは今、ユスフのトルコ食材店の奥の部屋でたくさんの野菜に囲まれながら、窓辺でタバコを吸っていた。

ノックの音を聞いて、モルテンは吸い殻を中庭に投げ捨てて、窓を閉めた。ユスフがなにもいわず入ってきた。彼は灰色の髪がぼさぼさの男を連れていた。男は灰色の帽子を両手で持っていた。ほとんど毛が生えていない眉《まゆ》の下に見える灰色の目のまわりは彫りが深かった。

「おはよう」モルテンはうなずいた。

「おはよう」男はおうむ返しに答えた。ロシア語訛《なまり》がある。

「ユスフ、ふたりにしてくれ」モルテンはいった。ユスフはうなずいた。彼は体が大きく、長い髭《ひげ》を生やしている。鼻の穴を広げ、眉間《みけん》にしわを寄せたところを見ると、モルテンがタバコを吸ったことに気づいたようだ。野菜にタバコのにおいがつくので、ユスフはタバコを嫌っている。吸っていても見逃すのはモルテンだけだった。四年前、当時十五歳だったユスフの娘が殺害され、モルテンは犯人を逮捕するまで一切手を抜かなかった。ユスフは、トルコ人の娘とその父親のために働いてくれる警官など彼以外にはいないといって感謝した。

「おもしろい待ちあわせ場所だ」男がいった。木箱を引き寄せると、モルテンのそばにすわり、段ボール箱からパプリカを取った。

「ひとりか？」モルテンがたずねた。「小さな集まりだと聞いていたが」

「小さな集まりさ」男はうなずいた。「俺のことだ」

「ＨＳＧＥの人間か？　知らない顔だが」

男は眉を上げた。「HSGEのメンバーは一万二千人を超える」

「あんたはどのグループにいるんだ?」

「あんたの担当連絡員が電話をかけてきた。それで充分じゃないか」

「情報を渡すんだ。相手がだれか知っておきたい」

「名前はユーリ。仲介人だ」

〝仲介人《ブローカー》? そうは見えないがな〟とモルテンは思った。ロシア語訛でなければ、元国家保安省《シュタージ》職員の臭いがすると思うところだ。このまま立ち去るべきか考えた。だがどうせまた電話がかかってくるだろう。それに、大した話ではないはずだ。人を脅《おど》したり、裏でこそこそしはするが、HSGEは犯罪組織ではない。歴《れっき》とした法人だ。「いいだろう。ユーリ。ではじめよう。ここには長居したくない。連絡員によれば、17の鍵が絡《から》む今回の事件について情報が欲しいとのことだったが?」

ユーリは無表情のままモルテンを見た。「鍵はどうでもいい」といって、パプリカをジャケットで磨いた。「あんたは大聖堂殺人事件特別捜査班の指揮を執っている。そうだな?」

モルテンは黙っていた。ユーリの反応を見るかぎり、鍵に関心がないというのは嘘だ。

「こちらとしては」ユーリがいった。「捜査結果にちょっと手心を加えてもらえるとありがたい」

「無理だ」モルテンは即座にいった。「何様のつもりだ?」

「俺の問題じゃない」ユーリは動じずに答えた。

「俺をだれだと思ってるんだ。そっちにも人脈があるんだから、ブルックマンかドゥディコフ上級検事に接触したらいいだろう。いっそのこと内務省参事官に掛けあったらどうだ。あいつらならなんとかできる」

ユーリは手にしたパプリカをじっと見つめた。尖《とが》った指で赤いパプリカに穴を掘り、一部を千切ると、口に入れてゆっくり嚙んだ。「勘違いしてるな。そういう手心じゃない。あんたにできることだよ」ユーリは少し身を乗りだし、小声でいった。よく聞き取れなかったので、モルテンも前屈みになった。そして、ユーリの言葉に、顔面が蒼白になった。

ユーリはほくそ笑みながら体勢を戻し、パプリカをまた千切ってモルテンに差しだした。

「食べるかい？」

〝毒を喰らわば皿まで〟とモルテンは思った。「いいや、けっこう」といったが、すでに手遅れだった。

第六章

ベルリン市クラードー地区私立ヘーベッケ精神科病院
二〇一七年九月五日（火曜日）午後〇時十九分

「もしもし、フリーデリケさん」

「どなたですか？」

「州刑事局のジータ・ヨハンスです。今朝、電話で話しました」

「ああ、どうも。今はちょっと都合が悪くて」フリーデリケは言葉を濁《にご》した。

「警察に通報して、問題を抱えましたか？」

沈黙。それから洟《はな》をかんだ。「ええ、まあ」

「それは申し訳なかったです」

「かまいません」

「ヴィッテンベルク院長ですね？」

「ええ、まあ」

「クララの病室番号を教えてもらえますか？　それから部屋がどのあたりにあるかも」

「クララに会うつもりですか？　院長が許可しませんよ！」

「心配いりません。院長でも、警察の捜査には口だしできませんから。こちらに任せてください」

フリーデリケは一瞬、黙ったが、すぐにクスクス笑った。院長も警察にはなにもできないというのが受けたらしい。「二階に上がって、右の廊下です。その廊下を突っ切って、角を右に曲がってください。二二八号室です」

「ありがとう、フリーデリケ」

「ヨハンスさん？　あとで電話をしてもいいですか？　わたしも……」

「フリーデリケさん、ヴィンターさんがなにをいったか知りたいのでしょうけど、お話しすることはできません」

がっかりしているのが電話の向こうから伝わった。「わかりました」

「話してもさしつかえない内容があれば、お話しします。それでいいですか？」

フリーデリケはおとなしく礼をいって、電話を切った。

ジータは深呼吸した。酸素を吸って、疲れを吹き飛ばさないと。二階に通じる階段は幅広かった。黒い手すりは優雅にカーブしている。たぶん昔は、階段の天井部分にも漆喰《しっくい》装飾が施されていたのだろう。だが今はただの粗面《そめん》塗りに彼女の足音が反響していた。二階の廊下の窓から外が見えた。院長の白い影が礼拝堂の近くの茂みの中を忙《せわ》しなく動いている。あの小さなテリアの逃げ足が早いことをジータは祈った。

廊下では食器がぶつかる音がしていた。昼時だ。保温カバーがしてある皿を病室に運んでいる。三人の女性とすれ違った。一人はスプーンで掌《てのひら》を叩きながら、口を尖《とが》らせて口笛を吹き、他のふたりと階段のほうへ歩いていった。ここは女性患者の病棟らしい。そしてどこか一階に共有スペースがあるのだろう。ナースステーションの前を通ったとき、看護師がちらっと顔を上げたが、なにもいわなかった。廊下の奥でジータは右に曲がった。

「すみません、どなたですか？」

まずい！　ジータは立ち止まって、精一杯の笑みを作って、廊下の角を戻った。女性看護師が追いかけてきていた。名札にはメレートとあった。がっしりしていて、気が強そうだ。

「こんにちは、州刑事局のヨハンスです。ヴィッテンベルク院長といっしょにヴィンターさんを訪ねるところで、先に行っているようにいわれたんです」ジータはニコッとした。「院長さんは用事ができまして」

「先生らしいですね」メレート看護師は非難がましくいった。鋼鉄色の目がジータを胡散臭そうに見た。「警察の方ですか？」

「警察付き臨床心理士です」

「それで、クララになんの用でしょうか？」

「ちょっと会ってみたいと思いまして。どうぞご心配なく。院長と打ちあわせしましたので。必要なら受付で確認してみてください」

メレート看護師はポケットからコードレス電話をだして、電話番号を打った。院長に直接電話をかけませんように、とジータは祈った。

「ふむ」メレート看護師がいった。「シェーベンらしいわ。電話をかけるといないんだから。減給にすべきだわ」メレートは電話を切り、ジータをじろじろ見た。「部屋番号はご存じですね？」

「二二八号室」

「いいでしょう」メレート看護師はため息をついた。「でもフランクフルトのお嬢様を混乱させないでくださいね」

「フランクフルトのお嬢様？」

「院長が話しませんでしたか？」

「ああ、そうでした！」ジータは平手で額《ひたい》を叩いた。「『アルプスの少女ハイジ』ですよね。フランクフルトに住む裕福な家の車椅子の少女。姓はたしかゼーゼマン。クララ・ゼーゼマン。アニメシリーズですね」

「わかっていれば、いいです……」

「ひとつ訊いてもいいですか？　クララがここに来たとき何歳だったかご存じですか？」

メレート看護師は肩をすくめた。「あいにく知りません。わたしがここに勤務する十年前のことですので」

「そうですか。ありがとう」

「繰り返しますけど、くれぐれも気をつけてください」メレート看護師は軽く会釈して別れた。ジータは先を急いだ。クララ・ヴィンターの病室は廊下の奥からふたつ目だった。

病室の前に立つと、ジータは一瞬目をつむった。深呼吸。これから彼女を待つ出会いにはふたつの可能性がある。ひとつは完全に自分の世界に生きている人物との出会いだ。その場合は集中し、分析して接点を見つける努力が必要だ。もうひとつは心が浮遊している状態だ。自分の世界に入るために本能的に別の世界を求めるどっちつかずの状態。どちらの出会いになるかわからないが、クララからなにか聞きだす自信はあった。だからクララが自分で心をひらく必要はない。クララの心をひらくのはジータだ。

ジータはまた目を開けた。ドアはクリーム色だ。この本館本来のスタイルにふさわしく、玄関ドアかと思うほど重厚だ。ジータはポケットからスマートフォンをだし、消音モードにし、代わりにボイスレコーダーのアプリをタップした。それからマイクが塞《ふさ》がらないように気をつけながら、パンツの尻ポケットにスマートフォンを入れた。

二度ノックして、ジータは部屋に入った。

クララはベッドにすわっていた。蠟人形《ろうにんぎょう》のようだ。ただ片手だけさっと動かした。なにか隠したようだ。頬にはうっすら紅がさしているが、顔全体は色白で、やつれ、髪はひっつめにしている。奇妙なことに、ジータが入っても、顔も向けず、じっと正面の壁を見ている。不自然な反応だ。気持ちを集中させている。無感情なわけではないようだ。そうするようにだれかに仕向けられてでもいるのだろうか？　支配し、従属を求めるだれかに。一見、自分の世界に生きている人物に思える。だがそれは違う。軽いノリで接して、心を解放させることにした。

「こんにちは。わたしはジータというの」

クララ・ヴィンターの瞳がちらっとジータのほうを向いた。見てみたいけど、自重している感じだ。ジータは一瞬待って、壁に書かれた数字を見た。月を表す枠は形だけで、数字はどれも壁に彫ったみたいに見える。ボールペンを化粧壁に強く押しつけて、線を引いたかのようだ。牢屋で日数を刻むのに似ている。フリーデリケが正確に見ていたことに驚きを覚える。一目で、数字の17が欠けていると気づける人は皆無だろう。クララはその日を空欄にはせず、18と書きこんでいて、そのせいで月の終わりが32か31になっているのだ。

「新入り?」クララがたずねた。

探りを入れてきた。

「ええ」クララがなにを考えているのかわからなかったが、ジータはそう答えた。

「ここに長くいる人は少ないの。でも、年は上みたいね。なんで白い服じゃないの?」

「わたしは医者でも、看護師でもないからよ」

「違うの?」

「ええ。わたしは鍵を閉めたりしないわ」

「嘘」

「どうして嘘だというの?」

「あいつらの仲間でないのなら、わたしたちの仲間ってことになるわ」

「ええ、そうよ」

「そんなはずないわ」クララは動揺しているようだ。

しばらくいっしょにカレンダーを見た。クララはすわりながら、ジータは立ちながら。

「あなた……わたしたちの仲間？」そうたずねると、クララはドアのほうをうかがった。

「ええ」

「そんなはずない！」クララがつっけんどんにいった。

「本当よ」

「じゃあ、なんでここに来たの？」

「なんでって」ジータはとっさに答えた。答えは心の奥底から出てきた。「イエスさまのことでよ」

部屋の中はしんと静まり返った。

ジータは頭の中で秒針をイメージして、時間を測った。話をつづけられるか、やりすぎたか、もうすぐ答えが出るだろう。

「あなたもイエスさまに救われたの？」クララがささやいた。

「ええ、そうよ」ジータはほっとため息をついた。

「あの人をわたしからとらないで。いい？」クララがいきりたった。

突然の攻撃的な態度に、ジータは思わずびくっとした。「そんなことはしないわ」

「胸を見せて」クララが要求した。

〝なにそれ〟とジータは思った。胸とどんな関係があるのだろう。だが拒否すれば、そこで話は終わる。せっかく開いた小さな窓がまた閉まって、錠がかけられる。クララの世界の深いところまで覗くには、いうことを聞くほかない。ブラウスの裾《すそ》をパンツからだしてたくしあげ、ブラジャーをずらして胸をはだけた。クララはジータの胸の火傷痕《やけどあと》とその上のタトゥーをじっと見つめて、「平らじゃないし、マリアの火傷痕ほど大きくないわ。あなたじゃ、ライバルになれない」満足そうだった。

ジータはブラウスの裾をまたパンツに入れた。クララは女だが、まるで男の前で胸をはだけたような感覚に襲われた。

「あの人はあなたになにをしたの?」クララがたずねた。

「あなたと同じで、わたしのことも助けてくれたわ」

「違う、違う。イエスさまのことじゃないわ。あいつになにをされたかってこと」

ジータは一瞬ためらった。心をひらくのよ、心をひらいているところを見せるの、と頭の中でささやいた。ジータは鬘《かつら》をつかんで、はずした。

クララは一瞬、絶句した。「髪もあいつに切られたの? それはなに?」クララの痩《や》せ細った人差し指がジータの顔の火傷痕を指した。「それもあいつのせい?」

ジータはうなずいた。「熱く焼いた鉄で」

クララは寝間着を上げて、ジータに背中を見せた。傷のことはフリーデリケから聞いていたが、実際に見ると印象が違った。クララが味わった痛みをひしひしと感じた。ジータは改めて自問した、院長はなぜ背中の傷のことで嘘をついたのだろう。

「これもあいつのせいよ。でもわたしたちの救世主が傷を癒《いや》してくれた」クララは奇妙な笑い声を上げた。まるでしゃっくりのように聞こえた。「救世主。だからイエスさまなのよね。あの人の羽根なら、いつだって傷を癒せる」クララは目を輝かせた。「あなたにならいっても平気よね。わたしたちの仲間なんだから。とにかくあの人をわたしから奪わないで。羽根は今でも持ってるのよ、ほらそこ」クララはナイトテーブルのほうを顎でしゃくった。そこに聖書があって、長くて白い羽根が挟んであるのが見えた。

ジータは聖書からはみ出ている羽根の白い先端を見つめた。クララが体験したらしいことを想像して、背筋が寒くなった。

「あなた、どこから来たの？」ジータはそっとたずねた。はじめての質問だった。これまでは質問に答えるだけだった。クララが怪しまないようにと祈った。

クララは眉間にしわを寄せた。「なんでそんなことを訊くの？　わたしたちが来たのは、同じところでしょ」クララは探るようにジータを見た。「それとも、病院から来たんじゃないの？　それなら、わたしたちの仲間じゃないわ」

「病院のことじゃなくて」ジータは首を横に振りながらいった。「その前のことよ」

「病院に入る前のことは忘れたわ」

「名前も？」

「そんなことないわ。思いだしたもの」

「なんていうの？」

「クララよ。ここではみんな知ってる」クララは少し身を乗りだして、ささやいた。「ここの人たち、わたしの姓まで突き止めたのよ。ヴィンター」

ジータはうなずいたが、今の話が作り話か、真実かわからなかった。クララは本名を覚えていないか、本当にそういう名前だったのだろう。ジータは数字が書かれた壁に視線を向けた。「このカレンダー、いいわね」

「馬鹿な看護師が、間違ってるっていったけどね。なにが正しいか決めつけるつもりみたいだけど、冗談じゃないわ」クララは口をきゅっと引き締めた。「お仕置きしてやったわ！」

「わたしは、これ完璧だと思うけど」ジータはささやいた。

「あの数字がない」クララの唇がふるえた。「わたし、あの数字が大嫌い」

「わたしもよ」ジータは話を合わせた。

「あの数字は悪魔が壁に書いたのよね。病院にいたとき。だから、あの数字を消した」クララは自分の体に手をまわして、幼い子どものように前後に揺らした。目が虚《うつ》ろになり、涙が頬を濡らした。「あのときから、あの数字がわたしにこびりついてるの。消したいんだけど、どうしてもできない。どうにもならないの。イエスさまでも取り除くことができなかった。でもわたし、嘘をついた。イエスさまはマリアの子だというのに。きっとわたしを許してくれない」

ジータは息をのんだ。クララが哀れだった。ここで一旦休憩したほうがいいのだが、休憩すれば、窓は閉まってしまうだろう。「わたし、イエスさまからメッセージをもらったわ。あなたももらってる？　会ってたりするの？」

クララがいきなり体をこわばらせた。

〝しまった〟

「ごめんなさい」ジータはつぶやいた。「いわなくていいわ。ただわたし、会いたくて仕方がないものだから」

クララの口元が痙攣《けいれん》した。「そのことは話してはいけないっていわれてるの」

「あなたもそういわれたの？」

クララはジータをじっと見つめた。いうべきか迷っているようだ。そのときドアが開いた。ヴィッテンベルク院長の怒り心頭に発している顔がドア口にあらわれた。その後ろから、メレート看護師が部屋に入ってきた。「どういうつもりだ？」院長はそう怒鳴ったが、そのときジータの五厘《ごりん》刈りと鬘に気づいた。「あんたは何者だ？　不法侵入で訴えてやる。よくも患者の精神を不安定にしたな。あんたの医師免許を剝奪《はくだつ》してやるぞ」

ジータはかっとしたが、平静を保った。あと一、二分あれば、決定的なことを知ることができたのに。窓は閉まってしまった。「わたしは医師免許を持っていません」ジータは冷ややかに答えた。「心理学の学位を持っているだけです。個人的にはそれで充分ですので。それを剝奪することは、あなたにはできないでしょう」

ジータが部屋から出ようとすると、院長が立ちはだかった。

「やるなら、外でしましょう」ジータはいった。「このままだと、監禁された、とわたしのほうが訴えることになりますよ。それにそんなにがなり立てるのは患者によくないでしょう」ジータはクララをちらっと見た。クララは小さな紙切れをそっと口に入れると、急いで嚙んでのみこんだ。

第七章

シュターンスドルフ
一九九八年十月十九日午後三時二十分

トムとベネは褐色の擦《す》り切れたソファに並んですわった。正面にある箱時計の振り子がカチッカチッと音を立てていた。ベネは顔を上に向けて、しきりに目をしばたたいている。目が真っ赤だ。家に入れてくれた年配の女性が微笑《ほほえ》みながらキッチンからやってきた。フェルトの室内履きを履き、分厚いメガネをかけている。両手で持った盆にはチョコクッキーとグラスに注いだコーラが二杯載っていた。

ベネはコーラをゴクゴク飲み、改めてソファにもたれかかった。両手がふるえている。顔が腫れて、あばたが赤くなっている。

「大丈夫か？」トムはたずねた。

「クーリオ」ベネが答えた。

「目は見えるか？」

「ああ、ズキズキしてるけど」

「なにがあったの？」女性がたずねた。

「だれかに変なものをかけられたんです」

「いきなり？　ありえないわ」女性は啞然《あぜん》とした。

「コーラをもう一杯もらえますか？」ベネがたずねた。

「地下室を見てくるわね。いつも買い置きしているの。孫が大好きなもので。娘は飲ませるなというけどね。まったくうるさくてかなわないわ」

「ぼくが取ってきます。どこにあるか教えてください」トムがいった。

「なにをいってるの。お友だちのところにいなさい」女性はそういって、小股でドアのところへ行った。

「危機一髪だった。助かったよ」ベネはささやいた。「それにしても、あいつの吠え声、すごかったな。あいつになにをしたんだ？」

「カメラをあいつの顔に叩きつけた」トムはいった。

「やるなあ。いい気味だ。あいつのごつい体を見たか？　やばかった。あんな奴に殴りかかるなんて……」

すごいものか。トムは写真館から逃げだせてほっとしていた。ただどうしても気になることがあった。「あいつがあらわれたのは偶然じゃなかった」

「ああ、たしかに」

「あいつ、ヴィーを見たっていってた。警察にいわないと」

「どうかな。警察にあいつが見つかるかどうか。そうしたら、また信じてもらえないぞ。警察分署から何時間もだしてもらえなくなる」

「そんなこと、どうだっていい。ヴィーを見つけたいんだ」

「わかるよ。だけど警察が信じてくれなかったらどうする？　証拠がないものな。いや、待てよ」ベネが興奮して体を起こした。トムを見ようとしたが、目をしばたたいただけで終わった。「証拠があるぞ！　カメラだ。あいつの血がついてるはずだ」

「まずい！」トムがあわてだした。

「なんで？　ばっちりじゃないか」

「違うよ」トムは小声でいった。「ペンタックスを店に置いてきちゃった。落としちゃったんだ。フィルムも入ったままだし、できあがった写真も残してある」

「ちくしょう」ベネはため息をつくと、目をこすった。

「よしなさい」女性がコーラのボトルを持って戻ってきて、とがめるような目でベネを見た。

「こすると、ひどくなるわよ。友人のフェルディナントを電話で呼んだわ。お医者なの。引退してるけど、処方箋《しょほうせん》はだせるはずよ。すぐに来て、具合を見てくれるそうよ」

「あっ、ありがとう」ベネが驚いていった。

「ありがとうございます」トムもいった。といっても、頭の中では別のことを考えていた。カメラと写真が気になる。ベネが正しく、だれも信じてくれなかったらどうしよう。消えた死体の話、鍵の件、その上、カーリンが掌《てのひら》を返すように、なにも見ていないといいだして、トムたちはすっかり評判を落としていた。

警察は大々的にヴィオーラの捜索をした。ボートを二艘《そう》だし、潜水士まで動員した。そして最後にさんざんお説教された。カーリンはあのあとすぐに涙ながらにあやまり、やっぱり鍵を見たと前言を撤回したが、すでにあとの祭りだった。

カーリンには心底腹が立った。結局、警察には信じてもらえず、彼女を締め殺したいくらいだった。

ベネのいうとおりだ！　写真館でなにがあったか証明するにはカメラがいる。確かにレンズの角の金属部分にあいつの血がついているかもしれない。それに写真の件も奇妙だ。運河で撮ったフィルムを現像にだしたのは数日前。こんなすぐにあいつがあらわれるなんて。

トムは咳払いをした。「ええと、おばさんの名前は」

「ヴァイスよ」女性は微笑みながらいった。

「ヴァイスさん、さっきカメラを置き去りにしたことを思いだしたんです」トムはベネのほうを見た。「取ってこないと」

「気は確かか？」ベネがいった。「やめろ」

「大丈夫。気をつけるから」

「もしもあいつが……」

「そのときは中に入らないさ、オーケー？」

「だめだ。俺も行く」

女性が驚いてベネを見た。「待って。あなたはフェルディナントを待たないと」

「そうだよ。おまえはここに残れ。まともに目が見えないじゃないか」トムはきっぱりといって立ちあがった。「さっさとすまして、すぐに戻るよ」

「おい、やめろ！」ベネはいった。

だがトムは早くも玄関に立っていた。

外に出ると、駆け足で写真館に戻った。「グラッサー写真館」という青い看板がドアの上に寒々しくかかっている。腰が引けた。尻ごみするなと自分にいい聞かせる。自分があいつだったら、逃げた少年が警察に駆けこむかもしれないと思って、とっくにずらかっているはずだ。

「営業終了」の札がいまだにかかっていた。トムは店の奥をうかがった。だれもいないようだ。鍵が閉まっているだろうか。ドアノブをそっと押してみる。開いている！　トムは急いで中にもぐりこんだ。驚いたことに、陳列棚のガラスが割れていた。さっきうらやましくなったニコンのカメラが二台消えている。あいつが盗んでいったようだ。

奥の部屋に通じるドアは開け放たれていたが、カーテンはほとんど閉まっていた。暗室は真っ暗な穴倉のようだ。割れた陳列棚のガラス片を靴で踏んで、ジャリッと音がした。カーテン生地は埃《ほこり》っぽいにおいがする。背後でカーテンが閉まって、トムは闇に包まれた。照明のスイッチを手探りする。赤い光が部屋を照らした。どうやら片づけていったようだ。床は乾いているし、プラスチックのバットは元の場所に戻っていて、きれいになっている。キャニスターはなくなっていた。そして部屋の真ん中にペンタックスがあった。

トムはあたりをうかがった。なにかおかしい。なにごともなかったかのように部屋が片づいているのに、トムのカメラだけまだそこにあるなんて。姿を消したほうがよさそうだ。一刻の猶予もならない。カメラを拾うと、トムは写真のことを思いだした。写真を入れる封筒を立てた大きなケースが部屋の隅にある。焼いたばかりの客の写真が入っているに違いない。ふるえる指で封筒をめくって、氏名を見ていった。照明が赤い上に、グラッサーの字が読みづらかった。トムがそこを覗きこんでいると、いきなり腹を殴られた。だれかに振り向かされ、もう一発、頰で炸裂した。トムは倒れて、ペンタックスが床に転がった。

トムは床に押さえつけられた。大きな体がトムにのしかかった。背中に感じる床が冷たかった。すぐに二発、頰を張られた。シャベルで殴られたように強烈だった。トムの顔がそのたびに左右を向いた。目の前に星が舞った。

「捕まえたぞ、この野郎」男がいった。チカチカする目に、にやついた男の顔が飛びこんできた。片目が腫れていて、レンズの跡が赤く残っている。

「妹がどこにいるかいうまで拷問してやる。覚悟しろ」

第八章

トムのガレージ
二〇一七年九月五日（火曜日）午後二時二十七分

トムは黄ばんだ写真を見つめていた。シュターンスドルフのポツダマー・アレー通りを写した写真だ。左にパン屋、右に住宅、そしてはさまれるようにして「グラッサー写真館」という青い看板。ドアハンドルがついたガラス扉。ガラスには吸盤フックが貼ってあって、「営業終了」という札が鎖で下げてある。ショーウィンドウには、絹布の上にできのよくないポートレートが数枚載せてあり、その横に写真館の全景写真が画鋲でとめてある。

ポツダマー・アレー通りの写真の下には、テルトー運河にかかる鉄道橋の写真が数枚かけてある。当時、トムたちが乗り越えた手すりの接写写真もある。手すりにはいくつか傷がついている。死体を落とすときについた傷かもしれない。真相は闇の中だが。それから運河の水中写真。ヴィオーラだという少女の死体が発見された場所の写真。林間墓地にあるヴィオーラの墓石の写真。ヴィオーラ本人の写真は父親が撮った古い写真の複写だ。それからヴィオーラが最後に残したメモ。白い羽根の写真。ケワタガモ、コウノトリ、ハクチョウ、ミツユビカモメ。トムは手がかりになるものや、記憶しているものを片端から撮影した。ガレージはトムの頭脳そのものだ。だれも知らない暗くて静かな場所。ヴィーと再会できるところ。手を差し伸べるだけで、過去に手が届く。

そして毎回、ヴィオーラがトムの手を取り、しっかり抱きしめてくれる。

そのガレージは元々二軒からなっていた。そこは古くて、荒れ放題の中庭に面した二十四軒ある貸ガレージで、色褪《いろあ》せた青い金属シャッターから最初のガレージに入れるようになっている。そこには埃《ほこり》をかぶったハーレーダビッドソンがある。ベネからもらったものだが、まだ二度しか乗ったことがない。最初はベネを喜ばせるため、二度目はガレージまで乗ってきたときだ。

ふたつ目のガレージにはひとつ目からしか入れない。ふたつ目のガレージの入り口は内側から塞《ふさ》いであった。隣のガレージに通じるドアを除くと、壁が張り巡らしてあり、暖房、空調、電気、水道が完備してあった。以前、ここは暗室だった。今でも引き伸ばし機とバットが置いてあるが、今はもっぱらノートパソコンとカラープリンターを使っている。

このガレージは父親から譲り受けた数少ないもののひとつだ。しかも父親はすすんで譲り渡した。おそらく自宅から三キロ近く離れているせいだろう。それに「新しい人」が興味を持たなかったことも手伝っていたと思われる。それに家賃も、気にする必要もない額だった。

十八歳の誕生日に、トムはこのガレージを使わせてくれと頼み、父親は快諾した。

二年後、トムが警官になるといいだして、犬猿の仲になったとき、それならガレージのことは忘れろ、と父親にいわれた。父親は本気で鍵を返せといったが、トムは拒絶した。トムは必要なものを持って家出し、ガレージを住処《すみか》にして、警官になる宣誓をした。

ふたりの諍《いさか》いはそれから二年つづいた。そのあと、ふたりは口を利くようになったが、ガレージが話題になることはなかった。あってはならない場所のようにタブー扱いされたのだ。トムは最近、父親が耄碌《もうろく》して、ガレージのことを忘れたのではないかと思っている。

だがトムにとって、そこは忘れないためのモニュメントだ。

そして今、そのガレージで自分の脳内にこもるような感覚を味わっている。無数の写真に囲まれながらノートパソコンを前にし、ちょうど音声データをひらいたところだ。音声データはジータがメールに添付して送ってきたもので、精神科病院で会ってきた患者との会話だという。クララ・ヴィンターという入院患者が数字の17に異常なほど執着しているらしい。はじめのうちは服がガサゴソいう音しか聞こえなかった。

「こんにちは。わたしはジータというの」

「新入り？」女性の声だ。クララ・ヴィンターだろう。

「ええ」ジータが答えた。

「ここに長くいる人は少ないの。でも、年は上みたいね。なんで白い服じゃないの？」

「わたしは医者でも、看護師でもないからよ」

会話はそうやってつづいた。トムはジータの話術に舌を巻いた。話題を作り、流れを操作し、同時にクララの気持ちに寄り添う。見事だ。

「じゃあ、なんでここに来たの？」クララがたずねた。

「なんでって、イエスさまのことでよ」ジータが答えた。

トムは訳がわからなかった。イエス？　どういうことだろう。

そのときノートパソコンの横に置いていたスマートフォンが鳴りだした。画面にはモルテンの名があった。トムは音声の再生を一時停止してから、どうしようか少し迷って、電話に出た。「バビロン」

「ヨー・モルテンだ」

トムは、事情聴取するからカイト通りに戻れと怒鳴られるものと覚悟したが、妙な間《ま》があった。

「トム」モルテンはいった。なにか言いづらいことを口にしようとしているようだ。「頼みがある。俺の用事をしてもらうが、他言無用だ」

今度はトムが間を置く番だった。「わざわざ俺に頼みごと？　なぜだ？」

「捜査からはずれているのは、おまえだけだからだ」

トムは絶句した。モルテンの変化についていけなかった。モルテンはドレクスラーのことでなにか隠しているが、もしかしたらそれに関係があるのだろうか。「俺は信用ならないからはずされたと思っていたんだが」

「前は信用ならなかった。だがおまえはすべてを正直に話した。だから今は信用している。といっても、捜査に参加させるわけにはいかない」モルテンは間を置いた。タバコを吸っているようだ、とトムは思った。「公式にはな」

「つまりなにか非公式にしろっていうのか。その結果が恐いな」

「デリケートな問題ではある。だが違法ではない」

「だけど、他言無用なんだよな」

「そうだ」

「今回の事件に絡《から》んでいるのか？」

「そうだ」

トムは罵声を吐くべきか、歓声を上げるべきかわからなかった。これは諸刃《もろは》の剣《つるぎ》だ。そうでもなかったら、モルテンが頼みごとをするはずがない。トムは椅子の背にもたれて、ヴィーの写真を眺めた。写真の一枚で、ヴィーはまっすぐカメラを見つめている。無邪気な目つき。そのまなざしは母親を思いださせる。胸が痛くなった。

「わかった」トムはいった。「なにをすればいい？」

今度はモルテンがタバコを吸って、一瞬息を止め、煙を吐くのがはっきり聞こえた。

「今日、情報提供者と話した……」

「なんていう奴だ？」

「それはまだいえない。大事なのは国家保安省《シュタージ》の元関係者が今回の事件に関心を持っているということだ」

「なんだって？」トムは驚いてたずねた。「国家保安省？」

「情報提供者は間違いないといっている」

「その情報提供者は信用できるのか？」トムはたずねた。

「情報提供者本人についてはなんともいえないが……今回のことに関していえば、本当のことをいってると思われる」

「オーケー。国家保安省はありとあらゆることをしていたが、その関係者が今回の事件に関心を持ってるというのはどういうことなんだ？」

「どうやら、鍵が絡んでいる。鍵のせいで、だれかが泡を食ったようだ」

「そのだれかも鍵を受けとったということか。鍵を受けとりながら、そのことを黙っているだれかがいるんだな」

「というか、そのだれかは鍵を受けとるのを恐れているんだ。そういう奴が他に何人いるかはわからない。国家保安省といえば、鍵が東ドイツ時代に、ゲーラ市の鍵製作人民公社で製造されたことを科学捜査研究所が突き止めた。だがいつ、なんのために作られたかまではわかっていない。おまえのかつての仲間に、国家保安省と接点のある者はいるか？」

トムの視線が左を向いた。カーリン、ヨシュ、ナージャ、ベネ、そしてトム自身の若い頃の写真がそこに貼ってある。

「なんともいえない。国家保安省はいろんなところに密偵を放っていたからな。だが、はっきりそうだと言える証拠はない」

〝密偵だといえるのはせいぜいグラッサーくらいのものだ〟とトムは思った。〝だが小物だ。

それにとっくの昔に死んでいる。いや、密偵ならもうひとりいた。だが、そのことはモルテンには話せない〟

「具体的には、なにをすればいいんだ？」トムはたずねた。

「今回の事件の背景がわかるかもしれない人間がいる」

「背景？　どういう意味だ？」

「確信があるわけじゃないが、そいつはなかなかの情報源だ」

「国家保安省にいた奴か？」

「そうだ」

「関係者はたくさんいた」

「上に行けば行くほど、人数は減る」

トムは深呼吸した。上層部の人間か。曖昧な言い方だ。モルテンは自分に都合の悪い真実をいいあぐねているようだ。「どうして自分で訊かないんだ？」

モルテンはしばらく沈黙し、改めてタバコを吸った。「秘密を守れるか？」

〝昨日の夜から、持ちつ持たれつじゃないか〟とトムは思った。〈オデッサ〉でモルテンを見かけた。どうやらモルテンの質問は両方を指しているようだ。

「ああ」間違いであることは承知していたが、トムはそう答えた。胃がキリキリ痛んだ。

「秘密は守る。おまえだって守るだろう？」

モルテンは少し考えこんだ。

「いいか」トムはいった。「そんなに微妙なことなら、自分でそいつに質問したほうがいいぞ」

「それができないんだ」モルテンは答えた「縁《えん》を切っているからな。その男っていうのは、俺の父親なんだ」

第九章

シュターンスドルフ
一九九八年十月十九日午後三時五十八分

「知らないよ」トムは必死にいった。「妹の居所なんてわからない。ぼくらだって、この三ヶ月ずっと捜しているんだ」

男はトムに体重をかけていた。左足で膝《ひざ》を、右足で胸を押さえている。顔が暗室の照明で赤くてかっている。

「それならもっとはっきりいおう」男がいった。「俺はちょうど一週間前におまえの妹を見てる。男とトラムに乗っていた」

トムは目を丸くして男を見つめた。「どこで?」

「俺に質問するとは、いい度胸だ。どこだっていい。おまえの妹が今どこにいるか知りたい。わかったか？」

「だけど、ぼくは知らない」トムは絶望していった。「嘘をいってると思う？　教会に行って懺悔《ざんげ》までしたんだ。おかげで少し心が軽くなった……」

「教会？　なにを懺悔したっていうんだ？」

「鍵のことだよ。妹に鍵を渡したこと。そのせいで妹がいなくなったんだ」

「だれに懺悔したんだ？」

「ヴィンクラー牧師だよ」

「ベルンハルト・ヴィンクラー？　馬鹿め。あいつはただのオルガン奏者だ。それにプロテスタントじゃないか。プロテスタントは懺悔しないぞ」

「昔、牧師だったんだ。本人がそういってた。懺悔できるかって訊いたら、話を聞いてくれたんだ」トムは目に涙を浮かべながらいった。どんな状況だったか、今でもよく覚えている。人気《ひとけ》のない教会、一番後ろのベンチ、背中をもたれかからせた壁が冷たかった。ヴィンクラーは、だれにも話さないと誓ってくれた。「妹がどこにいるか、本当に知らないんだ」トムは洟《はな》をすすった。「知ってても、いわないけど」

男がまたトムの頰を張った。それから立ちあがると、トムをむりやり立たせて、壁のほうへ連れていき、「ズボンを下ろせ」といった。

「えっ？」

「ズボンとパンツを下ろすんだ」

トムは気が動転した。辱《はずかし》めを受けるとは。男はなにをするつもりだろう。

「早くしろ！」

トムは自分の軽率さを呪った。ここに戻ってくるなんて、救いようのない馬鹿だ。ふるえる指でベルトをはずし、ズボンとパンツをいっしょに足首まで下ろす。殴られた頬がひりひりする。

男はトムの顎《あご》をつかんで、棚に置いてある道具にトムの視線を向けさせた。「あれが見えるか？　なにか知ってるか？」

トムはその道具についている長くて弓なりになった刃を見てぎょっとした。大判の写真やパスポート写真を切るためのカッターだ。膝から力が抜けた。だが男につかまれていたため、しゃがみこむことができなかった。

「知ってるかと訊いてるんだがな」

「知ってるよ」トムは言葉を絞りだした。

男は刃のグリップをつかんで立てた。まるで斜めに傾いたギロチンのようだ。「選ばせてやろう。腰の逸物《いちもつ》か小指、どっちにする？」男はにやついた。「大きさはどっこいどっこいだな」

「やめてよ」トムはささやいた。

「いや、だめだよ」男がトムの口調を真似ていった。

沈黙が一分間はつづいただろう。いや、わずか二、三秒だったかもしれない。トムは必死に考え、暗室を見まわした。逃げる方法はあるだろうか。助かる見こみはなさそうだ。

「それじゃ、おまえの逸物にするか」男がいった。

トムはとっさに身を乗りだし、カッターをつかむと、男めがけて投げた。カッターは男の脇腹に当たったが、男はトムを放さず、左手の拳でトムの腹部をえぐった。トムはポケットナイフのように上体を曲げた。男が手を離すと、トムは床に沈んだ。男はすかさずトムの上に乗って、カッターを引き寄せた。刃のプラスチックカバーを取りはずすと、トムの二本の指を刃の下に置いて、刃を最初の指に押し当てた。

「認めてやろう」男がニヤッとした。「おまえは根性がある。おまえの友だちとは違う。だが、もっと歯応えのある奴も俺にはかなわなかった。おまえはもう終わりだ。しゃべらなければ、指を落とす。その次がなにかはわかるよな?」

トムはうなずいた。頬が涙でぐしゃぐしゃになった。泣いているのが、痛いからか、むかつくからか、恐いからか、よくわからなかった。

「なんで妹を捜してるんだよ?」トムが訊いた。

男は驚いてトムを見つめた。目が腫れていて、まるで猛獣のようだ。

「悪魔にケリをつけろといわれてな。おまえにはわからないだろうが、まずいことになってるんだ」

「ぼくを殺したら、妹の居場所は永遠にわからなくなるよ」トムはヤケになっていった。

「殺すといったか？　おまえの友だち、あの火災報知器野郎は殺すが、おまえのことは」男は冷笑した。「痛めつけるだけに……」男は突然黙って、目を丸くし、だれかに背中を刺されたかのようにうっと喘《あえ》いだ。

次の瞬間、ナイフが赤く一閃、男の首のあたりをかすめた。だれかが男の背後にいる。傷口がパックリ開いたかと思うと、黒々した血飛沫《ちしぶき》が噴きだし、生温かいものがトムの顔にかかった。男は両手を上げて首を押さえたが、指のあいだから血が溢れだした。男の後ろにいたのはベネだった。怯えと怒りで顔が引きつっている。ベネが男の背中にポケットナイフを突き立てた。男はのけぞり、うめいて、体を横にすると、ベネに足蹴《あしげ》りをしようとした。だがベネは男に飛びかかって、今度は男の胸にナイフを突き刺した。一回、二回。カチッと骨に当たる音と共に、ナイフは肋骨《ろっこつ》のあいだに入った。男は痙攣《けいれん》した。ベネはようやく男から離れ、尻餅をつくと、暗室の別の端まであとずさって、肩で息をした。

トムは横たわったまま身じろぎひとつしなかった。ベネの息遣いが聞こえる。男の息遣いも。いや、自分の息遣いだろうか。

トムはカッターから指を抜いて、慌てて立ちあがると、男から離れたい一心でベネと同じようにそばの壁まであとずさった。はずしたベルトのバックルが足に絡みついて音を立てた。尻の下の床が冷たかった。あわててパンツとズボンをはき直す。顔から男の血が滴《したた》り落ち、口の中で鉄の味がした。

男は仰向けになり、痙攣しながら、胸を上下させている。胸に突き立ったナイフが、ふるえる枝のようだった。黒々した水たまりが男のまわりに広がっていた。

一分が経った。そしてまた一分。そして静寂に包まれた。

「火災……報知器野郎だって?」ベネが喘ぎながらいった。「この糞野郎《くそやろう》」そしてすすり泣きをはじめ、涙をとめどなく流した。

第十章

ベルリン市クラードー地区
二〇一七年九月五日(火曜日)午後二時四十四分

ジータ・ヨハンスは私立ヘーベッケ精神科病院の敷地を去ると、横道に停車した。車内は息苦しかった。日当たりのいいところに止めておいたせいだ。黒いレザーシートとダッシュボードに熱がたまっている。ジータはウィンドウを下ろして深呼吸した。クララの世界に分け入るのは思った以上にしんどかった。自分を偽り、クララを騙《だま》したことが心の負担になっていた。

しばらくしてからジータはルツ・フローロフに電話をかけた。フローロフは急いで駆けてきたかのように息を切らしていた。「いいタイミングだな。話を聞いたのか?」

「話を聞いた？　なんのこと？」ジータはたずねた。管理人のことが脳裏をかすめた。名前を記憶していたのだろうか。あるいはジータがベームの住居に侵入したという結論に達したのだろうか。「ヨシュア・ベームのところで見つかった拳銃？」

「ドレクスラーの拳銃だった。製造番号ですぐに特定された」

「それじゃ、ベームが犯人？」

「それはどうかな」

「どういうこと？」

「ドレクスラーが死んだ」

「えっ？」

「ドレクスラーが、死んだんだ」フローロフがゆっくりいい直した。

「ええっ？　いつのこと？」

「今日の昼。午後一時になる少し前」

「じゃあ、犯人はもうひとり殺したことになるのね」

「話はそれだけで終わらない」フローロフがためらいがちにいった。「ドレクスラーの遺体は法医学研究所に搬送《はんそう》される。担当医のヤコービ医師の話では、見た目ほど重傷ではなかったそうだ。昏睡《こんすい》状態でもなかった」

「だけど、それって」

「ああ、亡くなる恐れはなかったんだ」

ジータは困惑してなにもいえなかった。

「トムが今どこにいるか知ってるか？」

「いいえ」ジータは正直に答えた。知りたいのは山々だった。「どうして？」

「じつは今日、あいつがドレクスラーを見舞っていた。しかもドレクスラーの病室に最後に入ったのがあいつなんだ……」

ジータは、それがなにを意味するかすぐに理解し、「嘘でしょ」と小声でいった。

「俺も嘘だと思いたい。だがただじゃすまないだろう。賭けてもいい。トムのことをおもしろく思ってない奴がここにはだいぶいるからな」

「だけどドレクスラーの死因は？」

「心臓発作。トムが見舞ったとき、ドレクスラーの血圧が異常に高くなったらしいんだ。そのあとまた落ち着いたがな。容体は安定していた。なのに、午後一時少し前に急変したんだ。医者は、普通じゃない、だれかがなにかを投与した疑いがあるといっている。正確なことがわかるのは毒物検査をしてからだ」

「なんてこと」ジータはつぶやいた。頭の中で、トムといっしょにカーリン・リスの家に着いたときのことを思い返した。トムはひとりで家に向かった。だから目撃者はいない。撃ちあいの前後になにがあったか知っているのはトムだけだ。「トムがやったと思う？」

「賭けてもいいが、あいつは真っ当な奴だ。だけど、さっきもいったように……他の連中は」

「前なら賭けたけど……今は無理ってこと？」

「俺のいったことをそんな杓子定規《しゃくしじょうぎ》に取らないでくれ」フローロフがむっとしていった。ジータは痛いところを突いてしまったようだ。あえて「他の連中」といったのは、自分は違うといいたいだけだったのだ。ジータは怒りがこみあげた。日和見主義者ほど嫌いなタイプはない。そしてフローロフはまさにそうなのだ。だがまだ役に立つ。だから気持ちを切り替えることにした。「わかったわ。それでベームは？」

「訊くまでもないだろう。ベームを指名手配した。カーリン・リスの家で使われた凶器が彼の住居で見つかったんだからな」

「他にもなにかわかったことがある？」

「ベームは多額の負債を抱えていた。株で大損してたんだ。しかも信用取引に手をだしていた。詳しいことはあとで話す」

〝さもありなん〟とジータは思った。「でも負債が動機とは思えないんだけど」

「いかにも。そうだ、もうひとつあった。ゴミ箱からクシャクシャに握りつぶしたメモが見つかった。プリンターで印刷されたもので、『理由はわかっているはず。友より』と書かれていた」

「『理由はわかっているはず』？」

「そうだ。そして、『友より』それだけ。妙だろう？」

「ちんぷんかんぷんね。たしかに妙だわ」ジータは考えこみながらいった。「他には？　隣人や管理人や親族に聞きこみしたんでしょ？　どんなことをいってた？」

「待った、待った。捜査は迅速に進んでいるけど、そこまで速いわけじゃない」

ジータはほっと胸を撫《な》でおろした。だが管理人の問題は先延ばしになっただけだ。「ねえ、話は変わるけど、ひとつ訊きたいことがあるのよ。時間ある？」

「なんだい？」

「今朝の捜査会議で議題になった通報の件を覚えている？」

「頭がおかしい奴の件だろう。もちろんだ」

「精神科病院の患者よ」

「変なところにこだわるんだな。家内と一度、会食するといい。気が合いそうだ。それで精神科病院にいるそのご婦人がどうした？」フローロフがわざと誇張してたずねた。

「話をしてきた。なにかあるわね」

「ただでも手いっぱいなのに」

「まだ事件のあらましは見えていないじゃない。動機だってはっきりしていない」

「オーケー」フローロフはため息をついた。「名前は？」

「クララ・ヴィンター。だけど姓はたぶん後付け。名前も本名か定かじゃない。院長の話では、一九九八年に警察から預かったんですって。警察が保護したとき、混乱していて、なにも記憶していなかったそうよ。院長は患者に会わせようとしなかった」

「精神科医なんだから、そういう判断もありうるだろう。同業者じゃないか」

「まあね。だけど、守秘義務とはちょっと違うのよ。嘘をついてる」

「なるほど。つづけてくれ」

「クララの年齢は三十五歳から四十歳のあいだ。外見はもっと歳を取ってる感じ。だけどそれは、これまでの人生のせいだと思う。両親と暮らしたときの記憶がなくて、覚えているのは病院にいたってことだけ。クララによると、そこに数字の17が書かれていたらしいの」

電話の向こうが一瞬、静かになった。「17？」フローロフがゆっくりいった。「雲をつかむような話だな。もうちょっと絞りこめないのか？」

「クララはトラウマを抱えている。聞きだせたことは少しで、それを引きだせただけでもよしとしなくちゃ。もう少し長く話せたら、もっと聞きだせたかも」

「つづけて」

「クララの背中にひどい傷痕があるのよ。だれかにやられた感じ。拷問の痕みたいだった。それなのに、クララは怪我をしていないって院長はいった」

「古傷かい、それとも新しい傷？」

「古傷よ」

「それじゃ、その精神科病院でついたものではなさそうだな」

「そうね。クララが話したことはすべて、もっと前、精神科病院に連れてこられる前のことみたいなのよ。何度も病院といった。しかもそこにいたのは彼女だけじゃなくて、女性がもっとたくさんいたらしいの。わたしもそこにいたといったら信じたから間違いない」

「そんなことをいったのか？」

「彼女の心をひらくためにちょっと芝居を打ったのよ」

「むちゃくちゃだな」

「そこにはマリアという人がいたらしい。女性たちは分かれて入院していて、全員に会ってはいなかったみたい。それでなければ、わたしがそこにいたといったとき、信じなかったはず」

「入院した時期がずれているってこともあるだろう」

「クララは『わたしたちの仲間』という言い方をしたわ。ひとりだったら、そういう言い方はしないでしょう？」

「なるほど。聞いただけでもぞっとする話だな。たくさんの部屋のある監獄か病院。女性たちはそこで拷問を受け、虐待されていたというわけか。あとは倒錯した客向けの売春宿の可能性もあるかな」

「どうかしらね。病院と呼ぶからには、公的な施設だと思うけど。拘置所、精神科病院」

「壁崩壊前なら、国家保安省《シュタージ》の施設だろうな。しかし時代が合わない」

「そうともいえないわよ。その病院時代の前のことは記憶にないとクララはいっていた。そこが謎なのよね。もちろんトラウマを抱えているせいかもしれないけど、記憶を失うのは普通、トラウマを受けた時期とその内容なのよね。つまりその人にとってショックなことを忘れるものなの。クララのトラウマはその病院で起きたのだと思う。それ以前じゃない。病院時代の前の記憶がないというのは、まだ小さすぎたからとしか思えない。たいていの人は三歳前の記憶がないものでしょ」

「つまりそんな幼い頃からその病院にいたってことか？」フローロフは信じられないという思いでたずねた。

「大いにありうるでしょう」

「それなら国家保安省の施設だった可能性があるな。わからないのは、壁崩壊後にどうなったかだ。その手の施設は解散させられたはずだ」

ジータは眉間《みけん》をもんだ。疲労がたまっている。思うように考えられない。「わからないけど、クララが幼い頃からはじめてみましょう。一九八九年以降に起きたことなら、調べがつくわよね。そう思わない？」

「まあな」フローロフはいった。

「それはそうと、国家保安省の施設についてどんなことを知ってるの？　鍵は東ドイツ時代に作られたのよね」

「ふう」フローロフの吐いた息でスマートフォンの振動板がふるえた。「検索するキーワードはクララ、国家保安省、拷問、病院、マリア。場合によって数字の17。もちろん関連するキーワードもある。これでシュタージ記録庁の記録簿を調べたら、文書は車一台分になりそうだな」

ジータは思った。〝国家保安省の文書を管理する連邦機関、シュタージ記録庁なら一番役に立ちそうだ〟「試す価値はあるわね」

「問題は」フローロフがいった。「数字の17が却《かえ》って混乱を招くんじゃないかってことだ。まず書類番号の17が引っかかるだろう。ページや金額に17が含まれる場合もヒットすると思う。つまりシステムはフィルターなしですべての17を吐きだす。かといって、数字の17を加えなければ、もっとすごいことになりそうだ」

「試しにベルリンだけに絞りこんではどうかしら」ジータが提案した。「東ベルリン」

「いいかもな。一九九八年にクララ嬢を保護して、その精神科病院に引き渡したのがだれか、古い事件簿を紐解いてみよう」

「お願いするわ。でも、そんな時間あるの？　特別捜査班のみんなからもいろいろと……」

「心配ご無用。みんなには、他の件で忙しいっていうさ。なにを優先するかは、ブルックマンに任されている」

「ありがとう」

「で、きみはこれからどうするんだ？」

ジータは時計を見た。いい質問だ。日が暮れるまでまだ二、三時間ある。精神科病院の騒ぎが落ち着けば、やろうと思っていたことを実行できるだろう。

「用事がなければ、こっちへ来ないか？」ジータの返事を待たずにフローロフがいった。

「手伝ってくれよ」彼の口調から、ジータはなにか下心を感じた。

「あなた、既婚なんでしょ？」

「なんだい、それ？　きみをキャンドルナイトディナーに招待したか？」

「そうなの、そうじゃないの？」

「なにが？」

「結婚しているかどうかよ」

「もちろんしてるさ」

「それなら、いいわ」

第十一章

ポツダム市ザクロー区
二〇一七年九月五日（火曜日）午後四時五十八分

トム・バビロンは目につかない分かれ道を危うく見逃すところだった。ルームミラーを見て、ブレーキを踏み、ベンツの向きを変えて、森へとつづく細い道路に曲がった。グーグルマップの衛星画像では、ただの人工的な線にしか見えなかった。実際の道路も木の間《こま》に隠れてよく見えない。その先の、さらに森の奥へとつづく分かれ道も同様によく見えなかった。ヘリベルト・モルテンの家はその先だ。

衛星画像では、ザクロー湖の西岸に広がるケーニヒスヴァルトの森の中に赤い屋根の一軒家と草むらが確認できた。その家と外界をつなぐ線は見当たらなかった。

曲がった道路はアスファルトが割れていて、ところどころ古い栗石《くりいし》舗装が見えていた。車がガタガタ揺れた。五十メートルほど走ると、カーブの多い砂利道になった。太陽が低くなり、黄色い秋色に染まる鬱蒼《うっそう》とした木々のあいだからときおり姿を見せた。

蝶番《ちょうつがい》がはずれかけた庭木戸の前で、トムは車を止めた。反射的にジャケットのポケットからスマートフォンをだして、メールをチェックしたが、出発する前にSIMカードを替えていたのを思いだした。モルテンは、口外するなとはっきりいっていた！　スマートフォンの位置情報も残すわけにいかないということだ。新しいプリペイドの電話番号をショートメールでジータに伝えるべきか考えたが、あとにして車から降りた。空気は清々《すがすが》しかった。湖が近いようだ。草がはびこっている。

ヘリベルト・モルテンの家は大きいが、老朽化していた。おそらく一九二〇年代に建てられ、東ドイツ時代に党高官のために造り直されたものだ。だがそのあと、朽ちるに任せているといったところか。旧東ドイツにはこういう歴史を持つ家が何千軒もある。だがその多くは解体されるか、徹底的に改築されているのが常だ。ここに建つ家は、化粧壁が剝《は》がれ落ち、二階の窓と屋根のドーマーはすべて板で塞《ふさ》がれている。玄関にモルテンという表札があった。トムはどっしりした玄関ドアの横のベルを押した。

しばらくして、ドアについている小さな四角い窓が開いて、「時間どおりだな」という声がした。声の響きは少し間延びしたザクセン方言訛《なまり》だ。窓はトムの胸の高さにあったが、見えるのは床のタイルだけだった。ヘリベルト・モルテンはどうやらドアに隠れるようにして立っているらしい。

「こんばんは」トムはいった。「州刑事局のバビロンです。電話で話しましたね？」

「挨拶はいい。まず武器を見せたまえ」

「えっ？　なぜ？」

「わしと話したいのか、話したくないのか？」

トムはヨー・モルテンのつっけんどんな態度を思いだした。親譲りということか。

「だれかに狙われているんですか？」トムはホルスターからマカロフを抜いて、二本の指で窓の前に掲げた。

しわだらけの顔が薄暗がりにあらわれた。胡散臭そうな目つきでトムをうかがい、それから拳銃を見た。「大きいのだな。あんた、警官じゃないだろう」

「大きいってどういう意味ですか？」トムは窓にかがみこんだ。

顔がまた消えた。「マカロフのことだよ。ベルリン市警察が使っているのはシグザウエルじゃなかったか？」

「電話でもいいましたように、これは非公式です。なんなら身分証を見せますが」

「くだらん。身分証など偽造できる。そのロシア製の拳銃は製造番号が削ってある。そんなものを持ち歩く警官がいるもんか」

「あなたのように、いろいろ事情を抱えている警官かもしれないでしょう」トムは答えた。

相手の疑いを晴らすのではなく、そこは白状して、同じ舟に乗せてもらうほうが得策だ。〝俺たちは同類。だからなにもしない〟というわけだ。ところが、ヘリベルト・モルテンはなにもいわなかった。「モルテンさん、なにもしません。話をしたいだけなんです。それに電話では、あなたも話したがっているような印象を受けたのですが」

モルテンは咳払いをした。「ヨーゼフとはどのくらいの付きあいだ?」声がかすれて、うわずっている。なにかを期待しているようだ。

「よく知っています。なにか質問してください」トムは嘘をついた。「なんなら弾倉を抜きましょうか?」

「拳銃は車に置いてこい。戻ってきたら、ドアを開ける」

トムはベンツのところへ行って、ヘリベルト・モルテンに見えるようにマカロフをシートに置いた。家に戻ると、ドアが少し開いていた。トムはドアを押し開けて、薄暗い玄関に入った。その奥にかなり大きな階段があり、天井には埃《ほこり》をかぶったシャンデリアが下がっている。階段はもう何年も使っていないようだ。

「シックな車だな」そういうと、ヘリベルト・モルテンは会釈した。「うちはずっとタトラ（チェコの自動車メーカー）に乗ってる。そのあとボルボにも乗った」彼はガリガリに痩《や》せていた。怒り肩で、髪は薄く、白髪で、オールバックにし、頭皮にはシミがあった。年齢は八十代はじめだろう。トムはヨー・モルテンとの共通点を探したが、まったく見当たらなかった。

「他の東ドイツ国民はトラバント（旧東ドイツで生産されていた小型乗用車）やヴァルトブルク（旧東ドイツに存在した小型乗用車のブランド）

しか乗れませんでしたね」トムはベルリンの壁が崩壊したとき、五歳になったばかりだった。それでも狭くてガソリン臭い二気筒エンジン車をよく覚えている。

ヘリベルト・モルテンは笑いを嚙み殺した。「あの大きな車は注目を集めた」

「この大きな家もそうだったでしょうね」

「ああ、こういうのは存在感がある」モルテンは毛のなくなった眉《まゆ》の下の疲れた目でトムを見た。それからなにもいわず、体の向きを変えて、家具をいっぱい詰めこんだ広いリビングに案内した。なにもかも三十年以上経った古いものばかりだ。例外はテーブルの上にある食べ終えたヨーグルトのカップとスプーンだけだ。部屋の隅に、シンプルなベッドが置いてあり、雑然としていた。

サンルームにある折りたたみ式のテーブルのまわりには、沈みかけた太陽の光を浴びて、埃が舞っていた。モルテンはひと組の色褪《いろあ》せた籐椅子の一脚に億劫《おっくう》そうに腰かけた。トムもすわろうとすると、モルテンが手を上げた。「すまないが、服を脱いでもらおう」

「えっ……どうして?」

「スマートフォンを持っているな?」

「ええ」

「電源を切って、服といっしょにそこのゴミ袋に入れるんだ。それから窓を開けて、その袋を庭にだせ。心配いらない。盗む奴なんていないないから」

「いくらなんでも……」

「なんだい？　大袈裟だというのか？」

「かなりいかれてますね」

「いろいろ経験していてね、バビロンさん。それにしても、ずいぶん変わった名前だな。珍しい。どこの出身かね？」

「わたしの話をするために来たわけじゃないんですが」

「わしはただ……まあ、いい。決めるのはあんただ。帰るかね？　それともわしと話すかね？」

トムは目の前にすわっているモルテンをじっと見つめた。青い室内履き、空色の寝間着のズボンに、肘《ひじ》に褐色の革を縫《ぬ》いつけたカーディガンを着ている。意志は固いようだ。「毛布はありますか？」トムはたずねた。

モルテンは丸めた毛布を窓台から取った。その毛布で、隙間風を塞《ふさ》いでいたらしい。「ほらよ」だが投げる力が足りなくて、毛布はトムまで届かず、床に落ちた。

トムは服を脱ぎながら、ジャケットのポケットから写真を一枚だして、裏返して折りたたみ式のテーブルに置いた。「あとで見せます」

モルテンはうなずいた。トムはズボンを脱いだ。

「全部脱いでもらおう」モルテンは下着を見ながらいった。

トムはなにもいわず、服とスマートフォンをゴミ袋に入れた。

「一度ぐるっとまわってくれ」

トムは両腕を上げて、その場でゆっくり体をまわした。モルテンは目をこらして、トムの体を仔細に見た。

「満足ですか？」トムは毛布を肩にかけた。毛布はカビ臭く、チクチクした。それからゴミ袋を庭に落として、モルテンと向かいあわせに折りたたみ式テーブルについた。

「わしのことを、ヨーゼフはどういっていた？」モルテンがたずねた。

「たいして聞いていません。国家保安省《シュタージ》付きの医者で、ふたりは口を利かないということくらいです」

モルテンは思った通りだとでもいうようにうなずいた。「あいつの妹と同じで心が狭い。リュディアは知ってるか？」

「ヨーの奥さん？　ええ、顔くらいは。去年、うちの捜査課でクリスマスパーティをしたとき来ていました」

「あいつはリュディアを裏切ってるのか？」

トムは答えに窮《きゅう》した。どこまでいっていいものだろう。ヨー・モルテンがトムの行動に目をつむっているのは、トムが沈黙を守っているからでもある。それでも、「ええ」と答えた。

モルテンは表情を変えず、ただうなずいて、灰色の目でトムを見た。「あんたは正直だな」

「あなたも正直だとありがたいです」

モルテンは荒い鼻息を立てた。「ここを見たまえ。今のわしが嘘をついてどうする？」

「こういうと説教臭く聞こえそうですが、嘘をついても意味がないです」

「それは違うな。嘘の賞味期限はいろいろなんだ。わしの嘘は賞味期限切れだ。あんたのはまだのようだな」

「それでも、裸になれといいましたね」

「賞味期限切れなのはわしの物語だ。他の奴の物語は今でも用心せにゃならん」

トムは、モルテンがすわったまま体の重心を移すのを黙って見ていた。モルテンは口元をゆがめ、クッションの位置を直した。どうやら神経痛らしい。籐椅子がみしっと音を立てた。

「本当をいうと、わしは国家保安省の人間ではない。ただの医者だ」

「なるほど」

「相槌《あいづち》はいらん」モルテンは改めて座り方を変えた。「わしの孫娘はどうしてる?」

「元気だと思いますけど」

モルテンはまた鼻息をたてて、肘をかいた。「写真が欲しい」

トムは一瞬きょとんとした。「お孫さんのですか?」

「当たり前だ。わしは写真を手に入れ、あんたは答えをもらう」

「いったいいつから息子さんとは口を利いてないんですか?」

「もう八年になる」

「原因は?」

「あんたには関係のないことだ」

「息子さんは孫娘ふたりの写真をくれないでしょう」

「あんたがどうやって手に入れようとかまわん。息子は知る必要がない。リュディアに頼むか、あんたが自分で撮ればいい。とにかく写真が欲しい」モルテンは窓の外を見た。目がうるんでいる。だがすぐにトムに視線を向けた。きつい目つきだ。疲れているようでもある。瞳の色は薄く、まわりに赤い毛細血管が浮きでている。トムは、ヘリベルト・モルテンがどういう人生を送ったのか気になった。持ち家、自動車、さっきから見せている妙な態度。東ドイツというシステムの中で高い地位についていたことは間違いない。あるいは高い地位のだれかを利用する術《すべ》を知っていたのだろう。

「写真はなんとかします」トムはいった。

「本当か?」

「少し時間はかかるでしょうが、手に入れてみせます」

モルテンは目をしばたたいてから、うなずいた。「よし、質問したまえ」

「テレビは観ますか?」

「テレビは好かん。昔からな。わしはラジオを聴く」

「大聖堂で起きた殺人事件はご存じですね?」

モルテンはうなずいた。

「被害者はプロテスタントの女性牧師ブリギッテ・リス。数字の17が刻まれた鍵を首からかけていました。同じような鍵が他にも確認されています。そして受けとった人物が行方不明になっています」

モルテンは肩をすくめた。

「国家保安省の元関係者、それも影響力のある上層部の人間がこの鍵に興味を示しています。その理由が知りたいのです。なにか思い当たる節《ふし》はありますか?」

モルテンは眉間にしわを寄せ、窓の外を見た。「だれがそんなことをいったんだ?」

「同僚です」トムはいった。

「息子か」

「同僚としかいえません」いや、同僚と呼べるかどうか。ヨー・モルテンは遠回しな言い方をした。「心当たりはありますか?」

「国家保安省の元関係者はたくさんいる」

「影響力のある、といったつもりですが」

「死者と行方不明者、17の鍵。情報はそれだけか?」

「ええ。しかしそれだけで、だれかを驚かせたようです。なぜなのか知りたいんです」

「ふむ」モルテンの視線が荒れ放題の庭の背の高い草と鬱蒼とした灌木《かんぼく》に向けられた。カモが二羽、鳴きながら湖のほうへ飛んでいく。「正直いって、ちんぷんかんぷんだな。だがなんなら、心当たりに訊いてみよう」

「それはよくないですね。殺人事件が絡《から》んでいると知られるのは望ましくありません」

「質問はそれだけかね。これで写真が手に入るなら、安上がりだな」

トムは内心、罵声を吐いた。こんな遠出をして損をした。ヨー・モルテンはなぜ父親がなにか知っていると思ったのだろう。

「もうひとつ訊きたいことがあります」トムはそういって、裏返しておいた写真をひっくり返した。

モルテンは興味を持ったのか、身を乗りだして、よく見ようと目をこらした。「あんたの娘かね?」

「名前はヴィオーラ、妹です。一九九八年に行方不明になりました」

モルテンは写真を見ても、表情を変えなかった。「それは気の毒に。あんたは今でも妹を捜しているのか?」

「暇さえあれば」

「わしは助けにならんな」

「お孫さんの写真を今持っているとしたら、話は変わりますか?」

モルテンはしばらくトムを見た。「無理だな。あんたが写真を持ってきてくれると信じている。あんたは約束を守る人間だ」モルテンもそうなのだろう。そしてそれが弱点だといっているように聞こえた。「できることなら協力したい。だが子どもたちが行方知れずになった時代、つまりわしが話せる時代は幸いもっと前のことになる」

「どういう意味ですか?」

返事をする代わりに、モルテンはタバコの袋を窓台から取り、紙の端を舌先でなめて、タバコを手巻きすると、「こっちのほうが安い」といって火をつけた。黙って三回吸ってから汚れたグラスに灰を落とした。「強制養子縁組。耳にしたことがあるだろう。反体制派が逮捕されると、子どもは養子縁組させられた。ずっといい家にな。子どもはいい暮らしができるといわれた」モルテンはトムに向かって煙を吐き、煙を通してトムの反応をうかがった。「だがこれは一九九八年以前の話だ。壁崩壊後は行われていない」

「養子縁組に関わっていたんですか?」トムはたずねた。

「わしの同僚がよくホーエンシェーンハウゼン拘置所で子どもの健康診断をしていた」

ホーエンシェーンハウゼンは国家保安省の悪名高い刑務所だ。

「養子縁組の書類には親の署名があったが、強制されたものだった。そうですね?」

モルテンはうなずいて、またタバコを吸った。「ああ。ひどいもんさ。いかれていた。国家には全権があったのに、それでも書類に署名を求めたのだからな。すべてに決まりがあった。拘置所である母親が骨盤を骨折し、手術を受けることになったとき、麻酔がかけられる前に手術台でいわれた。養子縁組の書類に署名しなければ、手術はできない、とね。出産前の女性に対しても同じようなことがなされた。新生児はそのまま連れ去られた。死産だったといってね。そして死亡証明書に署名させられた」

「あなたも手を貸したんですか?　それとも、やったのは……同僚だけだったのですか?」

モルテンは険しい目つきをした。「邪推してるのかね?」

「いいえ、率直な質問です」トムは毛布から腕をだした。「このとおりボイスレコーダーは持っていません」

モルテンはしばらく窓の外を見てからいった。「子どもの健康診断は、わしもした。だが親の署名には関わっていない。普段は高級官僚の診察を担当していた。ヴォルフ（スパイマスターとして知られる国家保安省上級大将）、ミールケ（一九五七年から一九八九年まで国家保安大臣を務めた）、シャルク＝ゴロトコフスキ（国家保安省大佐）。わしは腕のいい医者だった」

「腕のいい医者がホーエンシェーンハウゼン拘置所でなにをしたんですか？　子どもの健康診断の他に」

「重要な囚人がいた。本当に重要な奴だった。彼らから情報を得るのは簡単ではなかったんだ。なにをいいたいかわかるね？　わしは彼らの健康維持を任されていた」

「つまり」トムは鵜呑《うの》みにできずたずねた。「有名な囚人が拷問で死なないようにケアをしたということですか？」

「そういっては身も蓋《ふた》もない。東ドイツはバナナ共和国（バナナなどの輸出に頼っている、政治的に不安定な中南米の小国を指す用語）ではなかった。白い拷問というのを聞いたことがあるだろう。肉体への拷問ではなく、言葉によるものだ」

「体を痛めつけなくても、その名のとおり拷問は拷問でしょう。精神的に追い詰めるのですから。とはいえ、言葉による拷問はアメリカでも拷問に当たらないですね。グアンタナモではそういうことがされていました」

「いっても詮ないことだ」モルテンが冷ややかにいった。

トムは気分が悪くなった。毛布のせいで体じゅうがチクチクする。毛布を払いのけたかった。モルテンがボイスレコーダーなどで記録に残さないようにしたのもうなずける。最悪なのは、モルテンがそういうことをこともなげに話している点だ。「わたしの妹の写真を見て、なんで養子縁組の話をしたんですか？」

「妹が行方不明になったといっただろう。あそこでも……よく子どもが消えたんだ」

「消えたってどういうことですか？　強制養子縁組なのだから、子どもが消えるのは当たり前でしょう」

「それは違う。強制養子縁組では子どもの行き先が記録されていた。証明書や許可証、すべてが残された。わしらは無法国家ではなかった。今では無法国家だったという奴もいるがな。子どもの多くはまっとうな家族に迎えられて、いい暮らしができたんだ。だがたまに書類もなく消えて、二度とあらわれない子もいた。多くの場合、女の子だった」

トムは毛布をかけていても寒くなった。「何人ですか？」

「わからない」

「十人以上？」

「たぶん」

「もっと多かったのですか？」

「わからない。そんなことはないと思う」

「壁崩壊前のことですよね。妹が行方不明になったのは一九九八年です」

モルテンは考えこみながらうなずいて、険しい目をした。「もしその組織が解散していなかったとしたらどうかな？」

第十二章

シュターンスドルフ
一九九八年十月十九日午後四時二十三分

トムはじっとすわりこんでいた。脈拍だけが速かった。赤い照明のせいで、すべてが非現実的だ。恐ろしい。男は今にも起きあがりそうだ。映画だと、死んだと思った者がいきなり起きあがる。だが男は身じろぎひとつしない。トムにはどっちが危険なのかわからなかった。

「これで貸し借りなしだ」ベネは小声でいった。「危機一髪だった」

〝ちくしょう。なにが貸し借りなしだ〟

「死んだのか？」ベネは袖で洟《はな》をふいた。

「間違いないと思う」

「ファック、逃げないと」

「こいつをここに置いていくのか？　なに考えてんだよ？」

「あれは正当防衛だった。だれにも文句はいわせない」

「そう、うまくいくかな」

「おまえが馬鹿なことをしなければ、こんなことにはならなかったんだ」

「警察に調べられるかな？　ナイフの傷痕から推理するだろうな。だれのナイフかわかっちゃうかな？」

「こいつは押しこみ強盗で、俺たちはたまたまそこに居合わせたっていえばいいのさ」

「そんな言い訳が通用するかな？」

「俺たちはふたりだ。お互いの証人になれる」

トムは一瞬考えた。「それより……」

「なにさ？」

「それより、グラッサーはどこだろう？」

「さあな。見かけなかった。臆病風に吹かれて逃げたんじゃないかな。きっとこいつと同じ穴のムジナさ。こいつは、俺たちがここに来たって、だれかから教えられたはずだ。こいつはずっと俺たちを捜してた」

「問題はそこだよ。グラッサーがさ、強盗に入ったのがぼくらで、こいつがたまたま居合わせてしまったっていったら……」

「一巻の終わり。俺たちは豚箱行きだな」

トムは死体の首の傷と胸の刺し傷を見つめた。それから背中の傷も。正当防衛には見えない。「やっぱり逃げよう」

「死体を隠したらどうかな」

「だめだ。このままにしておけば、仮に犯人にされたって、パニックになって逃げたと弁解できる。こいつをどこかに運んだりしたら、隠そうとしたって思われちゃうぞ」

ふたりは顔を見合わせた。

「顔に血がついてる」ベネがいった。

「きみの手にも」

ふたりは写真を定着液に浸すのに使う流し台で血を洗い、そこについた血もきれいに流した。それからトムは自分の写真とペンタックスを持ち、人目がないことを確かめて写真館から立ち去った。

だれにも見られていない、とベネはいったが、トムは通りの向かいの家の窓が半開きになっていて、だれかが立っていたような気がした。夜中にトムは、暗室の至るところに指紋を残していることに気づいた。指紋を忘れるなんてまったく迂闊《うかつ》だ。浴室に入って、胃の中のものを吐いた。

一週間後、トムの家で電話が鳴った。トムが受話器を取った。警察だった。

トムは父親に受話器を渡したが、気が気ではなかった。父親は困惑した。だが同時に気をしっかり持っていた。受話器を置くと、父親は深刻で悲痛な顔のままトムを見ていった。

「午前中、ヴィオーラの死体が運河で見つかったそうだ。死後三ヶ月らしい」

トムは父親を見つめた。悲しい気持ちにはなれなかった。無理もない。写真館で出会った男のことを思った。ぞっとするほどの暴力的な尋問。そのとき聞いた話が脳裏に焼きついていた。〝俺はちょうど一週間前におまえの妹を見てる。男とトラムに乗っていた〟

運河で発見された少女はヴィオーラではない。三ヶ月前に死んだ人間が二週間前にトラムに乗れるわけがない！

そのあと見せた父親の困惑した顔を長いあいだ忘れることができなかった。父親は、トムが失神し、泣き叫ぶと思っていたのだ。だがトムは、妹が生きているという安堵感と、どうして知っているのかだれにもいえない焦燥感を隠すのにひと苦労していた。

今思えば、警察に捕まったほうがよかったような気がする。グラッサーの写真館で人を殺したことが発覚すれば、知っていることをいうことができる。結局のところ、刑務所に入るほうが、黙っているよりもずっとましなはずだ。

だがだれも、ベネとトムに嫌疑をかけなかった。それどころか、死体発見や殺人事件のニュースは一切なかった。新聞の短信すらない。噂にもならなかった。

警官になると決めたのには、ヴィーのことがあっただけではない。あの事件に引っかかりを覚えたからでもある。人間が人知れず蒸発し、だれもそのことを問題にしないなんておかしい。

第十三章

ポツダム市ザクロー区
二〇一七年九月五日（火曜日）午後六時二十七分

トムは毛布を払いのけると、裸のまま玄関の前に立った。太陽は森の向こうに消え、ザクロー湖から冷気が漂ってくる。衣服を入れた青いゴミ袋を窓の下の荒れ果てた花壇から拾いあげたとき、小枝や小石を足裏に感じて痛かった。

自分の車に戻ろうとしたとき、森の奥から近づくヘッドライトに気づいた。イエローのオペル・コルサ。旧型で、ナンバープレートはポツダム。車のあちこちがへこんでいた。五十歳くらいの女性がトムのベンツの斜め後ろに車を止めた。女性は小太りで、ぱんぱんにふくれたスーパーの袋を持って車から降りた。自分の車の手前でトムはゴミ袋で腰のあたりを隠した。

女性は会釈もせず、そばを通り過ぎた。トムのことなど眼中にないようだ。トムはゴミ袋を車の中に置き、助手席側の陰で服を着た。それから車の向きを変え、その女性が玄関が開くのを待っているところをルームミラーで確かめた。最初のカーブで、家は視界から消えた。

気づくと、助手席にヴィーがすわっていた。トムは無視して、アクセルを踏みこみ、錠剤をのんだ。

ヴィオーラはシートにふんぞり返って、首にかけた鍵をいじっていた。日が翳《かげ》ったので、トムはライトを点灯したが、視界がよくなることはなかった。

〝消えた女の子たちはどうなったのかしらね？〟ヴィーがたずねた。

〝その話はしたくない〟

〝あたしも同じ目に遭ったのかしら？〟

トムはヴィオーラのずけずけいうところが好きではなかった。その質問がどこから来るのか充分承知していた。本当に妹が隣にいるわけがない。だがその質問は本当に投げかけられた。妹がいるわけがないと自分にいい聞かせれば、なんとかなるものだろうか。一番いいのは黙っていることだ。

トムはザクロー区方面の道路に曲がった。空にはピンクゴールドとグレーブルーの筋が浮かんでいた。

〝トミー？〟

トムはびくっとした。その名で呼ばれるのはひさしぶりだ。

〝消えた女の子たちって、あたしに関係していると思う？〟

〝さあな、わからない〟

〝ねえ、留守番電話を確認したらどう？　あるいはジータに電話をしたら？〟

〝小賢しいことを。俺がなにをするつもりかわかってるのか？〟

〝なによ、あたしが知恵を貸すと、いつもそういうんだから〟

〝そういうのは、ちょっと黙っててほしいからさ〟

ヴィーは足を抱えて、シートの上で小さくなり、ふくれっ面《つら》をした。

ニコラスゼーの出口で高速道路から降りると、トムはヴァン湖水浴場の入り口で車を止めた。すぐに助手席からスマートフォンを取って、プリペイドカードを抜いて、自分のＳＩＭカードを挿した。電話は十五件、留守番電話は七件、メールは六件、ショートメールは三件。トムはため息をつくと、手始めにショートメールをチェックして、はっとした。最初のショートメールはヨシュのスマートフォンからだった。電話番号は昨日、登録したばかりだ。


〝会う必要がある。緊急。大変なことになった。ぜひ会いたい。ベーリッツ、敷地で午後七時〟


次のショートメールには位置情報が載っていた。赤い小さなピンがベーリッツ・サナトリウムの敷地に立っていた。

トムは考えた。六時五十分。ベーリッツまでは三十分かかる。車のエンジンをかけると、向きを変え、ヨシュに電話をかけてみた。だが留守番電話になってしまった。

高速道路は混んでいた。トムは左車線を走った。空に浮かぶ光の筋は消え、地平線が光っていた。

留守番電話のメッセージを順に再生した。

「トム。わたしよ、ナージャ。わたしは元気。ここはちょっと変なところだけど、ベネが気を使ってくれている」それから少し間《ま》があった、「昨日の夜はありがとう。あなたがいなかったら、わたし、もたなかったと思う。連絡ちょうだいね」次は父親からだった。「やあ、トム。ガーデンパーティに来るか教えてくれ。ゲルトルートが……」トムは次のメッセージを再生した。「ハイ、ジータよ。トム、これを聞いたら、電話をちょうだい」次もジータだった。まわりに人がいるかのような声で、深刻そうだった。「ハイ、トム。こっちはとんでもないことになってる。お願いだから電話をちょうだい！」

トムは他のメッセージを無視して、ジータに電話をかけた。呼出音が五回鳴って、留守番電話になった。トムは罵声を吐いた。急ぎなら、どうしてすぐに出ないんだ。せめてなにが起きているか、メッセージを残してくれればいいものを。

ベーリッツ・サナトリウムを目前にして、トムはもう一度電話をかけてみたが、結果は同じだった。

西の空では、サナトリウムを囲む森に最後の日の光が射している。道路を走る車はまばらになった。トムは門番の家を通り過ぎて、二、三百メートル進んでから左折した。送られてきた地図のピンが立っているところを目指し、ソ連軍戦士記念碑の前で車を止めた。機関銃を携えた兵士像が、草のはびこった大きな楕円形の広場を見ている。その広場に面してドイツ帝国時代の建物が二棟建ち、数本のトウヒが天を衝《つ》くようにそびえている。

トムはマカロフを肩掛けホルスターに挿し、鑑識から借りっぱなしの懐中電灯をトランクからだした。

七時半。ヨシュは待ちあわせ時間を七時と指定していた。会う必要があるのなら待っているはずだ。ただ連絡がつかないのが気がかりだ。地図のピンは二棟ある建物の左側を指している。見たところ、比較的状態がいいようだ。中央の大きな建物の左右に翼部がある。ハーフティンバー造りで、壁には赤と黄色のレンガが使われ、一階の窓は板で塞《ふさ》がれている。屋根には小さな時計塔があるが、時計は止まっている。玄関のドアは少し開いていて、頑丈そうな鉄の鎖が取っ手にぶら下がっている。トムはドアを押し開け、懐中電灯をつけて中に入った。

内壁と漆喰《しっくい》装飾はペンキが剝《は》がれていた。建物が過去という汗をかいているかのようだ。カビ臭く、じめじめしている。トムの靴が、落ちた化粧壁の破片を踏んでじゃりっと音を立てた。八段ある石の階段、二枚扉、廊下がつづき、ふたたび二枚扉。天井から水滴が落ちてくる。黒っぽい大きなカビの跡が大きくひらいた口のように見える。隙間風がトムのうなじを撫《な》でた。まるで建物がトムを招き寄せ、吸いこもうとしているみたいだ。

四つ目の扉の前で立ち止まった。他の扉よりも高さがあり、壮観だ。まるで教会の扉のようだ。風の流れがここへ来て強くなった。トムはスマートフォンを見て、もう一度、ヨシュの番号に電話をかけ、じっと聞き耳を立てた。呼出音は鳴らず、ピーという小さな音がして留守番電話になった。ヨシュの名を呼んでみようかとも思ったが、思いとどまった。同様に四つ目の扉を開けるのも躊躇《ちゅうちょ》した。

だが、ここで行動しなくては警官ではない。

扉の下にある小石がこすれる音が反響した。その音を聞いただけでも、その奥が広間なのがわかる。まるで丸天井のあるベルリン大聖堂のミニチュアだ。内部は空っぽで、壁面には黄色いタイルが貼られている。巨大な浴場のようだ。六、七メートルくらいの高みにアーチ状の窓が並び、そこから冷たく淡い光が射しこんでいた。丸天井からは水が滴《したた》っていて、割れたタイルの床に水たまりができていた。八角形のホールの中心は浴槽だ。空間が広いせいか、やけに小さく見える。

「ヨシュ？」トムは小声でいった。

声が反響した。足音も丸天井に当たって返ってくる。トムは浴槽に惹きつけられた。懐中電灯の黄色い光の輪が水に反射した。短い階段が浴槽の中につづいている。小型車くらいなら沈められそうな広さがある。波紋を反射した懐中電灯の光が反対側の壁をゆらゆらと照らした。浴槽の下になにか長くて、銀色のものが横たわっている。まるでうろこのある巨大な魚のようだ。

トムの動悸が激しくなった。浴槽の縁《ふち》に立つと、黄色いタイルを敷き詰めた底に懐中電灯を向けた。横たわっていたのは人間だった、裸で、金網でグルグル巻きにされ、皮膚《ひふ》に食いこんでいる。頭部にも金網が巻かれ、そこからヨシュの目が覗いていた。虚《うつ》ろな目で丸天井を見上げている。そして最後にもう一度だけ深呼吸をしようとするみたいに口を開けていた。トムはため息をついて、半歩さがった。そのときヨシュの首にかけてある鍵に目がとまった。気分が悪くなって、そのましゃがみこみたくなった。薬の効き目が切れて、足をすくわれたような無力感に襲われた。

そのとき右側で物音がした。トムははっとして、そっちに懐中電灯を向けた。懐中電灯の光が薄汚れたタイルの上に転がっているキラキラ光る小さなものを照らしだした。

「おまえにやるよ、トム」背後で男の声がした。それと同時に、トムのスマートフォンが鳴った。

第十四章

ベルリン市テンペルホーフ地区州刑事局本部
二〇一七年九月五日（火曜日）午後六時三十九分

ジータ・ヨハンスはしばらく呼出音を鳴らしつづけ、腹を立てながら電話を切った。だが、だれに腹を立てているのかわからなかった。連絡がつかないトムか、スマートフォンが鳴っても教えてくれなかったルツ・フローロフか。フローロフは二回鳴って切れたといった。トムと決めていた合図だ。

ジータはテンペルホーファー・ダム通りの州刑事局本部に来ていた。煌々《こうこう》と明かりがついたフローロフのオフィスにデッキチェアがあるのを見て冷やかした。フローロフは仕事がハードだから、ときどき仮眠する必要があるといった。それに仕事の鬼になっている彼が帰宅しても、妻は午後十時以降、家に入れてくれないという。

ジータは奥さんの職業がなにかたずねた。

「カウンセラーさ」フローロフはいつもの笑みを見せずにいった。

ジータは寝心地をちょっと試すつもりでデッキチェアに横たわり、天井を見ながらフローロフのマウスのクリック音に耳を傾けた。捜査官のだれかから電話がかかってきたが、フローロフはろくに話を聞きもせず、コンピュータを見ていた。完全に自分の世界に入っている。ちょうど三十分後、ジータははっとして目を覚ました。だがフローロフは、彼女のスマートフォンが鳴ったことを教えてくれなかった。

「ちょっと見てくれ」彼はジータのほうを振りかえりもせずにいった。

ジータは彼の横にすわった。フローロフはデータを見つめていた。

「なんなの？」

「ここだ」フローロフはモニターを指差した。たくさんの氏名が並んでいるが、なにを指差しているのか、ジータにはわからなかった。

「ところで、鬘《かつら》が少しずれてるぞ」画面から目を離さず、フローロフはいった。

ジータはぎょっとした。「いつから気づいてたの？」

「鑑識課だからね」フローロフは肩をすくめた。「わかるさ」

「他の人は？」

「さあ、どうかな。でも、うまいな。そんなに目立たない。なんで？　気になるのか？」

「そう見える？」

「まあね」

「もういいわ」ジータは鬘をつかむと、頭から取ってデッキチェアに投げた。ジータの五厘《ごりん》刈りに、フローロフの視線が一瞬とまった。「クールだ」表情を変えずにそういうと、フローロフはまたモニターに目を戻した。「ちなみにモルテンは気づいてる」

「気づいてる？　なにに？」ジータの頭の中で警報が鳴った。

「管理人がきみの名前を覚えていた。色っぽかったといってたよ」

ジータはため息をついた。

「ついてなかったな。だけど大丈夫さ。モルテンは他のことでてんてこまいだから」

「わたしをからかってるのね。まったく、これだから鑑識課は。鬘の件に気づいたのはあなたなんでしょ」

「まあ、ちょっと考えればわかることさ」フローロフがニヤッとした。「でも、話を戻そう」そういって、コンピュータ画面を指差した。「一九九八年に起きた関連しそうな事件をすべて洗った。ベルリンで保護された、記憶を喪失している身元不明の少女や女性はヒットしなかった。もちろんクララという名も。若い娘が私立ヘーベッケ精神科病院に預けられたっていう記録もない」

「院長は年を間違えたのかしら？」

「前後五年間に広げて検索してみた。記録はない。院長が嘘をついたか、だれかが記録を消したかだ」

「どっちだと思う？」

「院長が嘘をついているな。さっき発見したものを見てくれ」

ホットキーで画面を変えた。数字がずらっと並ぶＰＤＦだ。「これは私立ヘーベッケ精神科病院への入金記録だ……」

「違法にアクセスしたわけ？」ジータは唖然《あぜん》としてたずねた。

フローロフはニヤッとした。「古い記録さ。私立ヘーベッケ精神科病院とヴィッテンベルク院長は六年前、監禁と賄賂《わいろ》の疑いで捜査されているんだ。ヴィッテンベルクは賄賂を受けとって、代わりにある患者を拘禁する必要があるという診断書を書いた」

「ありえない」

「もちろんヴィッテンベルクは無罪になったけどね」

「証拠不充分てことね」

「待った」フローロフがニヤッとした。「ちょっと偏見が入っていないか？」

「院長に会ってないからいえるのよ」

「まあ、それはいえてるか。それより見てくれ」フローロフは人差し指でモニターを叩いた。「定期的に協賛金を振りこんでいるところがあるんだ。どこだと思う?」

「ドイツ・リハビリ協会」ジータは振込元の名を読みあげた。「知らないわね」

「小さな法人だ。パイトン警備会社というウクライナの企業の寄付で運営されている。この警備会社は元々ベルリンで活動していた。所有者はユーリ・サルコフ」

「そうなの。それで?」

「この警備会社に定期的に高額の金を送金している組織がある。HSGEだ。そしてその金の一部がドイツ・リハビリ協会に流れている」

「HSGEってたしか元東ドイツ公務員のための社会正義互助会のことじゃなかった? 税関や国家人民軍や国境警備隊、そして」

「国家保安省《シユタージ》の関係者の互助会さ」フローロフはうなずいた。「会員は一万二千人を超える」

「国家保安省の元職員が公式に互助会を持っているということ?」

「まあ、そういってもいいな。この互助会は基本的にはいかがわしい目的のために設立されたわけじゃない。旧東ドイツで政府に協力した連中の利益を代表するという点では批判されるだろうがな。しかしこれだけ大きい組織になると、よからぬ目的をもって昔のつながりを利用しようとする輩《やから》もいないわけじゃない。結果として、HSGEは問題の精神科病院に定期的に送金している」

「ふむ。だけどそれがクララ・ヴィンターとどう関係するのかしら?」

「そこまではまだ……」

「……でも臭いわね」ジータは小声でいった。「ヴィッテンベルク院長はクララ・ヴィンターを引き受けた事情について嘘をついてるわけだし」

「だな」フローロフが機嫌よさそうにいった。「なにかをごまかそうとしている。他にもおもしろい情報がある」フローロフは最初に画面にだしていたデータに戻った。「ヴィッテンベルクは一九六三年生まれで、旧東ドイツ市民だ」

「だからなに？　わたしだって東ドイツ市民だったけど」

「いいたかったのは、東ドイツで医学を学んだってことさ。そしてそのあと心理学を専攻した。東ドイツの病院で働いたことがあるはずだ……」

「……そしてそこでクララに出会った」ジータはそういう結論を引きだした。

「そういうこと」

「残るは今回の事件との接点ね」

「そこでもうひとつ見せたいものがある」フローロフは入金記録に戻って、しばらくスクロールし、それから画面に指を当てた。「はっきりした証拠にはならないが、注目すべきだ」ジータは身を乗りだした。「シュターンスドルフ・プロテスタント教会から寄付金七千マルク？」

「そのあとも、ときどき寄付をしている。興味深いのは送金元の口座だ。ブリギッテ・リスの個人名義なんだ」

「嘘でしょ！」

「嘘じゃない。だけど証拠にはならない。定期的な送金じゃないんでね。ブリギッテ・リスはさまざまな公益団体を援助していることで知られていた」

「だけど私立の精神科病院でしょ？」

「性的虐待を受けた女性のため……孤児のため……」

「個人名義の口座から？　冗談は休み休みいって！　そんな大金持ちじゃないでしょ」

フローロフが愉快そうにジータを盗み見た。「きみは熱いね。セックスするときもそうなのか？」

ジータは彼の頭を小突いた。「既婚・なんで・しょ！」

「おっと！　冗談だよ」フローロフがニヤッとした。

「数字の17とクララの本名はどうなってる？」

「魔法使いじゃないんでね」

「でも、魔法使い並みの働きだわ。わたしが寝ているあいだに調べあげたの？」

「まあ、きみがここへ来るあいだも調べていたからな。ところで、今思いだしたんだけど、寝ているときに、きみのスマートフォンが鳴った。たしか二回鳴って切れた」

ジータはびっくりしてフローロフを見た。「なんですぐにいってくれなかったの？」

「こっちよりも重要なことだと思わなかったんでね」フローロフは画面を指差しながらいった。「それにきみは熟睡していた。かわいらしかったよ」

第十五章

ベーリッツ・サナトリウム
二〇一七年九月五日（火曜日）午後七時五十八分

トムは振りかえるなり懐中電灯を落とし、肩掛けホルスターに挿したマカロフに手を伸ばした。

「動くな！」鋭い声がした。

懐中電灯が床を転がった。暗がりで、だれかが拳銃を構えている。

トムは両手を下げた。スマートフォンがジャケットのポケットの中で鈍《にぶ》く鳴りつづけ、丸天井に反響した。

「ゆっくりと銃をだせ。二本の指で」

トムはいわれたとおり親指と人差し指でホルスターからマカロフを抜いた。

「そしたら床に置いて、こっちに蹴《け》るんだ」

マカロフは音を立ててでこぼこしたタイルの上を転がった。男が足を一歩前にだし、マカロフを探って、窓のほうに蹴った。

トムのスマートフォンが静かになった。

「鍵を取れ。おまえのだ」

トムは床を見た。懐中電灯の光が彼から離れ、床すれすれを照らしたため、大きな丸天井の広間は暗くなり、色の見分けがつかなくなった。トムは二枚の割れたタイルの窪《くぼ》みにはまっている鍵を見つけて拾いあげた。その鍵は細い糸にぶら下がっていた。握りに灰色のプラスチックカバーがあり、数字の17が認められた。親指で触ってみて、その数字がプラスチックに彫られていることがわかった。

「七本あるうちの一本さ」男は小声でいった。「首にかけろ」

トムは紐を首にかけた。脳裏にヴィオーラの姿が浮かんだ。うれしそうにピョンピョンはねている。鍵を手にして、耳に羽根をつけている。それから胸に鍵をかけ、見るも無惨な姿で大聖堂の丸天井からぶら下がっているブリギッテ・リス。

目の前の男が拳銃を下げた。トムは距離を測った。相手を無力化するには遠すぎる。相手は痩《や》せているが、背が高い。年齢はよくわからないが、なんとなく顔に見覚えがある。

「だれだ?」トムはたずねた。

「イエス」男はトムがどういう反応をするかうかがった。勘違いでなければ、その声には馬鹿にしたような響きがあった。

「いかれてると思うか?」

「イエスを名乗る以上、それなりの理由があるんだろう」

「無神論者か」

「なぜそう思う？」

「信者なら、イエスを名乗る奴に腹を立てるはずだ」

「ブリギッテ・リスは怒ったか？」

「怯えていた。俺がだれかわからなかったからな。死人に出会うとは思わないだろう。だが俺は復活を果たした」男は横に数歩移動すると、身をかがめて、空《あ》いているほうの手で懐中電灯を拾いあげた。拳銃の扱いに慣れていないようだが、注意深く振る舞っている。彼は懐中電灯をトムに向けた。光の輪が顔に当たったので、トムは目をつむった。

「俺をどうするつもりだ？　なぜヨシュを殺した。ブリギッテ・リスとヴィンクラー、女性警官を殺した理由もいえ」

「女性警官？」

「ヴァネッサ・ライヒェルトだ」

「女性警官なんて殺していない。なんで殺す必要がある？」

「じゃあ、なぜブリギッテ・リスを殺した？　なぜヨシュアを殺した？」

「理由は同じさ」

トムはまばゆい光を浴びながら目をしばたたいた。「なぜだ？」

「おまえら卑怯者が当時、鍵を警察に持っていかなかったからだ」

「ちんぷんかんぷんなんだが」

その瞬間、銃声が鳴り響いた。つづいて二発目、三発目。懐中電灯が床に落ちて、光が足をかすめたかと思うと、プラスチックが砕ける音がして、光が消えた。トムは床に伏せた。広間を走る足音がした。音が広間に反響しており、どこから聞こえているのかわからなかった。また銃声。別の拳銃の発砲音だ。さっきよりも大きく、激しい。おそらく口径が大きいのだろう。トムはじっと暗がりを見つめた。だが見えるのは、網膜に残っているまばゆい光の残像だけだった。そのときいきなり発砲炎が見えた。小さな星が炸裂するような光だった。立てつづけに二発。広間の他のところから別の拳銃がそれに応じた。銃弾がトムの頭上をかすめた。アーチ状の窓が見えたので、そっちへ這っていき、両手でマカロフを探した。左のほうでドアが開いて、だれかがそこをくぐった。また複数の銃声が鳴り響いた。そしていきなりあたりは静寂に包まれた。

いや、背後で足音がしなかったか。

伏せているんだ！　立つな！　そう自分にいい聞かせて、できるだけ音を立てないようにして匍匐《ほふく》前進し、指を伸ばした。ちくしょう、拳銃はどこだ。ようやくマカロフのグリップをつかんだ。仰向けになって足を広げ、最後に銃声がしたところへ銃口を向けた。

遠くで足音がした。

トムは跳ね起きると、黒々した壁に灰色の口を開けているドアのところへ走り、いったん立ち止まって、警察学校で習ったとおり、開け放ってあるドアに飛びこむ体勢を取った。ドアの奥からはなんの反応もなかった。銃声も物音も聞こえない。建物の裏手には鬱蒼《うっそう》とした森と茂み、コンクリートプレートの小道があった。トムは道路のほうへ向かって建物をまわりこんだ。車が一台、ライトもつけずにどこからともなく飛びだし、道をはずれ、背の高い草をなぎはらってからまたアスファルトの道に戻った。テールランプが灯《とも》って、ヘッドライトが闇に向かって白い円錐形を形作った。トムは発砲するとしても、だれを撃つべきかほんの一瞬迷った。殺人犯か？　それとも殺人犯を撃った奴か？

突然、別のエンジン音が聞こえた。トムは振りかえった。ヘッドライトが自分を照らしだしている。その車は藪《やぶ》の中に隠してあって、見えなかったのだ。運転手はトム目がけて車を走らせた。トムはぎりぎりのところで横に飛んだ。車はそのまま前の車が走っていった道へ向かった。ナンバープレートを確かめようとしたが、数字には泥がついていて、その上かなりの速度だったので、ベルリン・ナンバーのBくらいしか見分けられなかった。

追っ手は州道に向かってアクセルを踏み、車のエンジンが唸《うな》りを上げた。そしてあたりは静かになった。トムはマカロフを肩掛けホルスターに戻した。そのときかすかにサイレンが聞こえた気がした。トムはスマートフォンをだして、画面を見た。ジータの電話番号だ。さっき電話をかけようとしたときのままだった。早速電話をかけた。呼出音が何度か鳴って、ジータが出た。

「トム？」ジータの声に落ち着きがない。なにかおかしい。「さっきグラウヴァインから電話があった。あなたのスマートフォンの位置情報を入手して、ベーリッツに向かっている。すぐに逃げて」

「なぜだ？　なにがあった？」

「ドレクスラーが息を引き取ったのよ。殴られた警官」

「はあ？　そんなことって」

「死因は心臓発作よ、トム。法医学者によれば、薬物を注射されたらしい。病室を最後に訪ねたのはあなたなのよ」

「ちくしょう」

「もっと大きな声でいってくれる？　カーリンの家での撃ちあいも本当にあったのか疑われている。あなたがドレクスラーを殺したのだとしたら、証言されるのを嫌ってのことだっていうのよ」

トムは首を絞められたような気分になった。サイレンが近づいている。「ジータ、よく聞くんだ！　サナトリウムの敷地を捜索しろって俺がいっていたと、みんなに伝えるんだ。殺人犯に会った。ついさっきここで撃ちあいがあった」

「なんですって？」

「聞いてくれ！」トムは自分の車へ走った。「サナトリウムの浴場だ。犯人は俺を殺そうとした。だけど、だれか知らない奴がやってきて、いきなり犯人と撃ちあいになったんだ」

「うそっ、無事なの？」

「ああ。そいつに、命を救われた」

「それで、その知らない奴が狙ったのはあなただったの、それとも……」

「わからない。ふたりは逃げた。ひとりは黒っぽいノッチバック。大型で高級車だ。テールランプの形状はおそらくＢＭＷかアウディ。もう一台はステーションワゴンで、やはり黒っぽかった。車種はわからない。検問を敷けば、網にかかるかもしれない」

「あなたは無事なのね？」

トムは車のドアを開け、乗りこむときに頭をぶつけた。「俺は平気だが、ヨシュが死んだ」

「えっ？　ベームが？」

「ああ。犯人はまだやる気だ。狙っているのは七人だといっていた」トムはエンジンをかけた。「それからもうひとつ！　俺が訪ねたとき、ドレクスラーは意識があった。彼を殴った奴には傷痕があるといっていた。右足外側のくるぶしのすぐ上だ。手がかりになるかもしれない。電話を切るぞ。スマートフォンから手を離すな。別の番号で電話をする」

ジータの返事を待たずに電話を切ると、トムは運転の姿勢を取った。遠くに小さく青色回転灯が見える。州道を行くのはだめだ。ブレーキを踏むと、今いる場所を確かめて、サナトリウムの奥へとつづく闇に沈む小道を選んだ。道は狭かったが、トムは速度を上げた。車の側面を何度も枝がこする。ベネといっしょに写真館から逃げだしたときの記憶が蘇《よみがえ》った。途方に暮れ、抜け道がわからない。ただし今回はひとりぼっちだ。

第十六章

ベルリン市クラードー地区私立ヘーベッケ精神科病院
二〇一七年九月五日（火曜日）午後八時三十六分

フリーデリケ・マイゼンはベッドにすわって、スマートフォンをネットにつないだ。突然着信音が鳴ったので、びくっとした。画面に表示された電話番号には見覚えがある。あの女性警官じゃないだろうか。心の奥底では、警察に通報したのは正しかったとわかっている。だがこれほど叱責《しっせき》されるとは。ヴィッテンベルクはきっとクビにするだろう。メレート看護師も、フリーデリケはコーヒーをいれることもできないと思っている。

その一方で、女性警官のおかげで痛快な思いができた。院長夫人のテリアをまんまと放したこと。院長が顔を真っ赤にして病院の敷地じゅうを追いかけまわしたこと。犬を捕まえるのに狩りだされた人たちを除く大半の人が笑っていた。

スマートフォンの着信音は神経を逆撫《さかな》でした。我慢できなくなって、電話に出た。「もしもし？」

「フリーデリケさん？」

「ええ」彼女はささやいた。「ヨハンスさんですか？」

「ええ。今話せますか？」

「自室です。でも用心しないと。廊下から盗み聞きできるので」

「小言をいわれました？」

〝小言なんてもんじゃない〟とフリーデリケは思いながらいった。「ええ」

「申し訳ないです。すべてが解決したら、あなたがどれだけの貢献をしたか、わたしが院長に話します」

「そんなことをしても無駄だと思います」そうささやくと、フリーデリケはベッドを離れ、小走りにサニタリーユニットに入って、鍵をかけた。換気扇が自動的に動きだした。ずっと自分の顔を鏡で見るのもいやなので、便器の蓋《ふた》にすわった。

「フリーデリケ、難しいのはわかっていますけど、もう一度、協力してくれませんか？」

フリーデリケはごくんと唾をのみこみ、とっさにうなずいた。ジータには見えないのだと思いつかなかった。

「もう一度クララに会う必要があるんです」

「それは難しいでしょう。院長が違う病室に移動させたので」

「移動させた？」電話の向こうが一瞬、沈黙した。「別の病院に？」

「いいえ、それはないです。でも、別の部屋です。たぶん本館の別の区画です」

「閉鎖された区画？」

「いいえ、一階の院長室の先だと思いますけど、どこなのかはっきりしません」

「その区画、あるいは病棟の名前は？」

「わかりません」

ジータのため息が聞こえた。「その区画がどこなのか、だれかに訊くことはできますか？」

「令状かなにかを持ってこられませんか。公式であれば、あなたを敷地に入れるしかないでしょうから」

「精神病患者への事情聴取なら可能です。しかしクララの場合は、特別な許可がいります。それにクララをよく知る精神科医の承諾を得る必要もあります。それって、ヴィッテンベルク院長ですよね……」

「そうですね」

「それに、院長がいるところで、クララが話をしてくれると思いますか？」

「たしかに。院長がそばにいたら、わたしだって口が利けなくなると思います」

「よく聞いて。一時間でそっちへ行きます。受付にはまだだれかいますか？」

「いいえ。シェーベンは午後六時で帰ります。それに正門が閉まります」

「門を開けておいてくれませんか？　隙間があいているだけでいいんです。それなら施錠するのを忘れたと思ってもらえるでしょう。やってくれますか？」

「でもクララは？　どうやってクララを見つけるんですか？」

「院長室がどこかは知ってます。なにかヒントをくれれば助かりますけど、だめならひとりでなんとかします」

フリーデリケは深呼吸して、「わかりました」とささやいた。

「あなた、最高！」ジータはいった。「ありがとう！　心配なく。正しいことをしてるんですから」

「わかりました」フリーデリケは改めていった。「じゃあ」

後ろにもたれかかって、サニタリーユニットの天井を見つめた。監獄ってこんな感じだろうか。なにをやっているんだろう。ドアの鍵を開けると、狭いサニタリーユニットから出た。外はすっかり暗くなっていて、窓ガラスに自分の姿が映った。ジータはひとりでなんとかするといっていたけど、どうするつもりだろう。一階の部屋を片端からノックするつもりだろうか。そんなことをしたら、すぐに見つかって詰問されるだろう。だれに捕まるかわかったものじゃない。

フリーデリケは深呼吸し、スマートフォンの音量を下げてからスニーカーを履いた。これならビルケンシュトックほど音がしない。ドアを開けて、左右をうかがい、廊下に出た。

受付カウンターにシェーベンはいなかった。階段を通して、上の階の物音が聞こえる。

フリーデリケはスマートフォンの懐中電灯アプリをタップし、光が広がらないように手でカバーしながら院長室がある暗い廊下を進んだ。廊下の左右にドアが並んでいる。ドアの横に貼られたアクリルボードの札を順に照らした。ジルケ・ヴァイントルート医長、ゾフィア・ヤブロンスキー看護師長、管理人、倉庫……オフィス、機械室。右側の最後のドアには札が貼ってなかった。フリーデリケはドアノブをそっと押した。驚いたことに、ドアが開いた。その奥は窓のない短い通路になっていて、ふたたびドアがあった。そのドアも施錠されていなかった。灰色に塗られたレンガ壁の狭い石の階段が地下につづいていた。手すりは鉄製で、灰色のペンキが剝《は》がれたところは錆《さ》びついている。

〝なにこれ！　ホラー映画みたい。精神科病院の秘密の地下室に通じる隠し階段だなんて。馬鹿な〟とフリーデリケは思った。〝映画の見すぎ。それにドアはどれも施錠されていなかった。隠す必要があるなら、施錠するはずだ〟

フリーデリケは胸に手を当てながら、一歩一歩階段を下りた。照明をつける勇気はなかった。カーブしたところで、階段は終わった。蛍光灯がいくつもジージーと音を立てながら明滅している。そのかすかな音と冷たい光に死ぬほど怖くなった。メレート看護師か院長に出くわしそうで、戦々恐々としたが、そこにはだれもいなかった。灰色の廊下に蛍光灯が灯《とも》っているだけだった。右側に扉が四枚並んでいる。頑丈そうな金属扉とかんぬきを見て、腰が抜けそうになった。ここはやっぱり。

ところが奇妙なことにかんぬきはかかっていなかった。スマートフォンをしまうと、フリーデリケは最初の扉に近づいて、冷たい扉に耳を当てた。

なにも聞こえない。

〝こんな古い地下室だ。だれが使うというの？〟フリーデリケはドアノブを押して、ドアを開けた。扉の内側には分厚いクッションが張ってあり、ドアノブも、ドアハンドルもついていなかった。部屋は縦横四メートルほどで、煌々《こうこう》と明かりが灯り、ベッドと黒っぽいキャビネットがあった。そのキャビネットの上にクララが立っていた。裸足《はだし》で、白い寝間着姿。壁になにやら書いている。書かれた数字はたどたどしい。ペンを握る手がふるえている。

「ごめんなさい」フリーデリケがいった。「あの……大丈夫?」

クララは凍ったように動きを止めた。ドアのほうは見ず、壁に目を向けたまま固まっている。

「ブリギッテ?」クララがささやいた。

「あの……えーと、わたしよ、フリーデリケ」

「ここからだしてくれる?」クララが振りかえった。顔はいつもより土気色だ。だがなにか期待しているような表情をしている。「ねえ、出てもいい?」

「ええと、あの、ごめんなさい」フリーデリケは口ごもって窓のないその部屋に視線を泳がせた。病室というより防空壕だ。ドアノブのないドアは監獄を連想させる。「逃がしたりしたら、怒られるわ。それもひどく」

「お願い」クララがささやいた。「行かないといけないの。わからないでしょうけど」

フリーデリケは喉が詰まった。詰まっているものをのみこもうとしたが、小さくならなかった。「これはあなたのためだって院長はいってるわ」

クララは目を丸くして、「嘘よ」とささやいた。「警察はわたしを助けられない。あいつにかないっこないもの。あなたにはわからないわ」

「それより、こういってはなんだけど、キャビネットから下りたらどうかしら？　ふるえてるわよ」

クララは背中を壁に押しつけ、胸の前で腕を組んでまっすぐ立った。足指に力を入れて、キャビネットをつかもうとしているように見える。「ブリギッテを呼んでくれない？」

「ブリギッテ？」フリーデリケがたずねた。

クララの顔に涙が流れた。「ブリギッテはここからだしてくれたことがあるの。お願い！」

「ブリギッテがだれか教えてくれないと、呼べないわ」

「ブリギッテ、あの牧師よ」

えっ、嘘でしょ！　フリーデリケは背筋が寒くなった。まさかニュースになっているブリギッテ・リスのことだろうか。大聖堂で殺された人。同情心から、心臓がキュッとなった。

「イエスさまを呼ぶのはどうかしら？」

「イエスさまはだめ」クララがささやいた。

「それはまたどうして？」

「マリアとのことを知られたくないの」

「マリアとなにかあったの？」

「わたし、嫉妬したの。マリアはイエスさまの恋人であって、母親。だからわたしは恐いの」

「でもイエスさまに救われたといわなかった？」

「この地下では、イエスさまは手出しができない」クララはささやいた。「イエスさまは助けるといったけど、信じられない。悪魔が相手では無理。悪魔を懲《こ》らしめられるのはブリギッテだけよ」

フリーデリケは深呼吸して、胸に手を当てた。

「なら、わたしがあなたのブリギッテになる」

静寂。

「あなたはブリギッテじゃない」

「だれかがブリギッテになるしかないでしょ。だからわたしがなるわ」フリーデリケはクラに手を差し伸べた。

クララは首を横に振った。

「わたしの悪魔がだれか知ってる?」フリーデリケはささやいた。

クララはまた首を横に振った。

フリーデリケの口の中が乾いた。口にしたことは一度もないが、いつかいわなければならない。フリーデリケ自身の体験はクララほどひどいものではなかったかもしれないが。「わたしの父親よ」フリーデリケはいった。

ふたりはじっとたたずんだ。クララはキャビネットの上で、フリーデリケはその前で手を差し伸べたまま。

「悪魔はあなたになにをしたの?」クララの声はふるえていた。

「それはいえないわ」フリーデリケはごまかそうとしたが、そのとたん涙が溢れてきた。自分が馬鹿だといわれていたこと、二流の人間で、幼い頃に崇拝した人から無価値というレッテルを貼られた人間だなんてクララにわかるわけがない。「でも、悪魔から逃れるにはどうしたらいいか知ってる？」

クララは首を横に振った。

「とにかく逃げるのよ」

静寂。静寂。静寂。

「さあ、いらっしゃい。わたしはブリギッテ。ここからだしてあげる」

クララが呆然とフリーデリケを見つめた。

「とにかくそこから下りて、ね？」

クララがゆっくり手を差しだした。指は冷たく、頬からは血の気が引いていた。腰のあたりで寝間着が揺れた。キャビネットから下りようとしている。フリーデリケは涙をぬぐった。ふたりは向かいあって、手を取りあった。クララはなにもいわず、膝《ひざ》を折ると、フリーデリケの腹部に頭をつけて、「わたしを連れていって」とささやいた。「許しを乞わなくてはいけないの。だれにも知られずに」

第十七章

ポツダム市近郊、ベーリッツ
二〇一七年九月五日（火曜日）午後八時四十二分

トムはルームミラーを見た。ヘッドライトも青色回転灯も見えない。目に入るのは黒々とした森だけだ。だれも追ってきていないようだ。アスファルトのまっすぐな道の右側には高いフェンスがつづいている。フェンスの上部はＮＡＴＯ規格の有刺鉄線が張られていて、闇の中から何度も警告板があらわれては消えた。「軍用地。実弾射撃訓練場。危険！」ベーリッツ実弾射撃訓練場はサナトリウムの北東の、州道から少し離れたところに広がっている。

夜はなにもかものみこむ真っ暗なトンネルのようだ。トムものみこまれそうだ。さっきのことを頭の中で整理しながら首にかけたままの鍵をつかんだ。本当に起きた出来事とは思えなかった。そしてとんでもない幸運に恵まれたことに気づいた。ヨシュは死に、次は自分が死ぬところだった。鍵に関係している七人のリストでは次の標的だった。ブリギッテ・リス、ヨシュ、カーリン、ベネ、ナージャ、そしてトム。七人目はだれだろう。

それより、さっき背後から発砲したのはだれなのか。おかげで命拾いしたが、わけがわからないし、そいつがだれを狙ったかも定かではない。

暗い浴場で待ち伏せていた男のことも脳裏から離れなかった。あいつは立って、トムに銃口を向け、イエスと名乗った。突然、ジータが送ってきた音声データのことを思いだした。

〝じゃあ、なんでここに来たの？〟と女に訊かれて、ジータは答えた。

〝なんでって、イエスさまのことでよ〟

ということは、ジータは犯人を知っているのか。犯人がイエスと名乗っていることを知っているのだろうか。

そういえば、男がいっていた。ブリギッテ・リスは〝怯えていた〟〝俺は復活を果たした〟と。考えれば考えるほど、その言葉が重要に思えてきた。

道路の左側を樹木がよぎり、反対側はフェンスがつづく。四キロほど走ってベーリッツの町はずれに達した。数件の家と街灯がトムを現実に引き戻した。といってもまだ完全ではなかった。静かな横道で、駐車している二台の車のあいだに停車して、エンジンを止めた。一瞬の静寂。だがそれはまやかしだ。

トムは鍵をつかんで見つめた。紐がピンと張った。金属の鍵がフロントガラスから射しこむ街灯の光でキラッと輝いた。こんな小さなものがこれほどの不幸をもたらすとは。

〝パンドラの箱の鍵〟ヴィーがいった。

〝パンドラの箱？〟

〝そう思ったでしょ。中にはなにが入っているの？　パンドラって、だれ？〟

トムはもぬけの殻の助手席を見た。ヴィーが自分を見るときの目つきはよく知っている。いつも同じ寝間着を着て、首から鍵をぶら下げている。

「どこにいるんだ、ヴィー？」トムはささやいた。「生きていることはわかってるんだ」

そのとき突然、恐ろしいことを考えて、体が凍りついた。もし犯人がヴィオーラの居場所を知っていたらどうする。彼女がリストに名を連ねていたら。

第十八章

ベルリン市テンペルホーフ地区
二〇一七年九月五日（火曜日）午後九時二分

ジータはテンペルホーファー・ダム通りの立体駐車場を出た。助手席に鬘《かつら》が載っている。鬘をかぶっていない自分に変な気持ちがした。だがこれからかぶり直すのはもっと変な気がする。鬘の横にはスマートフォンがあって、また鳴りだした。最初がグラウヴァイン。つづいてモルテンからの二件の問いあわせ。ジータはベームが亡くなったことと撃ちあいの件を伝えた。そして余計なことに、ブルックマンからも電話がかかってきた。ブリギッテ・リス殺害事件以降起きていることには面食《めんく》らいっぱなしだ。だがブルックマンからの電話には出なかった。彼に事情を話せば、ベーリッツへ行って、トムが逮捕されるのを阻止しろといわれるだろう。

「不明の電話番号」という文字が画面に表示された。トムであることを祈って、電話に出た。

「ヨハンス」

「俺だ」

「トム！　どこにいるの？」

「ベルリン市内に向かっている」

ジータは心底ほっとしながら、そんなふうに思うのは、同僚に対して大袈裟だと思い直して、気持ちを落ち着けた。「どうするつもり？」

「まだいえない」

「わたしを信用できないの？」

「用心のためだ」

「さっき電話をして、危険を知らせたでしょ。忘れたの？」

「あれから時間が経った。きみの横でだれかが圧力をかけているかもしれない。道路は封鎖したか？　逃げた二台の車の捜索は開始したか？」

「道路は封鎖されてる。あなたを捕まえるために。あとのことはモルテンに訊いて。あなたがいったことはすべて伝えたわ。でも、彼がどうしたかは知らない。今は、みんながあなたを追っている」

「呆れてものがいえないぞ！　ドレクスラーが亡くなったことやほかも、全部俺とは関係ない。犯人に会った。奴があらわれたんだ。わかるか？　奴は俺を殺そうとした。ヨシュにしたようにな」

「ヨシュをどうしたですって？」

「運河で見つけた死体と同じ手口だった。ヨシュは金網でグルグル巻きにされて、浴場で溺《でき》死《し》させられた」

「ヨシュの死体が浴場に？」ジータはため息をついた。「あなたもそこにいたわけ？　それがなにを意味するかわかっているわよね？」

「ああ。明日の朝にはすべての新聞に俺の指名手配写真が載るだろう。警察本部長が炎上に備える時間を稼ぐために、だれかが政治的判断で発表を控えないかぎりはな」

「わかったわ。よく聞いて。時間を無駄にできない。おもしろいことがわかったわ。フローロフのところにいたの。例のクララ・ヴィンターの件よ。送った音声データは聞いてる？」

一瞬、静寂に包まれた。トムは薬をのんだようだ。そうでもしないと意識を保てないのだろう。「はじめのところしか聞いていない。邪魔が入ってな。正直いって、俺にはちんぷんかんぷんだった。17にこだわっているということ以外、会話の内容をどう理解していいかわからなかった」

「ヴィッテンベルク院長という名前に聞き覚えはある？」

「いいや。なぜだ？」

「今その精神科病院に向かっているところ。クララ・ヴィンターが二十年間入院しているところよ。でも、彼女がそこに預けられた経緯《けいい》がミステリアスなの。警察に記録が残っていないし、クララには親族もいない。なにひとつ情報がないの。どこから来たかもわかっていない。本人にもわからない始末なのよ」

「それって、狼人間みたいってことか？」

「どちらかというと、カスパー・ハウザー（十九世紀にドイツで保護された野生児で、長期にわたり地下の牢獄に閉じこめられていたとされ、一八三三年に何者かによって殺害された人物）ね。でも、それもちょっと違う。クララは関連性のない、謎めいたことばかりいっていた。おそらく部分的記憶喪失と、幼児期のトラウマなどのせいね」

「ふむ。今日、国家保安省《シュタージ》付きの医者から聞いた話と符合するな」

「国家保安省付きの医者？」

「だれだっていい。大事なのは、そいつがホーエンシェーンハウゼン拘置所で子どもたちを診察したってことだ。体制批判をした者たちの子どもで、強制的に養子縁組をさせられた。問題の医者は、その中に行方不明になった子がいたと疑っている。主に少女だ」

「行方不明？　養子縁組したのではなく？」

「書類が残されていなかったらしい。痕跡が一切ない」

「嘘でしょ。それって符合する」ジータは興奮していった。「クララは病院のことを話題にしていた。ホーエンシェーンハウゼン拘置所にはたしか病棟があったはず」

「しかしそれは壁崩壊前の話だ。それでも、そのクララに当てはまるのか？」

「可能性はあるわね。でも正確な年齢はわからない。わかっているのは、一九九八年、問題の精神科病院に預けられたってことだけよ」

一瞬、静寂に包まれた。ジータは接続が切れたのかと思った。「トム?」

「今、一九九八年といったか?」声がかすれていた。

「ええ。どうして?」

「俺の妹ヴィオーラが消えた年だ」

ジータは絶句した。

「生きていれば、二十九歳になる」トムはいった。「金髪。目はグリーンとブルーとグレーが混ざったような色だ」

金髪? ジータはクララがひっつめにしていた髪を思い返した。「クララ・ヴィンターはどちらかというと三十代後半に見えたわ。もちろん大変な思いをしてきたせいかもしれないけど。一九九八年は偶然の一致かも。髪の色は白。それに壁崩壊前に病院から消えた子どもとは合致しないでしょ。ヴィオーラはまだ……」ジータは暗算した。「一歳だったはずでしょ。当時の記憶はないはずよ」

「病院というのがそこの精神科病院だったらどうだ? ずっとあとに起きたことだったら?」

「どうしてそう思うの?」ジータがたずねた。

「国家保安省付きの医者にいわれた。〝もしその組織が解散していなかったとしたらどうかな?〟と」

ジータは寒気がした。「ま……まさか。でも、ありうるわね。子どもをさらって、それに味をしめていた連中なら、壁が崩壊したからってやめるはずがないもの」

「クララについてもっと話してくれ」

「宗教心が篤い感じだった。変な形で。あなたの家族は信心深かった？」

「そうでもないが。なぜだ？」

「まずナイトテーブルに聖書があって、クララはよく読んでいるようだった。しおりに古い羽根を使っていたわ。特別に思い入れが……」

「羽根だって？　どんな羽根だった？」

「長くて白かった。よくある羽根だったけど」

「白鳥の羽根みたいだったか？」

「ええ、なぜ？」

「ヴィオーラを最後に見たとき、羽根を耳にかけていた」

ジータはうなじに鳥肌が立つのを感じた。「まさかクララが……ヴィオーラだというの？」

電話の向こうから返事がなかった。「トム？」

電話の向こうでクラクションが鳴った。甲高《かんだか》い音だったが、すぐ小さくなった。それからトムの息遣いが聞こえた。

「トム！　なんとかいって。大丈夫？」

「すまない」トムはつぶやいた。「車を道端に寄せたんだ。俺は……」トムは口をつぐんだ。

「不安なのね」

「ヴィオーラじゃなかったら」

「ヴィオーラかもしれないでしょ」

「そうだな」

「十九年。ものすごく長い歳月だものね」

トムは一瞬黙って、気持ちを整理した。「もうひとつの理由は？」

「えっ？」

「さっき、まず聖書があったといったじゃないか。もうひとつの理由は？」

「もうひとつの理由は」ジータがいった。「クララが悪魔を恐れていたことよ。たぶん彼女を虐待した男のことだと思う。しきりにイエスを話題にして、イエスに救われたといってた。なんだか取り憑《つ》かれたみたいに……」

「待った。イエスといったか？　確かか？」

「なにか思い当たる節《ふし》があるの？」

「浴場で俺を射とうとした男は、イエスと名乗った」

「嘘っ」

第十九章

ベルリン市ティーアガルテン地区州刑事局第一部局
二〇一七年九月五日（火曜日）午後九時二十分

ヨー・モルテンは自分の部屋に戻って、薄暗い中庭を見つめた。今すぐあそこに立ちたいと思った。

そこならタバコが吸える。

シャツが汗で背中に張りつき、脈が上がっている。タバコなんてろくでもないが、体が求めている。好きなものは好きだ。憎たらしいのは、その結果のほうだ。タバコと喉頭癌《がん》。刑事の仕事は好きだが、ドレクスラーの死はいただけない。父親を愛してはいるが、父親がやったことは許せない。そしてそんな自分がこれから男をひとりあの世に送らなければならない。

モルテンはドアを閉めた。

デスクの引き出しを開け、銃弾を箱からだして、弾倉に入れた。といってもP6ではない。車に置いてある別の銃の弾倉だ。グロック34の口径は警察が採用している拳銃と同じだが、遠くのものを撃つときは銃身の長いグロックのほうがいい。発砲したのが自分だとばれづらいからだ。これまでにも何度か汚い仕事をこなした。今回もなんとかごまかせるだろう。ごまかす方法があるはずだ。例のユーリは選択肢を与えてくれなかった。

〝毒を喰らわば……〟

トムが機会を作ってくれるはずだ。電話が鳴った。スマートフォンだ。知らない番号だ。電話に出て、「モルテン」といった。

「こっちもモルテンだ」かすれた声がした。

ヨー・モルテンは頭がくらくらした。以前ならこんなことで動揺したりしなかったのに。

「なんだ？　縁《えん》を切ったはずだぞ」

「おまえの同僚が来た」父親はいった。「それで、ちょっと用ができた」

モルテンはため息をついた。まったくどうしようもない奴だ。「俺にまだ面倒をかけさせるのか？」

「仕方なかろう？」

「それで、なんだ？」

「あいつは妹を捜していた」

「知ってる」

「いい忘れたことがあるんだ」

「いい忘れた？　わざと黙っていたの間違いじゃないか？」

〝どうせ俺と話す口実が欲しかったくせに〟

「とにかくいってないことがある」

「いいだろう。なんなんだ?」

「孫娘たちは元気か?」

「そういう話はお断りだ」

「ヨーゼフ、頼む。俺は祖父だ」

「祖父なものか。伝言したいことをさっさといえ」

「おまえには感謝というものがないのか?」

「感謝というものがない? それをいうなら、許すことができないといいたいな。こんな不毛な話をしていてもしょうがない。今、大変な事件を捜査しているんだ。あんたと喧嘩をしている暇はない。トム・バビロンにいい忘れたことというのはなんだ?」

「あいつに子どもたちの話をした」

「子どもたち? どういうことだ?」

「あいつの妹のことでな」

「だけど、あいつの妹は強制養子縁組の組織とは関係ないだろう。行方不明になって、死体で発見された。しかも一九九八年のことだ」

「妹の死に関して、あいつは違う考えを持っていたぞ。それに、あの頃、ほかにも少女が行方不明になっていた」

「なにがいいたい？」ヨー・モルテンは気になってたずねた。

「警官がいたんだ。養子縁組に関わっていたひとりだ。ホーエンシェーンハウゼン拘置所の病棟の特別区画に子どもを隔離する仕事をしていた連中のひとりだ。わしはよくそこで診察をした。部屋が三つあった。十五号室、十六号室、十七号室。十七号室は少女専用だった」

ヨー・モルテンは気分が悪くなった。自分の娘たちが脳裏に浮かんだ。同時に脈が速くなった。十七号室。「だけど、少女が消えたことに、どうやって気づいたんだ？」

「問いあわせがあった」

「問いあわせ？」

「ああ、養子縁組したあと、よく問いあわせがあった。養子の診察をしたのはわしだったからな。新しい両親はたいてい党の大物でな……それで問題の特別区画にはいつも特級が連れてこられた」

ヨー・モルテンは息をのんだ。喉がカラカラになった。

「で、新しい両親は気になるわけだ」ヘリベルト・モルテンはつづけた。「子どもは本当に健康なのか？　アレルギーはないか？　過去に骨折や怪我などしてないか？　知能テストもしているはずだ。知能指数はどのくらいだ、とな。ところが十七号室の少女に限って、一度もそういう問いあわせがなかった。たった一度もな。あそこにいた子にはだれも関心がないようだった」

「なんてことだ！　あんたはなにもいわなかったのか？」

「馬鹿か?」

ヨー・モルテンは痛いほど歯を食いしばった。いかれている。こんなに憎んでいるのに、縁が切れないとは。「それで、今いった警官だが、名前を覚えているのか?」

沈黙。

これだけ年月が経ってもまだ危険なことかどうか考えているようだ。それとも、話を長引かせたいだけだろうか。

「名前だ。覚えているのか?」

咳払いが聞こえた。

なにか飲んで、咳きこんだようにも聞こえる。

安いウィスキーをぐいっとあおったとき、よくそういう咳払いをした。

「覚えているとも」ヘリベルト・モルテンがいった。「リス。ベルトルト・リスだ」

第二十章

ベルリン市クラードー地区私立ヘーベッケ精神科病院
二〇一七年九月五日（火曜日）午後九時四十八分

トムは病院から見えない位置に車を止めた。胸が高鳴った。移動中、妹の容姿をずっと想像していた。二十九歳で、すでに白髪。ヴィオーラはどんな目に遭ってきたのだろう。

トムは車から降りて、病院の敷地に歩み寄った。黒い門の前にジータのほっそりした姿が見えた。鬘《かつら》をつけていない。ノミで削ったような顔立ちだ。目がそわそわしている。ふたりは途中、しばらく電話で話し、お互いに現状を確認しあっていた。

「やあ」

「来てくれてよかったわ」ジータはため息をついた。

「どうした？」

「ヴィッテンベルクよ」ジータが病院の本館を指差した。「留守番電話を聞いたところ。フリーデリケからだった。わたしたちが電話で話していたときにかけてきたみたい」

ジータはスマートフォンをトムのほうに差しだして、メッセージを再生させた。はじめ、ガサゴソ物音がして、男の声がした。小さくて、なにをいってるかはわからないが、「なにを隠している？」といったようだ。

「院長よ」ジータはいった。

それから若い女性の声が近くでした。フリーデリケらしい。「なんでこの子を地下に閉じこめるんですか？　見てください……」

「背中に隠したものを見せろ」改めてもみあう音。

「さっさと……」

「いや、やめて」

息遣い。ガタンという音。

「クララ、逃げて！」フリーデリケが喘《あえ》ぐようにいう。大きな物音。うめき声。ヴィッテンベルクの叫び声。もみあう音。なにかがマイクに当たり、録音が切れた。

「驚いたな。いつのことだ？」

ジータが画面を見た。「九時二十分。三十分くらい経ってる。ヴィッテンベルクが、追っている犯人だと思う？」

「イエスってことか？　いつでもクララと話せるのに、こそこそ会う必要があるかな。それより少女の拉致《らち》に関わっていそうだな」

「あいつなら、かつてホーエンシェーンハウゼン拘置所で働いていても不思議はないわね」

「それなら壁崩壊後に精神科病院の院長に収まるツテもあったんだろう」

「じゃあ、イエスはだれ？」

「復讐をしようとしている奴だな。被害に遭った少女の兄か父親。でもそれなら、ヴィッテンベルクがリストの上のほうに来ないとおかしい。ブリギッテ・リスじゃない」

「嘘っ」ジータはため息をついた。「いえ、そうじゃなくて。それって符合するわ。ブリギッテ・リスとヴィッテンベルクには接点があるのよ。不定期だけど、リスは寄付という名目でお金を送金している」

「じゃあ、自称イエスはなんでヨシュや俺やナージャを狙うんだ？　わけがわからない」

ジータも同様で、トムを見つめた。「そうね。でもそれより早くクララとフリーデリケの様子を見ないと。留守番電話の内容からすると、まずいことになってるわ。どうする？　応援を呼ぶ？」

「時間がかかりすぎる」トムは門の奥に視線を向け、それからベルを鳴らした。LEDライトが灯《とも》った。インターホンの黒い目がふたりを見ていた。ふたりは応答を待ちながら、本館をうかがった。

「開ける気はないわね」ジータが唇《くちびる》を動かさずにつぶやいた。

トムは改めてベルを鳴らし、塀の高さを確かめた。三メートル以上ある。「来るんだ」トムは駆けだした。ジータも後につづいた。

「どうするの？」ジータが肩で息をしながらたずねた。

トムは横道に曲がった。そこに止めていたベンツのエンジンをかけて、塀に寄せた。「来るんだ！」トムは車の上に乗ると、塀によじのぼった。ジータもつづいた。塀を跳び越えると、ふたりは湿った草むらに着地した。犬の糞《ふん》のにおいがした。

「これからどうするの？　本館に押し入るわけにはいかないわ」

「門と違って、玄関はそんなに頑丈じゃないだろう」トムはいった。

ふたりは駆け足で本館に近づいた。

トムがベルを鳴らした。だれもドアを開けなかったので、拳骨で叩いた。

だいぶ経って、内側からドアを開ける音がした。四十代半ばの女性が顔を見せた。鼻がかわいらしいが、目は氷のように青く、眉間《みけん》にしわを寄せている。

「また、あなた？」女性がジータに食ってかかった。

「こんばんは、メレート看護師」

「州刑事局のトム・バビロンだ」そういうと、トムは身分証を呈示した。「同僚のヨハンスはすでにご存じだね」

メレート看護師は腰に手を当てた。

「ヴィッテンベルク院長はどこだ？」トムがたずねた。

「病院へ向かっています」

「どうして？」

「腕を嚙まれたんです」

「だれに？」

「あのですね。ここが今どうなっているか見ればわかるでしょう。こんなこと、はじめてです」

「クララ・ヴィンターとフリーデリケ・マイゼンはどこだ？」

看護師はなにもいわず、ふたりを順に見た。

「俺はまどろっこしいのが嫌いだ」トムはいった。「おたくの院長はヴィンターを地下に閉じこめただろう。そのことで院長とフリーデリケ・マイゼンがつかみあいの喧嘩になった。ふたりがどこにいるか、すぐにいいたまえ。応援を呼んで、病院じゅうをひっくり返してもいいんだぞ。ふたりになにかあったとわかれば、あんたは面倒ごとを抱えることになる」

看護師は歯嚙みした。

「ただではすまないからな」トムはすごい剣幕でいった。

看護師はため息をついて、脇にどいた。

「地下室へはどう行く？」

「ついてきてください」そういうと、看護師はジータをじろっとにらんで、エントランスホールを横切り、左の廊下を進んだ。照明が灯った。急いで歩く看護師の足音が廊下に響いた。

「患者を地下室に閉じこめることはよくあるの？」ジータがたずねた。

「それは院長に訊いてください」看護師はとげとげしく答えた。

三人は窓のない廊下に曲がった。その奥にドアがあり、その先はレンガ壁にペンキを塗っただけの階段になっていた。見るものすべてが灰色だ。トムは頭を引っこめる必要に迫られた。一段下りるごとに、不安が大きくなった。本当にヴィオーラに再会できるのだろうか。

ジー、ジーと蛍光灯が音を立てて点灯し、冷たい光で廊下を照らしだした。廊下の右側にドアが四枚ある。

「ここはなに?」ジータがたずねた。

「昔の病棟です。今とは治療法が違ったので」看護師がいった。

「昔か」トムはいった。分厚い金属扉と頑丈なかんぬきを見れば、今とどう違うものだったか容易に想像がついた。「どこだ?」

看護師は一枚目のドアを指差したが、自分では開けようとせず、顔をこわばらせていた。

トムは三歩でそのドアのところへ行った。ドキドキした。現実とは思えなかった。本当にこの中にいるのか? 精神科病院の頑丈な扉の奥に?

握ったドアハンドルは氷のように冷たかった。

トムはドアを開けた。そこにはなにもなかった。キャビネットもなければ、壁のいたずら書きも、遮音ドアも見当たらない。目にとまったのは、仰向けに倒れている女性だけだった。唇が青く、顔が腫れている。年齢は二十代はじめくらい。髪はブロンドで、白髪ではなかった。

フリーデリケ・マイゼンらしい。ヴィオーラはそこにいなかった。

第二十一章

ベルリン市クラードー地区私立ヘーベッケ精神科病院
二〇一七年九月五日（火曜日）午後十時一分

ジータはトムの脇をすり抜け、フリーデリケのそばにしゃがんで脈を診《み》た。フリーデリケのまぶたがかすかにふるえた。

「フリーデリケ？　聞こえる？」

反応なし。脈があるだけだ。

ジータはフリーデリケの頭の下にそっと手を入れ、腫れているところに触った。またまぶたがふるえた。

「メレート看護師」ジータがいった。「救急車と救急医を呼んで」

看護師は戸口から部屋を覗きこんでいた。「ええと、わたし……」

「早く」トムは鋭い口調でいった。メレート看護師は口をつぐんで、白衣のポケットからスマートフォンをだすと、電話をかけるために廊下に立った。

「フリーデリケさん、聞こえますか？」ジータは改めてたずねた。トムが頰を軽く叩けといいう仕草をした。だが、ジータはフリーデリケを動かしたくなかった。トムはじれったそうだ。返事が欲しいのに、それが得られないからだ。トムの目は、羽根をしおりにした聖書が載っているナイトテーブルに向いていた。

「フリーデリケ……」ジータはもう一度声をかけた。

「はい」フリーデリケがかすかに答え、目を少し開けて、顔をしかめた。

「そのまま。動いてはだめよ」ジータはいった。「救急車を呼んでる」

「わかりました」フリーデリケが朦朧《もうろう》としながらつぶやいた。

トムが質問しようとしたが、ジータが先にいった。「院長にやられたの？」

「ええ」

「クララは？」

「逃げました」

「院長は？　クララを連れていったの？」

「クララは走って逃げました。院長を押さえたんですが、あの人のほうが力があって。わたし、噛みついたんです」

「院長はクララを捕まえた？」

「わかりません……」

「クララはどこへ行ったと思う？」

「教会です」

「礼拝堂？」ジータがたずねた。

「聖セルウァティウス礼拝堂ですね」メレート看護師がいった。通報を終えて、ドア口に立っていた。「敷地にあります。そこより先には行けません」

フリーデリケは首を横に振ろうとして、痛そうに顔をしかめた。「礼拝堂じゃありません」

「じゃあ、どこ？」ジータがたずねた。

「ベルリン大聖堂」

「なんでまた？」

「イエスのためです。そこにブリギッテがいるからだといってました」

「まさか」メレート看護師がいった。「クララがそんなところまで行けるわけがないでしょう。わたしがここに勤務してから、一度も病院の外に出たことがないのよ……」

「黙っててください」ジータはふたたびフリーデリケのほうを向いた。「クララはこの病院から抜けだす方法を知っているの？」

「わかりません。でも、大聖堂に行くといってききませんでした。それならタクシーに乗ったほうがいいって、わたしはいいました」

「とんでもないことだわ」メレート看護師がまた反応した。「ベルリンの中心に行くなんて。クララにとって、それがどういうことかわからないの？　ストレスで精神不安定になってしまうわ」

「ここに閉じこめられたストレスはどうなの？」ジータはメレートを怒鳴りつけた。「口をださないで。あなたをどうするかはあとで考えるわ」

「わたし、クララに約束したんです」フリーデリケがいった。「許しが欲しい、だれにも知られたくないといってました。本当にタクシーに乗ったかもしれません」

「夜中は門が施錠されているし、塀は三メートル以上あるんですよ。ここから出られるわけがないでしょう。それにタクシーに払うお金だって持っていないし」メレート看護師がいった。

「お金を持っているかどうかは、降りるときまでわからないでしょう」ジータはいった。「理論的にはベルリンの中心に行くくらいはできるのでは？　薬は？」

「ベルリンの中心に行くなんて無理です。薬をのんで……」

「のんでいませんでした」フリーデリケはささやいた。「捨てるところを見ました」

「トム」ジータがたずねた。「どう思う？　ヴィッテンベルクはクララを追っているかしら？」

　返事がなかった。

「トム？」ジータが振りかえると、そこにトムの姿はなかった。

「ついさっき出ていきました」メレート看護師がいった。

　ジータは信じられないという思いで戸口のほうを見て、それからフリーデリケに顔を向けた。「ちょっと待ってて」

　ジータは廊下に駆けだした。「トム？」階段を上がり、廊下に出る。「トム！　なんだっていうの！」

第二十二章

ベルリン市ティーアガルテン地区
二〇一七年九月五日（火曜日）午後十時三十五分

ヨー・モルテンはあえてカイト通りにある州刑事局の駐車場に車を止めた。普段は絶対にしないことだ。見られていると感じることに耐えられないからだ。それは昔からの習性だ。母親はヨーがなにをしているかいつも監視していた。父親が母親にそうするように仕向けていたのだ。

モルテンは車のドアを閉めて、改めてスマートフォンのGPS自動追跡画面を見た。バビロンはいったいどこに向かっているんだ。点滅する小さな点は彼の車だ。まっすぐ市内の中心部に向かっている。あいつが自分の車を使っていて助かった。指名手配されているのをまだ知らないようだ。あいつももう年貢《ねんぐ》の納めどきだ。問題は部下も彼を追っていることだ。先に捕まれば、万事休すとなる。

だから本音では指名手配の指示をだしたくなかった。まさかベーリッツで手はずが狂うとは。

モルテンはグローブボックスからグロックをだし、バビロンの車の移動が確認できるように、スマートフォンをセンターコンソールに置いて、車を発進させた。両手がふるえる。タバコが吸いたかった。だが車内でタバコを吸うわけにはいかない。三キロ先からでもリュディアに気づかれる。だから拳銃をどこかに固定するか、距離を詰めるかしないと、うまく命中させられないだろう。とにかくうまくやらなければ。さもないと目も当てられないことになる。年金の取り消しはごめんだ。父親に対する再捜査も、自分自身への捜査も願いさげだ。

スマートフォンが鳴った。

なんなんだ。足をアクセルから離して、車載スピーカーに切り替えた。「モルテンだ」

「フローロフです」

声を聞いただけで、フローロフがニヤニヤしているのがわかる。急いで画面をアプリに切り替えた。これで電話をしながらでも、GPS自動追跡画面を見ることができる。

「ヨハンスから電話はありましたか?」フローロフがたずねた。

「ヨハンスから?　いいや、なぜだ?」

「本当ですか?　困ったな」

「今は手が離せない。手短にしてくれないか」

「でも、重要なんです。いくつかわかったことがありまして」

「簡潔に頼む」

「これはあなたのヤマじゃないんですか？」

「緊急事態なのか？」

「いいえ」フローロフはいらっとしていった。「いや、どうかな。わからないですけど、首席警部が決めることです。わたしは情報を伝えるだけ。それをどうするかは、そちらの判断です」

〝判断するのは検察と内務省参事官だ〟とモルテンは思った。〝なんで電話を切らせてくれないんだ〟「で、なにがわかった？」

「わたしとジータで」フローロフは咳払いをした。「つまりヨハンスとで、旧東ドイツの病院と関連があるという推理をしたんです。通報のあった精神科病院の患者と関係します」

「それで？」

「ブリギッテ・リスとの接点がありました。リスは同じ精神科病院にその患者を入院させて、入院費を振りこんでいたんです」

「おい、まだ話はつづくのか？　もうすぐヨハンスに会うんだが」モルテンは嘘をついた。

「あいつから話を聞くのではだめなのか？」

「まあ、それでもいいですが。一点だけ、ヨハンスが知らないことがあるんです。自分で気づけなかったことが悔しいですが、ヨハンスと患者が交わした会話に引っかかりを覚えたんです。ほら、トムがいってたじゃないですか。今回の事件は妹の行方不明事件と関連があるって。それからトムたちが当時、死体のそばで見つけたという鍵とも」

「それで？」

「じつはトムの妹が行方不明になったのは一九九八年七月十日です。おもしろい偶然の一致がありまして、その夜、リス一家とバビロン一家が住んでいたシュターンスドルフで火事があったんです。全焼でした。だれの所有だったと思います？」

「早くいえ」

「リスです」

「ほう」モルテンは驚いた。

「そしてですね。その家の番地なんですが、十七番地なんです」

モルテンは衝撃を受けた。

「まだあるんです。その家で死体が発見されています。身元がわからないくらい焼けこげていました」

「なんだって？　なんでもっと早く気づかなかったんだ？」

「いろいろ忙しかったですからね。トムの妹が行方不明になった日付からはじめて突き止められたわけで。でも、その家の所有者を調べたのは上出来だったでしょ。小さな不動産会社の所有で、その会社のオーナーはブリギッテ・リスの夫ベルトルト・リスだったわけです」

ベルトルト・リスといえば、駆け落ちをしたといわれているブリギッテの夫だ。モルテンの頭の中で、勝手に像が結ばれた。強制養子縁組。ベルトルト・リスは東ドイツ時代にその担当だった。病院から消えた娘。全焼した家。「死体は男性だったか？」モルテンはたずねた。

「女性だったようです」

モルテンはGPS自動追跡画面をちらっと見た。バビロンはいまだに高速道路二号線をティーアガルテンに向かって走っている。「成人か、少女か？」

「そこまではわかりません」

「遺骨の分析はしなかったのか？」

「したはずですが」フローロフがいった。「その調書が消えているんです。いろいろな調書から再構成したんです」

モルテンは内心罵声を吐いた。トム・バビロンのベンツがブランデンブルク門に近づいている。

「よくやった、ルッ！　感謝するぞ。あとで連絡する。明日の捜査会議で報告する用意をしてくれ」

「八時半ですね？」

「定刻にはじめる」モルテンは通話を終えると、スマートフォンを消音モードにした。これでトム・バビロンに集中できる。バビロンは囮《おとり》だ。バビロンが今回も生きのびて、逮捕されでもしたら、あのユーリとHSGEの連中の尻に火がつくだろう。

GPS自動追跡画面が消え、代わりに「ジータ・ヨハンスから電話」というメッセージが画面に表示された。

第二十三章

ベルリン大聖堂
二〇一七年九月五日（火曜日）午後十時四十四分

なにか様子がおかしいことに、トムは遠くから気づいていた。オレンジ色の淡い光がベルリン大聖堂の前に灯《とも》っている。火事にでもなっているかのようだ。だが煙が見えない。道端には警察の人員輸送車が何台も並んで駐車してある。

どうなっているんだろう。

博物館島への橋の手前で、ライトアップされた大聖堂の緑色の丸屋根が夜空に浮かんでいるのが見えた。大聖堂の前の芝生には大勢の人がいて、ロウソクやプラカードや横断幕を持っている。

「右翼反対ロウソク集会」そうだ！　集会が告知されていた。すっかり忘れていた。

橋の手前で、トムは急にハンドルを切って、小さな通りに右折した。そこは人通りが少なく、なにより警官の姿がなかった。集会の警備に出動した警官たちがトムの捜索もしているとは考えづらいが、危険は冒したくなかった。

車した。

トムはフリードリヒスヴェルダー教会のそばに、狭い駐車スペースを見つけ、無理して駐車した。

大聖堂まで三分。

大聖堂の前の公園で、トムは群衆に紛《まぎ》れこんで、正門へと移動した。二、三千人はいるようだ。ほとんどの参加者が風防付きのロウソクを持っている。

こんな人だかりの中でどうやってヴィーを捜したらいいんだ。仮にここにいたとしても、こんな群衆に慣れていないはずだ。生きた心地がしないだろう。スマートフォンが鳴った。三度目だ。トムは画面を見て、だれからの電話か確かめた。トムの新しい電話番号を知っている人間はひとりしかいない。「もしもし、ジータ」

「トム、どういうつもり？」

「今さら訊くのか？」

「大聖堂にいるのね？」

「ああ、大聖堂前の集会の中にいる」

「右翼反対ロウソク集会ね」ジータはいった。「トム？」

「なんだ？」

「モルテンに電話をかけるしかなかった」

トムは立ち止まった。「嘘だろう。信じられない！」

「落ち着いて。仕方なかったのよ。勝手にいなくなってしまうんだもの。わたしは病院にひとり取り残された。院長の居場所がわからなかったし、クララも姿を消した。ふたりがまだ病院の敷地内にいて、院長がクララになにかする恐れもあったじゃない」

「彼女は病院の敷地内にはいないさ」トムは腹を立てていった。

「どうやって抜けだしたというの？　門は施錠されているし、塀は高すぎる。クララの運動能力は高くないはず。敷地から出るときは、院長もいっしょのはずよ。院長を指名手配するほかなかった」

「その女性がヴィオーラなら、外に出たに決まってる」

「あの人がヴィオーラだというのね」ジータにいわれて、トムは歯噛みした。「間違っていたらどうするの？」

「トム、ヴィオーラに決まってる」

「ヴィオーラにこだわりすぎよ」

「見つけたいだけだ。それがすべてなんだ」

「だから、こだわりすぎといってるのよ」

「馬鹿をいうな。当たり前のことじゃないか」トムはかっとしていった。「俺の妹なんだぞ」

「そうね。いつもいっしょにいるんでしょ。あなたがときどき妹の声を聞いていたとしても驚かないわ」

トムは身をこわばらせた。こめかみの血管がどくどくいった。なんでわかったんだ。〝知っているはずがない。それともジータのいるところで、声にだしてヴィーと話しただろうか？　いよいよ自制が利かなくなったか？〟

「当たった？」ジータがたずねた。

トムは群衆の中から大聖堂のほうを見た。ロウソクを持つ人々。小さな炎とオレンジ色に染まった顔の海。

「たまにな」トムは小声でいった。まわりが騒々しいから、ジータには聞こえないと思った。

「ときどきそばにあらわれるでしょう？」

「ああ。ときどき」

「そうすると、ほっとする？」

「いいや。いやだね。ぞっとする。あらわれなくなればいいと思ってる」

「それは無理ね」

「なんでそんなことをいうんだ？」

「嫌っていないからよ。あなたはその状況を愛してる」

トムは息をのんだ。炎の海と群衆に囲まれて、めまいがしてきた。スマートフォンをしっかり握りしめる。

「妹さんにこだわりつづけるにはそうするほかないのよ」ジータはいった。「辛くても、やめられない」

「だが、妹が見つかりさえすれば」

一瞬、ジータはためらった。「それでよくなるかどうか」

トムは黙った。ジータが心底憎たらしかった。彼女はトムがノブをはずしたドアを揺すったからだ。

「妹さんはあなたの頭の中にいる」ジータはいった。「仮に本人を見つけたとして、どうかしら。あなたが失った小さなヴィーだと思う？　はたして今の状況が好転するかどうか？」

「くそったれ！　おまえになにがわかるというんだ」トムは電話を切ると、スマートフォンを消音モードにしてポケットにしまい、群衆をかきわけた。右のほうでだれかが花火に火をつけた。すごい音を立てて、赤い火の玉が弧を描いた。警察がスピーカーで自制を求めた。ふたつ目の花火が打ちあげられた。トムは群衆にまじった。まるで波に乗って、岸に打ち寄せられるような感覚がした。紅白の規制線の向こうに大聖堂があった。居丈高《いたけだか》だが、なにかを期待させる光景でもあった。正門前の格子戸は施錠され、警官が眼光鋭く警戒していた。

ジータのいうとおり、ヴィオーラが病院から出ていなかったらどうする？

ここに来ていたとしても、どうやって見つけたらいいだろう。

トムは規制線の柵に沿って、右へ向かった。大聖堂の敷地を見ながらヴィーを捜した。こめかみがどくどくいった。といっても、怪我のせいか、ストレスのせいか判然としなかった。鎮痛剤を服用する選択肢もあるが、そうすると、意識が混濁する。

トムは角を曲がって、カール＝リープクネヒト橋へと歩いていった。大聖堂は左側にある。比較的小さな南門は腰高の柵で塞《ふさ》がれていた。橋の手前で警備に立っているふたりの巡査が退屈そうに公園のほうを見ている。チャンスと見て、トムはふたりの背後で柵を飛び越え、大聖堂の横の木立の中に隠れた。常軌を逸《いっ》していることはわかっているが、ほかにどうしようもない。トムは木の陰に入りながら茂みをかきわけた。大聖堂の南東の角で胸の高さの柵を乗り越えることにした。ところが、門に触れると、勝手にひらいた。驚きながらそこを抜けて、また門を閉めた。これでシュプレー川に面した大聖堂の敷地に入れた。人目を忍びながら階段を下りる。川はゆるやかに流れ、川面が対岸の街灯を反射させている。

大聖堂の川側にあたるこのあたりには側面の入り口が二箇所ある。一番近くにあるドアノブをまわすと、音を立ててドアがひらいた。ほんの一瞬、これは罠じゃないかと思った。胸がドキドキした。トムは堂内にもぐりこみ、闇の中に立った。スマートフォンをだして、懐中電灯アプリをタップした。

スマートフォンを左手に持ち、マカロフを右手で構えると、まっすぐ次のドアへ向かった。そこは南東側の階段室だ。喉が締めつけられた。簡単すぎる。すべての扉が開いていた。小太りの大聖堂管理人ベッヒャーがいたら、こういうものなのかと訊いてみたかった。丸天井の下に吊るされたブリギッテ・リスと浴場の底に沈んでいたヨシュの姿が脳裏に蘇《よみがえ》った。

犯人はトムをどうするつもりだろう。そして七つ目の鍵がヴィオーラのためのものなら、妹をどうする気だろう。

〝俺が守ってやるからな〟トムは思った。〝なにがあっても〟

〝あたしなら平気よ〟ヴィーがささやいた。

〝あのときは守ってやれなかった。だから今度は守る〟

トムは静かに階段を上った。一階に着いた。ここの扉もすべて施錠されていなかった。これでいいのか、ベッヒャー。そう思いながら、前室を横切ると、そこに大聖堂の中心部である説教教会に通じるドアが開いていた。スマートフォンを下げて、ポケットにしまうと、説教教会に足を踏み入れた。ロウソクも、ランプも灯っていない。ライトアップの光だけが、窓からかすかに射しこみ、ホール全体をうっすら浮かびあがらせていた。まず丸天井に目を向ける。天井の窓はぼんやりとリング状に並び、金色の装飾がうっすら光っていた。丸天井はがらんとしていた。日曜の朝とは大違いだ。ロープもなければ、黒い天使の姿もない。ところが祭壇から少し離れたところに、白い寝間着姿の白髪の女性が立っていた。顔はよく見えない。十字架にかけられたイエス像のある祭壇の奥の窓を見ている。

トムは立ち止まった。動くのがはばかられた。

この瞬間をどれだけ待ったことだろう。

トムは小さなヴィーがその女性と並んでいるところを想像してみた。もう少し背が高く、年齢も重ね、傷ついていたら、同じに見えるだろうか。

トムは唾をごくんとのみこんだ。拳銃をしまい、小さいヴィオーラと大きいヴィオーラの両方を見た。ふたりは静かに並んで立っている。ひとりは白装束で、もうひとりは寝間着姿。妹が振りかえった。

〝これがあたしだというの？〟

第二十四章

ベルリン大聖堂
二〇一七年九月五日（火曜日）午後十一時十一分

トムは一歩ずつ近づいた。その女性はガリガリに痩《や》せていた。思ったより、というか望んでいたよりも痩せている。トムとしては、妹が元気で、それなりの人生を過ごし、子ども時代を忘れたために一度も連絡を寄こさないのだと思っていた。だが今そこに立っている。薄く白い寝間着の下の背中は、ジータがいったように傷だらけに違いない。

彼女のところまであと六歩。

心が締めつけられる。

あと五歩。

トムが知るヴィオーラの面影はあるだろうか。

あと三歩。

好奇心があって、生意気で、いうことを聞かない妹だろうか。

あと二歩。

トムの足元にヨードチンキを投げたあの妹だろうか。

あと一歩。

取りもどしたいと思ってきたヴィオーラ。

トムは彼女のそばに立った。「やあ、ヴィー」と小声でいった。妹の名が丸天井に反響した。「俺だよ、トムだ」

彼女が振りかえった。不安そうに目を見ひらいている。汗のにおいがした。「ヴィーってだれ？」

苦痛に思えるほどの一瞬、トムは女性の顔を見た。だがそこにヴィオーラの面影はなかった。勘違いだろうか。人はこんなに変わるものだろうか。

しかし面影は一切なかった。

間違いない。

「クララ・ヴィンター？」トムは用心しながらたずねた。

「そうよ」

「ここでなにをしているんだ？」

「許しを乞いにきたの」

「なんの許しだ？」

クララは唇《くちびる》に人差し指を押し当て、トムの胸を見た。そして身をこわばらせた。そのときになって気づいた。いまだに首から鍵を下げていたのだ。トムは急いで鍵をシャツの下に隠した。「だれに許しを乞うんだ？」

「イエスさま」

「イエスさまというのはだれだ？」

「マリアの息子よ」

「それじゃ……イエスさまがここにいるのか？」

クララは目に涙を浮かべてうなずいた。

「きみや俺がここにいるように？」トムはたずねた。ゆっくりと肩掛けホルスターに手をやった。

クララはまたうなずいた。神経質に寝間着の裾《すそ》をたくしあげて、太腿《ふともも》をかき、それからまた寝間着から手をだした。

クララの手にナイフがあるのを見て、トムははっとした。指が白くなるほど強く握りしめ、唇を引き結んでいる。そしてナイフを突きだした。トムは避けようとしたが、脇腹を刺されてしまった。最初は現実と思えなかった。感じたことと見たことがちぐはぐだった。

クララはすかさずナイフを引くと、床に落とした。ナイフが落ちた音が大聖堂の中に反響した。

「ごめんなさい、ごめんなさい、ごめんなさい」クララは口ごもった。

トムはあとずさって、ベンチに手をついた。クララは顔面蒼白で、目を大きく見ひらいている。ナイフは床に落ち、刃が輝いた。その刃にうっすら血糊《ちのり》がついていた。トムは急いでシャツの裾を上げて、傷口を見た。すっと細い傷が走っている。血が出ているが、多くはない。たいしたことはなさそうだ。警察学校では口を酸《す》っぱくしていわれた。〝ナイフで攻撃されたら、すぐに撃て。ナイフは銃弾よりも危険だ〟トムの両手がふるえた。内臓が傷ついていないことを祈るほかない。

「やあ、トム」背後で男の声がした。浴場で聞いたあの声だ。イエスと名乗った男だ。「妹に刺された気分はどうかな？」

トムは振りかえった。「俺の妹じゃない」

イエスはトムに拳銃を向けていた。「だが、妹じゃないかと期待しただろう？」イエスは思いのほか若かった。声から想像できる以上に若かった。二十代の半ばか後半のようだ。のっぺりした顔立ちで、髪はダークブロンド。目に怒りがなければ、ハンサムなほうかもしれない。浴場の暗がりでも、なんとなく顔を知っているような気がしたが、突然その理由がわかった。カーリンのデスクに載っていた写真だ。カーリンの父親、ベルトルト・リスに顔立ちが似ている。金髪、顎《あご》、目。びっくりするほど瓜二つだ。

そのとき思いだしたことがあった。シュターンスドルフに住んでいたときのことだ。ある晩、ブリギッテ・リスの家で過ごした。十歳か十一歳のときだ。カーリンの誕生日だったので、珍しく彼女の家に招かれたのだ。仲間はみんないた。ベネ、ナージャ、ヨシュ、トム、他にも子どもが数人いた。父親がヴィオーラを連れて迎えにきた。仲間の両親はキッチンで少ししゃちほこばって白ワインやシャンパンで乾杯した。カーリンの父親がそこに立っていた。

カーリンの父親に会ったのはそれが最初で最後だったが、友だちの親がどういう顔立ちか気になっていたので、トムはしっかり顔を見ていた。かれこれ二十年あまり前のことだ。だが今目の前にいる男は、少し若いかもしれないが、当時のベルトルト・リスにそっくりだ。

「拳銃を寄こせ」そいつがいった。「二本の指で」

トムは拳銃をベンチに置いた。「おまえはだれだ?」

「クララがイエスと名づけてくれた」口元に嘲《あざけ》るような笑みが浮かんだ。「救済者のほうがいいかな。イエス、マリアの子。皮肉な話だ」

「本当はだれなんだ?」

「修道女たちに世話されていたときは、ゼバスティアン・フェルバーと呼ばれていた。五歳だった。本名がなにか、だれも教えてくれなかった。修道女のところにいた最初の二年間、俺はひと言もしゃべらなかった。その前はクリスティアンだった。母とクララは俺をそう呼んでいた。『クリスティアン、静かに。あの人が来る』」いきなり男の声が冷たく、攻撃的になった。「クリスティアン、見てはだめ! クリスティアン、隠れなさい。あなたのことが耐えられない……お父さんにそっくりだから」男は息を吸って、気を取り直した。次に口をひらいたときには、さっきよりも穏やかな声だった。「というわけで、俺は父親の姓を継いで、クリスティアン・リスと名づけられた。昔、運河であいつを見つけただろう。あいつと鍵を」

トムは信じられないという思いで男を見つめた。いきなりあの光景が脳裏に浮かんだ。テルトー運河に沈んでいた死体、白いシャツ、体に巻かれた金網、ずたずたに切られた顔。

「運河の死体。あれはベルトルト・リスだったのか？　ブリギッテ・リスの旦那？」

「俺の父親。そうさ」

「どこかの女と駆け落ちしたって聞いてたぞ」

「そういう話にしたのさ。だけど、俺は真相を知っていた。あいつは殺されたんだ」

「それで、おまえの母親……マリアというのか？」

「イエスとマリア」フェルバーはいった。「刑事でなくても、そのくらい気づくだろう」

トムは押し黙り、傷口に手を押し当てた。激痛が走り、手が血で赤くなった。

「俺の正体がわかったわけだから」フェルバーはいった。「なぜおまえがここにいるかもわかるな？」

「いいや」トムは答えた。

「こいつに説明してやってくれないか？」フェルバーはクララを見た。クララが唇を引き結び、首を横に振ってうつむいた。

「俺の母親の件でおまえはここにいる」フェルバーは小声でトムにいった。目には押し殺した怒りがこもっていた。「おまえが殺したんだよ、母を」最後の言葉が大聖堂の中に反響した。「おまえとおまえの仲間のせいだ。そしてあの呪わしい女性牧師のせいだ」

トムはフェルバーを見つめ、どういう意味か理解しようとした。その瞬間、かなり遠くでバタンとドアがしまる音がした。イエスことフェルバーがびくっとした。

第二十五章

ベルリン大聖堂
二〇一七年九月五日（火曜日）午後十一時二十五分

「現場に到着した」ヨー・モルテンはスマートフォンに向かって小声でいった。大聖堂の裏手の船着き場のそばだ。シュプレー川まで二メートルもない。川面は黒々としていて、水音が聞こえ、対岸の明かりを反射している。リープクネヒト橋を行き交う人々が見える。道路の往来もまだあり、だれもモルテンに気づいていない。「これから堂内に入る。おまえは外で待機して、同僚の到着を待て。……だめだ！　命令に従え」

それ以上なにもいわずに電話を切ると、モルテンはスマートフォンが消音モードになっているか確かめて、ポケットにしまった。時間がどんどん過ぎていく。ジータ・ヨハンスはなかなか人のいうことを聞かない。いずれじっとしていられなくなるだろう。来るはずの同僚があらわれなければ余計だ。もちろん出動要請はだす。だがまだそのときではない。大聖堂でなにが起きているか知らないが、先手を打つ必要がある。とにかく目撃者はいないほうがいい。ヴィッテンベルクのことについてはヨハンスのいうとおりだろうか。もしベルトルト・リスが当時、子どもの行方不明に関わっていたのなら、ヴィッテンベルクは共犯ということになる。それよりヨハンスがいっていた自称イエスとは何者だろう。

モルテンは静かにドアを開け、大聖堂の地下に足を踏み入れた。暗くて寒かった。狭く短い通路。それしか見えない。ジャケットから指の大きさくらいの小さなLED懐中電灯をだした。他の捜査官はスマートフォンの懐中電灯アプリばかり使うが、モルテンはそういう多機能性が好きになれなかった。スマートフォンはスマートフォン、懐中電灯は懐中電灯だ。

光の輪はくっきりしていた。靴のかかとが小石を踏んで、きしむ音を立てた。ほとんどの者がスニーカーを履いているが、モルテンは好きではない。それでも今は音を立てないスニーカーのほうがいいと思った。

南東の階段室で地雷原を歩く気分で階段に足をかけた。大聖堂内の教会部分を指す説教教会という案内板が右を指している。だがドアは施錠されていた。モルテンは別のドアに駆けていった。幸い、そこは施錠されていなかった。そのドアを通りぬけたとき、ドアがものすごい音を立てて閉まった。モルテンはびくっとして立ち止まり、反響が消えるのを待った。ドアにはドアクローザーがついていた。だから勝手に閉まったのだ。

モルテンは忍び足で進んだ。次のドアでは気をつけた。説教教会の前室は静寂に包まれていた。モルテンはドアのところで一度足を止めた。なにも見えない。

大聖堂には人の気配がなかった。

〝トム・バビロンはどこだ？〟

モルテンはユーリのことを思った。名前だけで、あいつの姓は知らない。なにを期待しているかもう一度電話をして確認した。事故に見せかけろという話だった。

モルテンは説教教会に足を踏み入れ、あたりを見まわした。頭上に丸天井があり、その頂点に「聖霊の窓」がある。日中ならそこに白い鳩《はと》が見えるはずだが、今は使徒を描いたレリーフに囲まれた黒い穴でしかなかった。めったに感銘を受けたりしないが、この建築物に入ると、柱や彫像や壁画に神の偉大さを感じる。一瞬、ニコチンやヴェルーカへの欲求を忘れるほどだから、驚きだ。それでも、ふたりの娘の存在を忘れることはなかった。ふたりの成長を見守るのは老後の楽しみだ。

グロックを握っていれば、もっと安心できるだろうが、必要に迫られないかぎり、教会の中で武器を持つわけにはいかない。

祭壇の前で床を見てはっとした。血痕じゃないか。腰を下げて、指で濡れたところに触れた。紅色で、真新しい。ペンキじゃない。銃創か刺し傷。別の怪我かもしれない。

猛獣が囮《おとり》を手にかけたのだろうか。それとも囮のほうが猛獣を？

モルテンはグロックを抜いて、もう一度、あたりを見まわした。

なにも見えない。音もしない。

モルテンは急いで駆けもどり、大聖堂の南西側にある「皇帝の階段」に足を向けた。大聖堂で一番大きな階段で、もっとも近くにある。モルテンは上を見て、耳を澄ました。

階段に懐中電灯を向け、それから幅広い手すりに光を当てた。大理石の階段に黒々とした手の跡がついていた。


ジータ・ヨハンスはリープクネヒト橋の歩道に車を止めると、下車して、大聖堂の丸天井を見た。「外で待機しろ、命令に従え」といわれた。

よりによってこのタイミングで。モルテンに電話をかけるべきではなかった。

本当にクララがここに来ているなら、きっと気が動転しているはずだ。不安に苛《さいな》まれ、ストレスの塊《かたまり》になって、ヴィッテンベルクから逃げまどっているかもしれない。卒倒していても不思議はない。本当にクララがトムの妹で、いきなりトムと再会したら尚更だ。

トムはどうだろう。トムの精神は保《も》つだろうか。彼がときどきヴィオーラと話していると思ったのは、山勘だった。だが的中した。問題は、彼の頭の中でヴィオーラがどこまでリアルな存在になっているかだ。影、あるいは木霊《こだま》のように人知れず行動を共にしている存在。あるいはトムの罪悪感とヴィオーラの記憶が合体して人格を形成し、独自の声を持ち、トムに逆らい、間違った判断をさせる存在、つまり第二の超自我になっていたらどうする。きっとトムの行動をコントロールし、彼に危険なことをさせてしまうかもしれない。

ジータは橋の欄干《らんかん》脇にたたずんだ。シュプレー川はきらめきながら流れていく。モルテンは裏口から大聖堂に踏み入った。後を追うべきだろうか。

スマートフォンが鳴って、ジータはびくっとした。

画面には州刑事局の番号が表示されていた。「ヨハンスです」

「ルツだ」フローロフがいった。「モルテンにもう一度連絡を取ろうとしたがだめだった。どこにいるか知ってるか？」

「大聖堂の中だけど。スマートフォンの電源を切ってると思う。どうして？」

「大聖堂の中？　なんでそんなところに？」

「聞いてないの？」

「ああ」フローロフは不満そうにいった。「どうなってるんだ？」

「説明している暇はないわ。あとで……」

「あとでじゃだめだ。新しい情報がある」

「新しい情報？」

「クララを見つけた」

「クララの居場所がわかったの？　どこにいるの？」

「いや、そういう意味じゃない。クララの正体がわかったんだ」

「早く教えて」

「それより、そっちはどうなってるんだ？」

「ルツ、今その話をしている暇はないわ。クララの正体を教えて」

「いいだろう。きみはマリアという名前が出たといったな？」

「そうよ」

「クララとマリア。少し時間がかかったが、大当たりだった」

「なにが大当たりなの？」

「クララとマリアは姉妹。どちらもルートヴィヒ・ブローラーとその妻イレーネの娘だ」

〝姉妹〟ジータは鳥肌が立った。「両親はどうなったの？」

「悲しい話さ」フローロフはため息をついた。「ルートヴィヒ・ブローラーは東ドイツを代表する食品化学の研究者だった。物不足解消のために、政府は人工食品を生産する実験を無数に行った。なかには馬鹿げた実験もあった。ブローラーはマジパンをエンドウ豆のペーストで代用してプラリネの新しいフィリングにしたりして、数百万マルクの外貨の歳出を節約することに成功した。一九七〇年代の終わり、コーヒーの輸入が滞《とどこお》ったとき、政府はスペルト小麦やチコリで代用コーヒーを作らせた。そのせいで当時、あわや暴動かって事態になった……」

「ルツ」ジータはため息をついた。「クララの両親がどうなったか簡潔に話して」

「ああ、そうだった。国外逃亡しようとしたのさ」

「なんですって？　子どもを連れずに？」

「違う。家族全員でさ。だが逃亡できたのは父親だけだった。イレーネ・ブローラーとふたりの娘は捕まって、ホーエンシェーンハウゼン拘置所に収監された。国家保安省《シュタージ》はイレーネとふたりの娘を人質にして、ルートヴィヒ・ブローラーに帰国するよう迫った。しかしブローラーは恐怖に取り憑《つ》かれたか、逃亡できて安堵したせいか、家族の元に戻らなかったんだ。半年後、国家保安省はクララとマリアを強制養子縁組させた。イレーネ・ブローラーは三年ほどして、肺炎《はいえん》になって死亡した」

「ふたりの娘は？」

「行方不明になった。書類は一切残っていない。実際には強制養子縁組が行われず、何者かがなにか別の方法を取った。おそらく秘密裏に売買されて……」

「性的虐待」ジータは小声でいった。

「そういうこと」フローロフが感情を押し殺していったのは衝撃を隠すためだ。

一瞬の沈黙。ジータの背後で、青色回転灯をつけた救急車が橋を渡った。丸めた横断幕を持った人たちがアレクサンダー広場のほうへ歩いていく。

「他には？」ジータは小声でたずねた。

「ないよ」フローロフはいった。

「わかった。やることがあるから、あとで連絡する」

ジータはスマートフォンをしまって、大聖堂を見つめた。黒い天使さながらに丸天井に吊るされたブリギッテ・リスが脳裏に浮かんだ。そして鍵のことが。ヨシュも首に鍵をかけて命を落とした。カーリンは行方不明で、ナージャのところにも鍵が届いた。次の死体はどこにあらわれるだろう。次の被害者はだれだろう。

警察のサイレンが聞こえた。だがパトロールカーはジータの前を通り過ぎた。同僚はいつ来るのだろう。それにモルテンはなぜ大聖堂に入ることをフローロフに黙っていたのだろう。

第二十六章

ベルリン大聖堂
二〇一七年九月五日（火曜日）午後十一時三十二分

階段を踏む一歩一歩が地獄の責め苦のようだった。傷がひりひりする。疲労困憊《こんぱい》して頭がくらくらする。だが最悪なのはこの苦痛ではない。イエスことフェルバーは、復讐の鬼と化したサイコパスだ。トムをどうするつもりか知らないが、クララに刺された傷よりもひどいことになるのは目に見えている。

「止まれ。そっちへ行け」フェルバーは拳銃を振った。トムが脇にどくと、フェルバーが狭いドアを開けた。ドア口から風が吹きこみ、クララの白い寝間着がはためいた。

「外に出ろ」フェルバーが命じた。

三人は大聖堂の屋根に出た。背後に巨大な丸屋根がそびえている。足元はでこぼこで、少し傾いている。屋根材は錫《すず》か銅のようだが、どういう構造かわからない。とにかくバランスを取るのが難しかった。トムは息が上がり、手が血だらけだ。階段の血痕にだれか気づいてくれることを祈るほかない。「俺をどうするつもりだ?」

「死んでもらう。他の六人と同じように。俺の母親のように」

「俺はあんたの母親を殺してない」

「おまえら全員で殺したんだ」

「人を殺したかどうかは自分でわかる」トムはいった。空気が冷え冷えしている。立ち止まると、体がぐらっと揺れた。それでもフェルバーはトムをさらに屋根の端へと追い立てた。等身大以上の巨大なキリスト像が左右にふたつの塔を持つ壁の前に立っている。その壁の上には大きな十字架がある。その先は奈落だ。解散しはじめた集会の名残りらしい光が見える。

「信じてくれ。誤解だ。俺はあんたの母親を殺していない」

「俺にはわかってるんだ」フェルバーがいった。「どうやって知ったかわかるか?」

「そんなの嘘っぱちだ」

フェルバーが目を細めた。「そんな昔の話じゃない。クラードーにある精神科病院でインターン実習生だったんだ。すごい偶然だと思わないか? 母親やクララから引き離されたのは、五歳のときだけど、クララを見て、すぐおばだとわかった。クララの顔は記憶に焼きついていた。クララのほうもそうだった」

「それがおまえの母親の死とどういう関係があるんだ?」

「クララ」フェルバーがいった。「マリアのことを話してやれ」

クララは首を横に振った。

「話せ」フェルバーが叫んだ。

　クララはびくっとして、首を引っこめた。

「マリアとわたしは……ずっとあの家にいた」

「どういう家だ、クララ？」

「窓のない家」

「どのくらいそこに閉じこめられていた？」

「ずっとよ。小さいときから」

「つづけろ。なにがあった？」

　クララは改めて首を横に振り、唇《くちびる》を引き結んだ。トムの脳裏にヘリベルト・モルテンの顔が浮かんだ。彼は消えた子どもの話をしていた。ものすごい怒りを覚え、同時に不安が頭をもたげた。ヴィー、まさかおまえも？

「クララ」フェルバーが突然、やさしく声をかけた。「奴らになにをされたかいう必要はない。おまえを苦しめたいわけじゃないんだ。俺が自分で話せるものなら話したい。だがその場にはいなかった。あいつは俺を五歳のときに連れ去った。その家をどうして去ることになったか話すだけでいい。いつのことか覚えているか？」

「カレンダーをつけていたわ。一九九八年七月十日」クララはささやいた。

〝ヴィーが行方不明になった日だ〟とトムは思った。

「鍵を挿す音がしたの」クララがいった。顎《あご》がふるえ、肩に力が入って、背筋が伸びた。

「もうずっとだれも来なかった。死にそうなほどお腹がすいていたのに、イエスさまはぜんぜん来なかった。わたしたちを忘れてしまったみたいだった。悪魔がまた来るんじゃないか、と怖かった。そのときドアに鍵を挿す音を聞いたの。わたしはそっちを見なかった。だれかが部屋に入ってくるときは、そっちを見るなといわれていたから。でも、それはイエスさまじゃなかった。悪魔でもなかった。イエスさまはいつもいっていた。何年経とうが悪魔は帰ってくる。守れるのは自分だけだ。大人しくいうことを聞けば、ちゃんと守ってやる、と。そして守ってくれていた」

「夜中にドアを開けたのはだれだったんだ？」

「女性牧師」クララはささやいた。「名前はブリギッテ。あの人がわたしを家からだした」

一瞬、クララは押し黙った。まるでそのときのことをもう一度体験しているかのように。

「そしてイエスさまは死んだといわれた」

「そういったんだな？　イエスさまは死んだと？」

「いいえ」クララは首を横に振った。「違う名前だった。ベルトルトだった」

「そのベルトルトがイエスさまだとどうしてわかったんだ？」

「牧師はいった。娘が友だちといっしょに運河で死体を見つけた。それから牧師はその死体のそばにあったという鍵をわたしに見せた。だからわかったのよ。それがイエスさまだって。牧師はそれがなんの鍵かすぐにわかったといった。前にベルトルトのズボンに入っているのを見つけたことがあるからって。ズボンを洗濯するためポケットの中身をだしたときに。ベルトルト……大あわてした。鍵をなくしたと思って捜していたといっていた」

「じゃあ、牧師はすでに鍵のことを知っていたんだな？」フェルバーはそういいながらトムを見た。「わかるか？　牧師は疑っていたんだ。そして終止符を打つ準備をすることができた」

　クララは黙ってうつむいた。

「そしてふたたび鍵を手にした」フェルバーはつづけた。「牧師は家を見つけ、そこでクラを発見した。クララ、牧師はそのあとなにをしたんだ？」

「家に火をつけた」

「火をつけたのか。マリアがまだ家の中にいるっていったのか？　どうなんだ？」

「いったわ。でも聞く耳を持たなかった」

「なるほど。聞く耳を、持たなかったのか！」フェルバーは文字どおり吐きだすようにいった。

　トムは唖然《あぜん》としてクララを見つめた。「家にだれかいるとわかっていて、ブリギッテ・リスは家に火をつけたのか？」

　クララは黙ってうなずき、目をそらした。思いだして苦しんでいるようだった。だが、他にもなにかある、とトムは直感した。

「マリアはどうなった？」フェルバーがたずねた。唇が白くなっていた。そのくらいきつく引き結んでいたのだ。

「焼け死んだ」

「だれの責任だ？」

「ブリギッテよ」クララがつぶやいた。

「他には？」

クララはためらってから、トムを指差した。

「そのとおり」フェルバーが小声でいった。「おまえらは鍵を見つけて、警察に届けなかった。おまえたちはマリアの命を握っていたんだ」突然にまた声を張りあげた。「悲惨極まりないマリアの命をな。マリアにはなにもなかった。残っていたのは自分の命だけだった！　裸の命。マリアは性的虐待を受けていた。俺はあいつに連れ去られるまで、それを見せられていた。おまえらは警察に通報しなければならなかったんだ。簡単なことだった。だれだってそうしたはずだ。普通だれだって警察に通報するはずじゃないか。それなのになんだ？　おまえらは先延ばしにした。くだらない冒険がしたいがばかりに。〝うわあ、鍵だ。すごいぞ、死体だ。これはやばい〟そしておまえのろくでもない妹がその鍵を持って、こともあろうにブリギッテ・リスに届けるという愚行を犯した」

トムは膝《ひざ》からくずおれそうになって、キリスト像にしがみついた。

〝おまえはそんなことをしたのか〟とトムは思った。

ヴィーは寝間着姿で屋上に立っていた。風に吹かれて、髪が乱れていた。ヴィーはうつむいている。しかしどうしてそんなことをしたんだろう。

〝わけがあるの〟

〝どういうわけがあるっていうんだ？〟

〝お兄ちゃんがあたしに鍵を見せたときのことを覚えてる？〟

〝ズボンのポケットからすべり落ちたんだっけ〟

〝あたしがどういう目でその鍵を見たか覚えてる？〟

トムははっとした〝まさか……？〟

〝気づかなかったなんてね〟

〝あの鍵を知ってたのか！〟

〝そうよ〟

〝ベルトルト・リスが持っているのを見て、知っていたんだな？〟

〝小さい女の子の気を引くとき、男はなにをする？〟

〝嘘だろう。おまえに見せてたのか！　そしてなくしたとき、見つけてきたらなにかいいもの、びっくりするようなものをあげるとかいったんだな？　だから興味があったのか？　だからなんとしても鍵が欲しかったのか？〟

「そして女性牧師はその鍵をどうしたと思う？」フェルバーがいった。「教会のお偉い監督になって、道徳を説き、孤児や性的虐待の被害者や難民の味方だったあの女。あいつは夫が持っていた家のドアを開け、閉じこめられていた若い娘を見つけ、夫がそこでなにをしているか直感した。そして不安になった。警察に行くべきだったのに、家に火をつけたんだ。そしてクララをヴィッテンベルクのところに連れていって、軟禁状態にしたのさ。事件が露見しないように」

「俺の妹はどうなったんだ？」トムはたずねた。

「さあな」

そのとき風が強くなり、雨が降りだした。

「わたし、見かけた」クララがささやいた。

「なんだって？」トムはたずねた。「どこで？」

「家が燃えあがったとき、近くに女の子がいた」

「家の中にいたのか？」トムはびっくりしてたずねた。

クララは首を横に振った。「ハンドルにミラーがついた赤い自転車に乗ってた。金髪。縞《しま》模様のズボン」

「そう、それはヴィーだ！」トムの脳裏にヴィーが浮かんだ。寝間着姿、真っ赤な自転車、少年が乗りまわす自転車についているようなバックミラー。ヴィーはいつもだれかと競走しているみたいに、夢中でペダルを踏んでいた。「その子はどこにいたんだ？」

「こっちを見ていた。藪《やぶ》の中にいて、あわてて去っていった」

「去っていった？　どこへ？　どの方角だった？　その家はどこにあったんだ？」トムは必死になってたずねた。

「知るわけがないでしょ。あの子が警察を呼んでいたら。でもだれも、そんなことはしない。だれも、だれひとりとして……」

「黙ってろ」フェルバーはクララを怒鳴りつけた。

「でも、本当のことよ」クララが泣きそうな声でいった。

「妹は幼かった。できるわけがない」トムはいった。「十歳になったばかりだ。妹に責任はない」

「いや、おまえらは全員、なにかできたはずだ」フェルバーは憎しみのこもった声でいった。

「俺の妹は除外しろ。だれかを罰するというなら、俺に罰を与えればいい」

雨まじりの突風が吹き抜けた。フェルバーはトムの頬に拳銃を突きつけた。「妹のためならなんでもすることはわかっている。妹を捜しているんだろう。ヨシュから聞いた。だが安心しろ。幼い娘は殺さない。鍵は七つだけだ。おまえの妹が牧師に渡した鍵とすべて同じ形だ。知ってるか？　クララから話を聞いたあと、俺は牧師からもいろいろ聞きだした。それであいつが鍵を持っていることがわかったんだ。あれを取っておくなんてな。呆れるだろう？　目障りだったろうに、自分がやったことが頭から離れないのと同じだったんだろうな。あいつが俺に鍵を渡したとき、手がふるえていた。夫を許してくれ。弱い人間だったとかいって。だからいってやった。おまえこそ弱い人間だって」

フェルバーはトムの首を指差した。「まだ鍵を首にかけているか？　見せてみろ」

トムは鍵をだしてみせた。フェルバーの目がその鍵に釘付けになった。「本物そっくりに複製したんだ。しめて六個。ヤスリをかけ、数字を刻んで、傷や汚れをつけた。七つすべてが同じに見えるようにしたかったんだ。それを見て、おまえらが思いだせるように。手始めはブリギッテ・リスだった。それで他の奴は自分たちの運命に気づく。それからおまえら五人、ヨシュア、ナージャ、ベネ、カーリン、おまえ。七つめは悪魔のためだ。俺の母親の心を壊し、俺の父親を殺した奴だ。だれに罪があるか、こっちは先刻承知なのさ」

「ドレクスラーとヴァネッサ・ライヒェルトのことはどうなるんだ？」

「それはだれだ？」

「カーリンの家にいたふたりの警官だ」

「知らないな」フェルバーは冷ややかにいった。「俺は狙った奴しか殺さない。そんな警官、知らない」

トムはフェルバーを見つめた。わけがわからない。嘘だろうか。だが嘘をつく必要があるだろうか。「大聖堂のオルガン奏者は？」トムはたずねた。

「あいつは突然あらわれてね。間《ま》が悪かった」

「カーリンのことはどうした。どこにいるんだ？」

「さあ、知らない。おまえこそ、知ってるんじゃないか？」

「俺が？　どうして？」トムは呆然としてたずねた。

「ヨシュは、おまえを捕まえる手伝いをしてくれた。だがカーリンの居場所は知らなかった。居場所を突き止められる奴がいるとしたら、おまえだといってた。それから、ベネの居場所も知ってるな。鍵を受けとってからどこかに逃げたナージャのことも」フェルバーはクララがトムを刺したナイフをだして、切っ先を目の前にかざした。

トムは必死に考えた。体力は残り少ないが、まだ頭は働く。フェルバーはカーリンを拉致《らち》していない。それなら、いったいだれが……。

「さあ、いえ」フェルバーがいった。「他の、奴は、どこに、いる？」

「おまえは間違っている」トムはそういって、時間を稼ごうとした。ナージャの居場所を明かすくらいなら、舌を嚙み切る。とはいえ、ナージャはいつまでこいつから逃げていられるだろう？　ベネの居場所を教えたらどうだろう？　ベネなら、きっと返り討ちにする。そうすればナージャは安全だ。しかしベネを危険に晒《さら》していいだろうか？　「ひどい間違いを犯している！」

「なんの話だ？」

「ブリギッテ・リスはマリアを殺していない。殺すはずがない」

「殺したんだよ！」フェルバーがわめいた。

「それなら、クララに訊くんだな」トムは答えた。唇がふるえていた。傷口が熱を発し、体の他の部分は氷のようだ。ちらっとクララを見た。山勘だったが、もうこれしか手はない。息を吸う。声はかすれていた。「クララは嘘をついている」

一瞬、その場が静寂に包まれた。フェルバーの息遣いが速くなった。

「そうだよな、クララ？」トムはいった。彼女の目を見れば、なにか隠していることは間違いない。まだなにかある。しかも状況を一変させるなにかが。「きみは大聖堂で許しを乞おうとしていた。なぜだ？　だれに許してもらおうとしていたんだ？　ブリギッテ・リスか？

それともマリアか？」

「クララ？」フェルバーがいった。

クララは首を横に振った。目に涙を浮かべている。

「俺がなにを考えているかわかるよな、クララ」トムはいった。「家の中にまだ人がいることをブリギッテ・リスにいわなかったんだろう？」

「嘘だ」フェルバーがいった。

「家にいるのはきみだけかって訊かれたはずだ。白状しろ、クララ。許しが欲しいなら、いわなくちゃだめだ」

クララは石になったように身をこわばらせている。雨の滴《しずく》と涙で顔が光を反射していた。

「ブリギッテ・リスは訊いたんだよな？」

「ええ」クララが消え入るような声でいった。

「なんて答えたんだ？」

「あの人を愛していたからそういったのよ」クララは泣きながらいった。「あの人はわたしのすべてだった」

「なんといったんだ？」トムは手を緩めなかった。

「わたしだけっていった」クララはささやいた。「家にいるのはわたしだけだっていったのよ」

沈黙。

「嘘だ、嘘だ、嘘だ！」フェルバーが叫んだ。

違うぞ、フェルバー！　クララは当時、嘘をついた。小さいが、取りかえしのつかない嘘を。

どんな結果を招くか考えもせず嘘をついた。

ちょっとした嘘。そのせいでこれだけ多くの人が亡くなった。

雨がざあざあ降りになった。どこからこんなにたくさんの水が降ってくるのだろう。トムは全身がふるえた。寒くて、なにも感じなくなっていた。目の前にあるナイフの切っ先に雨の滴が載っていた。フェルバーの顔が憎悪で引きつっている。今聞いたことを信じたくないのだ。それが本当なら、彼のしてきたことはすべて間違いだったことになる。なんの意味もなかったのだ。それでも殺しをつづけるつもりだ、と彼の目が訴えていた。ちょうどトムがヴィーにこだわるのと同じで、フェルバーは憎み、殺すことをやめる気がない。彼にはもう苦痛しか残されていないからだ。

第二十七章

ベルリン大聖堂
二〇一七年九月五日（火曜日）午後十一時四十三分

ヨー・モルテンは顔にかかる雨を急いでぬぐった。音を立ててはいけない。丸屋根を背にして、雨に濡れた屋上の天使像の陰に身をひそめている。なんという天の配剤だ！　屋根の縁《ふち》に三人の人影がくっつくように立っている。トム、イエスと名乗る男、そして女の患者。大聖堂を照らす照明が逆光になって、三人はキリスト像の前の黒い塊《かたまり》にしか見えない。雨が銀の糸のように降ってくる。

グロックをしまって、ドアのそばの窪《くぼ》みに身を隠した。製造番号が登録されていない拳銃を使うのはまずい。だれにも見られずにここから姿を消すのは無理だ。ベーリッツの浴場のようにはいかない。ここは正式な捜査の一環ということにしなければ。モルテンは警察から支給されたシグザウエルを両手で構えた。左右の腕と胸で三角形を作る。もっとよく狙えるように、手をなにかに当てたいが、支えになるものがなかった。本当なら先に声を発し、警告射撃をすべきところだ。それが通常の手順だ。きっと内部監査で質問されるだろう。

〝屋上にはどのくらいの時間いたんだね？〟

〝数秒。ドアから外に出てみると、彼らはそこにいたんです〟

〝なぜ警告せずに発砲したんだ？〟

〝行動するほかなかったんです！　一刻を争う状況でした〟

〝なにを根拠に？〟

〝シリアルキラーが同僚に拳銃とナイフを突きつけていたんです。それで充分でしょう〟

〝狙いをはずすかもしれないとは考えなかったのか？〟

〝考える暇などありませんでした〟


トムは意識を失うまいと必死だった。雨が、残る力を押し流そうとしている。ヴィオーラがいきなりそばにあらわれた。柔らかい金髪は濡れていない。だれかが彼女のために傘をさしているかのようだった。一瞬、時間が止まった。ヴィーがクララのほうに向かってうなずいた。

〝本当にこの人があたしだと思ったの？〟

〝そうであってほしかったんだ〟

〝そんなことを思うから、こんな状況に陥《おちい》ったのよ〟

〝ヴィーは泣いているのかな〟とトムは思った。

〝あきらめてはだめ。死んじゃだめ〟

〝これはすべて幻想だろうか？　おまえがやっぱり死んでいたらどうする？　おまえに会うには、向こう側へ行くしかないとしたら？〟

〝向こう側？　とんでもないわ。怪我をしているのよ、トム。痛いでしょう。凍えてる。五感がおかしくなってるのよ〟

〝こいつを道連れにしよう、ヴィー。すぐそこに奈落が口を開けている。キリスト像の前に、つかまれるものはなにひとつない。そのまま落ちれば……〟

〝だめよ。こっちにとどまって。あたしのそばにいて〟

〝だけど、そうすればナージャを救える。ベネのことだって〟

〝じゃあ、あたしは？　あたしはどうなるの？〟

「本当におまえなのか？　おまえは本当にいるのか？」

「だれの話だ？」フェルバーが憎々しげにいった。時間がまた動きだした。雨は氷のように冷たいのに、腹部の傷が熱い。「だれなんだ？」フェルバーが叫んだ。「本当にいるって、だれのことだ？」

トムはさっと左手を上げて、ナイフをつかんだ。手が切れる感覚はなかった。ただフェルバーが手にこめた力だけを感じる。ナイフの握りがトムの拳に押し当てられた。トムはすかさず右に身をひるがえし、ナイフをつかんでいた手を引き、切っ先を顔のそばからずらした。フェルバーは一瞬、足を滑《すべ》らせた。銃口もトムの顎《あご》から離れた。銃声が轟《とどろ》き、銃弾で頭を吹き飛ばされると思ったが、そうはならず、フェルバーと取っ組みあいになった。フェルバーの力が上回った。

トムは背中に塔が当たるのを感じた。キリスト像と塔のあいだに奈落が口を開けている。救いとなる場所だ。だめ、と叫ぶヴィーの声がトムの耳に届いた。それとも、それはクララの声だろうか。右腕をフェルバーの首にまわし、トムは飛びおりようとした。


モルテンは発砲できる体勢になかった。トムがイエスを道連れにして屋根から転げ落ちるところを信じられない思いで見ていた。だがそのとき、イエスがキリスト像を必死でつかんだ。ものすごい力があるのか、それともトムにイエスを引きずるだけの力がなかったのか、イエスはトムのジャケットをつかんで、トムを屋根に引き戻して、肩で息をした。一瞬、ふたりの体はひとつになり、トムの体が歪《いびつ》な大きな人形のように壁のほうに引っ張られた。


壁に押しつけられたトムの後頭部が激しく石にぶつかった。

「そんな簡単に死なせてなるものか」フェルバーが叫んだ。改めてナイフの切っ先をトムの目の前に持っていった。「右目からやるか、それとも左目にするか?」

麻痺《まひ》したように体の感覚がない。それでも恐怖は感じる。それにこれは雨の滴《しずく》だろうか、冷や汗だろうか。トムはナイフから目をそらして、遠くを見つめ、気を取り直そうとした。もう一度くらい抵抗する力が残っているだろうか。そのとき闇の中、銃口が自分に向けられていることに気づいた。

モルテンは肩に力が入った。一瞬、トムに見られたような気がした。

〝死は彼の救済になる〟モルテンは自分にいい聞かせた。どうせ死ぬのだ。早く死なせたほうがいい。〝死者がひとり増えるだけだ。何十億人といる人間のひとりでしかない〟モルテンは気分が悪くなった。それって、父親の口癖《くちぐせ》じゃなかったか。白い拷問の被害者、あるいはそのせいで命を落とした者が出ると、父親はそういって、自分をごまかした。

そういう父親を許せないのに、どうして自分が許せるだろう。

モルテンは血が出るほど強く唇《くちびる》を噛みしめた。痛みのおかげで我に返った。ちくしょう！〝問題は他にもある。それだけは、親父《おやじ》よ、絶対に許せない！〟死者は永眠する。大事なのは生きている者のほうだ。ちくしょう。親父のいうとおりだ。死者がひとり増えるだけだ。あまりに多くの秘密を抱えていれば、秘密がひとつ増えたところでどうということもない。あいつには死んでもらうほかない。だれか知らないが、表に出たくない者がいる。そいつがあの取り付く島のないユーリを送りこんできた。あいつは浣腸のような奴だ。ことがすめば、なにごともなかったかのように消えていなくなる。良心の呵責《かしゃく》など一切感じず、俺のような人間を手先に使う術《すべ》を心得た奴。

糞《くそ》ったれ。

モルテンは奈落を見つめた。トムはすぐそばに立っている。イエスもすぐそばにいる。女性患者は二歩分離れている。

ちくしょう。遠すぎる。

両手がふるえ、心臓がバクバクいっている。脈拍が早いと狙いをはずす恐れがある。モルテンは深呼吸した。一歩近づこう。

もう一歩。

さらにもう一歩。

モルテンは天使像の陰から出た。


ジータ・ヨハンスは息を切らしていた。命令に従うのはどうしても苦手だ。階段の手すりに付着している血痕を見て、嫌な予感がした。だれかがわざと痕跡を残したように見える。十メートルから二十メートルごとに手をついている。

ジータは走った。百段から百五十段。ちゃんと数えてはいなかった。ただ飛ぶように駆けあがった。

狭いドアに雨滴《うてき》が叩きつけている。その先は外だ。すぐにドアを開けようとしたが、外がどうなっているのかわからない。用心すべきだ。ドアノブをそっと押して、ドアを開ける。雨と風が顔に当たった。目の前にモルテンがいた。銃を構えている。屋根の端にはトムとクララ。もうひとりはだれだろう？　ヴィッテンベルク？　イエス？

背後で階段を上る足音が反響した。

ジータが呼んだ同僚たちだ。

モルテンはなぜなにもいわないのだろう？　なぜ「警察だ！　武器を捨てろ！」と叫ばないのだろう。

モルテンは背後でドアが開く音を聞いた。雨が屋根に当たって音を立てている。屋根のプレートが振動した。だれかが歩いてくるのだろうか。モルテンは振りかえらなかった。後ろがどうなっているか、だれが来たのかよくわかっていた。彼女が仲間を連れてきたのだ。

今しかない。

照門と照星を合わせる。

クララは男のほうを向いて、目を大きく見ひらいた。だれを狙っているか気づき、だれが撃たれるかわかった。クララのイエスさまだ！　この刹那《せつな》、理由はわからないが、引き金が絞られるのが見えた。

クララはとっさにイエスに飛びついた。

トムはモルテンと銃口を見た。違う。狙いは自分ではなくフェルバーだ！　横に飛び退《の》いて、射線を確保させようとした。だがフェルバーによって壁に押さえつけられ、ナイフの切っ先に釘付けにされたみたいで、身動きが取れない。まるでデジャヴを見ているかのように、トムの脳がフェルバーよりも一瞬早く働いた。人生が一周早くまわっているみたいだ。すべてが見てとれた。ナイフの切っ先に落ちる雨滴、ナイフを握るフェルバーの拳、彼の顔に浮かぶ憎悪、モルテンの拳銃、白い寝間着姿のクララ。

一発目の銃声、それから二発目。

クララがくずおれた。

フェルバーは身をひるがえして、闇に向かって発砲した。一発目、二発目。だれかが悲鳴を上げた。三発目。

〝今よ〟ヴィーがささやいた。クララの小さな指が首にかけた鍵を上げた。

トムも首にかけている鍵を引っ張った。紐がうなじに食いこんだが、どうしても切れなかった。今度は右に左に引っ張って、前に手を伸ばした。首がひりひりする。紐は切れそうになかった。と、突然、プツンと切れた。トムは鍵を握りしめた。フェルバーを投げとばして、押さえつけるだけの力は残っていない。だが一か八かやるしかない。最後の力を振り絞って、背を向けているフェルバーに飛びかかった。羽交締めすると、鍵のギザギザの先端を彼の首に刺し、肉を切り裂いた。フェルバーの頸動脈が切れて、血が噴きだした。フェルバーは前のめりになってよろめき、トムは壁のほうへあとずさった。フェルバーはナイフを落として振りかえり、目を丸くしてトムを見つめた。傷口を手で押さえていたが、出血は一向に止まらなかった。フェルバーは拳銃を上げるなり、ぐらっとよろめきながら発砲し、くずおれた。

トムは銃弾が当たったかどうかわからなかった。もうなにも感じなかった。雨すら感じなかった。壁にもたれかかりながら立っていた。下の公園にはまだぽつりぽつりとロウソクが灯《とも》っていた。ヴィーがいる。寝間着はぜんぜん濡れていない。耳に羽根をはさんでいる。そのヴィーがトムの手からそっと血のついた鍵を取った。幸福感が波となってトムを包んだ。

〝生きていたか〟

〝知ってるくせに〟

〝いや、今本当に確信した〟

ヴィーの顔がジータの顔に変わった。愕然《がくぜん》としている。「トム！　大変。なにがあったの？」

「ヴィーが」トムはいった。「生きている。クララが見た」

そして目の前が暗くなった。

第二十八章

ベルリン市ミッテ区シャリテ医科大学病院
二〇一七年九月七日（木曜日）午前十時七分

トムは病院が嫌いだ。大きければ大きいほど嫌悪感を覚える。そしてシャリテ医科大学病院はどこよりも大きい。病院と監獄が違うのは鉄格子があるかないかだけだ。

「だめよ、寝ていないと」病室に入ってきたジータがいった。トムは枕に頭を戻した。

「個室とは。すごいじゃない」ジータの目には隈《くま》ができていた。黒いレザージャケットを着て、編み上げブーツを履いている。鬘《かつら》をつけるのはやめていた。

「フェルバーが入院していないのは残念だ」トムは唸《うな》るようにいった。「死んでしまうとはな。刑務所に放りこみたかったのに」

「あなたが鍵で彼の頸動脈を引き裂いたんでしょ。助けようがなかった」ジータは答えた。

「でも、あれで命拾いしたのは、あなただけじゃなかった」

「むちゃくちゃな状況だった」

「そうね」ジータはトムの前腕にさっと手を置いた。「具合はどう?」

「いいさ」

「嘘つき」

トムは顔をしかめた。笑みを作るつもりが、失敗した。

ジータは生真面目な笑みを浮かべた。少し厳しくて、悲しげだ。それでも美しかった。じつに複雑な表情だ。鬘をつけていないと、表情の機微がわかる。ジータが見舞ってくれたことが、トムはうれしかった。話し相手が欲しいのに、大聖堂の屋上で起きたことをだれと話せばいいかわからずにいたのだ。一昨夜は本当に危機一髪だった。モルテンとジータが駆けつけてくれなかったら、助からなかっただろう。

「休んだほうがいい」

「昨日たっぷり休んださ」トムはつぶやいた。少しのあいだ意識が戻って、あの夜のことでベルティの事情聴取を受けた。だが今朝、目が覚めると、どんな話をしたか記憶がない。麻酔がまだ効いていたのだ。

「それはそうでしょう」ジータがいった。「集中治療室にいたんだから。傷口を縫《ぬ》ってもらえてよかったじゃない。腹部を刺されると命の危険があるのよ……」

「……銃創よりも危険なんだよな。わかってる」

「なんでそんなに上機嫌なの？　また薬をのんだ？」ジータがからかった。

「エスプレッソを調達してきてくれないかな」

「なにそれ」ジータの焦茶色の目から笑みが消えた。

「考えたいことがあってな」

「カフェインがないと考えられないわけ？」

「睡眠薬に耐えられるなら、カフェインも平気だろう」

ジータは眉《まゆ》を吊りあげて、ため息をついた。聞き分けの悪い子に閉口したときのようなため息だった。「わかったわ。待ってて」

「喜んで」トムはいった。

五分後、ジータは茶色のカップを持って戻ってきた。カップには薄いフィルターコーヒーが入っていた。

「それは病院のかい？　それとも、きみのお母さん直伝？」

「理性が働いた結果かな」ジータは答えた。トムは左手をつくと、体を起こそうとしたが、痛みが走り、びくっとした。掌《てのひら》をナイフで切ったばかりだ。

ジータはベッドのヘッドサイドを高くした。

コーヒーはひどい味だったが、熱さで意識が鮮明になったような気がした。「クララの具合は？」トムはたずねた。

「昨日、二度目の手術を受けた。今は昏睡《こんすい》状態。よくないわね」

「モルテンは？」

「昨日話さなかった？」

「記憶にない。麻酔で……」

「肩に一発、それからもう一発は肺《はい》を貫通していた。現場で胸部穿刺《せんし》をしなかったら、心臓が止まっていたでしょうね。まだ二、三日、集中治療室だろうけど、まあ、助かるでしょう」

「なんで発砲したのかわかったか？」トムはたずねた。

「警告せずにってこと？　そのことは内部監査でも訊かれたわ」ジータは肩をすくめた。「緊急事態だった。待ったなしの状況だった……」

「俺に当たっていたかもしれない」

「でも当たらなかった。モルテンはイエスを撃った。ああ、名前はフェルバーだったわね。クララは射線に飛びこんだ。あの男に心酔していたようね」

「ベルトルト・リスのことか？　それとも、その息子か？」

「両方よ。ベルトルト・リスに対しては、ストックホルム症候群だったようね。拉致《らち》された期間は週単位、月単位じゃなかった。事実上、姉妹は監禁状態で成長した。性的虐待もふたりにとっては日常だったのでしょう」

トムはもう少し体を起こそうとしたが、腹部に刺すような痛みを覚えて、枕に頭を沈めた。

「そしてふたりの拉致犯は役割分担をしたってことだな。ひとりは救世主イエス、もうひとりは悪の権化である悪魔」

「クララの背中を傷だらけにしたのは悪魔のほうでしょうね」

「じゃあ、ベルトルト・リスは救い主を演じて、いうことを聞くなら助けてやるとかいったんだろうな」

「それって、拉致犯がよく使う手口ね。拉致された側は、どっちがやさしくて、どっちが残酷かすぐに感じとる。やさしいふりをする側の犯人はそれを悪用する。しかも今回の事件ではこの監禁が何年もつづいた。ベルトルト・リスは被害者を言葉巧みに誘導し、プレゼントで歓心を買うタイプだったようね。たとえばクララに与えた羽根がそれよ」

羽根。トムの心臓がちくっと痛くなった。「その羽根の話を聞いて、俺はヴィオーラだと確信したんだ」

「ごめんなさい」ジータは小声でいった。

「いいさ。それより気になるのは、ヴィオーラがどうやって羽根を手に入れたかだ。偶然か、どこかで拾ったか。あるいは……」

「……ベルトルト・リスからもらったか」

トムはうなずいた。ふたりは一瞬、口をつぐんだ。ベルトルト・リスがその羽根でなにをたくらんだか、思っていてもいうべきではないとお互いにわかっていた。

「問題の家の番地だけど」そういうと、ジータは咳払いをした。「十七番地だった……事実、あなたの妹が行方不明になった日に火事になった。ベルトルト・リスの所有で、女性がひとり焼け死んだのも本当だった。ただ当時は、その焼死体の身元を突き止められなかった。今ならゼバスティアン・フェルバーの母親マリアだったとわかる」

「ここを退院したらすぐその家の跡を見たい」

「シュターンスドルフ林間墓地とアルブレヒト・タール工場の跡地のあいだよ。人里離れたところね。ところで、番地の数字が妙なのよ。そこは一軒家だから、十七番地になるのは変でしょ」

「普通、番地は一定の法則で役所が決めるものだ。たぶんベルトルト・リスとその共犯がなにか手をまわしたんだろう。もし『わたしは死んだ』という暗号として十七番地にしたのなら、かなり悪趣味だな」

「連中はホーエンシェーンハウゼン拘置所でも子どもの選別をする部屋の番号を十七にしていたのよね」

「犯人はふたりか。ひとりは警官のベルトルト・リス。もうひとりはだれかわからずじまい。わかっているのは、拉致された少女から悪魔と呼ばれていたことだけか。ふたりは収監されたり、亡くなった反体制派の親から子どもを奪った。強制養子縁組をさせられ、だれも関心を向けない子どもたち。ふたりは子どもを監禁して、好き勝手やっていた。そしてそのあと」

「仲間割れしたんでしょうね。それで怒った悪魔がベルトルト・リスを殺して、テルトー運河に沈めた。少なくともフェルバーはそういっていたのよね。彼を信じていいと思う？」

「ああ、信じていいだろう。鍵といっしょに死体を見つけたんだから」

「だけど、ベルトルト・リスはどうして死ななければならなかったのかしら？」

「マリアとリスのあいだに生まれた子のことでいざこざが起きたのかもしれない」

「ベルトルト・リスは息子を生かしておきたかったけど、悪魔はその子を排除したかったたってこと？」

「ああ。違う理由かもしれないがな。クララは大聖堂の屋上でいった。悪魔は何年も姿を見せなかった、と。もしかしたらこの一件から足を洗ったのかもしれない。ふたりは東ドイツ政府を隠れ蓑にして悪事を働いていた。東ドイツが崩壊したあと、リスクがありすぎると思ったのかもな」

「それでもベルトルト・リスはひとりでつづけたってことね。悪魔はそのことを知って、ふたりは対立することになった。悪魔は過去を消し去るためにパートナーを殺して、死体を始末したってわけね」

「そして地元のガキたちがその死体を見つけてしまった。問題は、悪魔がそれをどうやって知ったかだな。知ったのでなければ、死体が消えるはずがない」トムはベネといっしょに殺した、写真館にあらわれた男のことを思いだした。あの死体も人知れず消えた。もしかしたら悪魔はひとりではないのかもしれない。あの死んだ男は国家保安省の元職員で、最後の証拠を隠滅するために悪魔が放った奴だったのかもしれない。

「そういえば」ジータがいった。「フローロフが拉致されたふたりの身元を突き止めたわ。クララ・ブローラーとマリア・ブローラー。父親のルートヴィヒ・ブローラーは今ミュンヘンにいる。科学捜査研究所でDNA型鑑定を行った。一家は当時、西に逃亡しようとした。父親は国境を越えたけど、奥さんとふたりの子どもは逮捕されてしまった。クララは当時七歳で、マリアは十一歳。三人はホーエンシェーンハウゼン拘置所に収監され、母親は拘置所で死亡。ふたりの子どもは行方知れず」

「家族を壊したってことか」

「そうね」ジータは小声でいった。「マリアは拘置所で息子を産んだようね。一九九七年五月、息子はパンコー区にあるクララ会女子修道院の前に捨てられた。当時四、五歳だったとされているので、今は二十四歳前後だったわね。修道院は彼を引き取って三年間育て、それから孤児院に入れた。当時、その孤児院を運営していた修道院院長は、彼の知能はとても高かったが、感情面に難があったといっているわ」

「そうだな。まるで二重人格のようだった」

「四、五年しか母親といっしょにいられなかったのなら、パーソナリティ障害になっても不思議はないわね。彼は性的虐待された結果で生まれた。マリアは彼に愛情を感じつつ、同時に毛嫌いしたはずよ。精神が不安定になるのは当たり前だわ。しかも母親がどういう仕打ちを受けていたかさんざん目撃したと思う。これほどパーソナリティ障害と復讐の妄想にぴったりの温床はないわ」

「信じられないな」トムはつぶやいた。

「ええ、悪夢ね。怪物は次の怪物を生む」ジータは窓の外を見た。トムはジータが自分と同じ矛盾した気持ちでいることに気づいた。被害者への同情と加害者の中にある被害者の部分への共感。

「最悪なのは」トムはいった。「クララさえ嘘をつかなければ、こんなことにならなかったということだな」

「フリーデリケ・マイゼンの証言とわたしがクララから聞いた話を総合すると、クララは姉のことを妬《や》いていたみたいね。たぶんベルトルト・リスはマリアのほうをかわいがっていたんだと思う。子どももいたわけだし……。そしてその状況を変える方法がなかった。ベルトルト・リスはクララにとってたったひとりの男性だった。彼しか見えていなかったんだと思う。だからブリギッテ・リスが家のドアを開けたとき、安堵するより先に混乱したんでしょうね。そしてとっさに嘘をついた。マリアなんていないことにした。ブリギッテ・リスがまさか家に火をつけるなんて思いもしなかったはず」

「クララがヴィッテンベルクの精神科病院に入った経緯《けいい》はどうなんだ?」トムはたずねた。

「ヴィッテンベルクは最低の奴よ。そっちは別の事件になって、あいつは昨日、監禁と傷害の罪で逮捕されたわ。フリーデリケの件でも追起訴されるでしょう。たぶん医師免許を剝奪《はくだつ》される。取り調べではすっかり小さくなっていた。でもホーエンシェーンハウゼン拘置所で少女が消えた件とは無関係ね。ブリギッテ・リスは友人で、火事のあと、彼女がクララを連れてきて、病院で預かってくれと頼んだらしい。定期的にお金を送金するといって、クララの存在を秘匿《ひとく》するようひざまずいて頼んだそうよ。だからヴィッテンベルクはクララを人目に触れないようにしてきた。ただ引っかかるのは、ヴィッテンベルクが寄付をもらっていたのが、ブリギッテ・リスからだけではなかったことね。ＨＳＧＥからもウクライナにあるパイトン警備会社を経由して定期的に寄付を受けていたのよ。その警備会社のオーナーはユーリ・サルコフ」

「つまり元国家保安省《シュタージ》の人間が、クララを精神科病院に隠しておこうとしたということか。事件をうやむやにするために」

「それは違うわね。いかれた話だけど、そっちの寄付金は他の患者に対してだったみたい。ヴィッテンベルクはクララの過去をまったく知らなかった」

「信じられないな」トムはつぶやいた。モルテンの父親に会ったときのことを思いだした。あの手の連中はお互いに本性を見破られないように隠しごとをしている。

「そうそう」ジータがいった。「ヴィッテンベルクは、フェルバーがインターン実習生だったことを認めたわ。フリーデリケ・マイゼンの前にあそこで実習をしていたのよ。年齢が高かったけど、ヴィッテンベルクはそのあと彼を研修生として受け入れるつもりだった。でもフェルバーはおばには自分の正体を黙っているようにいって、彼女のことばかり構うようになった。それでヴィッテンベルクは彼を追い払ったのよ」

「フェルバーの話では、クララと彼はお互いに気づいたらしい。まあ、フェルバーの顔はベルトルトにそっくりだったからな」

「フェルバーはクララから当時のことを聞いたんでしょうね。クララに再会したことで、記憶の一部が蘇《よみがえ》ったのかもしれない」

「しかしマリアの死を巡って、クララはフェルバーに嘘をついた」

「彼を味方につけたかったからでしょ。自分の罪を隠しておきたかったのかもしれない。だからブリギッテ・リスが放火したため、マリアは亡くなったとだけいったんじゃないかしら」

「もしかしたら嘘はつかず、ただ黙っていただけかもしれない。フェルバーは憎悪で目が曇っていた。母親を死なせたのは牧師だと、それしか頭になかったんだろう」

「そうすれば憎悪の捌《は》け口になるものね。だけど、彼はどうしてあなたたちに目をつけたの？」

「ヴィオーラだよ」トムの声はかすれていた。「当時、ブリギッテ・リスに鍵を渡したのは妹だった」

「なんでそんなことを？」

トムは少ししていった。「たぶんヴィオーラは鍵のことを知っていたんだと思う。鍵を見たとき妙に興奮していたから、変だなとは思ったんだ。でも、うまく説明がつかなかった。だけど、今ならわかる。ベルトルト・リスは妹に鍵を見せて、ふたりだけの秘密だとか、あとでいいものをあげるとかいったんだろう。妹に羽根を贈ったのもあいつだと思う。だから、妹はなにかいいことがあると思って、運河で見つけた鍵をリス家に持っていったんだ」

「根拠は？」ジータがたずねた。

トムは肩をすくめ、「あくまで推測さ」とごまかした。大聖堂の屋上でヴィーから聞いたなどといえるわけがない。ヴィーが自分の頭の中で生きているなんて、自分でもどうかしているとしか思えないのだから。

ジータはトムをじっと見た。トムの頭の中が見えるかのように。「リスはあなたの妹に近づいていた。常習犯だったらしいわね」

「そしてヴィオーラから鍵を受けとったブリギッテ・リスは、それがなんの鍵か気づいたんだ。ブリギッテ・リスは、その鍵が夫のものだとクララに話している。それで運河の死体が夫だとわかって、問題の家に向かった。鍵に刻まれた数字の17がヒントになって、夫の書類から家を割りだした。そのあとなにがあったかは、クララの話のとおりだ」

「なるほど」ジータは考えこみながらいった。「それなら納得がいく。ブリギッテ・リスを殺す前に、フェルバーは欠けていたパズルのピースを知ろうとしたのね。死体の件、鍵の件、そしてあなたたちのこと。だからあなたとあなたの子ども時代の仲間を憎み、復讐しようとしたのね」

ふたりは一瞬なにもいえなかった。廊下をストレッチャーが通り過ぎた。キャスターのひとつがかすかにきしんでいた。

「悪魔の件はどうなった？　正体を突き止める手がかりはあったのか？」トムはたずねた。

ジータは首を横に振った。「正体不明よ」

「それじゃ、カーリンは？　なんの手がかりもないのか？」

「そっちもだめ。行方不明のまま。フェルバーの自宅をくまなく調べた。地下室まで。でも銀行口座や他の書類を調べても、とくに隠れ家などがあった形跡がないの。ブリギッテ・リスとヨシュを殺害するのにあんなに手のこんだことをして見せつけたのだから、カーリンにだって同じようなことをするはずなんだけど」

「たぶん」トムは考えこみながらいった。「カーリンを襲ったのはあいつじゃない。それに警官を殺した覚えはないといっていた。カーリンの居場所も知らなかった。逆に居場所を吐けと俺に迫った。そういえば、法医学者は彼を解剖したとき、右足の外側のくるぶしの上に傷痕があるか確かめたか？」

「さあ、どうかしら。すぐグラウヴァインに確認する」

「頼む」

ジータは電話をかけた。しばらくしてグラウヴァインが電話に出て、解剖所見に目を通した。

ジータはうなずいて礼をいうと、電話を切った。「傷痕はなかったそうよ」

「じゃあ、フェルバーは嘘をついてはいなかったんだな。カーリンを拉致したのは奴じゃない。ドレクスラーとヴァネッサの件もあいつがやったことじゃない」

「つまり別に犯人がいるってこと？」ジータがたずねた。

「そうなる」

「ベルティは違う見方をしてる」

「ベルティ？　なんでベルティの見方が問題になるんだ？」

ジータは苦虫を噛みつぶしたような顔をした。「それがね……モルテンが動けなくなり、あなたも捜査からはずれているでしょ……だからブルックマンが特別捜査班の指揮をベルティに任せたのよ」

「なんだって？」トムは顔に手を当てた。「よりによってベルティが？　そんなことってあるか？」

「ただの場つなぎよ」ジータは答えた。「犯人は判明したんだもの。ひとまずはね」

「一件落着というわけか。すばらしい成果……」

「……記者会見でもすでにそう発表してる」ジータが付け加えた。

「だけど、俺にはそう思えない。フェルバーに嘘をつく理由なんてあるか？　あいつは復讐をして、注目を集めたかったんだ。だが今話題にしている奴は表に出ようとしない。事件を闇に葬《ほうむ》ろうとしている。事件現場から消えた鍵、自宅から拉致されたカーリン。ブリギッテ・リスの住居から消え、そのあと空っぽで見つかった宝箱。ドレクスラーもこっそり死に追いやられた。すべて今回の事件と関係している。もちろん理論的にはフェルバーの犯行だったといえるだろう。だが犯人は別にいると思う。いくら考えても、犯人はひとりしか思い当たらない」

「悪魔ね」ジータは小声でいった。

「そうだ。きみが悪魔で、今まで化けの皮が剝《は》がれずにきたとしよう。隠してきた古い過去に属する鍵を首にかけた死体があらわれたとしたら……」

「……焦るでしょうね。だけど、それならどうしてカーリンを拉致したの？」

「カーリンはきっとなにか知っていたんだ。ヴィオーラが鍵を持ってきたあと、なにがあったか知っていたのかもしれない」

「カーリンはヴィーを見たのに、あなたには黙っていたことになるわよ」

トムはうなずいた。カーリンが当時、警察で嘘をついたことを思いだした。彼女はあんなむちゃくちゃな嘘をつき、そのあとトムたちに謝罪した。カーリンらしい行動だ。

「ねえ、ナージャをどこに匿《かくま》っているの？」ジータがたずねた。

トムは微笑《ほほえ》んだが、いまだにぎこちなかった。「ベネのところだ」

「それってだれ？　昔の仲間のベネ？」

「知らないほうがいい」

「いまだに姿を見せないんだけど」

「そのうち姿を見せるさ。心配するな」

ジータは疑わしそうにトムを見つめた。

「ベネに電話をしておく。ナージャからきみに連絡させるよ。そうすりゃ安心できるだろう」

「そうしてくれるとありがたいわ」

短いが、気まずい沈黙が生まれた。信頼できるようになったとはいえ、ふたりのあいだにはまだ距離があった。「髪の毛をどうした?」トムはたずねた。

ジータは目を丸くした。「髪の毛とわたしのあいだにアイデンティティの危機が生じてるの」

「短いほうの髪か?　それとも長いほうか?」

ジータはため息をついた。「長いほうよ」

「ほう」

「で、あなたは?　ヴィーを見つけられなかったけど、平気なの?」

「まあまあだ」トムは嘘をついた。

「あなたの前にあらわれた?」

トムは息をのんだ。「手術のあとに何度か」

「どんな姿で?」

トムはキャビネットを指差した。「ジャケットに財布がある」

ジータはトムのジャケットのポケットから財布をだした。

「カード入れに入ってる」

ジータはヴィオーラの写真をそっと抜いて、じっと見つめた。

「たいてい寝間着姿だ」トムはいった。「縦縞《たてじま》模様で少しだぶだぶ。男物の寝間着に見える。そして白い羽根を耳にはさんでいる」

ジータは黙ってうなずいた。ジータがなにもいわなかったので、トムはうれしかった。

〝人に話すのははじめてね〟ヴィーがいった。

〝話してもいい頃合いさ〟

ノックする音がして、アンネが病室に入ってきた。「ハイ」といってから、ちらっとジータを見た。なにを考えているかよくわかる。

「やあ」トムは答えた。アンネがトムにキスをした。短かったが、気持ちがこもっていた。自分でも驚くほどいい気持ちがした。

ジータは財布をキャスター付きのナイトテーブルに置いた。「それじゃ失礼するわ。彼女に会ったら、よろしくいって」

「わかった」トムはいった。

ジータは部屋を出た。

「だれのこと？」アンネがたずねた。

「なんでもない」トムはつぶやいた。

「話しあう必要がありそうね」

トムはうなずいた。

「でもあとにしましょう」アンネはトムの手を握った。「あなたが無事でよかった」アンネは目に涙をたたえていた。よりによってそのとき、小さな封筒のことがトムの脳裏に浮かんだ。矢に射抜かれたハート。あの粉がなんだったか、グラウヴァインに電話をかけて確かめなくてはと思った。

「それ、どうしたの?」そうたずねると、アンネはトムの首のまわりの赤い筋を指差した。その筋は喉仏のところだけついていなかった。「火傷痕《やけどあと》みたいだけど」

トムは眉間《みけん》にしわを寄せて、首に手を当てた。「ああ、鍵についていた紐だよ。それを引きちぎったときについたんだ。鍵のお蔭《かげ》で九死に一生を得た」

「なるほど」アンネがいった。だが納得しているはずがない。どうして納得したりできるだろう。

トムのスマートフォンが鳴った。「ごめん」そういうと、トムはスマートフォンを手に取った。

「トム、わたしよ、ナージャ。元気?」という声が聞こえた。

「ああ」トムはため息をついた。「平気だ。きみのほうは?」

「こっちは気にしないで。ただベネがうるさくしつこくつきまとうのよ」

「守っているんじゃないか、お姫さま。つきまとってなんかいないぞ」というベネの声がした。

「本当にありがとう、トム。あなたがいなかったらどうなっていたことか」ナージャがいった。

アンネは窓辺に立った。トムはアンネのほうに手を伸ばし、声にださずに待ってくれといった。

「ナージャ、電話を切るぞ。アンネがいるんだ。ひとつ頼んでもいいかな?」

「なんでもいって」

「おまえは糞《くそ》野郎だ、とベネに伝えてくれ」

「そう伝える」ニヤニヤしているナージャが見えるようだ。「それはそうと、今度見舞いにいくわね」

トムが電話を切ると、アンネが眉を吊りあげていた。「電話を切らなければいけないわけね。アンネがいるから」

「義務じゃない。そうしたいんだ」

アンネはニコッとして、トムの手を取った。「わたしの頼みも聞いてくれる?」

「なんでも」

「次はもっと自分の体を大事にして」アンネの目がうるんだ。輝く青い目はヴィーの瞳に負けない美しさだった。

「約束する」

アンネのキスはさっきよりも長かった。そしてさっきよりもいい気持ちがした。自分がなにを望んでいるか知るには、生死の境を彷徨《さまよ》う必要があるのだろうか。「ところで」トムはたずねた。「町を出るようにいったけど、どこにいたんだ?」

「ザビーネ?」

「ザビーネのところにやっかいになってた」

アンネは目を丸くした。「話したことあるはずだけど、ちゃんと聞いてなかったのね。ザビーネは催眠術の企画でいっしょだった編集者よ。すごく気が合ってね、それで、彼女の両親がブランデンブルクに小さな別荘を持ってるの」

「なるほど」

アンネは眉間にしわを寄せた。「これでいい、刑事さん?」

「ああ」トムはそう答えたが、アンネはなにか変だと気づいた。

「どうしたの?」

トムは迷ったが、ごまかすのはやめることにした。「二度電話したあの夜だけど……酒を飲んでいただろう。だれかいっしょだったが、だれなのかいいたくないようだった……」

「ザビーネよ。ちょっと相談に乗ってもらっていたの」アンネの頬が心なしか赤くなった。

「なんかわけがありそうだな」

「じつは……いわなきゃいけないことがあるんだ」

トムはドキッとした。やはり。なにかある。間男《まおとこ》か。それとも女? ザビーネ? 白い粉……。

アンネは自分の財布をひらいて、感熱紙をだしてトムに渡した。「約束する。しばらくお酒を飲まない」

トムは灰色のぼやけた超音波写真とそこに小さく印字された患者の氏名を見つめた。「嘘だろう」

「嘘じゃないわ」アンネの頬を涙が伝った。

「俺たちの子か？」

「他にだれがいるのよ？」

トムは口元をゆがめて微笑み、もうあの封筒については考えまいと思いながらアンネを抱いた。そのときキャビネットの横のテーブルにすわって、足をぶらぶらさせているヴィーに気づいた。

〝あたし、おばさんになるの？　でもあたしのことを忘れないわよね、トミー？〟

エピローグ

ユーリ・サルコフは細い指にぴったりした革手袋をはめていた。ハンドルを強く握りしめると、手袋の革がキュッと音を立てた。左側につづく樹木に隙間ができた。サルコフはその茂みにまっすぐ車を突っこんだ。下草が暗灰色の車体を引っかいた。盗んだアウディはでこぼこした森の地面でガタガタ揺れた。道から十五メートルほど離れたところで、タイヤが軟らかい地面にはまった。

エンジンを消す。

ライトを消す。

静寂。

ユーリ・サルコフは静寂が好みだ。暗がりの安心感。物陰で密かに仕事を片づける。それが昔から彼のやり方だ。スイス時計のように正確無比。車が揺れたせいでずれたメガネを指先で直す。トランクからは不快な臭気が漂ってくる。三日も放置しているのだから無理もない。ビニール袋も役に立たない。

ベーリッツ駅まで一時間ほど徒歩で移動することになるが、たいしたことはない。ヴァン湖行きの普通列車は朝の四時十九分に発車する。クリスティアン・リスことゼバスティアン・フェルバーの車が見つかるまで二、三日かかるだろう。その頃には、青白い顔の目立たない初老の男が早朝のベーリッツ駅で普通列車に乗ったことなど、みんな忘れているはずだ。男は普段、鉄道を使ったりしないのだが。

車から降りて、ドアを開けっぱなしにして、懐中電灯の明かりを頼りに少し離れる。それからつなぎとキャップを脱ぎ、丸めてゴミ袋に入れると、それをまちのあるブリーの革製アタッシェケースにしまった。そのあと帽子をかぶる。ステットソン製トリルビーだ。濃淡二色のグレーで織られたヘリンボーン生地。恰好悪いキャップよりはましだ！　キャップは車に抜け毛を残さないためだけに使った。

彼がアウディを盗んだことはだれにもわからないだろう。そもそも盗難車だということにすら気づかない。シートに残された繊維からはなにも突き止められないはずだ。彼の指紋も検出されない。アスファルトの道路に出て、駅が近づくと、汚れたゴム長靴も履きかえることにしている。

手がかりは一切ない。

ミスは一切犯さない。

ロシア仕込みのスイス時計だ。

フェルバーは片づいた。計画どおりとはいかなかったが。モルテンか、さもなければヨシュア・ベームがやると思っていた。それを見越して、警官から奪った拳銃をベームの家に仕込み、「理由はわかっているはず。友より」というメモを残した。

ベームはもっと気をつけるべきだった。タイミングよくやれば、正当防衛になったのに。自己保存の本能。だが拳銃の扱いに慣れていなかったのが運の尽きだった。モルテンも結局フェルバーを片づけられなかった。まさかバビロンがやり遂げるとは。しかもあんなふうにして……さすがのサルコフも予想だにしなかった。

モラルを重んじる人間があんなことをするとは。

だがフェルバーが亡くなったことに変わりはない。

サルコフは頭の中で依頼主に脱帽した。だれなのか知らないが、姿を見せない術《すべ》を心得ている。名無し《ベズ・イミニ》。元国家保安省《シュタージ》の互助会のいかれたメンバーたちですら、正体を知らない。依頼主がだれか知りたくて、自分でもいろいろ調べてみたが、ＨＳＧＥの連中はみんな手を貸してくれなかった。知りたくないとでもいうように。まあ、気持ちはわかる！　元幹部のほとんどは意気地がない。頭の中ではいまだに壁があった頃を生きているのに、今ではなんの力もなく、自分に罪はないと訴えるのに汲々《きゅうきゅう》としている。連中には根性がない。情報収集は得意。裏でこそこそするのはお手のもの。だが生きるか死ぬかという瀬戸際になると……みんな、役に立たない。ミスター・ベズ・イミニもそのことがよくわかっていて、だから接触してきた。

ユーリ・サルコフは立ち止まって、最後にもう一度、車を見た。

仕事は終わった。

依頼を達成した。

車を燃やすという選択肢もあったが、もっといい解決策がある。トランクの死体を見つければ、そこから推理するだろう。車はシリアルキラーの所有。被害者は行方不明の女性。さらにミスター・ベズ・イミニからもらった17の鍵もある。カーリン・リスが殺された理由と犯人の正体は明らかだ。

だれも疑問に思わないはずだ。

例外がいるとしたら、トム・バビロンだろうか。だが答えには辿《たど》り着けはしないだろう。

これで一件落着。

謝辞

本を書くことは、最高の瞬間に楽園に憩《いこ》うのと同じだ。自分の望みをすべて叶えられる。ただし書きだしたら、自分が望んだことを形にしなければならない。そのためには助力が必要だ。わたしにはそれがあった。

マイケ、ラスムス、ヤーノシュ、きみたちはわたしが創作という迷宮に引きこもってしまったときに支えてくれた。きみたちがいなかったら、やり抜くことはできなかっただろう。

そして試し読みをしてくれた人たち。きみたちがいなかったら、やはり完成させることはおぼつかなかった。きみたちはわたしの実験室であり、砥石《といし》だ。クラウディア、感謝している。クララ、未完成のバージョンを何回読んでくれたことか——そして倦《う》むことなく読んでくれた。ノーリク、きみはわたしにモチベーションを与え、微《び》に入り細をうがった質問をしてくれた。ヴィルフリート、ミステリ読みの古ギツネ！　フォルカー、ズザン、ヴェレーナ、ペーター、ユーディットその他のみんな。きみたちはわたしにとってのフィードバックであり、わたしの読者の擁護者だ。

ユーリア、しっかりした文芸エージェントがいなければ、わたしは文壇にしっかり地歩を築くことができなかった。完成した本が成人した子どもであるなら、きみは助産師にして思春期をケアしてくれた存在だ。カトリーン、なんといったらいいだろう。担当編集者という言葉では足りない。きみはこの本のおばにして獅子だ。

みんなに感謝する！　そして最後にウルシュタイン社のスタッフ全員とわたしの読者全員にもお礼をいいたい。みんながいなければ、わたしの本は自分だけで読むしかなくなる――それでは意味がない。内容はとっくに知っているのだから。

マルク・ラーベ

訳者あとがき

二〇二四年はベルリンの壁崩壊から三十五年の節目にあたっていた。三十五年という歳月《さいげつ》が気になる。というのも、一九七九年から第二次世界大戦後三十五年に当たる一九八〇年にかけてケルン大学に留学して、当時の「戦後」からの空気の変化をひしひしと感じたことがあるからだ。作家のフェルディナント・フォン・シーラッハも戦後のナチ裁判を描いた『コリーニ事件』（創元推理文庫）の中で「国民感情が大きく変化したのは一九七〇年代の終わりからです（中略）わたしたちは一九五〇年代、六〇年代とはちがう時代に生き、ちがう判断をしています」とある登場人物に語らせている。「壁崩壊後」から三十五年経った現在の空気が当時と似ているように思う。壁崩壊以前を肌で知っている上の世代と、「歴史」にしか思えない下の世代の意識のずれが拮抗《きっこう》するタイミングが来たということだ。

壁崩壊がしだいに「歴史」となっていくなか、二〇二〇年頃から、ベルリンの壁崩壊とその後のドイツ統一の時代を視野に入れたミステリ、あわよくばベルリンを舞台にしたもので良作はないかといろいろ渉猟《しょうりょう》していた。ナチ時代前後のベルリンを描いたドイツミステリなら枚挙にいとまがない。シリーズの翻訳が頓挫《とんざ》してしまったが、テレビドラマ「バビロン・ベルリン」の原作であるフォルカー・クッチャーの「ゲレオン・ラート・シリーズ」（創元推理文庫）は一九二九年から、ユダヤ人の元刑事を主人公にしたハラルト・ギルバースのシリーズは一九四四年のベルリンを描いた『ゲルマニア』（集英社文庫）からはじまっている。では壁崩壊前後を視野に入れたミステリはどうだろうか。

そんなときに見つけたのがこの「刑事トム・バビロン・シリーズ」だった。シリーズ全四作が完結したのは二〇二二年で、最終作を読了したとき、日本に紹介するのに申し分ない作品だと確信した。各作品ごとに起きる衝撃的な事件の捜査と真相も読み応えがあるし、主な登場人物のキャラが立っていて、それぞれが抱える過去の闇が深く、それが現在進行形の事件と重なり、やがてシリーズ全体に張りめぐらされた歴史の秘密をあばく趣向になっている。

主要な登場人物はベルリン州刑事局の刑事トム・バビロンと、プロファイラー的位置づけの、アルコール依存症歴のある女性臨床心理士ジータ・ヨハンスだ。トム・バビロンは事件が起きる二〇一七年に三十三歳で、一九八四年に東ドイツの村で生まれたという設定だ。ジータ・ヨハンスはキューバ人の父とドイツ人の母との間に、一九八五年に東ベルリンで生まれている。シリーズ第一作である本書では、トムの少年時代に行方不明になった妹を捜すエピソードがいいアクセントになっている。ジータの抱える闇は第二巻で明かされる。

またベルリンは戦前のドイツの首都であり、戦後は東ベルリンが東ドイツの首都だった関係から、現代史の時代の澱《おり》が至るところに残っている。つまり物語をもり立てる舞台には事欠かないということだ。本書では初《しょ》っぱなからベルリン大聖堂で事件が発生する。この大聖堂はホーエンツォレルン王家の記念教会で、歴代の国王が葬《ほうむ》られている。現在の姿になったのはドイツ帝国時代の一九〇五年のことで、「博物館島」と呼ばれる、王宮や兵器庫など権力の中枢がかつて集まっていた中州に建っている。なぜこの場所が事件の現場に選ばれたのか、すでにそこから謎は深まる。

また物語の途中ではベルリン郊外にあるベーリッツのサナトリウムの廃墟《はいきょ》も舞台になる。そこは一九〇二年に百四十ヘクタールの広大な土地に開所され、第一次世界大戦中は陸軍病院として徴用《ちょうよう》され、負傷したヒトラーが入院した場所でもある。また第二次世界大戦後はソ連軍の病院として利用され、ベルリンの壁崩壊とともにその役目を終えて、廃墟となっている。今では空中遊歩道も作られて観光地化されているが、ドイツ有数の廃墟ツーリズムのメッカといえる。ここで銃撃戦がはじまるのだから、想像しただけでたまらない。

第二作のほうも少し紹介すると、世界三大映画祭のひとつに数えられるベルリン国際映画祭の開会式会場や、ヒトラーの総統官邸などの跡地に作られている「虐殺されたヨーロッパのユダヤ人のための記念碑」、かつてゲッベルスらナチ高官の邸《やしき》があったことで知られる高級住宅地シュヴァーネンヴェルダー島などが事件の舞台になる。「ベルリン観光をするなら、ぜひこのシリーズを手にして！」と自信を持っていえる出色《しゅっしょく》の出来《でき》だ。

これだけベルリンに詳しいのだから、著者のマルク・ラーベはさぞかしベルリン暮らしが長いのだろうと思いきや、一九六八年、旧西ドイツのケルン生まれだ。ただし両親は東ドイツの出身で、一九六一年のベルリンの壁建設直前に西側に逃亡した。著者は幼少期、多くの親戚がいる東ベルリンをよく訪ねていたらしい。ラーベは十代で仲間とスーパー8で映像を撮りはじめ、大学入学前に映像制作会社を興《おこ》すという根っからの映像人間で、大学では演劇・映画・テレビ学とドイツ文学を専攻したものの、会社経営に専念するため早々に中退している。

それから二〇一二年に四十四歳で作家デビューするまで、ラーベは二十年以上テレビ局の映像編集など映像畑で活動していた。このときの経験は、デビュー作*Schnitt*で舞台になったテレビ局の人間模様を描く際に大いに役立っているし、本シリーズでも、トムのパートナー、アンネがテレビ局の映像編集者であるという設定に影響している。作家に転向した最大の動機は、共同作業である映像制作と別に、自分独自の世界観を物語にしたくなったかららしい。とはいえ、小説の執筆においても、映像制作の経験はいろいろなところに生かされている。あるインタビューで、「わたしはよくクローズアップから書きだします。机の上の鍵とか注射器を持つ手とか。すると、読者は疑問に思います。だれかが救われるのか、それとも殺されるのか、と。実際になにが起きるかはあとで明かします」と創作上の秘訣《ひけつ》を語っている。実際、本書の冒頭でも、ある人物の視点から描かれる、ベルリン大聖堂で「足元に水たまりができて、キラキラ光っている。尿のつんとした臭いが鼻を打つ」というクローズアップからはじまる一連の描写の流れはじつに映像的だ。

ラーベはミステリ作家としてデビューするタイミングもよかった。二〇〇九年ごろからドイツ国内でミステリがブームになり、多くのドイツ人作家にデビューの機会が訪れていたからだ。出版元であるウルシュタイン社は「刑事オリヴァー&ピア・シリーズ」（創元推理文庫）

のネレ・ノイハウスや「中年警部クルフティンガー・シリーズ」（早川書房）のクルプフル、コブル、さらには北欧ミステリの作家ジョー・ネスボを擁《よう》する老舗《しにせ》出版社だ。

妻であるマイケ・ラーベはケルンで開業する心理カウンセラーで、創作のブレインにもなっているようだ。ラーベはインタビューで、「シャーロック・ホームズ」を愛読していると明かしたうえで「妻は自分にとってのホームズだ」と評価し、「妻から人間の見方、人物評価の仕方、そして愛し方を学んだ」と明言している。最初のノンシリーズ三作が「サイコスリラー」と銘打《めいう》たれ、さまざまな精神疾患《しっかん》が扱われているのも、これでうなずけるし、夫人は本シリーズの臨床心理士ジータ・ヨハンスの設定にも影響を与えているといえるだろう。

主人公トム・バビロンの名前の由来についても、豆知識をひとつ披露《ひろう》しておこう。ファーストネームは短くて簡潔なものをと考え、トムを候補にしていたという。そしてベルリンはラーベにとって以前から栄華を極めた古代都市バビロンを連想させる場所だったらしく、ファミリーネームの候補だった。そんな矢先、映画監督のトム・ティクヴァが、フォルカー・クッチャーの「ゲレオン・ラート・シリーズ」のテレビドラマ化を発表した。二〇一七年にシーズン1がドイツで放映されたこのＴＶシリーズのタイトルは「バビロン・ベルリン」。トムとバビロン、こんな偶然はないと思って、決定したという。フォルカー・クッチャーも同じケルン在住の作家で、彼へのリスペクトという意味合いもあるのだろう。

さて、最後にラーベのミステリ作品を列記しておこう。

Schnitt（カット）二〇一二年
Der Schock（ショック）二〇一三年
Heimweh（ホームシック）二〇一五年
Schlüssel 17 二〇一八年　本書「刑事トム・バビロン・シリーズ」第一作
Zimmer 19 二〇一九年『19号室』同第二作
Die Hornisse（スズメバチ）二〇二〇年　同第三作
Violas Versteck（ヴィオーラの隠れ家）二〇二二年　同第四作

今はまた新しいシリーズ「刑事アルト・マイヤー」に取り組んでいる。

Der Morgen（朝）二〇二三年「刑事アルト・マイヤー・シリーズ」第一作
Die Dämmerung（黄昏《たそがれ》）二〇二四年　同第二作
Die Nacht（夜）二〇二五年　同第三作（三月刊予定）

ところで、デビュー作 *Schnitt* の主人公は少年時代の記憶を失った男性で、パイトンという名の警備会社に勤務している。主人公をワナにかけるのがこの警備会社の社長でユーリ・サルコフ。彼は本作でも後半で暗躍する。本シリーズの翻訳が完結したら、いわばユーリ・サルコフの前史が語られているこのデビュー作もぜひ日本に紹介したいと願っている。

訳者紹介　ドイツ文学翻訳家。和光大学教授。主な訳書に、コルドン〈ベルリン三部作〉、ヘッセ「デーミアン」、フォン・シーラッハ「犯罪」「神」、ノイハウス「深い疵」「友情よここで終われ」、カシュニッツ「その昔、N市では」などがある。

17の鍵

2025年1月31日　初版
2025年6月13日　4版

著　者　マルク・ラーベ

訳　者　酒《さか》寄《より》進《しん》一《いち》

発行所　（株）東京創元社
代表者　渋谷健太郎

162-0814 東京都新宿区新小川町1-5
電　話　03・3268・8231-営業部
　　　　03・3268・8201-代　表
ＵＲＬ　https://www.tsogen.co.jp
組　版　フォレスト
暁印刷・本間製本

ISBN978-4-488-22904-7　C0197